Het feest van de eeuw

Van Taylor Jenkins Reid verscheen eveneens
bij Ambo|Anthos *uitgevers*

Supernova
In een ander leven
Daisy Jones & The Six
De zeven echtgenoten van Evelyn Hugo

Taylor Jenkins Reid

Het feest van de eeuw

Vertaald uit het Engels
door Marja Borg

Ambo|Anthos
Amsterdam

ISBN 978 90 263 5488 5

Oorspronkelijke titel *Malibu Rising*
Oorspronkelijke uitgever Ballantine Books
Omslagontwerp Margo Togni
Omslagillustratie © laughingmango/E+/Getty Images
Foto auteur © Deborah Feingold

Verspreiding voor België:
Veen Bosch & Keuning uitgevers nv, Antwerpen

Malibu vat vlam.

Dat gebeurt nu eenmaal af en toe.

Het vlakke land van het Midden-Westen wordt geteisterd door tornado's. Het diepe zuiden van Amerika overstroomt. In de Golf van Mexico razen orkanen.

En Californië brandt.

Het land vatte vlam in 500 voor Christus toen het werd bewoond door de Chumash. Het vatte vlam in de zeventiende eeuw toen Spaanse kolonisten het gebied opeisten. Het vatte vlam op 4 december 1903 toen Frederick en May Rindge het stuk land bezaten dat nu Malibu wordt genoemd. De vlammen maakten zich meester van een bijna vijftig kilometer lange kuststrook en verwoestten hun victoriaanse strandhuis.

Malibu vatte vlam in 1917 en 1929, lang nadat de eerste filmsterren zich er hadden gevestigd. Het vatte vlam in 1956 en 1958 toen de surfers en zonaanbidsters de kust beetje bij beetje overspoelden. Het vatte vlam in 1970 en 1978, nadat de hippies zich in de canyons hadden gevestigd.

Het vatte vlam in 1982 en 1985, in 1993 en 1996, in 2003 en 2007, en in 2018. En tussendoor ook nog.

Want het hoort bij Malibu om te branden.

Tegenwoordig staat aan de stadsgrens van Malibu een bord met daarop de tekst: MALIBU, 27 MILES OF SCENIC BEAUTY. De langgerekte, smalle gemeente – die zich uitstrekt langs een kuststrook van bijna vijftig kilometer – bestaat uit oceaan en bergen, gescheiden door een tweebaansweg die de Pacific Coast Highway heet, oftewel de PCH.

Ten westen van de PCH nestelen stranden zich tegen de kristalheldere blauwe golven van de Stille Oceaan aan. Op veel stukken langs de kust staan strandhuizen hutjemutje langs de autoweg, smal en hoog, met elkaar wedijverend om het uitzicht. De kust is er ruig en rotsig. De golven zijn kort en helder. De lucht is zilt.

Meteen ten oosten van de PCH beginnen de oneindige, dorre bergen. Ze domineren de horizon, grijsgroen en donkerbruin, gevormd door kale struiken, woeste bomen en broos kreupelhout.

Dit is droog land. Een tondeldoos. Gezegend en vervloekt door een bries.

De plaatselijke Santa Ana-winden snellen zich door de bergen en valleien vanuit het binnenland naar de kust, heet en sterk. Volgens de overlevering zijn ze de brengers van chaos en ordeloosheid. Maar ze zijn in feite een brandversneller.

Een klein vonkje in het droge woestijnhout kan uitgroeien tot een vuurzee en oplaaien tot feloranje en rode vlammen. Ze verslinden het land en stoten zwarte rookwolken uit die de hemel overvallen en de zon tot kilometers ver verduisteren, met as als dwarrelende sneeuw.

Habitats – kreupelhout en struiken en bomen – en woningen – houten huizen en villa's en bungalows, ranches en wijngaarden en boerderijen – gaan in rook op en wat resteert is verschroeide aarde.

Maar dat land verjongt zich weer, klaar voor iets nieuws.

Vernietiging. En vernieuwing, herrijzend uit de as. Het verhaal van vuur.

De Malibu-brand van 1983 begon niet in de droge heuvels maar aan de kust.

Hij begon aan 28150 Cliffside Drive, op zaterdag 27 augustus – bij

Nina Riva thuis – tijdens een van de beruchtste feesten uit de geschiedenis van Los Angeles.

Ergens rond middernacht liep het jaarlijkse festijn compleet uit de hand.

Tegen zeven uur 's ochtends was de kuststrook van Malibu in vlammen gehuld.

Want net zoals het bij Malibu hoort om te branden, hoorde het bij een bepaald persoon om een brand aan te steken en dan weg te lopen.

Zaterdag 27 augustus 1983

Deel één

VAN ZEVEN UUR 'S OCHTENDS
TOT ZEVEN UUR 'S AVONDS

Zeven uur 's ochtends

Nina Riva werd wakker zonder haar ogen zelfs maar te openen.

Haar bewustzijn kwam druppelsgewijs tot haar, alsof het haar niet wilde laten schrikken van de ochtend. Ze lag in bed te dromen over haar surfplank onder haar borst in het water toen de werkelijkheid tot haar doordrong: dat er over twaalf uur honderden mensen haar huis zouden overspoelen. En terwijl ze ontwaakte drong opnieuw tot haar door dat al die mensen die vanavond hun opwachting zouden maken, stuk voor stuk wisten wat voor schande haar was aangedaan.

Ze beklaagde zichzelf zonder zelfs maar door de gordijnen van haar wimpers te turen.

Als ze haar best deed kon ze de oceaan beneden tegen het klif horen beuken, heel in de verte.

Ze had altijd gedacht dat ze een huis zou kopen dat leek op het huis waarin zij en haar broers en zusje waren opgegroeid aan Old Malibu Road. Een sjofel strandhuis, vlak naast de PCH, gebouwd op palen en zich uitstrekkend tot over het water. Ze bewaarde fijne herinneringen aan opspattend zeewater tegen de ramen, aan half verrot hout en roestig metaal dat de vloer onder haar voeten ondersteunde. Ze wilde op haar terras staan, naar beneden kijken en dan het hoogwater zien, de golven luid onder haar uiteen horen spatten.

Maar Brandon had op een klif willen wonen.

En daarom had hij deze villa van glas en beton voor hen gekocht in de enclave van Point Dume, vijftien meter boven de kust met een steile afdaling via een trap langs de rotsen naar de brekende golven.

Nina deed haar best om het geluid van het water te horen zonder haar ogen open te doen. Waarom zou ze? Er viel niets te zien voor haar.

Brandon lag niet bij haar in bed. Brandon was niet thuis. Brandon was zelfs niet in Malibu. Hij was in het Beverly Hills Hotel met zijn roze muren en groene palmen. Hij lag – dat was het meest aannemelijk op dit vroege tijdstip – te slapen met Carrie Soto in zijn armen. Wanneer hij wakker werd zou hij waarschijnlijk met zijn grote poot van een hand haar haar wegstrijken en haar in haar hals kussen. En dan zouden ze waarschijnlijk gaan pakken voor de U.S. Open.

Bah.

Nina haatte Carrie Soto niet omdat ze haar echtgenoot had gestolen, want echtgenoten kunnen niet gestolen worden. Carrie Soto was geen dief; Brandon Randall was een verrader.

Hij was de reden dat Nina Riva op de cover stond van het blad *Now This* van 22 augustus met als kop: NINA'S GROTE VERDRIET: IN DE STEEK GELATEN DOOR DE ANDERE HELFT VAN AMERIKA'S GOUDEN KOPPEL.

Er was een heel artikel gewijd aan het feit dat haar tennispro-echtgenoot haar publiekelijk had verlaten voor zijn tennispro-minnares.

Maar de coverfoto was wel flatteus geweest. Ze hadden gekozen voor een van de foto's van haar badmodeshoot op de Maldiven, eerder dat jaar. Ze droeg een hoog opgesneden fuchsiaroze bikini. Haar donkerbruine ogen en dikke wenkbrauwen werden omlijst door haar lange bruine haar, opgelicht door de zon, een beetje vochtig en met nog vaag een krul erin. En dan waren er ook nog haar beroemde lippen. Een volle onderlip met daarboven haar smallere bovenlip – de Riva-lippen, zoals ze werden genoemd sinds ze beroemd waren gemaakt door haar vader Mick.

Op de oorspronkelijke foto hield ze haar surfplank vast; haar geel-zwart-witte Town & Country 6'2"-thruster. Voor de cover hadden ze die eruit geknipt. Maar dat was ze inmiddels wel gewend.

In het blad zelf stond een foto van Nina op het parkeerterrein van een Ralphs-supermarkt van drie weken eerder. Nina droeg daarop een witte bikini met daaroverheen een gebloemd zomerjurkje. Ze rookte een Virginia Slims en droeg een sixpack Tab. Als je goed keek, kon je zien dat ze had gehuild.

Daarnaast hadden ze een foto geplaatst van haar vader, ergens halverwege de jaren zestig. Hij was lang, donker en aantrekkelijk en droeg een zwemshort, een hawaïshirt en sandalen; hij stond voor Trancas Market een Marlboro te roken en had een tas boodschappen bij zich. Boven de foto's stond de tekst: DE APPEL VALT NIET VER VAN DE RIVA-BOOM.

Op de cover hadden ze Nina afgebeeld als de gedumpte vrouw van een beroemde man, en binnenin als de dochter van een beroemde man. Steeds als ze daaraan dacht, klemde ze haar kaken op elkaar.

Eindelijk opende ze haar ogen en keek naar haar plafond. Toen stond ze op, naakt op een slipje na. Ze liep de betonnen trap af, de betegelde keuken in en schoof de glazen deur open die uitkwam op het terras aan de achterkant van het huis.

Ze ademde de zoute lucht in.

Het was die ochtend nog niet zo warm; de bries, die alle kuststadjes aandeed, was aflandig. Toen Nina het volmaakt gemaaide gazon op liep voelde ze de wind op haar rug en de scherpe randjes van het gras tussen haar tenen. Ze liep tot de rand van het klif.

Ze keek naar de horizon. De oceaan was inktblauw. De zon was ongeveer een uur geleden opgekomen. Boven de zee daalden en stegen krijsende meeuwen.

Nina zag dat de golven goed waren; een duidelijke deining in de richting van Little Dume. Ze keek naar de aanzwellende golven en zag ze ongebruikt weer afnemen. Het was gewoon zonde. Die golven die helemaal in hun eentje het breekpunt bereikten zonder dat iemand ervan profiteerde.

Zij zou het doen.

Ze zou zich door de oceaan laten helen zoals ze altijd al had gedaan.

Ze mocht dan in een huis zijn dat ze zelf nooit zou hebben uitgekozen, ze mocht dan in de steek zijn gelaten door een man van wie ze niet eens meer wist waarom ze met hem was getrouwd, maar de Stille Oceaan was van haar. Malibu was haar thuis.

Wat Brandon nooit had begrepen was dat het fijne van in Malibu wonen niet de luxe was, maar de ruige natuur.

Het Malibu uit Nina's jeugd was meer plattelands dan stads geweest, met de heuvels vol zandpaden en bescheiden houten huizen.

Wat Nina zo leuk vond aan haar geboorteplek was dat de mieren er over je aanrecht liepen en dat de pelikanen soms op de rand van je terras scheten. Langs de onverharde wegen lagen grote drollen van de paarden waarop buren naar de markt reden.

Nina had haar hele leven op dit smalle stukje kust gewoond en wist dat ze veranderingen niet kon tegenhouden. Ze had eenvoudige ranches zien veranderen in wijken voor de middenklasse. En nu werd het een gebied vol veel te grote villa's langs het strand. Maar met deze prachtige vergezichten was het slechts een kwestie van tijd geweest voordat de steenrijken zich er zouden vestigen.

De enige echte verrassing was dat Nina met een van die rijken was getrouwd. En nu was ze dus de bezitter van dit kleine stukje aarde, of ze dat nu leuk vond of niet.

Zo meteen zou ze zich omdraaien en weer naar binnen gaan. Ze zou haar badpak aantrekken en meteen weer terugkeren naar deze plek, waar ze naar beneden zou gaan en haar surfplank uit de strandhut zou pakken.

Maar op dit moment dacht ze alleen maar aan het feest van die avond, wanneer ze al die mensen onder ogen moest komen die wisten dat haar man haar in de steek had gelaten. Ze verroerde zich niet. Ze was er nog niet aan toe om zich om te draaien.

In plaats daarvan bleef Nina Riva aan de rand van het klif staan dat ze nooit had gewild en keek naar het water waar ze dichter bij zou willen zijn, en voor het eerst in haar kalme leven schreeuwde ze het uit in de wind.

'Blijf zitten.' Jay Riva stapte uit zijn jeep, sprong over het anderhalve meter hoge hek heen, liep over de oprijlaan van grind naar het huis van zijn oudere zus en klopte aan.

Geen reactie.

'Nina!' riep hij. 'Ben je al op?'

De familiegelijkenis was opvallend. Hij was lang en slank net als zij, maar eerder krachtig dan mager. Zijn bruine ogen, lange wimpers en korte warrige bruine haar verleenden hem een vanzelfsprekende aantrekkelijkheid. Met zijn surfbroek, vale T-shirt, zonnebril en teenslippers zag hij eruit als wie hij was: een wedstrijdsurfer.

Hij klopte nog een keer aan, ietwat luider. Nog steeds niets.

Hij had zin om op de deur te blijven kloppen tot Nina uit bed kwam. Want hij wist dat ze uiteindelijk wel zou opendoen. Maar dit was niet het moment om lullig tegen Nina te doen en daarom draaide hij zich om, schoof zijn Wayfarer weer op zijn neus en liep terug naar zijn CJ-8.

'We zullen het vanochtend met zijn tweetjes moeten doen,' zei hij.

'Misschien moeten we haar wakker maken,' zei Kit. 'Ze wil deze golven vast niet missen.'

De kleine Kit. Jay startte de auto en begon te keren, erop lettend dat hun planken achterin niet verschoven. 'Ze kijkt naar hetzelfde weerbericht als wij,' zei hij. 'Ze weet dat er deining is. Ze kan wel voor zichzelf zorgen.'

Kit dacht er even over na terwijl ze uit het raampje keek. Om precies te zijn: ze keek uit de plek waar een raampje had kunnen zitten als de auto portieren had gehad.

Kit was mager en klein maar krachtig gebouwd; een en al pezen en gebruinde huid. Ze had lang bruin haar – opgelicht door citroensap en zon –, sproetjes op haar neus en wangen, groene ogen en volle lippen. Ze zag eruit als een miniatuurversie van haar zus zonder de elegantie en nonchalance. Mooi maar misschien een beetje onbeholpen. Onbeholpen maar misschien mooi.

'Ik ben bang dat ze depressief is,' zei ze na een tijdje. 'Ze moet er even uit.'

'Ze is niet depressief,' zei Jay. Ze kwamen bij de kruising met de PCH. Hij keek eerst links en toen rechts om te zien wanneer hij de grote weg op kon. 'Ze is alleen maar gedumpt.'

Kit rolde met haar ogen.

'Toen Ashley en ik het uitmaakten...' vervolgde Jay. Ze reden nu met hoge snelheid in noordelijke richting over de PCH; rechts van hen begonnen de bergen en links van hen lag de enorme blauwe oceaan. Het waaide zo hard dat Jay moest schreeuwen. 'Toen was ik eerst van slag, maar dat ging vanzelf over. Dat zal bij Nina ook zo gaan. Zo werkt dat met relaties.'

Jay leek te zijn vergeten dat toen Ashley het met hem uitmaakte, hij zo van streek was geweest dat hij bijna twee weken lang niet eens had willen toegeven dat het was gebeurd. Maar Kit was niet van plan hem daarop te wijzen, bang als ze was dat hij dan haar liefdesleven ter sprake zou brengen. Kit was twintig en had nog nooit iemand gekust. En dat was iets wat ze iedere dag, ieder moment, voelde, op sommige momenten scherper dan op andere. Haar broer praatte vaak tegen haar alsof ze nog een kind was als het op de liefde aankwam, en wanneer hij zo deed moest ze altijd blozen, deels uit schaamte en deels uit woede.

Toen de auto een stoplicht naderde dat op rood stond, minderde Jay vaart.

'Ik bedoel alleen maar dat het haar waarschijnlijk goed zou doen om nu op het water te zijn,' zei Kit.

'Nina redt zich wel,' zei hij. Omdat er niemand op de kruising stond, trapte hij het gaspedaal weer in en reed door, hoewel het licht nog niet op groen was gesprongen.

'Ik heb Brandon toch nooit gemogen,' zei Kit.

'Wel waar,' zei Jay, haar van opzij aankijkend.

Hij had gelijk. Ze had hem wel gemogen. Heel erg zelfs. Zij allemaal.

De wind bulderde in hun oren terwijl de auto steeds meer snelheid kreeg en ze deden er allebei het zwijgen toe tot Jay de auto keerde en tot stilstand bracht naast de weg bij County Line, een grote zandvlakte in het uiterste noorden van Malibu waar het hele jaar door surfers in het water te vinden waren.

Omdat de deining vandaag uit het zuidwesten kwam, zouden de golven voldoende krullen om op ze mee te kunnen rijden. En dan konden ze misschien meteen een beetje de show stelen, mochten ze daar zin in hebben.

Jay was bij twee Amerikaanse surfkampioenschappen een keer eerste en een keer derde geworden. In drie jaar tijd had hij drie keer de cover van *Surfer's Monthly* gehaald. En O'Neill was hem gaan sponsoren. En hij had een aanbod van RogueSticks gekregen om een lijn van Riva-shortboards te ontwikkelen. Voor de Triple Crown later dat jaar was hij torenhoog favoriet.

Jay wist dat hij heel goed was. Maar hij wist ook dat al die aandacht voor hem deels gebaseerd was op wie zijn vader was. En soms was het moeilijk om daar onderscheid tussen te maken. De schaduw van Mick Riva achtervolgde al zijn kinderen.

'Zullen we die mafkezen eens laten zien hoe het echt moet?' zei Jay.

Kit knikte met een klein lachje. Zijn arrogantie vond ze zowel irritant als grappig. Sommige mensen zouden Jay waarschijnlijk de opwindendste en veelbelovendste surfer van heel Amerika vinden, maar voor Kit was hij gewoon haar oudere broer wiens kunstjes een beetje afgezaagd werden.

'Ja, laten we dat doen,' zei ze.

Een niet al te grote jongen met een vriendelijk gezicht en een half uitgetrokken wetsuit om zijn heupen zag Jay en Kit uit hun auto stappen. Seth Whittles. Zijn natte haar was naar achteren gestreken. Hij stond zijn gezicht af te drogen met een handdoek.

'Ha, ik dacht al dat ik je hier wel zou tegenkomen vanochtend,' zei hij tegen Jay, die om de jeep heen liep. 'De golven zijn echt te gek.'

'Zeker weten,' zei Jay.

Seth was een jaar jonger dan Jay en had op school een klas lager gezeten. Nu ze allebei volwassen waren, begaven ze zich in dezelfde kringen en surften ze op dezelfde golven. Jay had het idee dat Seth dat een hele prestatie van zichzelf vond.

'Groot feest vanavond,' zei Seth. Zijn stem had een brutale klank en Kit begreep meteen dat Seth daarmee wilde laten merken dat hij ook was uitgenodigd. Toen Seth Kits blik ving, glimlachte hij naar haar alsof hij haar bestaan nu pas opmerkte. 'Hoi,' zei hij.

'Hoi.'

'Ja man, bij Nina thuis in Point Dume, net als vorig jaar,' beaamde Jay.

'Cool,' zei Seth, met zijn blik nog steeds op Kit gericht.

Terwijl Seth en Jay verder praatten, pakte Kit de surfplanken uit de auto en waxte ze. Daarna sleepte ze ze naar het water.

Jay haalde haar in en nam zijn surfplank van haar over.

'Dus Seth komt vanavond ook,' zei hij.

'Zo te horen wel.' Kit bond haar *surfleash* aan haar enkel.

'Volgens mij heeft hij een oogje op je,' zei Jay. Hij had nog niet eerder gemerkt dat iemand een oogje op Kit had. Op Nina wel, continu. Maar niet op Kit. Hij bekeek zijn zusje met nieuwe ogen. Was ze ineens hot of zo? Hij wilde dat niet eens weten.

'Ja, vast,' zei Kit.

'Hij is oké. Alleen een beetje maf dat hij mijn kleine zusje zo bekijkt waar ik bij ben...' zei Jay.

'Ik ben twintig, Jay,' zei Kit.

Jay fronste. 'Maar toch.'

'Nou ja, ik ga nog liever dood dan dat ik Seth Whittles moet zoenen,' zei Kit terwijl ze overeind kwam en haar surfplank pakte. 'Dus daar hoef je niet wakker van te liggen.'

Seth zag er best goed uit, dacht Jay bij zichzelf. En hij was aardig. Hij was ook continu verliefd en nodigde meisjes uit voor etentjes en dat soort shit. Kit zou het slechter kunnen treffen. Soms snapte hij echt niets van haar.

'Klaar?' vroeg Kit.

Jay knikte. 'Ja.'

Ze liepen samen de golven in zoals ze dat al ontelbare keren in hun leven hadden gedaan, gingen op hun surfplanken liggen en peddelden naast elkaar de zee op.

Er lag al een handjevol mensen te wachten tot ze een golf konden nemen. Maar toen Jay uit de branding kwam was onmiddellijk duidelijk wat zijn positie was, want de rij wachtenden maakte meteen plaats voor hem.

Jay en Kit waren de eersten die de hoogste golf pakten.

Hud Riva – klein terwijl zijn broers en zus lang waren, stevig gebouwd terwijl zij elegant waren, en die in de zomer altijd verbrandde terwijl zij bruin werden – was de slimste van het stel. Veel te slim om niet te weten wat de werkelijke gevolgen zouden zijn van wat hij aan het doen was.

Hij bevond zich dertien kilometer zuidelijker naast de PCH waar hij de ex-vriendin van zijn broer, Ashley, aan het beffen was in een Airstream die illegaal geparkeerd stond op Zuma Beach.

Zelf zou hij dat overigens niet zo hebben gezegd. Wat hem betrof bedreef hij de liefde. Hij deed het simpelweg met zoveel hartstocht in iedere ademstoot dat het goedkoop zou zijn om het iets anders dan liefde te noemen.

Hud hield van Ashleys kuiltje in haar ene wang en van haar groengouden ogen en haar goudgouden haar. Hij hield ervan dat ze 'antropologie' niet kon uitspreken, dat ze hem altijd vroeg hoe het met Nina en Kit ging en dat haar lievelingsfilm *Private Benjamin* was.

Hij hield van haar scheve tand die je alleen maar kon zien als ze lachte. Zodra ze merkte dat Hud ernaar keek, sloeg ze beschaamd haar hand voor haar mond en begon nog harder te lachen. En daar hield hij dan ook weer van.

Op dat soort momenten gaf ze hem vaak een klap en zei: 'Hou op, je maakt me verlegen.' Maar met nog steeds die schittering in haar ogen.

En als ze dat deed wist hij dat ze ook van hem hield.

Ashley zei vaak dat ze van zijn brede schouders hield en van zijn lange wimpers. Ze hield van de manier waarop hij zich om zijn familie bekommerde. Ze bewonderde zijn talent: dat hij erin slaagde om de wereld er door zijn camera mooier uit te laten zien dan hoe zij die zag. Ze bewonderde hem omdat hij zich in gevaarlijk water begaf, net als de surfers, maar dan zwemmend of balancerend op een jetski met zijn dure camera in zijn hand om Jays kunstjes op zijn surfplank te vangen in het volmaakte licht en met de volmaakte beweging.

Dat vond Ashley nog wel het indrukwekkendst aan hem. Per slot van rekening was het niet alleen Jay die in drie jaar tijd drie keer de cover van *Surfer's Monthly* had gehaald; hetzelfde gold voor Hud. Alle beroemde foto's van Jay waren door Hud gemaakt. Het breken van de golven, de surfplank die door het water sneed, het opspattende water, de horizon...

Jay mocht dan de golven nemen, Hud was degene die ervoor zorgde dat het er mooi uitzag. De naam Hud Riva stond in alle drie de nummers. Volgens Ashley had Jay Hud net zo hard nodig als Hud Jay.

En daarom zag Ashley een rustige man die geen aandacht of loftuitingen nodig had wanneer ze naar Hud Riva keek. Ze zag een man wiens werk voor zich sprak. Ze zag een man in plaats van een jongen.

En daardoor voelde Hud zich meer man dan ooit tevoren.

Ashleys ademhaling werd oppervlakkiger naarmate Hud sneller bewoog. Hij kende haar lichaam, wist wat ze nodig had. Dit was niet de eerste of tweede of tiende keer dat hij dit deed.

Toen ze klaar waren trok Ashley Hud omhoog zodat ze naast elkaar lagen. Het was bedompt in de camper. Nog voordat ze de eerste kus hadden uitgewisseld, hadden ze alle raampjes en deuren op slot gedaan, bang om te worden gehoord, gezien of zelfs maar 'vermoed'. Ashley ging rechtop zitten en zette het raampje bij het bed op een kiertje om de zeebries binnen te laten. De zoute lucht sneed door de klamheid heen.

Ze hoorden gezinnen en tieners op het strand, de golven die kwamen aanrollen en het scherpe fluitje van een strandwacht op de dichtstbijzijnde uitkijkpost. Veel stukken strand in Malibu waren verboden voor onbevoegden, maar Zuma – dat brede stuk strand van fijn zand dat tegen de PCH aan lag – was voor iedereen. Op een dag als deze kwamen er gezinnen uit heel Los Angeles naartoe in een poging nog een laatste gedenkwaardige dag uit de zomervakantie te persen.

'Hoi,' zei ze zacht, verlegen glimlachend.

'Hoi,' zei hij, gecharmeerd.

Hij pakte de vingers van haar linkerhand en speelde ermee, ze verstrengelend met de zijne.

Hij zou zo met haar trouwen. Dat wist hij. Hij had dit nog nooit voor iemand gevoeld, maar voor haar voelde hij dat wel. Hij had het gevoel alsof hij dit al sinds zijn geboorte wist, hoewel hij best snapte dat dat helemaal niet kon.

Hud was bereid zich helemaal aan Ashley te geven met alles wat hij had, alles wat hij kon geven. Een droombruiloft en hoeveel kinderen ze dan ook maar wilde. Waarom zou het moeilijk zijn om je volledig aan één vrouw te wijden? Voor hem voelde het heel natuurlijk.

Hud was pas drieëntwintig, maar hij was er klaar voor om iemands echtgenoot te worden, een gezin te stichten, een leven op te bouwen met Ashley.

Hij moest alleen nog een manier zien te vinden om dat aan Jay te vertellen.

'Dus... vanavond,' zei Ashley terwijl ze zich begon aan te kleden. Ze trok haar gele bikinibroekje omhoog en deed een wit T-shirt aan waar in blauwe en gouden letters UCLA op stond.

'Wacht.' Hud ging ook rechtop zitten en zijn hoofd raakte bijna het dak. Hij droeg een donkerblauwe, korte corduroy broek en geen shirt. Zijn voeten zaten onder het zand. Zijn voeten zaten altijd onder het zand. Zo waren hij en zijn broer en zussen opgegroeid. Zand aan hun voeten en op de vloer en in hun auto's en tassen en doucheputjes. 'Trek je shirt nog even uit. Alsjeblieft.' Hij boog zich naar voren om een van zijn camera's te pakken.

Ashley rolde met haar ogen, maar ze wisten allebei dat ze het zou doen.

Hij keek haar door de zoeker aan. 'Je bent pure kunst.'

Ze rolde weer met haar ogen. 'Jemig, wat afgezaagd.'

Hij glimlachte. 'Ik weet het, maar ik zweer je dat ik dat nog nooit tegen een andere vrouw heb gezegd.' Dat was waar.

Ashley legde haar handen kruislings over haar borst. Ze pakte de zoom van haar shirt beet en trok het over haar hoofd uit; haar lange blonde haar viel over haar rug en schouders. Terwijl ze dat deed maakte Hud foto's, haar in elk stadium van ontkleding vastleggend.

Ze wist dat ze er door zijn lens prachtig uit zou zien. Terwijl hij klikte, raakte ze steeds meer op haar gemak, opbloeiend bij het idee dat hij haar zag. Ze bracht haar handen naar haar bikinibroekje en maakte de touwtjes los. En in drie snelle klikken was het weg.

Hud stopte een nauwelijks waarneembare seconde, verbaasd over haar bereidwilligheid, haar vertoon van initiatief om zich verder voor hem te ontbloten dan hij ooit van haar had gevraagd. Toen ging hij door. Hij fotografeerde haar steeds weer. Ze ging op het bed zitten en sloeg haar benen over elkaar. En hij bracht zijn camera steeds dichter naar haar toe.

'Ga door,' zei ze. 'Ga door tot we klaar zijn.' En toen trok ze aan zijn broek, liet die op de grond vallen en nam ze hem in haar mond. En hij bleef foto's maken tot ze klaar waren en toen keek ze hem aan en zei: 'Die zijn alleen voor jou. Je moet ze zelf ontwikkelen, oké? Maar nu heb je ze voor altijd. Omdat ik van je hou.'

'Oké,' zei hij, haar nog steeds verbijsterd aankijkend. Ze was zoveel ongelooflijke dingen tegelijk. Zelfverzekerd genoeg om zich zo kwetsbaar op te stellen. Gul, maar zonder de touwtjes uit handen te geven. Hij voelde zich altijd zo kalm bij haar, zelfs wanneer ze hem opwond.

Ashley stond op, bond haar bikinibroekje weer vast en trok resoluut haar shirt aan. 'Wat dat feest betreft, zoals ik al zei...' Ze keek hem aan om zijn reactie te peilen. 'Ik denk dat ik beter niet kan komen.'

'Maar ik dacht dat we hadden besloten –' begon Hud, maar ze kapte hem af.

'Jullie hebben genoeg problemen op dit moment, als familie.' Ze stak haar voeten in haar sandalen. 'Vind je ook niet?'

'Je bedoelt Nina?' Hij volgde haar naar de deur. 'Nina redt zich wel. Denk je dat dit het ergste is wat Nina ooit heeft meegemaakt?'

'Dat bedoel ik dus,' zei ze terwijl ze de Airstream uit stapte. Haar voeten bonkten op het zand, de zon bonkte in haar ogen. 'Ik wil geen gedoe. Jouw familie...'

'Krijgt al aandacht genoeg?' maakte hij haar zin af.

'Precies. En ik wil niet dat Nina er nog een probleem bij krijgt.'

Hoewel Ashley Nina maar een paar keer had ontmoet, had ze altijd rekening met haar gehouden en dat had Hud vanaf het begin al betoverend aan haar gevonden.

'Ik weet het... maar we moeten het ze vertellen,' zei hij terwijl hij haar tegen zich aan trok. Hij sloeg zijn armen om haar heen zodat haar hoofd tegen zijn borst lag. Hij kuste haar haar. Ze rook naar zonnebrandolie – nep-kokosnoot en nep-bananen.

'Dat weet ik wel,' zei ze. 'Maar ik wil gewoon niet zo iemand zijn.'

'Wat voor iemand?'

'De bitch, snap je? Die tussen twee broers komt.'

'Hé,' zei hij. 'Dat ik verliefd op je ben geworden is mijn schuld. Niet de jouwe. En het is het beste wat ik ooit heb gedaan.'

Het lot haalt soms rare streken uit. Dat was de conclusie die Hud had getrokken. Het was zijn manier om de dingen die hem overkwamen te kunnen verklaren. Welke hand hem – iedereen – ook naar de toekomst leidde... het was logisch dat dat met fouten gepaard ging.

Soms leert de verkeerde broer het meisje als eerste kennen. Zo simpel was het. Hud en Ashley... Ze hadden het lot alleen maar op een foutje gewezen.

'Het slaat eigenlijk nergens op dat ik iets met Jay heb gehad,' zei ze terwijl ze zich van hem losmaakte. Alleen hun vingers waren nog verstrengeld.

'Dat was precies wat ik dacht de eerste keer dat ik je zag,' zei hij. 'Ik dacht: dat meisje past helemaal niet bij Jay.'

'Vond je dat ik beter bij jou paste?'

Hij schudde zijn hoofd. 'Nee, je bent veel te goed voor me.'

Ashley zette haar hakken in het zand en liet zich achterovervallen. Het enige wat voorkwam dat ze in het zand belandde was zijn stevige greep. Hij liet haar even bungelen en trok haar toen weer naar zich toe.

'Je moet echt komen vanavond,' zei hij. 'Dan kunnen we het aan Jay vertellen en dan is alles weer goed.'

Het was een stilzwijgende afspraak tussen hen dat wat ze aan Jay zouden vertellen een leugen zou zijn. Een halve waarheid.

Ze zouden Jay vertellen dat ze iets hadden. Ze zouden hem niet vertellen dat ze een halfjaar geleden voor het eerst met elkaar naar bed waren gegaan, toen ze elkaar op de Venice Boardwalk tegen het lijf waren gelopen. Toen Ashley en Jay nog een relatie hadden.

Ashley droeg toen een spijkerjasje over een koraalrode jurk die fladderde in de wind. Hud droeg een witte korte broek en een blauw overhemd met korte mouwen, met aan zijn voeten oude Topsiders.

Ze waren allebei uit met vrienden toen ze elkaar zagen voor een souvenirwinkel waar ze tanktopjes met ordinaire teksten en goedkope zonnebrillen verkochten.

Ze bleven even staan om elkaar te begroeten en zeiden tegen hun vrienden dat ze er zo aan kwamen. Maar dat 'zo' duurde steeds langer, tot er een moment kwam waarop ze allebei beseften dat ze niet meer naar hun vrienden zouden gaan.

Ze waren continu aan het praten terwijl ze samen over de boulevard wandelden en winkeltjes en bars in- en uitgingen. Hud paste een cowboyhoed van stro en Ashley moest lachen. Ashley pakte voor de grap een Wonder Woman-lasso en deed alsof ze ermee in de lucht sloeg. En aan de manier waarop Ashley naar hem lachte kon Hud zien dat de avond zich ontpopte tot iets groters dan hun bedoeling was geweest.

Uren later, na een beetje te veel drank, sloten ze zich op in een van de wc-hokjes van een bar die Mad Dogs heette. Ashley fluisterde in Huds oor: 'Ik heb altijd jou gewild. Altijd liever jou.' *Ze had altijd liever hem gewild.*

Ze had het nog niet gezegd of hij kuste haar, pakte haar benen, tilde haar op en duwde haar tegen de muur. Ze rook naar een bloem waarvan hij de naam niet wist. Haar haar voelde fijn en zacht aan. Wat hem betrof had er nog nooit iemand zo goed aangevoeld als zij die avond.

Toen het voorbij was voelden ze zich allebei klaarwakker en bevredigd en licht als een veertje, tot zich het begin van een schuldgevoel begon te vormen.

Hud beschouwde zichzelf altijd graag als een goeie jongen. Maar het doen met de vriendin van je broer was iets wat een goeie jongen nooit zou doen.

En al zeker niet vaker dan één keer.

Maar er was die avond en toen nog een avond. En daarna een etentje in een restaurant vier steden verderop langs de kust. En toen wat gesprekken over hoe Ashley het kon uitmaken met Jay.

En toen had ze dat gedaan.

Vijf maanden geleden was Ashley om elf uur 's avonds bij Huds Airstream verschenen en had gezegd: 'Ik heb het uitgemaakt. En ik denk dat je moet weten dat ik van je hou.'

Hij had haar naar binnen getrokken, haar gezicht tussen zijn handen genomen en gezegd: 'Ik hou ook van jou. Ik hou al van je sinds... Weet ik veel. In elk geval eerder dan had gemogen.'

En nu wachtten ze het juiste moment af in de hoop dat ze de perfecte situatie konden creëren waarin ze Jay de halve waarheid konden vertellen. Een halve waarheid tussen halfbroers, hoewel Jay en Hud elkaar nooit als halfbroers hadden beschouwd.

'Kom op het feest,' zei Hud tegen Ashley. 'Ik ben eraan toe om het iedereen te vertellen.'

'Ik weet het niet.' Ashley zette haar witte zonnebril op en pakte haar sleutels. 'We zien nog wel.'

Acht uur 's ochtends

Nina was op het water. Het kostte haar moeite om de lange, trage *right-handers* te vinden waar ze naar op zoek was.

Ze was niet op het water om de show te stelen. De golven waren daar vanochtend toch niet geschikt voor. Het enige wat ze wilde was elegant over de golven surfen en *cross-steppen* tot ze van haar surfplank zou worden gegooid.

Het was rustig op het strand. Dat was het voordeel van een kleine exclusieve inham die aan drie kanten werd beschermd door vijftien meter hoge kliffen. Hoewel het strand technisch gezien openbaar was, waren de enigen die er konden komen de mensen die een privétrap naar beneden hadden of die bereid waren om langs de rotsige kustlijn te lopen, met als gevaar dat ze bij vloed vast zouden komen te zitten.

Die ochtend deelde Nina de inham met twee tienermeisjes in fluorescerende bikini's die lagen te zonnen en Jackie Collins en Stephen King lazen.

Aangezien Nina de enige op het water was, bleef ze zonder zich te haasten net achter de kopgolf op haar surfplank hangen. Terwijl ze daar zo dreef, met de wind die haar natte huid verkoelde en de zon die haar blote schouders blakerde en met haar benen in het water, kwam er al iets van de rust over haar heen die ze op het water had gezocht.

Een uur geleden had ze nog als een berg tegen het feest opgezien. Ze had er zelfs over gefantaseerd om het maar helemaal af te zeggen. Maar dat kon ze Jay, Hud en Kit niet aandoen. Ze keken ieder jaar weer uit naar dit feest en hadden het er daarna nog maanden over.

Het feest was jaren geleden begonnen als een soort wilde bierfuif; een stel surfers en skateboarders uit de buurt die op de laatste zaterdag van de maand augustus samenkwamen in het huis van de Riva's. Maar in de jaren daarna was Nina bekend geworden en was ze met Brandon getrouwd, waardoor ze in het middelpunt van de belangstelling was komen te staan.

Ieder jaar leek het feest meer bekende mensen aan te trekken. Acteurs, popsterren, modellen, scenarioschrijvers, regisseurs, zelfs een paar olympische sporters. Op de een of andere manier was het bescheiden fuifje uitgegroeid tot hét feest waarop je gezien moest worden. Al was het alleen maar om te kunnen zeggen dat je erbij was toen...

Toen in 1979 Warren Rhodes en Lisa Crowne naakt het zwembad in waren gesprongen. Toen in 1981 de supermodellen Alma Amador en Georgina Corbyn met elkaar lagen te vrijen waar hun echtgenoten bij waren. Toen vorig jaar Bridger Miller en Tuesday Hendricks elkaar leerden kennen onder het genot van een joint in Nina's achtertuin. Twee weken later waren ze verloofd en afgelopen mei had Tuesday hem achtergelaten bij het altaar. *Now This* had toen als kop: WAAROM TUESDAY NIET MET BRIDGER DIE BRUG OVER KON.

Er kwam geen eind aan de verhalen die mensen elkaar vertelden over wat er allemaal op het Riva-feest was gebeurd, en van sommige wist Nina niet eens zeker of ze wel waar waren.

Zo zou Louie Davies Alexandra Covington hebben ontdekt toen ze topless in Nina's zwembad zwom. Hij had haar gecast als hoer in *Let 'Em Down Easy* en nu, twee jaar later, had ze een Oscar.

En op het feest van 1980 was Doug Tucker, de nieuwe directeur van Sunset Studios, blijkbaar stomdronken geworden en had toen iedereen verteld dat hij kon bewijzen dat Celia St. James lesbisch was.

Had Nina's buurman Rob Lowe vorig jaar echt het hele nummer 'Jack & Diane' gezongen in haar keuken samen met haar andere buurman,

Emilio Estevez? Dat werd beweerd. Nina zou het niet weten.

Ze merkte niet altijd alles wat er in haar eigen huis gebeurde. Zag niet iedere gast die zijn opwachting maakte. Ze maakte zich er voornamelijk druk om of haar broers en zusje zich wel vermaakten. Maar dat was altijd zo.

Vorig jaar hadden Jay en Hud geblowd met alle leden van de Breeze. Kit had boven in Nina's slaapkamer de hele avond zitten kletsen met Violet North, een week voordat Violets debuutalbum op één kwam te staan. Sindsdien konden Jay en Hud wanneer ze maar wilden vrijkaartjes krijgen voor een concert van de Breeze. En Kit had het er nog weken over gehad dat Violet zo cool was.

En daarom wist Nina dat ze haar feest niet kon afzeggen. De Riva's waren met hun vieren dan wel anders dan de meeste families, maar ze hadden wel zo hun tradities. En bovendien: hoe moest je een feest afzeggen waar geen uitnodigingen voor waren verstuurd? Mensen kwamen gewoon, of ze hen er nu bij wilde hebben of niet.

Van haar beste vriendin Tarine, die ze had leren kennen bij een fotoshoot voor *Sports Illustrated*, had ze gehoord dat Vaughn Donovan van plan was om te komen. En Nina moest erkennen dat Vaughn Donovan misschien wel de hotste man was die ze ooit in een film had zien spelen. De manier waarop hij glimlachte toen hij in *Wild Night* zijn bril afzette op het parkeerterrein bij een supermarkt, bleef adembenemend.

Terwijl Nina naar de deining keek die uit het westen aan kwam rollen, besloot ze het feest niet als een vloek maar als een zegen te beschouwen. Het was precies wat ze nodig had. Ze kon wel een leuke avond gebruiken. Even alles van zich afzetten. Ze kon samen met Tarine een fles wijn soldaat maken. Ze kon flirten. Ze kon dansen.

Nina keek naar de eerste golf in een reeks die vlak bij haar stuksloeg. Hij krulde zich langzaam, gestaag en prachtig naar rechts, precies zoals ze had gehoopt. En toen de volgende golf kwam aanzetten peddelde ze met hem mee tot ze de zwelling onder zich voelde en op de plank sprong.

Ze bewoog mee met het water, alleen nog maar denkend aan tegenwicht geven, meegeven en opvangen. Ze dacht niet meer aan de toekomst of aan het verleden, alleen nog aan het heden. Hoe bewaar ik mijn evenwicht, hoe blijf ik het beste staan? Beter. Langer. Gemakkelijker.

Terwijl de golf vaart kreeg, zakte ze wat meer door haar knieën. En toen de golf vaart minderde, begon ze te pompen. En toen het precies goed aanvoelde, danste ze met lichte bewegingen naar de neus van de plank, zich voortbewegend met een zachtheid die de vaart niet in de weg zat. Daar bleef ze staan, vooraan op de plank met haar voeten iets uit elkaar en haar armen gespreid om haar evenwicht te bewaren.

Ze werd gedragen door haar gratie, zoals al haar hele leven.

1956

Onze familieverhalen zijn simpele verhalen. Het zijn mythen die we verzinnen over de mensen vóór ons, in een poging onszelf beter te begrijpen.

Het verhaal van June en Mick Riva was in de ogen van hun oudste kind, Nina, een tragedie. Voor hun eerste zoon, Jay, was het een grote klucht. Voor hun tweede zoon, Hud, was het een ontstaansgeschiedenis. En het was een mysterie voor Kit, de benjamin van het gezin. Voor Mick zelf was het slechts een hoofdstuk uit zijn memoires.

Maar voor June was het een romantisch boek en dat zou het ook altijd blijven.

Mick Riva leerde June Costas kennen toen ze een meisje van zeventien was aan de kust van Malibu. Het was 1956, een paar jaar voordat de Beach Boys er hun opwachting zouden maken en tieners na het zien van de film *Gidget* en masse naar het strand trokken.

Malibu was toen nog een vissersdorp met één stoplicht. Het had een stille kustlijn en in het binnenland kronkelden de wegen zich om de bergen heen. Maar het dorp raakte in de puberteit. Er vestigden zich surfers met hun minieme zwembroeken en surfplanken, en bikini's raakten in de mode.

June was de dochter van Theo en Christina, een stel uit de middenklasse dat op een kleine ranch met twee slaapkamers woonde in een van de vele canyons van Malibu. Ze bestierden een moeizaam lopend restaurant dat Pacific Fish heette, aan de Pacific Coast Highway, waar ze krabkoekjes en gefrituurde mosselen verkochten. Het felrode uithangbord met schuine letters hing hoog in de lucht, waardoor je aan de oostkant van de weg even je ogen van de oceaan lostrok om iets gefrituurds te gaan eten en een ijskoude coca-cola te drinken.

Theo bemande de frituur, Christina de kassa, en 's avonds en in het weekend was het Junes taak om de tafeltjes schoon te vegen en de vloer te dweilen.

Pacific Fish was voor June een plicht en een erfenis. Wanneer Junes moeder haar plek achter de kassa zou verlaten, was het de bedoeling dat Junes lichaam de leegte zou vullen. Maar June had, zelfs op haar zeventiende al, het gevoel dat het leven meer voor haar in petto had.

June begon helemaal te stralen bij de zeldzame gelegenheden dat een regisseur of beginnende filmster het restaurant betrad. Ze herkende zulke mensen meteen, want ze las de roddelbladen met een gretigheid alsof het bijbels waren – ze deed een beroep op haar vaders zwakke plek voor haar zodat hij iedere week een *Sub Rosa* of *Confidential* voor haar kocht. Wanneer June ketchup van de tafeltjes boende, fantaseerde ze dat ze bij een filmpremière in het Pantages Theatre was. Wanneer ze het zout en het zand van de vloer veegde, vroeg ze zich af hoe het zou zijn om in het Beverly Hilton te verblijven en te shoppen bij Robinson's. Ze verbaasde zich over de wereld waarin de sterren leefden. Slechts een paar kilometer bij haar vandaan en toch onbereikbaar omdat ze hier vastzat en toeristen friet moest opdienen.

June vond haar vreugde in steelse momenten tussen haar diensten door. Ze sloop 's avonds het huis uit en bleef uitslapen wanneer ze kon. En wanneer haar ouders aan het werk waren maar haar nog niet nodig hadden, stak June de Pacific Coast Highway over en spreidde haar handdoek uit op het strand tegenover het restaurant van haar ouders. Ze liet haar bleke lijf bakken onder de zon met een zonnebril voor haar ogen en haar blik op het water gericht. Dat deed ze iedere zaterdag en zondag tot halfelf's ochtends, tot de werkelijkheid haar terugriep naar Pacific Fish.

Op een van die zaterdagen in de zomer van '56 stond June aan de kustlijn met haar tenen in het natte zand te wachten tot het water warm genoeg aanvoelde om erin te gaan. Er waren surfers in de golven, vissers langs de kust en tieners als zij die handdoeken uitspreidden en zich insmeerden met zonnebrandcrème.

June had die ochtend heel gedurfd een blauwe strapless bikini aangetrokken. Haar ouders wisten niet eens dat ze die had. Ze was met haar vriendinnen naar Santa Monica geweest waar ze hem had zien hangen in een boetiekje. Ze had hem gekocht van het geld dat ze bij elkaar had gespaard van haar fooien en had de laatste drie dollars van haar vriendin Marcie geleend.

Ze wist dat als haar moeder de bikini zag, ze hem terug zou moeten brengen, of nog erger, weggooien. Maar ze wilde zich mooi voelen. Ze wilde een signaal afgeven en kijken of er iemand op reageerde.

June had kort donkerbruin haar, een klein wipneusje en een hartvormige mond. Ze had grote lichtbruine ogen die het soort onbezonnenheid uitstraalden dat vaak vergezeld gaat van hoop. De bikini hield een belofte in.

Terwijl ze daar die ochtend aan de waterrand stond, voelde ze zich bijna naakt. Soms voelde ze zich lichtelijk schuldig omdat ze zoveel van haar eigen lichaam hield. Ze hield van het gevoel van haar borsten in haar bikinitopje, van de manier waarop haar middel versmalde en daarna weer breder werd. Ze voelde zich leven zoals ze daar stond, deels ontbloot. Ze bukte zich en liet haar handen door het koude water glijden dat tot over haar voeten kwam.

De drieëntwintigjarige nog onbekende Michael Riva zwom in de golven. Hij was met drie vrienden gekomen die hij had leren kennen in de clubs van Hollywood. Hij was nu twee jaar in L.A., waar hij roem hoopte te vinden nadat hij de Bronx achter zich had gelaten.

Toen hij ging staan viel zijn blik op het meisje aan de waterrand. Haar figuur beviel hem. En het beviel hem ook dat ze daar in haar eentje stond, een beetje verlegen. Hij glimlachte naar haar.

June beantwoordde zijn glimlach. En daarom liet Mick zijn vrienden in de steek en liep naar haar toe. Toen hij eindelijk bij haar was, viel er een druppel ijskoud water van zijn arm op de hare. Ze voelde zich al gevleid door zijn aandacht nog voordat hij haar had begroet.

Mick was onmiskenbaar aantrekkelijk met zijn haar dat nat naar achteren lag, zijn gebruinde brede schouders die glansden in de zon en zijn witte zwembroek die hem maar net paste. June vond zijn lippen mooi; de onderlip die zo vol was dat hij bijna opgezwollen leek, en de bovenlip die dunner was en een volmaakte kleine V in het midden had.

Hij stak haar zijn hand toe. 'Mick.'

'Hoi,' zei ze terwijl ze zijn hand schudde. De zon scheen scherp op hen neer en ze moest haar linkerhand boven haar ogen houden om Mick te kunnen aankijken. 'June.'

'June,' zei Mick, haar hand net iets te lang vasthoudend. Hij zei niet zoiets afgezaagds als dat June een mooie naam was. Hij liet haar slechts merken wat hij ervan vond door hem op coole toon te herhalen. 'Je bent het mooiste meisje van dit strand.'

'O, dat weet ik niet hoor,' zei June terwijl ze lachend haar blik afwendde. Ze voelde dat ze een kleur kreeg en hoopte dat hij het niet zag.

'Het is gewoon een feit, June,' zei Mick terwijl hij haar blik weer ving en toen pas haar hand losliet. Hij gaf haar een kus op haar wang. 'Heb je zin om een keertje met me uit te gaan?'

Er trok een siddering door June heen, van haar hart naar haar benen. 'Dat zou ik leuk vinden,' zei ze zo kalm mogelijk. Hoewel ze weinig ervaring met mannen had – haar enige dates waren die naar het schoolbal geweest – wist ze wel dat ze niet al te gretig moest overkomen.

'Oké,' zei hij met een knikje. 'Dat is dan afgesproken.'

Toen hij wegliep wist ze vrijwel zeker dat hij niets van haar opwinding had gemerkt.

De zaterdagavond daarop, om kwart voor zes, veegde June haar laatste tafel in het restaurant schoon en deed rustig haar rode schort af. In de slecht verlichte, smoezelige wc-ruimte verkleedde ze zich. Met een verlegen lachje zei ze haar ouders gedag. Ze had hun verteld dat ze had afgesproken met een vriendin.

Terwijl ze op het parkeerterrein stond, in haar favoriete A-lijnjurk met daaroverheen een dichtgeknoopt roze vest, bekeek ze haar gezicht nog een keertje in een handspiegel en streek haar haar glad.

En toen was hij er, precies om zes uur. Mick Riva in een zilverkleurige Buick Skylark. Hij droeg een strak gesneden donkerblauw pak met een wit overhemd en een brede zwarte das; een look die al wel wat weg had van de look waar hij een paar jaar later bekend om zou staan.

'Hoi,' zei hij nadat hij was uitgestapt en het portier voor haar openhield.

'Hoi,' zei ze terwijl ze instapte. 'Je bent een echte heer.'

Hij schonk haar een scheef lachje. 'Dat valt nog te bezien.'

June verbood zichzelf in katzwijm te vallen. 'Waar gaan we naartoe?' vroeg ze toen hij het parkeerterrein af reed en in zuidelijke richting begon te rijden.

'Maak je daar maar niet druk over,' zei hij met een glimlach. 'Het wordt hartstikke leuk.'

June zakte iets onderuit en trok haar tas op haar schoot. Ze keek door het zijraampje naar de ondergaande zon. Op dit soort momenten besefte ze altijd weer hoe mooi haar geboorteplaats was.

Mick reed de parkeerplaats van de Sea Lion op, gebouwd tegen de rotsachtige kustlijn, met het immense bord in de vorm van een zwaardvis waarop stond dat ze WORLD FAMOUS waren.

Junes wenkbrauwen schoten omhoog. Ze was er een paar keer met haar ouders geweest bij speciale gelegenheden. Er golden binnen hun gezin strenge regels voor dit soort tenten: alleen water drinken, één amuse, een voorgerecht delen, geen toetje.

Mick opende haar portier en pakte haar hand. Ze stapte uit.

'Je ziet er fantastisch uit,' zei hij.

Ze probeerde niet te blozen. 'Jij ziet er ook goed uit.'

'Nou, dank je.' Hij streek zijn das glad en sloot het portier achter haar. Hij legde zijn warme hand op haar rug en leidde haar naar de ingang. Ze gaf zich onmiddellijk over aan zijn aanraking. Het was een opluchting dat hij de leiding nam, alsof er – eindelijk – iemand was die haar de weg naar haar toekomst wees.

Binnen werden ze naar een tafel aan het raam gebracht met uitzicht op de oceaan.

'Wat een goed idee,' zei June. 'Dank je.' Ze zag dat er een lach op zijn gezicht verscheen.

'O, gelukkig,' zei hij. 'Ik wist niet zeker of je wel zin had in een visrestaurant. Je ouders zijn toch eigenaar van Pacific Fish?'

'Ja.' Ze knikte. 'Dat is van mijn ouders. En ik help in de zaak.'

'Dan zal kreeft je wel de keel uithangen,' zei hij.

Ze schudde haar hoofd. 'Helemaal niet. Bróódjes kreeft hangen me de keel uit. Die kan ik gewoon niet meer zien. Maar we hebben bijna nooit een hele kreeft. En ook geen biefstukken of zo. Alleen maar hamburgers en patat en mosselen en zo. Alles komt uit de frituur. Mijn vader gooit alles wat hij tegenkomt in de frituur.'

Mick lachte.

Omdat June dat niet had verwacht, keek ze hem aan en glimlachte naar hem. 'Ze gaan ervan uit dat ik de zaak overneem als ze ermee stoppen.' Haar ouders waren onlangs nog met een bijzonder onaantrekkelijk voorstel gekomen. Ze hadden gezegd dat June een man moest zoeken die ook in de zaak wilde werken.

'Zo te horen ben je daar niet erg enthousiast over.'

Ze schudde haar hoofd. 'Zou jij enthousiast zijn?' Misschien was hij dat wel. En dan zou het misschien ook niet zo'n akelig vooruitzicht zijn om met een man te trouwen die de zaak wilde overnemen.

Hij keek haar even aan. 'Nee,' zei hij toen. 'Daar zou ik niet enthousiast van worden.'

June keek naar haar glas water en nam een slokje. 'Nee, dat dacht ik al.'

'Ik heb gewoon grootsere plannen, meer niet,' zei hij.

Ze keek op. 'O?'

Glimlachend legde hij de menukaart neer. Hij boog zich voorover alsof hij haar een geheimpje ging verklappen, een verkooppraatje ging houden of haar wilde betoveren. 'Ik ben zanger.'

'Zanger?' Haar stem schoot omhoog. 'Wat voor zanger?'

'Een fantastische.'

Ze lachte. 'Nou, dan wil ik je weleens een keertje horen zingen.'

'Ik probeer Hollywood te veroveren, ik zing in clubs en probeer de juiste mensen te leren kennen. Maar ik verdien er nog niet veel mee. Ik bedoel, eigenlijk verdien ik bijna niks. Overdag schilder ik huizen om in mijn levensonderhoud te kunnen voorzien. Maar het begint te komen. Mijn maatje Frankie kent iemand bij Runner Records. Als ik die weet te overtuigen krijg ik misschien wel mijn eerste platendeal.'

Van de woorden 'Hollywood' en 'clubs' en 'platendeal' ging Junes bloed sneller stromen. Glimlachend keek ze hem aan.

De ober kwam hun bestelling opnemen, maar voordat June haar mond kon opendoen nam Mick de touwtjes in handen. 'We nemen allebei de surf-and-turf.'

Haar verbazing verbergend klapte ze haar menukaart dicht. Ze gaf hem aan de ober. 'Dus later kan ik zeggen dat ik je al kende toen je net begon?'

Hij lachte. 'Denk je dat het me zal lukken?' vroeg hij. 'Dat ik een platendeal kan krijgen? Vriendjes worden met alle grote sterren? In het hele land uitverkochte zalen? De kranten halen?'

'Dat moet je mij niet vragen,' zei ze terwijl ze het servet op haar schoot gladstreek. 'Ik zit niet in de business. Niemand zit op mijn mening te wachten.'

'Ik wel,' zei hij. 'Ik zit wel op jouw mening te wachten.'

Aan zijn gezicht zag ze dat hij het meende. 'Ja,' zei ze met een knikje. 'Ja, ik denk dat je het kunt.'

Hij glimlachte en dronk toen het ijs onder uit zijn glas. 'Wie zal het zeggen? Misschien ben ik over een jaar wel een internationale ster en ben jij het meisje aan mijn zijde.'

June wist dat dit een versiertrucje was. Maar ze moest toegeven dat het werkte.

Later, toen de golven tot vlak onder hun raam rolden, stelde Mick June een vraag die niemand haar ooit had gesteld. 'Ik weet dat je het restaurant niet wilt overnemen, maar wat wil je wel?'

'Hoe bedoel je?' vroeg ze.

'Ik bedoel, als je je ogen dichtdoet...'

Ze deed haar ogen dicht, langzaam, blij om te doen wat hij zei.

'En je stelt je je toekomst voor, een toekomst waarin je gelukkig bent, wat zie je dan?'

Een beetje glamour misschien, wat reizen, dacht ze. Ze wilde het soort vrouw zijn dat wanneer iemand haar complimenteerde met haar bontjas, kon zeggen: 'O, deze? Die heb ik in Monte Carlo gekocht.' Maar dat was pure fantasie. Dagdromerij. Ze had echter ook een echt antwoord. Een antwoord dat ze in geuren en kleuren voor zich zag. Zo echt dat ze het bijna kon aanraken.

Ze deed haar ogen open. 'Een gezin,' zei ze. 'Twee kinderen. Een jongen en een meisje. Een goede man die graag met me danst in de huiskamer en die onze trouwdag nooit vergeet. En we maken ook nooit ruzie. En we hebben een mooi huis. Niet in de heuvels of in de stad maar aan het water. Aan het strand. Met twee wasbakken in de badkamer.'

Hij glimlachte naar haar.

Hij zag wereldtournees voor zich, maar hij stelde zich ook altijd voor dat er dan thuis een gezin op hem wachtte. Hij wilde vrouw en kinderen, een huis met genoeg ruimte om te kunnen ademhalen, een huis waar vrede heerste zelfs als het er niet stil was. Hij wist niet of hij zo'n soort leven kon hebben. Hij wist eigenlijk niet hoe dat eruitzag of hoe je dat voor elkaar kreeg. Maar hij wilde het. Hij wilde het net zo graag als zij. 'Twee wasbakken dus,' zei hij.

Ze knikte. 'Dat heb ik altijd te gek gevonden. De ouders van een vriendin van me die vlak bij Trancas Canyon woonden hadden dat. Ze hadden daar een ranch achter de markt,' vertelde ze. 'We deden altijd verkleedspelletjes in de slaapkamer van haar ouders. En daar zag ik die dubbele wasbakken. En toen dacht ik: dat wil ik ook als ik groot ben. Zodat mijn man en ik tegelijkertijd onze tanden kunnen poetsen.'

'Ja, te gek.' Hij knikte. 'Ik kom ook niet uit een wereld waarin je twee wasbakken hebt. Bij ons konden we ons niet eens een broodje kreeft veroorloven.'

'O, dat maakt me niet uit,' zei ze. Ze wist niet eens of ze dat meende.

Maar toen ze het zei, had ze het gevoel van wel.

'Ik bedoel alleen maar dat wij geen geld hadden. Maar ik vind dat waar je vandaan komt niks zegt over waar je naartoe gaat.'

Mick was opgegroeid in een veredelde huurkamer en had de badkamer met andere gezinnen moeten delen. Maar al heel lang geleden had hij besloten dat dat soort armoedigheid in zijn toekomst niet meer zou voorkomen. Hij zou dan alles hebben, en het was die gedachte die maakte dat hij het had uitgehouden.

'O, ooit zal ik rijk zijn, echt,' zei hij. 'Ik mag nu dan niks hebben, maar dat komt vanzelf wel.'

Ze glimlachte. 'Mij maakt het niet uit. Mijn ouders dreigen om de paar jaar failliet te gaan dus ik ben wel wat gewend.'

'Als het ons ooit lukt om die wereld van twee wasbakken te bereiken, dan zullen die twee-wasbakkenmensen ons Nieuw Geld noemen.'

Ze lachte. 'Misschien ook niet. Misschien hebben ze het dan te druk met jou om je handtekening vragen.'

Hij lachte ook. 'Daar proosten we op.'

Ze hield haar glas omhoog.

Het toetje mocht June van hem uitkiezen. Onder het toeziend oog van de ober liet ze haar blik nerveus over de kaart glijden; ze wilde per se de juiste keuze maken. 'Ik weet het niet!' riep ze. 'Gebakken bananen met ijs en karamelsaus of omelette sibérienne?'

'Jij mag het zeggen,' zei hij met een wegwerpgebaar.

Ze aarzelde nog even en hij boog zich naar haar toe en fluisterde toen: 'Maar doe die bananen maar.'

Ze keek de ober aan. 'De gebakken bananen, alstublieft.'

Toen het dessert op tafel stond raakten hun vorken met elkaar in gevecht boven hetzelfde bord.

'Ho ho meneer,' zei June glimlachend. 'Je pikt alle slagroom in.'

'Sorry.' Mick leunde naar achteren. 'Ik ben nogal een zoetekauw.'

'Ik ook, dus we zullen er iets op moeten verzinnen.'

Hij glimlachte naar haar en schoof het bord naar haar toe zodat zij de rest van het toetje kon opeten.

'Heel aardig van je, dank je,' zei ze.

'O, ik snap het al,' zei hij. 'Je wilde alleen maar dat ik zéí dat we het toetje zouden delen en dat ik het dan helemaal aan jou zou geven.'

Ze knikte terwijl ze doorging met eten.

'Nou, zo zit ik niet in elkaar. Ik wil mijn deel van de toetjes. Mijn helft. En als het iets wordt tussen ons dan kun je daar maar beter aan wennen.'

Als het iets wordt tussen ons. June probeerde niet te blozen.

'Oké dan.' Het kostte haar geen enkele moeite om het bord weer naar hem toe te schuiven. 'Eerlijk is eerlijk.'

Toen de ober de rekening op tafel legde pakte Mick die meteen op. 'Wil je je nog even opfrissen voordat we gaan?' vroeg hij.

'Ja.' Ze stond op. 'Ik ben zo weer terug.'

Ze liep de wc-ruimte in waar ze haar lichtroze lippenstift bijwerkte, haar gezicht poederde en haar tanden controleerde. Toen ze de deur opendeed stond hij al op haar te wachten. 'Klaar om te gaan?'

Toen ze enigszins gehaast naar de auto liepen kreeg June even het gevoel dat hij de rekening misschien niet had betaald. Maar ze zette die gedachte meteen weer van zich af.

Wat later bracht Mick zijn auto tot stilstand aan de rand van de weg bij het strand. Hij pakte haar hand en trok haar de koele avondlucht in en ze renden blootsvoets door het afgekoelde zand.

'Ik vind je leuk, June,' zei hij terwijl hij zijn armen stevig om haar heen sloeg. Hij wilde een vrouw die hij gelukkig kon maken. 'Je ben er eentje uit duizenden.'

Hij begon met haar te wiegen, alsof ze muziek hoorden.

June wist niet precies wat Mick zo bijzonder aan haar vond. Ze had zich veel minder cool gedragen dan ze van plan was geweest. Ze was ervan overtuigd dat hij heel goed wist dat ze zwaar onder de indruk van hem was. Ze was ervan overtuigd dat hij wist dat dit voor haar allemaal nieuw was – liefde, seks. Maar als hij haar bijzonder vond moest ze het misschien maar aandurven om hem te geloven.

'Mag ik voor je zingen?' vroeg hij.

Grinnikend zei ze: 'O, je wil me je fantastische stem laten horen?'

Hij lachte. 'Misschien heb ik een beetje overdreven. Misschien is hij wel niet zo fantastisch.'

'Laat maar horen.'

Ze bevonden zich aan de rand van de Pacific Coast Highway, kilometers verwijderd van de nachtclubs van Hollywood, ver weg van de filmstudio's in het binnenland en het geroezemoes van Santa Monica. Het achterland van Malibu was nog maar half getemd, een en al woestijn die je slechts kon doorkruisen via onverharde wegen. Alles voelde nog leeg en woest aan.

Ze drukte haar lichaam tegen hem aan en legde haar wang op zijn borst en Mick begon een kalm lied te zingen op een kalm strand, met zijn prachtige stem voor een prachtig meisje.

I'm gonna love you, like nobody's loved you, come rain or come shine.

Zijn stem was zacht en zoetgevooisd. Zo te horen kostte zingen hem geen enkele inspanning. De tonen welden op uit zijn keel als adem uit longen en June verbaasde zich erover hoe gemakkelijk alles leek, hoe gemakkelijk de wereld aanvoelde als ze bij hem was.

Ze begreep op dat moment dat ze gelijk had gehad toen ze aan tafel tegen hem had gezegd dat ze dacht dat het hem wel zou lukken. De man die ze in haar armen hield was een ster. Ze wist het zeker. En ze vond het bijzonder opwindend.

I'm with you always, I'm with you rain or shine.

Toen het nummer was afgelopen keek ze hem niet aan en ze stopte ook niet met wiegen. Ze vroeg alleen maar: 'Wil je nu iets van Cole Porter voor me zingen?' Al vanaf dat ze een baby was, was ze gek op Cole Porter.

'Cole Porter is mijn favoriet,' zei hij. Hij maakte zich iets van haar los om haar te kunnen aankijken. 'Een mooie vrouw die met me ruziet over gebakken bananen en ook nog een fantastische smaak in muziek heeft? Waar ben je al die tijd geweest, June Costas?'

Mick wilde niet alleen door het leven. Hij had zo'n hart dat zich hecht. En hij wilde zich aan haar hechten. Daar leek ze hem heel geschikt voor.

'Gewoon hier,' antwoordde ze. 'In Malibu. Mijn hele leven.'

'Nou, dan ben ik blij dat ik naar Malibu ben gekomen,' zei hij voordat hij weer begon te zingen.

Mick wilde een vrouw met een teder hart, zonder scherpe randjes. Een vrouw die nooit zou schreeuwen, nooit haar hand zou heffen. Die warmte en liefde zou uitstralen. Die in hem zou geloven en hem zou aanmoedigen in zijn carrière.

Hij begon te denken dat June weleens die vrouw zou kunnen zijn. En dus zou je in zekere zin kunnen zeggen dat dit het moment was waarop Mick verliefd werd op June, als verliefd worden al een keus is. Hij koos haar.

Maar voor June was het helemaal geen keus. Voor June was het een vrije val.

En nadat Mick haar gezicht tussen zijn handen had genomen en haar die avond op het strand had gekust, was June Costas verloren.

9 uur 's ochtends

Nina's haar was golvend en nat. Zand kleefde aan de randen van haar voeten en zat in haar knieholtes en tussen haar haarwortels.

Ze zette de surfplank weer in de strandhut en deed hem op slot. Ze had helemaal geen zin gehad om uit het water te komen, maar ze had nog veel te doen.

Toen ze het lange steile pad naar haar huis op liep, voelden haar benen wiebelig aan en haar rug en borst waren net zo vermoeid en pijnlijk als altijd wanneer ze het water op was geweest. Toch kostte de wandeling naar boven haar geen enkele moeite.

Ze liep meteen door naar de buitendouche. Die bevond zich aan de zijkant van het huis en was gemaakt van panelen van teakhout. Terwijl ze haar donkergroene halterbikini uittrok liet ze de deur gewoon openstaan. Er was toch niemand die haar naakt kon zien, alleen de oceaan en de bougainville.

Ze liet haar huid opwarmen door het water en waste het zout eraf zodat ze weer met een schone lei aan de dag kon beginnen. Daarna draaide ze de kraan dicht, pakte een schone handdoek en liep haar huis in.

Haar enorme, stille huis waarin alle geluiden weerkaatsten. Vol licht en ruimte.

Het huis was een en al open hallen, glazen wanden, ivoorkleurige banken en ecrukleurige tapijten. Het was op een intimiderende manier casual, alsof het geen enkele moeite had gekost om het er zo prachtig uit te laten zien. Aan de muren hingen de schilderijen die Brandon had verzameld – een Warhol, een Haring, een Lichtenstein – hier en daar een veeg rood of oranje toevoegend aan het verder bijna opdringerig lichte huis.

Op weg naar de trap richting haar slaapkamer droogde ze haar haar. Maar toen ze langs de keuken liep zag ze het rode lampje van haar antwoordapparaat knipperen. Omdat ze dacht dat Jay, Hud of Kit haar misschien nodig had, drukte ze de knop in.

'Ha Nina, met Chris. Chris Travertine. Ik heb zin in het feest van vanavond. Maar ik wilde je nog even waarschuwen dat we het niet kunnen tegenhouden dat ze nog meer foto's publiceren van je kalendershoot. Die zijn van hen. En technisch gezien ben je ook niet naakt, je draagt een bikini. Bovendien zie je er heel hot uit, oké? Dus kop op. En vanavond hebben we het nog over *Playboy*! Oké, tot dan, schat.'

Nina wiste het bericht en liep de trap op naar haar slaapkamer.

Ze bekeek zichzelf in de spiegeldeuren van de kasten. Ze leek op haar moeder. Ze kon June zien in haar ogen en wenkbrauwen, in de manier waarop haar jukbeenderen haar gezicht rond maakten. Ze kon haar moeder in haar lichaam zien, kon haar in haar hart voelen, kon haar soms zelfs voelen in wat ze deed. En hoe ouder ze werd, hoe duidelijker het was.

Nina was nu vijfentwintig. En dat vond ze jong klinken, want in haar ziel voelde ze zich veel ouder dan vijfentwintig. Het kostte haar altijd moeite om de feiten van haar leven te rijmen met de werkelijkheid. Vijfentwintig maar ze voelde zich veertig. Getrouwd maar alleen. Kinderloos maar... Ze had toch kinderen opgevoed?

Ze trok een spijkerbroek met omgeslagen pijpen aan en een verschoten Blondie-T-shirt waarvan ze de mouwen had afgeknipt. Ze deed niets aan haar natte haar waaruit druppels over haar rug liepen. Ze gespte haar zilveren horloge om en zag dat het al bijna tien uur was. Om twaalf uur had ze in het restaurant afgesproken voor de lunch met haar broers en zusje.

Hoewel de Riva-kinderen het restaurant samen hadden geërfd, was Nina degene die het als haar plicht voelde ervoor te zorgen dat de zaak goed bleef lopen. Niet alleen voor de mensen in Malibu, maar ook voor haar moeder en grootouders, die het restaurant vóór haar hadden gerund. De opofferingen die zij zich hadden getroost om de zaak draaiende te houden, stimuleerden haar hetzelfde te doen.

Daarom ging ze er op zaterdagochtend meestal een uur of twee naartoe om de reserveringen te controleren en de klanten te begroeten. Vandaag had ze weinig zin om te gaan. Eigenlijk had ze er de laatste tijd bijna nooit zin in. Maar de klanten kwamen ook vooral voor haar en daarom voelde ze het als haar plicht.

Ze trok haar favoriete leren teenslippers aan, pakte de sleutels van haar Saab en ging achter het stuur zitten.

1956

Drie maanden lang nam Mick June iedere zaterdagavond mee uit eten.

Ze aten hamburgers met friet of Italiaans of biefstuk. En altijd deelden ze het toetje, vechtend om de laatste taartkruimel of het laatste hapje ijs. Het was een grapje geworden, hun gemeenschappelijke liefde voor zoetigheid.

Op een keer kwam Mick June afhalen voor een etentje met zijn hand tot een vuist gebald. 'Ik heb een cadeautje voor je,' zei hij glimlachend.

Toen June zijn vingers los had gewurmd, bleek hij een suikerklontje in zijn hand te hebben.

'*Sugar for my sugar, sweet for my sweet*,' zei hij.

Ze lachte. 'Altijd even charmant.' Ze stopte het suikerklontje in haar mond en zoog erop. 'Ik snap dat het een grapje is, maar het zou zonde zijn om het weg te gooien.'

Hij kuste haar en proefde de suiker nog op haar lippen. 'Ik heb zelfs een hele doos bij me,' zei hij, gebarend naar de voorbank waarop een doos Domino-suikerklontjes lag naast een fles whisky.

Ze gingen die avond niet meer uit eten. Ze reden langs de kust terwijl ze zich tegoed deden aan de suikerklontjes en de whisky en plagend ruzieden over wie de radio mocht bedienen. Toen de zon onderging stopten ze bij El Matador, een oogverblindend, maagdelijk strand omringd door hoge rotswanden die imposant en adembenemend mooi waren, alsof de oceaan hier zijn eigen Stonehenge had geschapen.

Micks voorruit vormde de lijst om de golven die aan kwamen rollen, een prachtige film waar ze niet naar keken. Ze zaten allebei dronken en high van de suiker op de achterbank.

'Ik hou van je,' fluisterde Mick in Junes oor.

June rook de whiskygeur uit zijn mond, dezelfde geur die uit haar poriën kwam. Ze hadden wel heel veel gedronken. Te veel, dacht ze. Maar het was er zo makkelijk in gegaan. Soms vond ze het gewoon eng, zo goed als het smaakte.

Zijn lichaam drukte tegen het hare en ze vond het echt een heerlijk gevoel. Ze wilde dat hij zich nog harder tegen haar aan drukte, haar nog steviger vasthield, zodat ze konden versmelten.

Mick stopte voorzichtig zijn hand onder haar rok, peilend hoever hij kon gaan. Hij kwam tot de bovenkant van haar kousen toen ze hem wegduwde.

'Ik begin het gevoel te krijgen dat ik niet meer zonder je kan,' zei hij.

Ze keek hem aan. Ze wist dat mannen dat soort dingen alleen maar tegen vrouwen zeiden om hun zin te krijgen. Maar wat als zij het ook wilde? Daar hoorde je nooit iemand over. Het enige wat ze zeiden was dat je zijn hand moest wegslaan tot je getrouwd was. Niemand vertelde je wat je moest doen als je het gevoel had dat je zou sterven als hij zijn hand van je benen nam.

'Als je niet zonder me kunt,' begon ze, weer een beetje tot zichzelf komend, 'dan weet je wat je te doen staat.'

Mick gaf zich gewonnen en maakte zijn hoofd los van haar hals. Toen vroeg hij glimlachend: 'Waarom zeg je dat? Zeg je dat omdat je denkt dat ik je niet ten huwelijk zal vragen?'

Junes hart begon sneller te slaan, alsof het probeerde op te stijgen. 'Ik heb geen flauw idee wat je zult doen, Mick. Dat zul je me moeten laten zien.'

Hij begroef zijn hoofd opnieuw in haar hals en kuste haar sleutelbeen.

Ze slaakte een kreetje van verrukking toen ze zijn lippen op haar huid voelde. 'Ik wil jouw eerste zijn,' zei ze. Ze wist precies wat ze deed door zo'n opmerking te maken. Ze gaf hem de kans om het antwoord te geven dat ze wilde horen zodat ze kon denken dat het waar was.

'Dat ben je ook,' zei hij tegen haar. Hij zou haar alles vertellen wat ze wilde horen. Dat was de manier waarop hij van haar hield.

Ze kuste hem. 'Ik hou van je. Met heel mijn hart.'

'Ik hou ook van jou,' zei hij terwijl hij het nog een keer probeerde. Maar toen ze haar hoofd schudde liet hij haar met een klein knikje los.

Die avond, toen hij haar afzette, kuste hij haar en zei: 'Gauw.'

Mick en June wandelden over de Santa Monica Pier in de richting van de achtbaan en de draaimolen. De versleten planken kraakten onder hun voeten.

June droeg een witte jurk met zwarte stippen. Mick droeg een makkelijke broek en een overhemd met korte mouwen. Ze waren een mooi stel en dat wisten ze. Ze merkten het aan de manier waarop mensen op hen reageerden, aan hoe caissières hen maar al te graag hielpen, aan hoe voorbijgangers even naar hen keken.

Terwijl ze naar het water liepen, met het reuzenrad dat links van hen hoog boven hen uittorende, plukten ze plakkerige slierten roze suiker van de suikerspin die Mick in zijn hand had. Junes lippen waren er helemaal roze van geworden. En Micks tong was rood als een framboos.

Hij gooide het lege stokje van de suikerspin in een afvalbak en keek haar aan. 'Junie,' zei hij. 'Ik wilde je iets vragen.'

'Oké...' zei ze.

'Daar gaan we dan,' zei hij terwijl hij op één knie ging zitten. 'June Costas, wil je met me trouwen?'

June hapte naar adem, zo diep dat ze er de hik van kreeg.

'Liefje, gaat het?' vroeg hij terwijl hij weer opstond.

'Niks aan de hand,' zei ze. Ze probeerde haar ademhaling onder controle te krijgen. 'Ik... ik had dit alleen niet verwacht vandaag. Meen je het? Echt?'

Uit zijn zak pakte hij een smalle gouden ring met een diamant erop nog kleiner dan een appelpitje. 'Het stelt niet veel voor.'

'Voor mij is het alles,' zei ze.

'Maar ooit zal ik je een enorme ring geven. Zo groot dat je er de mensen mee zult verblinden.'

'O. Wauw.'

'Ik kom er wel.'

'Dat weet ik.'

'Maar ik kan het niet zonder jou.'

'O, Mick...'

'Is dat een ja?' vroeg hij. Tot zijn verbazing was hij nerveus. 'Je zegt toch wel ja, hè?'

'Natuurlijk zeg ik ja. Volgens mij ben ik op de wereld gezet om ja tegen jou te zeggen.'

Hij tilde haar op en draaide een rondje met haar. En June had ineens het gevoel dat het voor een mens helemaal niet zo moeilijk moest zijn om te vliegen.

'Ik weet dat ik je gelukkig kan maken,' zei hij nadat hij haar weer op de grond had gezet en de ring om haar vinger had geschoven. 'Ik beloof je dat je nooit meer een voet in dat restaurant hoeft te zetten als we eenmaal getrouwd zijn. En ooit zul je ook je droomhuis krijgen. Twee wasbakken in de badkamer, net zoveel kinderen als je wilt en met het strand voor de deur.'

Alles wat ze zich wenste.

'Natuurlijk wil ik je vrouw worden,' fluisterde ze met tranen in haar ogen.

'Het is nu jij en ik, schat,' zei hij terwijl hij haar tegen zich aan trok.

Ze begroef haar hoofd in zijn hals en snoof zijn geur op: haarcrème en aftershave.

Hand in hand liepen ze verder en Mick kuste June met een hartstocht en ernst die hij nog nooit bij iemand had gevoeld.

Zijn ouders waren gestorven toen hij net achttien was. Maar nu zou hij zijn eigen gezin stichten. Zijn eigen stukje van de wereld opbouwen. En zij zouden het anders doen, June en hij.

Bij de auto aangekomen gingen ze meteen op de achterbank zitten.

En toen Mick zijn hand onder haar jurk stopte stond June zichzelf toe om ervan te genieten. Ze liet zich eindelijk door hem aanraken, iets waar ze al heel lang naar had verlangd.

Mensen doen altijd net alsof het huwelijk een gevangenis is, dacht ze, maar dit voelt toch als vrijheid? Ze vond het heerlijk om eindelijk ja te kunnen zeggen, om alles te kunnen voelen wat ze wilde voelen.

Terwijl ze zich tegen elkaar aan drukten maakte June uit de manier waarop hij haar vasthield, de soepelheid waarmee hij zich bewoog, op dat dit niet zijn eerste keer was. Het deed haar een beetje verdriet dat hij tegen haar had gelogen. Maar had ze dat niet zelf uitgelokt? Ze voelde zich nog sterker tot hem aangetrokken, gedreven door de behoefte om de enige te zijn die belangrijk voor hem was. Ze stond toe dat hij bij haar naar binnen schoof, trok hem zo dicht mogelijk tegen haar aan en liet zich toen helemaal gaan.

Ze was geschokt – verbaasd, verbijsterd – toen hij haar aanraakte terwijl hij in haar was. Het maakte haar verlegen om zo te worden aangeraakt. Maar ze wilde niet tegen hem zeggen dat hij moest stoppen, kon de gedachte dat hij zou stoppen niet verdragen. En een paar seconden later schoot een puur genot als een bliksemschicht door haar heen.

En op de een of andere manier wist June terwijl ze naast hem lag op de achterbank – allebei buiten adem – dat nu ze wist wat hij met haar kon doen, ze nooit meer terug zou kunnen gaan naar wie ze nog maar een paar seconden geleden was geweest.

'Ik hou van je,' zei ze.

Hij kuste haar, keek haar in de ogen en zei: 'Ik hou ook van jou. God, Junie, wat hou ik veel van je.'

De volgende dag kwam Mick langs en pakte haar hand beet terwijl ze in de keuken van haar ouders stonden en hun vertelden dat ze gingen trouwen.

'Blijkbaar heb ik daar weinig over te zeggen,' zei haar vader fronsend.

'Papa...'

Theo knikte. 'Ik zal luisteren naar wat hij te zeggen heeft, June. Je kent me goed genoeg om dat te weten. Ik luister altijd naar wat een man te zeggen heeft.' Met een knikje naar Mick zei hij: 'Kom jongen, laten we het hebben over hoe jij voor mijn dochter denkt te gaan zorgen.'

Mick gaf June een knipoog voordat hij Theo de huiskamer in volgde. Ze voelde zich al iets geruster.

'Haal de kip eens uit de ijskast, schat,' zei haar moeder. 'We eten vanavond kip met rijst.'

June deed wat haar was opgedragen, zo stil mogelijk, want ze wilde graag weten wat haar vader tegen Mick zei. Maar ze kon helemaal niets horen.

Terwijl Christina de oven aanzette wendde ze zich tot June. 'Ik moet zeggen dat hij heel aantrekkelijk is.'

June glimlachte.

'Mijn god,' vervolgde Christina. 'Hij lijkt de jonge Monty Clift wel.'

June pakte de worteltjes en legde ze op de snijplank.

'Maar dat is des te meer reden om voorzichtig te zijn,' zei Christina hoofdschuddend. 'Je moet nooit met een jongen trouwen die op Monty Clift lijkt.'

June keek naar de worteltjes die voor haar lagen en begon ze te snijden. Ze wist dat haar moeder het nooit zou begrijpen. Haar moeder kocht nooit nieuwe jurken, probeerde nooit een nieuw recept uit, keek nooit tv behalve naar het journaal. Ze zag haar moeder jaar in, jaar uit een oud, stukgelezen exemplaar van *Grote verwachtingen* van Dickens lezen. 'Waarom zou ik een ander boek proberen als ik al weet dat ik dit mooi vind?' zei ze dan.

Als June niet haar moeders leven wilde, moest ze niet naar haar raad luisteren. Zo simpel was het.

Twintig minuten later, terwijl Christina in de rijst roerde en June nerveus de tafel dekte, kwam Mick de keuken in met Theo's hand op zijn schouder.

Theo glimlachte naar June. 'Je kunt weleens een hele goeie hebben uitgekozen, schat.'

Opgelucht liep June naar Mick en haar vader toe en omhelsde hen allebei.

'Mijn zegen heb je,' zei Theo, Mick aankijkend. 'Met inachtneming van waar we het over hebben gehad, jongeman.'

Mick knikte.

'Dank je, papa,' zei June.

Theo schudde zijn hoofd. 'Bedank hem maar. Mick neemt een paar jaar de tijd om te proberen zijn carrière van de grond te krijgen en dan is hij bereid het restaurant over te nemen.'

Theo gaf Mick een hand.

'Ja meneer,' zei Mick.

Theo liep naar Christina, en June nam Mick even apart. 'Gaan we het restaurant overnemen?' vroeg ze fluisterend.

Hij schudde zijn hoofd. 'Dat wilde hij nou eenmaal graag horen. Maar je hebt toch ook gehoord wat hij eerst zei? Dat ik een paar jaar de tijd neem om te proberen mijn carrière van de grond te krijgen? Daar heb ik helemaal geen paar jaar voor nodig. Maak je daar nou maar geen zorgen om, Junie.'

Toen Mick tijdens het eten Christina complimenteerde met haar kookkunsten verscheen er eindelijk een glimlach om Christina's mond. Mick vroeg Theo om advies over een autoverzekering en Theo gaf hem maar al te graag raad.

En bij het toetje – aardbeientaart – vroeg Theo Mick of hij wat voor hen wilde zingen.

'Volgens June zing jij Cole Porter beter dan Cole Porter zelf,' voegde hij eraan toe.

Mick protesteerde even voor de vorm, maar legde toen zijn servet op tafel en stond op. Hij begon 'I've Got You Under My Skin' te zingen en nog voordat hij bij het tweede couplet was knikte Theo al glimlachend mee op de maat.

Mick kreeg een brok in zijn keel, maar hij haalde de tonen van nog dieper weg en hield ze wat langer aan dan normaal. En toen hij klaar was, was hij buiten adem en kon hij Theo niet aankijken terwijl hij zijn kalmte probeerde te hervinden.

June klapte in haar handen.

Theo volgde haar voorbeeld. 'Goed gedaan,' zei hij. 'Heel goed.'

Mick keek hem aan, eindelijk overtuigd van Theo's goedkeuring.

Christina glimlachte, maar het viel June op dat ze haar lippen op elkaar hield en dat haar ogen niet meelachten. 'Mooi,' zei ze.

Kort na het eten nam Mick afscheid. Op de oprit gaf hij June een kus op de wang. 'Wij gaan het samen helemaal maken. Dat weet je toch, hè?' vroeg hij.

June straalde. 'Natuurlijk weet ik dat.'

Hij hield haar hand nog even stevig vast toen ze terug wilde lopen naar het huis, alsof hij wilde dat ze hem meesleepte. Pas op het allerlaatste moment liet hij los, met tegenzin. Hij bleef in zijn auto zitten wachten tot ze vanuit haar slaapkamerraam naar hem zwaaide. Toen reed hij achteruit de oprit af en verdween uit het zicht.

Even later kwam Christina de badkamer in, waar June haar gezicht stond te wassen. Christina had haar peignoir al aan en ze had ook al de krulspelden voor de nacht in haar haar. 'June, weet je het zeker?' vroeg ze.

De moed zonk June even in de schoenen. Ze rechtte haar rug. 'Ja, ik weet het zeker.'

'Ik snap dat hij aantrekkelijk is en dat hij een prachtige stem heeft, maar...'

'Maar wat, mam?' vroeg June.

Christina schudde haar hoofd. 'Als je er maar voor zorgt dat hij tegen die tijd een restaurant kan runnen.'

'Is het ooit bij je opgekomen,' begon June, die zelf hoorde dat haar stem bijna oversloeg, 'dat ik misschien voor iets beters in de wieg ben gelegd dan een wegrestaurant?'

Christina's gezicht verstrakte. Ze klemde haar lippen op elkaar alsof ze zich wapende tegen de scherpe tong van haar dochter.

Angstvallig wachtte June haar moeders reactie af.

Christina zei echter op zachte toon: 'Ik weet dat je dol bent op al die glamour, lieverd. Maar een goed leven is weten dat er mensen om je geven, weten dat je kunt zorgen voor de mensen die op je rekenen, weten dat je wat voor je medemens kunt doen. Je vader en ik doen dat door mensen eten voor te zetten. En ik kan me eigenlijk niks beters voorstellen dan dat. Maar dat is alleen maar mijn bescheiden mening.'

June bood haar verontschuldigingen aan en wenste haar moeder goedenacht met een kus op haar wang. En toen pakte ze *Sub Rosa* en stelde zich voor hoe ze op een dag in dat blad over Mick zou lezen.

Mick begon betaalde optredens in restaurants in Hollywood en Beverly Hills te krijgen. Hij zong dan klassiekers terwijl rijke mensen van hun eten genoten. Daarna boekte hij een paar clubs in Hollywood met een achtergrondbandje dat hij zelf had opgericht en 'the Vine' noemde.

Bij ieder optreden werd June trotser. Ze vertelde aan wie het maar horen wilde dat ze ging trouwen met een 'professionele muzikant'.

Mick and the Vine boekten een optreden in een klein casino in Las Vegas, een week op een cruise naar Ensenada, en een bruiloft voor de directeur van de Sunset Studios.

Toen belde de Mocambo met een aanbod voor Mick om daar twee solo-optredens te doen. June was door het dolle heen toen hij haar dat vertelde. Hij tilde haar op en zwierde haar in het rond.

Op de eerste avond in de club ging June met hem mee en stond ze achter het toneel terwijl hij zong. Ze keek haar ogen uit naar de sterren die binnenkwamen en hun plaatsen zochten. Ze meende Desi Arnaz te zien. En ze had durven zweren dat Jayne Mansfield er ook was.

Toen Mick klaar was in de Mocambo werd hij gevraagd een optreden te verzorgen in de spiksplinternieuwe nachtclub The Troubadour in West Hollywood. En opeens stond zijn naam op een gevel. MICK RIVA: ONE NIGHT ONLY.

June vond alles even prachtig. 'Ik ga met Mick Riva trouwen,' zei ze bijvoorbeeld tegen mevrouw Hewitt van de kruidenierswinkel, of meneer Russo die de mosselen bezorgde bij het restaurant, of mevrouw Dunningham van de bank. 'Hij heeft net twee avonden opgetreden in de Mocambo. Don Adler was er ook. Ik heb hem met mijn eigen ogen gezien. En de avond daarvoor was Ava Gardner er. Ava Gardner!'

Ze liet haar smalle ring zien aan haar beste jeugdvriendinnen en de meisjes die af en toe een dienst draaiden in het restaurant. 'Hij wordt ooit een ster. Eigenlijk is hij dat al,' zei ze dan.

Twee maanden later had Mick eindelijk een afspraak met Frankie Delmonte van Runner Records. Een week daarna kwam hij bij June thuis met een platencontract en een nieuwe ring. Met een diamant twee keer zo groot als een appelpitje.

'Dat had je niet hoeven doen,' zei June. Hij was prachtig, helderwit.

'Maar ik wilde het,' zei Mick. 'Ik wil niet dat je met zo'n klein ding blijft rondlopen. Je bent meer waard dan dat.'

June was gek geweest op haar kleine smalle ring. Maar deze vond ze ook heel mooi.

'Wacht maar,' zei hij. 'We zullen zoveel geld krijgen dat het gewoon gênant wordt.'

Hoewel June daarom moest lachen lag ze die nacht in bed wel te fantaseren over hun toekomst. Stel je voor dat ze een kingsize bed konden kopen? En een Cadillac? Stel je voor dat ze drie kinderen kregen of misschien zelfs wel vier? Stel je voor dat ze zouden trouwen op het strand in een enorme tent?

Toen ze haar ideeën met hem besprak, hem vroeg of hij dacht dat die dingen mogelijk waren, zei hij altijd hetzelfde. 'Ik zal je de wereld geven.'

Hij fluisterde dat in haar oor terwijl hij haar jurk uittrok. Hij beloofde het haar als hij zijn been tussen haar benen duwde. 'Je krijgt alles wat je hartje begeert, daar zorg ik voor.' Hij streelde dan haar rug, kuste het plekje achter haar oren en greep haar heupen beet.

Wie kon het June kwalijk nemen dat ze voor hun trouwen al vele malen naakt bij hem lag? Hij wist namelijk precies hoe hij haar moest aanraken.

Toen tot hen doordrong dat June zwanger was, kwam dat niet als een verrassing voor hen.

'June,' zei Christina hoofdschuddend in de keuken van Pacific Fish. Fluisterend uitte ze haar frustraties. 'Ik dacht dat je slimmer was, lieverd.'

'Sorry.' June was bijna in tranen. 'Het spijt me.'

Christina slaakte een zucht. 'Nou, dan zullen jullie de bruiloft naar voren moeten halen. Dat ten eerste. En ten tweede zullen we voor jou een jurk moeten zien te vinden die een beetje afkleedt. De rest komt vanzelf wel.'

June droogde haar tranen.

'Je bent niet de eerste vrouw die haar hoofd op hol heeft laten brengen door een man,' zei Christina.

June knikte.

'Kop op, meisje,' vervolgde Christina. 'Het is iets heel moois.' Ze nam June in haar armen en kuste haar op haar kruin.

Mick en June gaven elkaar het jawoord in een tent onder de sterren op het strand van Malibu. Familie van haar kant. Wat platenbonzen van zijn kant.

Die avond dansten Mick en June wang aan wang terwijl de band klassiekers speelde. 'Het gaat ons lukken,' zei Mick tegen haar. 'We zullen heel veel van deze baby houden. En we zullen er nog meer krijgen. En we zullen 's avonds lekker eten en 's ochtends vrolijk ontbijten en ik zal je nooit verlaten, Junie. En jij zult mij nooit verlaten. We zullen een gelukkig gezin worden. Dat beloof ik je.'

June keek hem aan en glimlachte. Ze legde haar wang weer tegen de zijne.

Tegen het eind van de avond pakte Mick de microfoon. Met een kleine lach sprak hij de aanwezigen toe. 'Ik wil graag een nummer voor jullie zingen als jullie het niet erg vinden. Ik heb het voor mijn vrouw geschreven. Het heet "Warm June".'

Sun brings the joy of a warm June
Long days and midnights bright as the moon
Nothing I can think of but a warm June
Nothing I can think of but you

June zat vooraan terwijl hij voor haar zong. Ze probeerde niet te huilen, maar toen de tranen toch kwamen gingen ze gepaard met een lach. God, als het al zo begon met hen, hoever zouden ze dan wel niet kunnen komen?

Nina werd geboren in juli 1958. Iedereen deed alsof ze te vroeg was geboren. Mick reed hen vanuit het ziekenhuis rechtstreeks naar een nieuw huis.

Hij had een huis van twee verdiepingen en met drie slaapkamers voor hen gekocht, direct aan het water. Aan Malibu Road, zachtblauw met witte luiken, en de helft stak uit over de zee. Op de patio aan de zijkant zat een luik met daaronder een trap die op het strand uitkwam.

En alsof een nieuw huis nog niet genoeg was, stond er ook nog een hagelnieuwe blauwgroene Cadillac op de oprit.

June merkte dat ze haar adem inhield toen ze voor het eerst door het huis liep. Een huiskamer met ramen die uitkeken op het water, een woonkeuken, hardhouten vloeren. Was het echt waar? Zouden al haar dromen nu al zijn uitgekomen?

'Kijk, Junie, kijk.' Mick nam haar opgewonden mee de grote slaapkamer in. 'Hier komt het kingsize bed te staan.'

Met de piepkleine Nina in haar armen volgde June haar man door de slaapkamer naar de badkamer. Ze keek naar de wastafel.

Ze gleed met haar rechterhand over de zijkant van de wasbak, voelde het gladde porselein een bocht maken, naar binnen en toen weer naar buiten. En ze liet haar hand verder over het koude steen en de ruwe specie glijden tot ze de porseleinen ronding van haar tweede wasbak voelde.

10 uur 's ochtends

Nina reed het parkeerterrein van het restaurant op en zette de motor uit. Terwijl ze uitstapte wierp ze een blik op het uithangbord en vroeg zich af of het niet eens tijd werd om dat te vervangen.

Riva's Seafood, ooit bekend als Pacific Fish, was nog steeds heel erg 'oud Malibu', compleet met vergeeld uithangbord en afbladderende verf. Het was niet meer zomaar een eettentje langs de weg, het was een instituut geworden. De kinderen die hier vroeger met hun ouders kwamen, namen er nu hun eigen kinderen mee naartoe.

Nina liep via de zijdeur de keuken in met haar zonnebril nog op. Ze hield hem de laatste tijd steeds vaker op had ze gemerkt. Pas toen ze Ramon zag zette ze hem af.

Ramon was vijfendertig en al meer dan tien jaar gelukkig getrouwd. Hij had vijf kinderen. Begonnen als frituurbakker had hij langzaam carrière gemaakt. Sinds 1979 runde hij Riva's Seafood.

'Ha Nina, is er wat?' vroeg hij terwijl hij de frituurpan in de gaten hield en tegelijkertijd ingevroren garnalen uit de vriezer pakte.

Ze glimlachte. 'Ik kwam alleen even kijken of je de zaak niet in de fik had gestoken.'

Hij lachte. 'Dat doe ik pas als jij mij ook op de verzekeringspolis zet.'

Lachend kwam ze naast hem staan en pakte een plakje tomaat van de snijplank. Ze strooide er wat zout op en stak het in haar mond. Toen zette ze zich schrap en liep naar buiten om te glimlachen naar een paar klanten die aan de picknicktafels zaten en om handen te schudden.

Buiten scheen de zon scherp in haar ogen en ze voelde dat de nepversie van haarzelf tot leven kwam. Met een overdreven grijns zwaaide ze naar de tafels vol mensen die haar aanstaarden. 'Ik hoop dat jullie het allemaal lekker vinden!' zei ze.

'Nina!' riep een jongen van nog geen vijftien. Hij rende naar haar toe in zijn geruite korte broek en Izod-polo. Haar blik viel meteen op de opgerolde poster in zijn rechterhand en de pen in zijn linker. 'Mag ik je handtekening?'

Nog voordat ze antwoord kon geven rolde hij de poster al voor haar uit. Ze had niet bijgehouden hoe vaak er mensen naar het restaurant waren gekomen met een poster van haar, surfend in bikini, en een handtekening van haar wilden. En hoewel ze het heel bizar vond zei ze nooit nee.

'Tuurlijk.' Ze pakte de pen uit zijn hand en pende haar naam neer, een volmaakt leesbare 'Nina R.' in de rechterbovenhoek. Toen deed ze de dop weer op de pen en gaf hem terug aan de jongen. 'Alsjeblieft.'

'Mag ik ook een foto?' vroeg hij.

Zijn ouders waren al in aantocht met een Polaroid.

'Ja, hoor.' Nina knikte. 'Natuurlijk.'

De jongen kwam meteen naast haar staan en legde zijn arm om haar schouders. Dit was zijn moment.

Nina glimlachte naar de camera terwijl ze een miniem stapje opzij deed. Ze was er erg goed in geworden om dicht bij iemand te staan zonder hem aan te raken.

De vader drukte af en Nina hoorde het vertrouwde geluid van een foto die werd geprint. 'Een prettige dag nog,' zei ze terwijl ze zich opmaakte om de rest van de klanten te begroeten en dan weer naar binnen te gaan. Maar terwijl de jongen en de moeder naar de foto keken die zich langzaam ontwikkelde, stak de vader met een grijns ineens zijn hand uit naar haar T-shirt en streek langs haar ribben en heupen.

'Sorry,' fluisterde hij met een zelfverzekerd lachje. 'Ik wilde alleen maar zelf even voelen of het echt zo zacht aanvoelt.'

Dit was al de derde keer dat een man dit tegen haar had gezegd sinds de lancering van haar advertentie voor SoftSun Tees vorige maand.

Nina had er op het hoogtepunt van het jaar voor geposeerd. Ze had nog nooit zoveel geld voor een shoot gekregen. In de advertentie was ze afgebeeld in een rood bikinibroekje en een wit T-shirt, met nat haar, haar heupen vooruitgestoken naar links en haar rechterarm tegen een deurpost. Het T-shirt was bijna doorzichtig. Je kon haar tepels niet zien, maar als je lang genoeg keek, kon je jezelf misschien wijsmaken dat dat wel zo was.

Het was een suggestieve foto. Dat wist ze. Ze wist ook dat ze haar daarom hadden gevraagd. Iedereen wilde dat het surfmeisje haar kleren uittrok; daar had ze allang vrede mee gesloten.

Maar toen hadden ze er die tekst aan toegevoegd zonder het haar te vertellen. *See for yourself, it's so soft to the touch.* En ze hadden hem vlak onder haar borsten geplaatst.

Dat riep een gevoel van intimiteit op waar Nina niet op zat te wachten.

Ze lachte onoprecht naar de vader van de jongen en liep bij hem weg. 'Sorry...' zei ze terwijl ze naar de andere klanten zwaaide en de keuken weer in liep. Ze trok de deur achter zich dicht.

Nina begreep dat hoe vaker ze poseerde – en waarschijnlijk steeds vaker voor nog grotere advertentiecampagnes –, des te meer mensen er naar het restaurant zouden komen. En des te vaker ze een foto van haar zouden willen, en haar handtekening, haar glimlach, haar aandacht, haar lichaam. Ze was er nog niet helemaal uit hoe ze moest omgaan met mensen die dachten dat ze haar bezaten. Ze vroeg zich af hoe haar vader dat had aangepakt. Maar ze wist ook dat ze hem niet op de manier hadden aangeraakt waarop ze haar aanraakten.

'Je hoeft niet naar buiten te gaan om iedereen een hand te geven,' zei Ramon tegen haar.

'Ik weet het niet... Is dat zo?' vroeg ze. 'Heb je tijd om even met mij naar de boekhouding te kijken?'

Hij knikte, veegde zijn handen af aan een theedoek en liep achter haar aan het kantoor in.

'Het restaurant loopt goed,' zei hij. 'Dat weet je toch?'

Nina schudde haar hoofd en knikte toen, een nee en een ja tegelijk. 'Ja, maar het punt is: hoe houden we dat zo?' zei ze terwijl ze allebei gingen zitten om de boeken na te kijken. Het was een ingewikkeld gedoe.

Het pand was oud, ze hadden de keuken recentelijk nog moeten aanpassen aan de regels, en de inkomsten stegen en daalden met de seizoenen mee.

Gelukkig was het een goede zomer geweest. Maar het was bijna einde seizoen en vorig jaar winter hadden ze het zwaar gehad. In januari had ze eigen geld in de zaak moeten steken om hem voor de ondergang te behoeden en dat was niet de eerste keer geweest.

'We zijn door de zomer uit de rode cijfers geraakt,' zei ze terwijl ze het kasboek naar Ramon toe draaide. 'Dus dat is fijn. Ik ben alleen bang dat het weer inkakt als er geen toeristen meer zijn.'

Soms had ze het idee dat ze haar modellenwerk gebruikte om een restaurant te onderhouden waar mensen alleen maar naartoe kwamen om een foto van haar te nemen, vaak zelfs zonder ook maar een glas fris te bestellen.

Maar ze was gek op het personeel en op een paar van de vaste klanten. En op Ramon.

'Nou ja, we redden ons wel,' zei ze. 'Dat is ons altijd nog gelukt.'

Ze behoorde tot de vierde generatie Riva's en was niet van plan degene te zijn die Riva's Seafood failliet liet gaan. Echt niet.

'Kunnen we even langs huis voordat we naar het restaurant gaan? Ik wil een douche nemen,' zei Kit boven het geluid van de weg uit.

'Tuurlijk,' zei Jay. Hij zette zijn richtingaanwijzer aan en draaide de straat in waar ze waren opgegroeid.

Jay en Kit waren de enige twee Riva's die nog in het huis van hun jeugd woonden. Nina zat in de villa in Point Dume of was op reis voor fotoshoots. Hud vond het fijn om in zijn Airstream te zitten. Maar Jay en Kit bleven in het strandhuis waarin ze waren opgegroeid, het huis dat hun vader vijfentwintig jaar geleden voor hun moeder had gekocht.

Jay had de ouderslaapkamer in bezit genomen. Maar ook hij reisde veel. Hij deed mee aan surfwedstrijden over de hele wereld en Hud ging dan met hem mee.

Binnenkort zouden ze naar de noordkust van Oahu gaan. Jay zou daar meedoen aan de Duke Classic, de World Cup en de Pipe Masters. Daarna zouden ze doorreizen naar de Gold Coast van Australië en Jeffreys Bay in Zuid-Afrika. O'Neill zou veel van de onkosten betalen en plakte in ruil daarvoor Jays lichaam vol met het O'Neill-logo. Hud zou continu foto's van hem maken.

Ze hadden een deal voor nog een cover en waren van plan hun auteursrechten voor posters en kalenders te verkopen. Maar daarvoor moesten ze eerst de hele wereld over reizen. Voor het leven van een profsurfer en zijn entourage was een lichte tred en spontaniteit nodig. Jays en Huds passie, hun inkomen, hun leven, hing af van de veranderlijke, onvoorspelbare combinatie van wind en water.

En daarom had Jay de laatste tijd het gevoel dat hij overal en nergens woonde, al beschouwde hij Californië nog steeds als zijn thuishaven.

Kit sliep ondertussen nog steeds in haar meisjesbed, terwijl ze net was begonnen op Santa Monica College en haar avonden en weekends doorbracht achter de kassa van het restaurant. De enige lichtpuntjes waren de keren dat ze het werk achter zich kon laten om met haar vrienden naar de golven van Santa Cruz te gaan. Maar verder dan die paar uur rijden naar het noorden strekte haar leven zich niet uit.

Haar broers en zus kregen de hele wereld te zien terwijl zij nog steeds krabkoekjes stond te verkopen.

Zij wilde haar deel van de roem. Iets van de glamour van Nina's leven en iets van de opwinding van het leven van Jay en Hud. Een groot deel van haar jeugd had ze hen het water in gevolgd. Hoewel ze dacht dat ze sowieso wel was gaan surfen, ook als geen van hen ooit een surfplank in handen had gekregen.

Ze was fantastisch op een surfplank. Ze kon legendarisch worden.

Zij zou ook bij die wereld moeten horen, geprezen moeten worden. Maar ze werd lang niet zo serieus genomen als haar broers en ze wist dat ze veel minder mooi was dan haar zus, dus wat bleef er eigenlijk voor haar over? Ze zou het niet weten. Ze wist niet of er onder de schijnwerpers wel plek was voor iemand als zij. Een vrouwelijke surfer die geen sexy schoonheid was.

Jay stopte voor de garage en liet Kit uitstappen. 'Ik kom zo weer terug,' zei hij.

'Wacht, waar ga je naartoe dan?' vroeg ze. Haar wangen en neus waren een beetje verbrand. Daardoor zag ze er jonger uit dan ze was.

'Jij doucht altijd hartstikke lang, dan ga ik in de tussentijd even tanken.' Hij keek op de benzinemeter om te controleren of het wel klopte wat hij zei. Het wijzertje schommelde ergens halverwege. 'Hij zit nog maar voor een kwart vol.'

Kit wierp hem een sceptische blik toe en verdween toen via de garage het huis in.

Jay reed achteruit de straat weer op en drukte het gaspedaal iets verder in dan nodig was. De auto denderde over de slecht geplaveide weg. Hij keek op de klok op de radio. Als hij opschoot zou hij genoeg tijd hebben.

De Pacific Coast Highway was wat hem betrof de fijnste plek op het land en was zo'n beetje de enige weg in de stad. Er waren kleine zijweggetjes die naar buurten langs de snelweg leidden, canyons die zich vertakten, winkelcentra aan de ene of de andere kant van de weg. Maar je kon eigenlijk niks doen en niemand in Malibu bezoeken zonder over de PCH te gaan. Of je naar een restaurant kon gaan, naar een winkel, op tijd in de bioscoop kon zijn, jouw stukje strand kon claimen, hing allemaal af van hoeveel mensen op hetzelfde moment van de weg gebruikmaakten als jij. Dat was de prijs die je voor het uitzicht betaalde.

Jay zocht zich zo snel mogelijk een weg door het verkeer, vermeerderde de vaart wanneer het stoplicht op oranje sprong, bleef zo lang mogelijk op de linkerrijbaan rijden en ging pas op het allerlaatste moment naar de rechter. Het duurde dan ook niet lang voordat hij Paradise Cove Road in sloeg.

Paradise Cove was een opvallend mooie inham, verscholen achter palmbomen en Californische witte eiken. Op de smalle weg ging hij wat langzamer rijden en toen hij de bocht om kwam zag hij een baai van wit zand liggen, omringd door indrukwekkende kliffen en helderblauwe luchten.

Op de kaap die erboven uitstak stond een verzameling stacaravans die alleen de rijken uit Hollywood zich konden veroorloven vanwege de hoge grondprijzen.

Maar Jay was gekomen voor het restaurant. Het Sandcastle was een strandtent waar je veel te dure daiquiri kon drinken met uitzicht op de pier. Jay bracht de jeep tot stilstand en controleerde zijn zakken. Een briefje van vijf en vier van één. Hij zou voor de vorm toch iets moeten bestellen.

Hij liep het restaurant in, schoof zijn zonnebril omhoog en begaf zich naar de bar, waar hij werd begroet door een blonde, zeer gebruinde man van wie Jay zich de naam niet meer kon herinneren.

'Ha Jay,' zei de man.

'Hé man,' reageerde Jay met een knikje. 'Kan ik iets bestellen om mee te nemen?'

De man draaide zich helemaal naar hem om en Jay las snel zijn naamplaatje. Chad. Oké.

'Tuurlijk. Zeg het maar.' Chad pakte een notitieblokje.

'Alleen maar een... eh...' Jay wierp een blik op het bord met de specialiteiten van het huis en koos het eerste wat hij zag. 'Een stuk chocoladetaart. Om mee te nemen.'

Hij probeerde niet al te opvallend om zich heen te kijken. Hij had zich al voorgenomen om in elk geval niet te vragen of ze er was wanneer ze zich niet liet zien. Misschien had ze een vrije dag. Dat kon. Dat was prima.

Chad klikte met zijn pen op een manier waaruit was op te maken dat hij opgewonden was over Jays bestelling. 'Eén chocotaart, komt eraan.'

En Jay herinnerde zich ineens weer dat Chad een malloot was.

Hij ging op een kruk zitten terwijl Chad de keuken in liep. Jay keek naar de versleten instappers aan zijn voeten en besloot dat het tijd werd om nieuwe te kopen. Bij de grote teen van zijn rechtervoet zat een gat. Hij zou volgende week de stad in gaan en precies dezelfde kopen bij Vans. Zwart-wit geblokt, maat 46. Met iets wat perfect was moest je niet sollen.

Precies op dat moment kwam Lara de keuken uit met een piepschuimen bakje dat ze in een plastic tas deed.

'Chocoladetaart?' vroeg ze. 'Sinds wanneer eet Jay Riva chocoladetaart?'

Dus ze werkte wél vandaag. En ze schonk aandacht aan hem.

Lara was ruim 1,80 meter, iets kleiner dan Jay. Ze was mager, een en al harde hoeken. En als Jay heel eerlijk was, was ze niet wat je noemde opvallend mooi. Ze had iets scherps, een ovaal gezicht met een hoekige kaaklijn. Een smalle neus. Dunne lippen. Maar toch kon hij zijn ogen niet van haar afhouden.

Jay moest continu aan haar denken. Hij was smoorverliefd op haar en vreselijk nerveus, als de eerste de beste puber. Terwijl hij als puber nooit zo verliefd was geweest. Dus dit was allemaal nieuw voor hem, bijzonder ongemakkelijk en misselijkmakend en opwindend.

'Verandering van spijs...' zei hij.

Lara zette de tas naast de kassa en sloeg het bedrag aan.

Hij gaf haar het geld. 'Ga jij nog naar het feest vanavond?' Zo, dat was eruit, en hij was best tevreden over hoe hij het had gevraagd. Terloops, niet al te gretig.

Lara opende haar mond om het antwoord te geven waar Jays hele middag en avond van afhingen.

Drie weken daarvoor waren Lara en Jay – die elkaar daarvoor slechts vaag kenden – met elkaar in gesprek geraakt voor Alice's Restaurant. Jay had een joint gerookt aan het eind van de pier en was op weg terug naar het strand. Lara kwam net het restaurant uit. Ze had een date gehad met een sukkel van een kerel die een uur geleden was vertrokken, waarna ze haar teleurstelling had proberen weg te drinken met Corona's.

Toen Jay haar zag, zat ze op een bankje in een korte spijkerbroek en tanktopje. Ze was bezig de veters van haar witte Keds weer vast te knopen, behoorlijk aangeschoten.

Jay glimlachte toen hij haar zag.

Ze lachte vriendelijk terug.

'Lara toch?' zei hij terwijl hij een sigaret opstak om de wietgeur te verdoezelen.

'Ja, Jay Riva,' antwoordde ze. Ze stond op van de bank.

Hij lachte gegeneerd. 'Ik wist best dat je Lara heette. Maar ik wilde geen creep lijken.'

'We hebben elkaar minstens drie keer ontmoet,' zei ze met een grijns. 'Het is echt niet creepy om mijn naam dan nog te weten. Het is beleefd.'

'Lara Vorhees. Je werkt bij het Sandcastle, voornamelijk achter de bar, soms in de bediening.'

Ze knikte en glimlachte. 'Zie je nou wel? Ik wist dat je het kon.'

'Een man moet wel de mogelijkheid hebben om cool te doen, vind je niet?'

'Mensen die echt cool zijn hoeven niet te doen alsof, toch?'

Jay was gewend aan vrouwen die om hem heen hingen, op hem wachtten, vrouwen die hem duidelijk maakten dat ze beschikbaar waren, vrouwen die om zijn grapjes lachten zelfs als ze niet grappig waren. Hij was niet gewend aan vrouwen zoals Lara.

'Oké,' zei hij. 'Ik snap wat je bedoelt. Maar vertel. Als ik cool was, wat zou ik nu dan zeggen?'

'Ik denk dat je me zou vragen of ik nog plannen had,' zei ze. 'En dan zeg ik dat ik die niet heb. En dan vraag jij of ik soms een trekje van je joint wil, die je ongetwijfeld bij je hebt, want je bent stoned en ruikt naar wiet.'

Hij lachte. Betrapt. 'Heb je nog plannen?'

'Nee.'

'Heb je zin om samen ergens mijn joint op te roken? Ik ben namelijk stoned en ruik naar wiet.'

Ze lachte. 'Laten we naar mijn huis gaan.'

En dat deden ze. Lara woonde in een studio-appartement een kilometer van de kust, aan de voet van de bergen. Op heldere nachten kon je de oceaan zien. Ze stonden samen op haar kleine balkon, tussen twee planten, en deelden een biertje en een stickie terwijl ze naar het water keken.

Toen Lara zomaar ineens vroeg met hoeveel mensen hij naar bed was geweest, vond Jay dat zo ontwapenend dat hij de waarheid vertelde. 'Zeventien.'

'Ik met acht,' zei ze met haar blik op de horizon. 'Al hangt het enigszins af van wat we onder seks verstaan, geloof ik.'

Hij vond haar verrassend. Waar was de verlegenheid? De behaagzucht? Jay was intelligent genoeg om te weten dat dat niet per se vrouwelijke trekjes waren en ook slim genoeg om te weten dat ze waren aangeleerd. Dat de meeste vrouwen wisten dat van hen werd verwacht dat ze zich zo gedroegen. Maar Lara deed daar duidelijk niet aan mee.

'Laten we zeggen dat we daar een orgasme krijgen onder verstaan,' zei hij.

Ze lachte hem uit. Gewoon recht in zijn gezicht. 'Nou, dan drie.' Ze blies de rook van de joint uit en gaf hem toen weer aan Jay. 'Mannen bezorgen vrouwen lang niet zo vaak een orgasme als ze denken.'

'Ik kan je garanderen dat ik je er wel eentje kan bezorgen.' Hij nam een trekje.

Nu lachte ze niet. Ze nam hem nadenkend op. 'Waarom denk je dat ik dat zou willen?'

Hij glimlachte en ging expres wat verder van haar af staan om haar de afstand tussen hen te laten voelen. 'Hoor eens, als jij niet zit te wachten op een orgasme dat in je tenen begint en je hele lichaam doet schudden, dan zit ik daar niet mee.'

'Nou, ik moet zeggen dat dit behoorlijk indrukwekkend is.' Lara friemelde aan het etiket op het bierflesje. 'Zoals je het weet te brengen, alsof je me een gunst verleent door seks met me te hebben. Maar laat me je één ding duidelijk maken, Riva. Je zou hier niet zijn als ik geen belangstelling had. Maar jij bent degene die boft. Niet andersom. Het kan mij niet schelen wie je vader is.'

Volgens Jay was het toen geweest. Het moment waarop hij verliefd op haar was geworden. Maar er waren nog meer momenten geweest die avond. Momenten waarop dat had kunnen gebeuren.

Werd hij verliefd op haar toen ze haar kleren uittrok op het balkon? Of misschien was het toen ze zijn gezicht aanraakte en hem recht in de ogen keek terwijl ze boven op hem ging liggen.

Misschien viel hij voor haar toen ze zich met elkaar verstrengelden, hun benen om elkaar heen geslagen, hun lichamen dicht tegen elkaar aan. Ze bewogen zich samen alsof ze precies wisten wat ze deden. Geen onhandig gedoe, geen fouten, geen ongemakkelijke momenten. En Jay dacht bij zichzelf dat dat weleens liefde kon zijn.

Of misschien was hij wat later verliefd op haar geworden, toen het buiten aardedonker was en ze allebei deden alsof ze sliepen maar van elkaar wisten dat ze wakker lagen. Ze had naakt in bed gelegen zonder een poging te doen om zich te bedekken. En haar huid was het enige wat hij in het donker kon zien.

Het was op dat moment dat hij diep ademhaalde en, voor het eerst, iemand zijn grote geheim vertelde. Het geheim dat aan hem vrat.

'Ze hebben net vastgesteld dat ik een hartprobleem heb,' zei hij. 'Het heet gedilateerde cardiomyopathie.'

Het was de eerste keer dat hij die term hardop uitsprak sinds hij hem een week daarvoor van de arts had gehoord. De woorden kwamen zo raar uit zijn mond dat hij zich afvroeg of hij ze misschien verkeerd had uitgesproken. Hij had de woorden keer op keer in zijn hoofd herhaald tot ze uiteindelijk idioot hadden geklonken. Heette dat echt zo? Cardiomyopathie? Ja, het was zo. Hij had het precies zo uitgesproken als zijn arts.

Hij had toen al weken last gehad van pijn op zijn borst. Hij had de pijn voor het eerst opgemerkt kort nadat hij in Baja van zijn surfplank was gegooid en de golven over hem heen spoelden. Hij was zo lang onder water gebleven dat hij het gevoel had dat hij doodging. Hij worstelde met de stroming, probeerde uit te vogelen wat boven en onder was. Hij zette zich af tegen het gewicht van het water, wanhopig verlangend naar lucht. Hij leek echter alleen maar te tuimelen, meegetrokken te worden door de getijdenstroom. Maar ineens brak hij door het wateroppervlak heen, en daar had je het: lucht.

Sinds die keer was de pijn regelmatig teruggekomen, had die hem overvallen als een vuist die zich om zijn hart balde, zomaar ineens. En net zo snel verdween hij meestal weer.

De dokter begreep niet goed waar de pijn vandaan kwam, tot hij het ineens maar al te goed begreep.

Lara legde haar hand op zijn borstkas, schoof met haar warme lichaam tegen hem aan en vroeg: 'Wat betekent dat?'

Het betekende dat Jays linkerhartkamer verzwakt was en niet altijd naar behoren zou functioneren. Het betekende dat alles wat zorgde voor te veel inspanning en adrenaline, vooral zoiets als van een surfplank gegooid worden, niet al te best voor hem was. Dat zijn hart die keer onder water extra snel was gaan kloppen was de trigger geweest, maar de onderliggende kwaal was erfelijk, was aan hem doorgegeven door alle mensen voor hem, had in zijn bloed op de loer gelegen.

Jay bespaarde Lara de details, maar vertelde haar wel het ergste gedeelte. 'Ik moet eigenlijk stoppen met surfen. Ik kan eraan doodgaan.' Zijn roem, zijn geld, zijn partnerschap met zijn broer... Eén kleine afwijking in zijn lichaam zou dat alles wegvagen.

Lara zei echter alleen maar: 'Nou, dan ga je toch iets anders doen?' Het klonk zo simpel zoals zij het zei.

Ja, dacht Jay. Dat was het moment geweest waarop hij verliefd op haar was geworden. Toen ze wat voor hem een dodelijke klap was geweest, had teruggebracht tot iets kleins. Toen ze zijn sombere toekomst had opengebroken en hem het licht had laten zien dat naar binnen scheen.

Toen Jay de volgende ochtend wakker was geworden, had hij een briefje van haar gevonden waarin stond dat ze naar haar werk was. Hij had haar nummer niet. Sinds die dag was hij al drie keer naar het Sandcastle geweest in de hoop haar daar aan te treffen.

'Ik wist niet goed hoe het werkte,' zei Lara terwijl ze hem zijn chocoladetaart gaf. 'Met de uitnodigingen bedoel ik.'

Jay schudde zijn hoofd. 'Er zijn geen uitnodigingen. Het is een vrij simpel systeem: als je weet dat het feest er is en je weet waar Nina woont dan ben je welkom.'

'O, maar ik weet niet waar ze woont,' zei Lara.

'Nou, dan is het maar goed dat je mij kent,' zei hij. Hij schreef het adres van zijn zus op een servet en gaf het haar.

Ze keek ernaar en vroeg toen, met een knikje naar haar collega: 'Is het goed als ik Chad meeneem?'

Had ze iets met Chad? Jay had ineens het gevoel dat hij vanbinnen in lichterlaaie stond van liefdesverdriet en vernedering. De val was diep en verraderlijk als je zo hoog had ingezet.

'O, tuurlijk,' zei hij. 'Natuurlijk.'

'Ik ga niet met hem naar bed, als je dat soms denkt,' zei ze. 'Ik geef de voorkeur aan mannen die niet vier uur per dag zonnebaden met spiegels om extra snel bruin te worden.'

De opluchting voelde aan als ijs op een brandplek.

'Hij is depri omdat zijn nog oranjere vriendin hem heeft gedumpt,' vervolgde ze. 'Maar op dat feest van jou is vast wel iemand die op mooie jongetjes valt. Weet je niet iemand voor hem?'

Hij glimlachte. 'Ik denk dat de kans groot is dat Chad vanavond niet alleen naar bed hoeft.'

Lara vouwde het servet met het adres erop dubbel en stopte het in de zak van haar schort. 'Nou, zo te horen ga ik vanavond naar een feest.'

Jay was helemaal blij. Hij had gekregen waarvoor hij was gekomen. Toen hij wegging, vergat hij de taart mee te nemen.

1959

Als alles volgens plan verliep zou Jay op 17 augustus 1959 worden geboren. Precies midden in Micks tournee voor zijn debuutalbum, *Mick Riva: Main Man*.

Gedurende de eerste drie maanden van Junes zwangerschap hadden June en Mick geruzied over de tourdata. June had erop gestaan dat Mick de tweede helft van zijn tournee verzette. Mick had volgehouden dat dat zo goed als onmogelijk was.

'Dit is mijn grote kans,' had hij op een middag gezegd toen ze op de patio naar het terugtrekkende water hadden staan kijken. Nina deed een dutje en ze probeerden hun stemmen niet te verheffen. 'Je kunt je grote kans niet zomaar verzetten.'

'Dit is jouw kind!' zei June. 'Je kunt je kind ook niet zomaar verzetten.'

'Jezus christus, Junie, ik vraag je niet om mijn kind te verzetten. Ik wil alleen dat je snapt wat hier op het spel staat. Wat ik probeer op te bouwen voor onze kinderen. Voor ons gezin. Dat kan ik niet in mijn eentje. Jij moet me daarbij helpen. Als ik echt beroemd word moet jij er voor me zijn, de boel hier bij elkaar houden, sterk zijn. Het leven dat we willen...' Hij slaakte een zucht en kalmeerde weer wat. 'Daar moet jij ook wat voor doen.'

June ging berustend zitten. Hoewel ze het niet graag toegaf, klonk het haar allemaal wel logisch in de oren. Dus ergens in de tijd dat Jay van het formaat citroen uitgroeide tot het formaat grapefruit, sloten ze een compromis.

Mick kon optreden waar hij maar wilde, wanneer hij maar wilde, maar als June hem belde omdat ze hem thuis nodig had, moest hij komen.

Op een avond toen ze naar bed gingen bezegelden ze die afspraak met een handdruk. En terwijl ze dat deden trok Mick June naar zich toe en viel ze boven op hem. Ze lachte toen hij haar hals kuste.

Toen Mick vier dagen voordat June was uitgerekend naar Las Vegas vertrok om daar op te treden, beloofde hij naar huis te komen zodra ze hem belde om te zeggen dat ze weeën had. 'Dan kom ik zo snel mogelijk,' zei hij terwijl hij Nina een kus op haar voorhoofd gaf en June op haar wang. Hij legde een hand op Junes buik en liep toen de deur uit.

Maar toen het zover was – Junes moeder belde hem zeventig minuten voordat zijn zaterdagavondoptreden begon – haastte hij zich niet naar het vliegveld, ondanks zijn belofte. Hij hing op en bleef backstage staan, in zijn pak met das, starend in de lampjes om de spiegel.

Het was van zijn tournee het laatste optreden in Las Vegas. En hij wilde heel graag een goede indruk maken op de lui van de Sands, want dan kon er van alles gebeuren. Het zou kunnen dat ze hem voor maanden achtereen boekten, wat voor een stabiel inkomen zou zorgen. Dit was zijn laatste boeking en dan had hij twee weken vrij. Twee weken! Precies zoals Junie wilde.

Hij zou dan alle tijd hebben voor zijn gezin. Junie en de kinderen zouden hem helemaal voor henzelf hebben. Hij zou hun alle aandacht van de wereld kunnen geven.

En daarom draaide hij zich weg van de spiegel, trok zijn das recht en ging verder met de soundcheck.

Junes tweede bevalling ging met de snelheid van het licht. Haar lichaam deed precies wat het moest doen, herinnerde zich wat het iets meer dan een jaar daarvoor ook had gedaan.

Mick, in een smetteloos zwart pak, boog zich op het podium naar een jonge vrouw op de eerste rij toe en knipoogde naar haar op het moment dat zijn eerste zoon bijna vijfhonderd kilometer bij hem vandaan geschrokken begon te krijsen toen hij ter wereld kwam.

Mick kwam zeven uur na de geboorte van Jeremy Michael Riva terug in Los Angeles. En hij zag dat June, nog in het ziekenhuisbed, kwaad was.

'Je hebt heel wat uit te leggen,' zei zijn schoonmoeder toen hij de kamer in kwam. Ze begon haar spullen bij elkaar te pakken en keek hem hoofdschuddend aan. 'Ik zal jullie alleen laten.' Ze verliet de kamer en nam Nina met zich mee.

Mick keek naar June en liet zijn blik rusten op de stijf ingebakerde baby in haar armen. Hij kon alleen een heel klein stukje van de kruin van zijn zoontje zien en verbaasde zich over het donkere haar.

'Je had hier eerder moeten zijn,' zei June. 'Niet een halve dag later. Wat bezielt je?'

'Ik weet het, schat, ik weet het,' zei hij. 'Maar mag ik hem even vasthouden?'

Ze knikte en Mick nam de baby meteen van haar over. Het jongetje voelde licht aan in zijn armen en de aanblik van het jonge gezichtje van Jay maakte hem even sprakeloos. Toen zei hij: 'Mijn zoon, mijn zoon, mijn zoon.'

Er zat zoveel trots en warmte in zijn stem dat Junes vermoeide hart ervan smolt.

'Dank je voor mijn jongen, Junie,' vervolgde hij. 'Sorry dat ik er niet bij kon zijn. Maar kijk eens naar wat je hebt gedaan. Ons prachtige gezinnetje. En dat heb ik allemaal aan jou te danken.'

June glimlachte en liet alles even op zich inwerken. Ze keek naar haar glamoureuze echtgenoot en dacht aan haar heerlijke dochtertje op de gang en stak haar hand uit om haar mooie nieuwe zoontje aan te raken. Ze had het gevoel dat ze al heel veel van de dingen had gekregen die ze altijd had gewild.

En daarom liet ze de dingen die ze niet had voor wat ze waren.

Een paar weken nadat ze met Jay thuis waren gekomen, stond June haar tanden te poetsen toen Mick haar een kus op haar wang gaf en zei dat hij een verrassing voor haar had. Hij had het nummer opgenomen dat hij voor haar had geschreven. 'Warm June' zou de eerste single van zijn tweede album zijn.

Ze spuugde haar tandpasta uit en glimlachte. 'Echt?' vroeg ze. 'Warm June?'

Hij knikte. 'Iedereen in het land zal weten hoe je heet.'

Dat idee beviel June wel. En ook het idee dat iedereen nu zou weten dat hij van haar hield. Dat hij bezet was.

Want June begon te vermoeden dat Mick meer deed dan alleen maar optreden wanneer hij op tournee was.

11 uur 's ochtends

Kit zat op de oprit op Jay te wachten. Ze keek voor de zoveelste keer op haar horloge. Hij was al bijna een uur weg. Wie deed er nou een uur over tanken?

Haar haar was nat en gekamd en viel net op haar blote schouders. Ze droeg een oude jurk van Nina, strapless en van bobbeltjesstof.

Jurken waren niet echt Kits ding, maar ze had hem in de kast zien hangen en besloten hem te passen. Hij zat fijn en was ook lekker luchtig en ze had het idee dat hij haar wel goed stond. Maar dat wist ze niet zeker.

Jay bracht de jeep tot stilstand op de oprit als een man die nog maar twintig seconden daarvoor veel te hard had gereden.

'Waar bleef je nou zo lang?' vroeg Kit.

'Sinds wanneer draag jij jurken?' was het eerste wat hij vroeg toen hij haar zag.

'Pff,' zei ze fronsend. Hoe kon je ooit veranderen – of het nou om grote of om kleine dingen ging – als je familie je continu herinnerde aan het waterdichte contract dat je blijkbaar had getekend over hoe je was? Ze draaide zich om en liep de garage in.

'Wat ga je doen?' riep Jay haar na.

'Andere kleren aantrekken, klootzak.'

Binnen deed ze de jurk uit en liet hem op de houten vloer liggen. Ze trok een spijkerbroek aan en stak haar armen in een T-shirt.

'Ja ja, even tanken,' zei Kit, terwijl ze instapte. Ze boog zich naar het dashboard toe om te kijken of haar vermoedens juist waren. De tank was nog steeds halfvol.

'Ach, hou je mond,' zei Jay.

'Dat maak ik zelf wel uit.'

Jay gaf gas en reed de Pacific Coast Highway weer op. Op de radio begon The Clash, en hoewel ze boos op elkaar waren konden Jay en Kit niet anders dan meezingen. Zoals altijd als ze ruzie hadden, merkten ze dat hun woede oploste zodra ze vergaten hem in leven te houden.

Toen ze Zuma Beach naderden, zagen ze Hud al staan wachten aan de kant van de weg in zijn korte broek en T-shirt en bootschoenen. Jay stopte en gaf Hud een seconde om achterin in te stappen.

'Jullie zijn laat,' zei Hud. 'Nina zit vast al lang op ons te wachten.'

'Jay had een geheime missie,' vertelde Kit.

'Kit heeft vier keer andere kleren aangetrokken,' zei Jay.

'Eén keer. Ik heb één keer andere kleren aangetrokken.'

'Wat voor geheime missie?' vroeg Hud terwijl Jay het voorbijkomend verkeer in de gaten hield en toen snel de weg weer op ging.

'Niks,' zei Jay. 'Laat me met rust.'

En toen wisten Kit en Hud allebei dat het om een vrouw ging.

Hud voelde dat zijn schouders zich ontspanden. Als Jay een oogje op een nieuwe vrouw had, zou dat de klap verzachten. 'Oké, ik zal je met rust laten.' Hij stak zijn handen in overgave in de lucht.

'Ja hoor,' zei Kit. 'Alsof het ons überhaupt wat kan schelen.'

Hud keek opzij naar de wereld die stilstond terwijl zij langsraasden. Het zand, de parasols, de hamburgertentjes, de palmbomen, de sportwagens. De kerels bij de volleybalnetten, de blond-uit-een-flesje vrouwen in felgekleurde bikini's. Maar hij schonk nauwelijks aandacht aan wat hij zag. Hij voelde zich schuldig en werd al misselijk als hij er alleen maar aan dacht dat hij zijn broer moest vertellen wat hij had gedaan.

Hud had zijn hele leven het gevoel gehad dat Jay niet alleen zijn broer was, maar ook zijn beste vriend.

Ze zaten voor altijd aan elkaar vast, of ze nou gezamenlijk optrokken of tegengestelde paden bewandelden. Ze hadden elkaar nodig om te kunnen overleven.

1959

Het was eind december 1959, een paar dagen voor kerst. Mick was in de studio in Hollywood. June was thuis met Nina en Jay en braadde een kip. Het hele huis rook naar citroen en salie. Ze droeg een roodgestreepte schortjurk en had haar haar in een perfecte bob gekruld, zoals iedere dag. Ze wilde niet dat haar man bij zijn thuiskomst zijn vrouw aantrof met haar haar in de war.

Ergens vlak na vieren werd er aangebeld.

June wist niet dat ze toen, in de tien seconden die ze erover deed om vanuit de keuken naar de deur te lopen, haar allerlaatste moment van naïviteit beleefde.

Met de vier maanden oude Jay op haar ene arm en de zeventien maanden oude Nina vastgeklampt aan haar been, deed ze de deur open en zag een vrouw staan die ze herkende als de jonge aankomende filmster Carol Hudson.

Carol was klein – echt piepklein eigenlijk – en had grote ogen, een bleke huid en een fijne bottenstructuur. Ze droeg een cameljas en roze lippenstift die ze vakkundig op haar dunne lippen had aangebracht. Terwijl June naar haar keek voelde ze zich alsof er een kolibrie op de vensterbank was komen zitten.

Carol stond op de stoep met een jongetje in haar armen dat ongeveer een maand jonger was dan Jay. 'Ik kan hem niet houden,' zei ze met nauwelijks iets van spijt in haar stem. Ze gaf de baby aan June, drukte hem in Junes al volle armen.

June stond als aan de grond genageld terwijl ze probeerde te begrijpen wat er gebeurde.

'Het spijt me maar ik kan het niet,' vervolgde Carol. 'Misschien als het een meisje was geweest... maar... een jongen hoort bij zijn vader te zijn. Hij hoort bij Mick te zijn.'

June voelde de adem uit haar borst ontsnappen. Ze hapte naar lucht en slaakte een nauwelijks hoorbaar kreetje.

'Zijn geboorteakte,' zei de vrouw, Junes reactie negerend. Ze pakte een papier uit haar zwarte notitieboekje. 'Hier. Hij heet Hudson Riva.' Hoewel ze het kind naar zichzelf had genoemd, zou ze hem toch in de steek laten. 'Hudson, het spijt me,' zei ze. En daarna draaide ze zich om en liep weg.

June keek haar na en hoorde de zwarte pumps van de vrouw zacht over de stoep klikken.

En terwijl ze naar haar keek, vulde haar hart zich met woede. Ze was nog niet boos op Mick, dat zou nog komen. En ook niet boos om de situatie, hoewel de frustratie vrijwel onmiddellijk zou komen opzetten. Maar op dat moment voelde ze een grote en ogenschijnlijk eeuwigdurende woede voor Carol Hudson die bij haar had aangebeld en haar een kind had overhandigd zonder de moed te hebben om te zeggen: 'Ik ben met je man naar bed geweest.'

Carol had het verraad achteloos opgenomen, alsof dat nog wel het kleinste stukje van de puzzel was. Het leek haar niet te kunnen schelen dat ze June niet alleen een kind overhandigde, maar daarmee ook haar hart brak. June kneep haar ogen tot spleetjes terwijl ze nadacht over die unieke combinatie van durf en ruggengraatloosheid die deze vrouw bezat. Carol Hudson had wel lef.

June bleef Carol nakijken terwijl de twee baby's in haar armen begonnen te huilen, elkaar afwisselend alsof ze het per se niet tegelijkertijd wilden doen.

Carol reed achteruit de oprit af. Haar zichtbaar fonkelnieuwe Ford

Fairlane zat propvol koffers en tassen. Mocht June nog twijfels hebben gehad, dan maakte de aanblik van de volgepakte auto haar wel duidelijk dat dit geen opwelling was. Deze vrouw vertrok uit Los Angeles en liet haar zoon achter in Junes armen, liet het aan June over om hem groot te brengen. Ze had, behoorlijk letterlijk, haar eigen vlees en bloed de rug toegekeerd.

June keek de auto na tot hij achter de ronding van de bergen verdween. En ze bleef nog wat langer kijken, uit alle macht wensend dat de vrouw zou omkeren, van gedachten zou veranderen. Toen de auto niet terugkwam, zonk de moed haar in de schoenen.

Met haar voet duwde June de voordeur dicht en ze bracht Nina naar de tv. Ze zette een herhaling van *My Friend Flicka* op in de hoop dat haar dochter daar een tijdje rustig naar zou kijken. Nina deed precies wat haar werd opgedragen. Zelfs voor haar tweede al wist ze precies hoe ze de stemming in een kamer moest peilen.

June legde Jay in zijn ledikantje en liet hem huilen terwijl ze Hudson uit zijn wikkeldoeken pelde.

Hudson was klein en iel met lange ledematen waar hij nog niet in was gegroeid en die hij nog niet onder controle had. Hij was rood en krijste, alsof hij nu al boos was. June was ervan overtuigd dat hij wist dat hij in de steek was gelaten. Hij huilde hard en lang – zo ontzettend lang – dat June dacht dat ze gek zou worden. Hij bleef maar krijsen, als een alarm dat nooit ophield. Er druppelden tranen over zijn jonge gezichtje. Een jongen zonder moeder.

'Je moet echt ophouden,' fluisterde ze tegen hem, wanhopig en bedroefd. 'Lieve jongen, je moet daarmee ophouden. Je moet daarmee ophouden, je moet daarmee ophouden. Alsjeblieft, baby'tje, alsjeblieft. Doe het voor mij.'

En voor het eerst sinds ze waren begonnen aan deze eigenaardige reis waar ze geen van beiden om hadden gevraagd, keek Hudson Riva June recht in haar ogen, alsof plotseling tot hem doordrong dat hij niet alleen was.

En het was op dat moment dat June, met dit onbekende jongetje in haar handen, terwijl ze naar hem staarde en zich afvroeg wat hun overkwam, begreep dat alles veel eenvoudiger was dan ze dacht.

Dit kind had iemand nodig die van hem hield. En dat kon ze wel. Voor haar zou het heel gemakkelijk zijn om van hem te houden.

Ze trok hem zo dicht mogelijk tegen zich aan, net zo dicht als ze haar eigen kinderen tegen zich aan had gehouden toen ze net waren geboren. Ze hield hem stevig vast en legde haar wang op zijn hoofdje en voelde dat hij al wat kalmeerde. En toen, nog voordat hij helemaal stil was, had June al een besluit genomen.

'Ik zal van je houden,' zei ze tegen hem. En dat deed ze.

Het werd avond en June haalde de kip uit de oven en stoomde de broccoli en gaf Nina haar avondeten. Ze wiegde de jongens, stopte Nina in bad en bracht hen toen alle drie naar bed – een gebeuren dat tweeënhalf uur in beslag nam.

En terwijl ze al die taken uitvoerde bedacht ze wat haar te doen stond. Ik vermoord hem, dacht ze terwijl ze Nina's haar waste. Ik vermoord hem, dacht ze terwijl ze Jays luier verschoonde. Ik vermoord hem, dacht ze terwijl ze Hudson de fles gaf. Maar eerst schop ik hem dit klotehuis uit.

Toen de kinderen sliepen – Nina in haar bed en de twee jongens samen in het ledikant – schonk ze een glas wodka voor zichzelf in en sloeg het in één slok achterover. Toen schonk ze nog een glas in. En vervolgens belde ze een slotenmaker uit het telefoonboek.

Ze wilde niet dat Mick nog één stap in hun huis zette, wilde niet dat hij ooit nog in hun kingsize bed sliep of zijn tanden poetste boven hun dubbele wasbakken.

Toen de slotenmaker arriveerde – een zekere meneer Dunbar, zestig jaar oud en gekleed in een zwart T-shirt en een werkbroek, met vergeelde blauwe ogen en zulke diepe rimpels dat je er je kleingeld in zou kunnen kwijtraken – liep June tegen haar eerste hindernis op.

'Ik kan de sloten niet vervangen zonder de toestemming van de heer des huizes,' zei meneer Dunbar. Hij keek June fronsend aan, alsof ze beter had moeten weten.

'Alstublieft,' zei ze. 'Doe het voor mijn gezin.'

'Het spijt me, mevrouw, ik kan de sloten niet veranderen als het niet uw huis is.'

'Het is mijn huis,' zei ze.

'Nou ja, niet alleen dat van u,' zei hij op een toon waaruit June meende op te maken dat hij zelf ook al een paar keer door zijn vrouw het huis uit was gezet.

Ze bleef smeken hoewel dat geen enkele zin had. En eigenlijk was ze ook niet echt verbaasd. Per slot van rekening was ze een vrouw. Ze leefde in een wereld die was geschapen door mannen. En ze wist al heel lang dat klootzakken het altijd voor elkaar opnamen. Hoewel ze aan niets en niemand trouw bleven, waren ze verbazingwekkend beschermend ten opzichte van elkaar.

'Ik wens u sterkte, mevrouw Riva. Het komt vast wel weer goed,' zei hij toen hij wegging zonder iets te hebben gedaan, behalve geld vragen voor het feit dat ze hem uit zijn bed had gebeld.

June gebruikte het enige stuk gereedschap dat haar ter beschikking stond: een eettafelstoel. Ze zette hem klem onder de knop van de voordeur en ging er vervolgens op zitten. Voor het eerst van haar leven wilde ze dat ze wat zwaarder was. Ze wilde dat ze breed en groot en dik was. Potig en imposant. Wat stom van haar dat ze altijd zo haar best had gedaan om slank te blijven.

Toen Mick na de opnames om één uur 's nachts thuiskwam – met zijn kraag los en met ogen die een beetje bloeddoorlopen waren – ontdekte hij dat hij de deur maar een heel klein stukje open kreeg.

'June?' zei hij door de kier tussen de deur en de deurpost.

'Wat me nog het kwaadst maakt is dat ik het eigenlijk al wist,' zei June kalm. 'Dat je me niet trouw was. Maar dat heb ik uit mijn hoofd gezet omdat ik jou meer vertrouwde dan ik mezelf vertrouwde.'

'Schat, waar heb je het over?'

'Je hebt nog een kind,' antwoordde ze. 'Je vriendinnetje heeft hem hier afgegeven. Blijkbaar wil ze geen moeder zijn.'

Toen Mick niet reageerde merkte June dat ze juist heel graag wilde dat hij iets zou zeggen.

Na een tijdje zei hij: 'O, Junie.'

Ze hoorde dat zijn stem brak, alsof hij op het punt stond te gaan huilen.

Mick liet zich op de grond zakken. Hij schudde eerst een paar keer zijn hoofd en sloeg toen zijn handen voor zijn gezicht. Jezus, dacht hij. Hoe heeft het zover kunnen komen?

Vóór Carol had alles zo eenvoudig geleken.

Hij kon het prachtige huis hebben met de prachtige echtgenote en de prachtige kinderen. Hij kon met heel zijn hart van hen houden. Hij kon een goede echtgenoot zijn. Hij was van plán geweest om een goede echtgenoot te zijn.

Maar de vrouwen verdrongen zich om hem! Grote god, je moest erbij zijn om het te kunnen geloven. Backstage bij zijn optredens, vooral als hij op dezelfde avond optrad als mannen als Freddie Harp en Wilks Topper, was het net Sodom en Gomorra.

June had dat nooit begrepen. Hoe die jonge meisjes vooraan bij het podium naar hem opkeken met hun grote, glanzende ogen en hun veelbetekenende lachjes. Hoe die jonge vrouwen zijn kleedkamer in glipten met hun jurkjes net te ver opengeknoopt.

Hij zei nee. Hij had zo vaak nee gezegd. Goed, ze mochten dichterbij komen of hem aanraken. Een enkele keer had hij de drank op hun lippen geproefd. Maar daarna zei hij altijd nee.

Hij duwde hun handen weg. Hij draaide zich om. Hij zei: 'Jullie moeten gaan. Ik ben getrouwd.'

Maar iedere keer dat hij nee zei, was hij bang dat hij dichter bij de dag was gekomen waarop hij ja zou zeggen. En hij kon zich niet precies herinneren wanneer dat was gebeurd, maar in elk geval ergens toen Nina nog heel klein was. Het was toen tot hem doorgedrongen dat hij nee zei op de manier waarop je een tweede portie of een toetje afslaat. Je zegt nee in de wetenschap dat je, als ze je het nog een keer aanbieden, ja zult zeggen.

Die ja kwam uiteindelijk op de parkeerplaats van de studio toen hij zijn eerste album opnam. Ze heette Diana. Ze was een twintigjarige, roodharige achtergrondzangeres met een getekend schoonheidsvlekje boven haar wenkbrauw. Ze had een lach die je deed denken dat ze je naakt kon zien door je kleding heen.

Toen Mick op een avond naar huis zou gaan, was hij haar tegen het lijf gelopen bij zijn auto. Zij had zijn blik net iets te lang vastgehouden en voordat hij het wist, stond hij haar al te kussen tegen de muur van het gebouw. Hij duwde haar tegen het pleisterwerk, duwde zijn lichaam tegen het hare met een kracht alsof hun leven ervan afhing.

Zeven minuten later was hij klaar. Hij maakte zich van haar los, streek zijn haar glad en zei: 'Dank je.' Toen ze glimlachend 'graag gedaan' zei, wist hij in zijn botten dat hij het weer zou doen.

Dat met Diana had twee weken geduurd en toen was ze hem gaan vervelen. Maar hij ontdekte dat hij, toen het voorbij was met Diana, uit een soort schuldgevoel meer naar June verlangde. Hij had haar liefde nodig op de manier waarop hij die nodig had gehad toen ze elkaar net hadden leren kennen. Hij wilde dat ze hem wilde en kon geen genoeg krijgen van haar grote bruine ogen.

Het was een stuk makkelijker om een tijdje later weer de grens te overschrijden met Betsy, de serveerster uit het café tegenover het kantoor van zijn producer.

En daarna was er Daniella geweest, een sigarettenverkoopster in Reno. Een eenmalig iets. Het stelde niks voor.

En bovendien, wat deed het ertoe?

Hij kon nog steeds een goede echtgenoot voor June zijn. Hij kon nog steeds op tijd bij de platenopnames verschijnen. Hij kon voor uitverkochte zalen zorgen. Hij kon jong en oud betoveren, knipogen naar de dames op leeftijd die samen met hun echtgenoten naar de muziek van de hippe jongeman kwamen luisteren. Hij gaf June alles waarvan ze samen hadden gedroomd. Ze hadden hun dubbele wastafel en ze waren aan hun fantastische gezin begonnen. Wat June ook maar kon bedenken, ze kreeg het van hem.

Alleen dit ene was helemaal van hemzelf.

Maar toen had hij Carol leren kennen. Het waren de Carols die alles verpestten. En hij had het geweten. Dat was er nou juist zo irritant aan. Hij had dat allemaal al bij zijn vader zien gebeuren.

Hij had Carol leren kennen tijdens een optreden in de Hollywood Bowl. Ze was daar met een of andere studiobons. Ze was heel klein, maar met haar houding vulde ze de hele ruimte. Ze wilde er niet zijn, ze wist niet eens wie Mick was – iets wat steeds minder vaak voorkwam. Ze gaf hem beleefd een hand en hij schonk haar een glimlach, zijn allermooiste glimlach, en zag hoe de hoeken van haar smalle roze lippen zich iets opkrulden, alsof ze haar best deed om hem niet leuk te vinden maar daar niet helemaal in slaagde.

Veertig minuten later nam hij haar in een niet-afgesloten limo die ze achter het theater aan hadden getroffen. Vlak voordat ze allebei klaarkwamen, schreeuwde ze zijn naam.

En toen ze klaar waren, vertrok ze met niet meer dan een 'ik zie je nog wel'. En tien minuten daarna hing ze weer aan de arm van de studiobons met wie ze was gekomen, zonder hem nog een blik waardig te keuren.

Mick was reddeloos verloren. Hij moest haar weer zien. En weer. Hij belde het kantoor van haar agent. Hij ging naar haar huis. Hij kon geen genoeg van haar krijgen en was totaal betoverd door haar passieve charme en haar onverschilligheid ten opzichte van zo'n beetje alles – hem inbegrepen.

O god, dacht hij na een paar weken. Dit is niet goed.

Ze spraken al zo'n drie maanden met elkaar af – 's avonds laat of voor een lange lunch – toen Carol Mick vertelde dat ze zwanger was.

Ze waren elkaar tegen het lijf gelopen bij Ciro's. Mick had er gegeten met zijn producer. Carol was er met een andere man.

Mick had haar meegelokt naar de mannen-wc's en haar daar in een hokje genomen. Hij was zo jaloers dat ze met een andere man was dat hij haar meteen had willen bezitten.

Na afloop, toen hij zijn haar gladstreek en de wc-ruimte uit wilde lopen en Carol haar rok fatsoeneerde, zei ze: 'Ik ben zwanger. Van jou.'

Hij keek haar aan in de hoop dat ze een grapje maakte. Maar hij zag meteen dat dat niet zo was. Maar voordat hij iets kon zeggen was ze al weg.

Hij sloot zijn ogen, opende ze weer en staarde naar zijn gezicht in de spiegel. Zijn mond hing open. Stomme idioot die je er bent! In een opwelling stompte hij zijn spiegelbeeld, waardoor het glas verbrijzelde en hij zijn hand opensneed.

Na die avond zag hij Carol niet meer. Hij had haar geld gestuurd, maar haar niet meer gebeld, had zichzelf gedwongen niet meer aan haar te denken. En hij was daarna ook niet meer met een andere vrouw naar bed geweest.

En nu, bijna een jaar later, ontzegde zijn vrouw hem de toegang tot zijn eigen huis. Maar vanaf het moment dat hij met zijn vuist tegen de spiegel had geslagen, had hij geweten dat dit zou gebeuren. Misschien had hij dat zelfs al veel langer geweten. Misschien had hij altijd al geweten dat hij niet aan zichzelf kon ontsnappen.

'Junie, het spijt me zo.' Mick begon te huilen. Het was onverdraaglijk om jezelf zo erg te haten als hij op dat moment deed. 'Ik wilde het echt niet.'

June weigerde zich te laten raken door de zwakke klank van zijn stem.

Het kostte haar geen moeite om kwaad te blijven, want steeds als ze bang was dat ze zou toegeven, dacht ze aan toen ze zwanger was en veranderde ze met terugwerkende kracht haar herinnering; ze legde er een donkere wolk overheen in de wetenschap dat er nog een vrouw zwanger van hem was geweest, bijna net zover heen als zij. Wat een droevig idee om niet de enige te zijn die op dat moment een kind van je man droeg. Het leek June dat dat toch wel het minste was wat je van een man kon vragen.

'Ik ben zwak geweest,' zei Mick op smekende toon. 'Het was een moment van zwakte. Ik kon me niet beheersen. Maar nu ben ik sterker.'

'Ik wil je hier niet,' zei June onaangedaan. 'Ik wil je niet in de buurt van deze kinderen. Ik zou het haten als deze jongens zoals jij zouden worden.'

Ze had gezegd 'jongens'. Niet jongen. Jongens.

'Liefje,' zei hij. Hij wist het ineens. Hij wist hoe hij haar ervan kon overtuigen dat hij alles weer in orde zou maken, voor hen allemaal. 'Ik ben Hudsons vader. Als je hem wilt, zul je mij erbij moeten nemen.'

Een tijdje zeiden ze geen van beiden wat. June wist niet goed wat ze moest doen en Mick wachtte met ingehouden adem af. June zou hem de baby nooit geven, zoveel begreep hij wel. Hij wist niet eens hoe je een luier moest verschonen. De baby had June nodig. De jongen had een moeder nodig. Dat wisten ze allebei.

June trok de deur open. Mick viel over de drempel.

'Dank je,' zei hij, alsof ze hem gratie had verleend. 'Ik zal het goedmaken. Vanaf nu zal ik altijd rekening met jou houden.'

Op precies dat moment zag Mick dat Nina wakker was geworden en naar hen keek. 'Hoi, liefje,' zei hij tegen haar.

In de slaapkamer begonnen Jay en Hud allebei te huilen. June tilde Nina op en ging naar de baby's toe. Mick keek over haar schouder en zag voor het eerst zijn nieuwe zoontje.

June vond het onverdraaglijk om getuige te zijn van Micks relatie met dit kind. Ze sloeg hem weg en hij trok zich terug.

Toen ze klaar was met de kinderen liep ze naar de slaapkamer en zag dat Mick aan de linkerkant van het bed was gaan liggen, alsof hij daar nog steeds recht op had.

'Junie, ik hou van je,' ze hij.

Ze reageerde er niet op.

Maar terwijl ze naar hem keek voelde ze haar vermoeidheid de overhand nemen. Hij zou het haar niet gemakkelijk maken. Hij zou niet uit eigen beweging weggaan. Ze zou tegen hem tekeer moeten gaan en zelfs dan was het niet zeker dat ze zou winnen.

Woede eist zijn tol en June was ineens doodmoe. Ze slaakte een zucht, haar lichaam overgevend aan haar ademhaling. Ze kon nu geen ruzie met hem maken, want op dit moment zou ze niet van hem kunnen winnen.

En daarom ging ze naast hem liggen en bewaarde ze haar verontwaardiging voor morgen, wanneer ze weer helder kon denken. Morgen zou dit alles er nog steeds zijn om ruzie over te maken.

De volgende ochtend had haar woede echter zijn scherpe kantjes verloren. Hij was veranderd in verdriet. Ze was overmand door de zeurende pijn van smart, groot en pijnlijk, alsof haar hele lichaam één blauwe plek was. Ze was het leven kwijt waarvan ze had gedacht dat het haar toekwam. Ze was in de rouw.

Dus toen Mick zich ook omdraaide en zijn arm om haar heen sloeg, had ze niet de energie om die van zich af te slaan.

'Het is echt voorbij,' fluisterde Mick met tranen in zijn ogen. 'Ik zal je nooit meer verdriet doen. Ik hou van je, Junie. Met heel mijn hart. Het spijt me zo.'

En omdat June zijn arm niet had weggeslagen, voelde Mick zich zelfverzekerd genoeg om haar nek te kussen. En omdat ze zijn kleine gebaar niet van zich af had geslagen, wist ze niet hoe ze het grotere van zich af moest slaan. En zo ging het verder. Kleine grenzen werden overschreden, knapten als takjes. Het waren er zoveel dat June nauwelijks merkte dat hij uit was op de hele boom.

Bij elk gebaar van Mick – wanneer hij haar vasthield, wanneer hij haar kuste – raakte voor June het moment om haar mond open te doen steeds verder uit beeld. Uiteindelijk legde ze zich neer bij de verdrietige gedachte dat ze helemaal niets had gezegd.

Snel verscheen er een oplossing aan de horizon, eentje die zelfs June verwelkomde, al was het maar omdat ze graag terug wilde naar het oude normaal, zelfs al was het een leugen.

De volgende avond fluisterde Mick om middernacht lieve woordjes in Junes oor. En ondanks alles genoot June van het gevoel van zijn adem in haar hals. En toen bespraken ze alles, op de gehaaste en zachte toon die voorbehouden is aan geheimen.

Mick zou haar altijd trouw zijn en ze zouden Hud als een eigen kind grootbrengen. Ze zouden doen alsof Jay en Hud een tweeling waren. Niemand zou het lef hebben daar vraagtekens bij te zetten. Per slot van rekening zouden ze heel andere kringen betreden na Micks tweede album. Ze zouden nieuwe vrienden krijgen, nieuwe gelijken. Vanaf nu zouden ze een gezin van vijf zijn.

Die nacht had June het gevoel dat zij en Mick samen hun gebroken botten herstelden. Dat ze het gips perfect aanlegden in de hoop dat ze op een dag niet eens meer zou weten dat ze ooit gebroken waren.

En het gekke was dat het werkte.

June hield van haar kinderen, van haar oudste dochtertje en haar tweelingzoontjes. Ze hield van haar huis aan het water. Ze hield ervan naar haar kinderen te kijken die op het strand speelden en als mensen haar op de markt staande hielden, zij met twee baby's en een peuter in de wagen, en vroegen: 'Ben jij niet de vrouw van Mick Riva?'

Ze hield van het geld en de Cadillac en de bontjassen. Ze hield ervan om haar kinderen bij haar moeder achter te laten en een van haar mooiste cocktailjurkjes aan te trekken en backstage te staan bij sommige van Micks optredens.

Ze hield ervan om 'Warm June' op de radio te horen en ze hield van Micks aandacht wanneer hij thuis was. Hij gaf haar altijd het gevoel alsof ze de enige vrouw op de wereld was, zelfs al wist ze – dat wist ze nu zeker – dat dat niet zo was.

En daarom moest June, ondanks de etterende zweer, toegeven dat ze het allemaal beter aankon dan ze had verwacht. Wodka hielp ook.

Helaas kon Mick zich gewoon niet beheersen.

Eerst was er Ruby, die hij leerde kennen bij de Sunset-kliek. En daarna Joy, een vriendin van Ruby. Ze betekenden helemaal niets voor hem en daarom zag hij het ook niet als verraad.

Maar toen Veronica. O god, Veronica.

Zwart haar, olijfkleurige huid, groene ogen, een lichaam als een zandloper. Hij was weer voor een vrouw gevallen, ondanks zijn poging om zijn hart erbuiten te laten. Hij was gevallen voor haar karmijnrode glimlach en voor de manier waarop ze graag de liefde bedreef in de openlucht. Hij was gevallen voor haar strakke jurken en haar scherpe geest, voor haar weigering zich door hem te laten intimideren, voor de manier waarop ze de draak met hem stak. Hij was gevallen voor hoe beroemd ze begon te worden – misschien wel beroemder dan hij – toen ze schitterde in een Amerikaanse succesfilm, de thriller *The Porch Swing*. Haar naam stond in grote vette letters op de gevel, maar in het holst van de nacht was het zijn naam die ze riep.

Hij kon gewoon geen genoeg krijgen van Veronica Lowe.

En June wist precies wat er aan de hand was.

Toen Mick pas om vier uur 's ochtends thuiskwam, toen Mick een heel klein veegje lippenstift achter zijn oor had, toen Mick haar geen ochtendkus meer gaf.

Mick verscheen openlijk met Veronica in restaurants. Soms kwam hij helemaal niet meer thuis.

June liet haar haar doen. Ze viel af. Ze zonk zelfs zo diep dat ze vriendinnen om sekstips vroeg. Ze maakte zijn favoriete rosbief klaar. En tijdens de zeldzame momenten waarop ze zijn aandacht had, probeerde ze hem er subtiel op te wijzen dat hij een plicht ten opzichte van zijn kinderen had.

Maar ze kon hem niet van Veronica losscheuren.

Mick hield zichzelf voor dat hij totaal niet op zijn vader leek. Zijn vader die thuiskwam, ruikend naar het parfum van andere vrouwen, zijn vader die zich wekenlang niet liet zien, zijn vader die zijn moeder sloeg wanneer ze te veel vragen stelde.

Hij hield zichzelf voor dat hij er goed aan had gedaan om met June te trouwen, een vrouw die in niets op zijn moeder leek, die zijn vader gewoon terugsloeg. Maar hij was betoverd door Veronica's haar, dat zo verrukkelijk naar vanille rook. Hij was betoverd door haar lach. Hij was betoverd door haar benen. Hij was betoverd.

En toen, op een avond, toen de jongens tien en elf maanden oud waren, kwam Mick om vier uur 's nachts thuis.

Hij was dronken, maar wist nog precies wat hij deed. Hij botste tegen zijn nachtkastje aan toen hij er zijn paspoort uit wilde halen. De lamp viel met een klap op de grond.

June werd wakker en zag hem staan: zijn haar over zijn voorhoofd, bloeddoorlopen ogen, een jasje over zijn arm. Hij had een koffer in zijn hand.

'Wat is er?' vroeg ze. Hoewel ze dat al wist. Ze wist het zoals mensen weten dat ze op het punt staan beroofd te worden; een scherp inzicht op het allerlaatste moment.

'Ik ga met Veronica naar Parijs,' zei hij. Hij draaide zich om en liep de deur uit.

June rende hem in haar dunne nachthemd na tot op de oprit. 'Dat kun je niet maken!' krijste ze. 'Je zei dat je dat niet zou doen!' Ze schaamde zich voor zichzelf, smekend om iets waarvan ze zich had voorgenomen er nooit om te smeken.

'Ik kan die man niet zijn!' schreeuwde hij tegen haar. 'Een echtgenoot en vader of wat je dan ook dacht dat ik was. Dat ben ik niet! Ik heb het toch geprobeerd? Maar ik kan het niet.'

'Mick, nee,' zei ze terwijl hij het portier dichtsloeg. 'Ga niet weg.'

Maar dat was precies wat hij deed. June keek naar hem terwijl hij achteruit de oprit af reed. En toen zakte ze door haar knieën, zwaar en dood, als een anker dat nergens aan vastzat.

Mick reed weg, naar Veronica's huis in de heuvels waar, zo hield hij zichzelf voor, alles goed zou komen. Met Veronica zou hij het allemaal veel beter kunnen.

Hij was geen goede man. Geen eerlijke man. Zo was hij nu eenmaal geboren, opgevoed. Maar een goede vrouw zou hem kunnen redden. Hij had eerst gedacht dat June dat was, maar hij begreep nu dat het Veronica was. Zij was het antwoord. Zijn liefde voor haar was sterk genoeg om hem te kunnen genezen. Hij zou zijn kinderen wel bellen wanneer de boel wat was bedaard. Later, wanneer ze oud genoeg waren, zouden ze het wel begrijpen.

June huilde naar wat een eeuwigheid leek op de oprit. Ze huilde om zichzelf en om haar kinderen, ze huilde om hoeveel ze van zichzelf had opgeofferd om hem te kunnen houden, ze huilde omdat dat niet genoeg was geweest om hem te laten blijven.

Ze huilde omdat ze niet verbaasd was dat hij weg was gegaan, maar omdat het nu was, op dit moment. En niet morgen of over een maand of over tien jaar.

Haar moeder had gelijk gehad. Hij was een te gevaarlijke keus geweest, een te aantrekkelijke man.

Waarom zag ze nu pas alle fouten die ze had gemaakt?

En toen, heel kort, hapte ze naar adem en stortte in bij de gedachte dat er, als hij echt weg was, misschien nooit meer een man zou zijn die haar kon aanraken op de manier waarop hij dat deed. Hij had zoveel met zich meegenomen toen hij was vertrokken.

De zon kwam op en June hervond haar rust. Ze liep het huis weer in, vastbesloten. Ze zou zich hier niet kapot door laten maken. De kinderen zouden niets aan haar merken.

Ze ging naar de keuken en legde twee koude lepels op haar oogleden in een poging de zwelling wat weg te nemen. Maar toen ze een glimp van zichzelf opving in de zijkant van het broodrooster zag ze er net zo ontredderd uit als ze zich voelde.

Ze schonk een glas jus d'orange in, draaide de dop van de fles wodka die ze in het keukenkastje bewaarde en schonk er een scheut van in het glas. Ze streek haar haar glad en probeerde het laatste beetje waardigheid dat ze nog had, tevoorschijn te toveren.

'Waar is papa naartoe?' vroeg Nina vanuit de deuropening.

'Je vader weet niet hoe een man zich hoort te gedragen,' zei June terwijl ze langs haar heen liep. Ze pakte Micks elpee van de platendraaier en gooide hem in de afvalbak. Zijn machogezicht staarde haar aan.

Ze goot er de rest van het pak jus d'orange overheen. 'Ga je handen wassen. We gaan zo ontbijten.'

June en haar drie kinderen aten eieren en toast. Ze nam hen mee naar het strand. Ze bleven de hele dag in het water. Nina liet June horen dat ze het hele alfabet kon zingen. Jay en Hudson begonnen net te staan. Rond lunchtijd kwam Christina langs met tonijntosti's en June nam haar even apart.

'Hij is vertrokken, mama,' zei ze. 'Hij is weg.'

Christina sloot haar ogen en schudde haar hoofd. 'Hij komt wel weer terug, lieverd,' zei ze toen. 'En als het zover is, zul jij een besluit moeten nemen.'

June knikte opgelucht. 'En als hij niet terugkomt?' vroeg ze. Haar stem klonk kleintjes en dat was onverdraaglijk.

'Dan komt hij niet terug,' zei Christina. 'Maar dan heb je mij en je vader.'

June hapte even naar adem. Ze keek naar haar kinderen. Nina zat een zandkasteel te bouwen. Jay wilde net een handvol zand in zijn mond stoppen. Hudson lag onder de parasol te slapen.

Ik ben meer dan alleen maar dit, dacht ze bij zichzelf. Ik ben meer dan een vrouw die door hem in de steek is gelaten.

Maar toen de lampen die avond uit waren en ze allemaal in hun eigen bed lagen, staarde June naar het plafond en wist ze dat zij, Nina, Jay en Hudson allemaal iets waren kwijtgeraakt. Ze hadden nu allemaal een gat van verschillende afmetingen in hun vier harten.

Tussen de middag

Nina stond in de overvolle keuken waar drie koks de reusachtige grill en twee friteuses in de gaten hielden. Ze begon kalmpjes aan wat ontegenzeggelijk haar belangrijkste taak bij Riva's was. Ze pakte een handjevol gefrituurde mosselen, een schaal koude garnalen, een fles tartaarsaus, drie plakken kaas en vier broodjes en maakte voor haar broers en zusje 'de Sandwich' zoals ze die noemden.

Het was een slordige berg schelpdieren platgedrukt tussen brood. Een voor elk van hen. Die van haar zonder kaas, die van Jay met extra saus, die van Hud zonder mosselen en die van Kit met een schijfje citroen.

Zonder Nina zou de Sandwich niet bestaan. Ook wanneer ze zich niet lekker voelde ging ze toch naar het restaurant om de Sandwich te maken. Wanneer ze de stad uit was voor een shoot at niemand de Sandwich. Het zou bij Jay, Hud en Kit niet zijn opgekomen om zelf de Sandwich te maken of om er eentje voor Nina te maken.

Nina vond het niet erg. Ze zorgde goed voor haar broers en zusje en zij waren haar er dankbaar voor. Het was een van de redenen waarom ze van haar hielden, en dat was dat.

Toen de Sandwiches klaar waren pakte Nina vier rode mandjes en vier stukken vetvrij papier. Ze bekleedde de bodem van de mandjes met het papier, legde de broodjes erop en vulde de overgebleven ruimte met friet. Behalve dat van haar, dat ze vulde met gezouten plakjes tomaat.

Ze keek op haar horloge. Haar broers en zusje waren laat.

'Vanavond feest, hè?'

Het was Wendy die de keuken in kwam lopen. Wendy wilde actrice worden, maar als ze niet naar Hollywood moest voor audities draaide ze diensten bij Riva's Seafood. Tot dusverre had ze een vaste rol in een soap gehad en meegespeeld in een videoclip.

'Ja,' zei Nina. Ze mocht Wendy graag. Wendy kwam altijd opdagen, was aardig voor de klanten en vergat ook nooit om de frisdrankdispenser schoon te maken. 'Kom jij ook?'

Wendy trok een wenkbrauw op. 'Je denkt toch niet dat ik het zou willen missen? Het Riva-feest is het enige evenement van het jaar waarvan je niet weet hoe de avond voor je zal eindigen.'

Nina rolde met haar ogen. 'O god,' zei ze. 'Dat klinkt...'

'Te gek?' schoot Wendy haar te hulp.

Nina lachte. 'Ja hoor, te gek.'

'Ik zal er zijn, in vol ornaat.'

'Ik kom trouwens ook,' riep Ramon vanachter de friteuse.

Lachend legde Nina de gefrituurde mosselen boven op de broodjes. 'Eerst zien, dan geloven,' zei ze tegen hem.

'Ksst,' zei hij, haar wegwuivend terwijl hij twee mandjes garnalen uit de friteuse haalde. 'Daar heb ik het veel te druk voor. Ik heb geen tijd om naar een of ander rijkeluisfeestje te gaan om van die beroemde klootzakken een boks te geven. Sorry.'

'Ik had niet anders van je verwacht,' zei Nina. Ze wist bijna zeker dat Ramon een van de weinigen was die de uitnodiging voor het Riva-feest niet als een van de voordelen van zijn werk beschouwde.

Terwijl ze daarentegen bijna zeker wist dat de jongen die op dit moment een van de grills bediende, Kyle Manheim, een plaatselijke surfer die net eindexamen had gedaan, dit vakantiebaantje alleen maar had genomen vanwege de uitnodiging. Ze wist nu al dat hij volgende week zijn ontslag weer zou indienen.

'Waar zijn die luie broers en zus van je?' vroeg Ramon.

Precies op dat moment stak Kyle een kaastosti in de fik. In de keuken ontstond een gecontroleerde chaos en Nina zette de mandjes met sandwiches op een dienblad, glipte de keuken uit en liep naar de personeelsruimte achterin.

Ze ging zitten en pakte een tijdschrift van het bureau achter haar. *Newslife*. Ze begon te bladeren. Reagan en Russische dissidenten, en MTV bederft de jeugd, en zou ze een videospeler moeten kopen?

Er stonden advertenties in van de Chevy Malibu, Malibu-kokosrum en Malibu Musk-bodyspray. Voor de zoveelste keer vroeg Nina zich af waarom iedereen buiten de stad dacht dat de plaats iets exotisch en bijzonder cools opriep, alsof het een verschoten utopie was.

Oké, misschien speelde je buurman wel in een paar films, maar Malibu was ook maar gewoon een plek waar mensen woonden, net als andere plaatsen. Het was waar je je tanden poetste en je je avondeten liet aanbranden en boodschappen deed, maar dan met uitzicht op de Stille Oceaan. Iemand zou hun eens moeten vertellen dat het paradijs niet bestaat, dacht Nina bij zichzelf.

En toen sloeg ze een bladzijde om en viel haar blik op haar man, alweer. BRANRAN EN CARRIE SOTO: LOVE-LOVE. Bah, die stomme tennisgrapjes.

Nina legde het blad vol afkeer weg. Toen pakte ze het weer en las het artikel twee keer. Een en al foto's van Brandon en Carrie samen: Brandon en Carrie stappen in een zilverkleurige Porsche op Rodeo, Brandon en Carrie lopen samen een countryclub in Bel Air in.

De foto's waren een kwelling voor Nina. Niet omdat Brandon er gelukkig uitzag met Carrie. Hoewel dat wel zo was. En ook niet omdat hij anders leek met Carrie – hoewel ook dat zo was. Brandon had zijn T-shirts verruild voor poloshirts en zijn bootschoenen voor loafers.

Maar nee. Wat Nina kwelde was dat haar dit allemaal zo bekend voorkwam. Lang geleden had ze haar moeder panisch zien bladeren in tijdschriften die vol stonden met foto's van haar vader en zijn nieuwe vrouw.

'We zijn er!' riep Hud nog voordat ze binnenkwamen.

Nina stond op en omhelsde haar broers en zus.

'Sorry dat we te laat zijn,' zei Kit.

'Dat geeft niet,' zei Nina.

'Het kwam door Jay,' ging Kit verder.

'We zijn nauwelijks te laat,' zei Jay met een blik op de klok aan de achterwand. Het was bijna halfeen.

Ze gingen aan tafel zitten en Kit viel meteen aan op haar frietjes. Nina wist dat die inmiddels koud waren, maar ze was blij dat niemand er iets van zei.

'Hoe staat het ervoor met het feest?' vroeg Kit terwijl ze een frietje in haar mond stopte. 'Kunnen we je ergens mee helpen?'

Nina pakte een plakje tomaat. God, wat had ze zin in een frietje. 'Nee.' Ze schudde haar hoofd. 'Het is allemaal al geregeld. Over een paar uur komt de schoonmaakploeg. De cateraars komen om vijf uur. Het barpersoneel om... zes uur? Geloof ik tenminste. Het feest begint om zeven uur maar de eerste gasten zullen denk ik rond halfacht komen. Ik heb alles onder controle.'

'Het is echt heel anders dan vroeger,' merkte Jay hoofdschuddend op.

Hud lachte onder het kauwen. Hij veegde zijn mond af en slikte. 'Je bedoelt toen Nina het huis nog zelf schoonmaakte en Kit de schalen pretzels klaarzette...'

'En jij en ik Hank Wegman van de drankwinkel over probeerden te halen om ons drie vaatjes bier te verkopen,' vulde Jay aan. 'Ja, dat is precies wat ik bedoel.'

'Overigens, ik hou het dit jaar voornamelijk bij bier en wijn,' zei Nina. 'Ik bedoel, er zal wel wat sterke drank zijn voor de cocktails maar ik wil het niet al te gek maken. Ik heb geen zin in nog iemand die denkt dat het leuk is om van mijn bovenste balkon in het zwembad te springen.'

'O, mijn god,' zei Kit lachend. 'Jordan Walkers neus ziet er nog steeds niet uit! Weet je nog toen we naar *Pledge for Eternity* keken? Iedere keer dat hij in beeld kwam, was het alsof hij Silly Putty op zijn gezicht had.'

Hud lachte.

'Maar dat was niet omdat hij whisky had gedronken,' vertelde Jay. 'Hij had paddo's gebruikt.'

'Hoe dan ook, de cateraar zei dat bier en wijn cooler is,' zei Nina.

'Ja, vast.' Jay wierp een korte blik op Hud en in die nanoseconde wisten ze allebei dat ze naar de drankzaak zouden rijden om de sterke drank te kopen waar ze zin in hadden.

'Jongens, wat als Goldie dit jaar komt?' vroeg Hud.

Jay schudde zijn hoofd. Nina glimlachte.

'Doe normaal,' zei Kit lachend. 'Je kunt haar niet zomaar Goldie noemen. Je kent haar niet eens.'

'Ik ken haar wel.'

'Achter iemand staan in de supermarkt is niet hetzelfde als iemand kennen. Noem haar gewoon Goldie Hawn, dat doet iedereen,' zei Kit.

'Ik heb haar mijn winkelmandje geleend!' riep Hud uit. 'Omdat zij haar handen vol had aan haar kinderen. En toen zei ze: "Hoi, ik ben Goldie!"'

Nina, Jay en Kit keken elkaar aan terwijl ze probeerden te bedenken of ze hem het voordeel van de twijfel zouden gunnen.

'Ik heb niets gehoord over dat Goldie Hawn zou komen,' zei Nina diplomatiek. 'Maar ik geloof dat Ted Travis wel weer komt.'

Kit klapte opgewonden in haar handen. 'Yes!'

Ted Travis woonde vier straten bij Nina vandaan in een huis dat gebouwd was in de vorm van een donut met een tikibar en een namaakgrot in het midden. Kit en haar beste vriendin Vanessa sloegen nooit een aflevering over van de serie waarin hij speelde, *Cool Nights*, over een politieman in Orange County die met iedereens vrouw naar bed ging en gekleed in een blazer en zwembroek moorden oploste. 'Vorige week sprong hij op zijn waterski's over twee speedboten heen en Van en ik willen hem vragen hoe hij dat deed.'

'Komt Vanessa dan vanavond?' wilde Nina weten. 'Je zei toch dat ze misschien met haar ouders mee naar San Diego moest?'

'Nee, ze komt,' zei Kit. Vanessa was al sinds haar dertiende verliefd op Hud en daarom wist Kit zeker dat haar vriendin de kans om bij hem in de buurt te kunnen zijn niet zou laten lopen. Kit had gehoopt dat die verliefdheid vanzelf zou overgaan, maar dat was nog steeds niet gebeurd. Dat Hud altijd zo lief voor haar was hielp ook niet echt mee.

'Het zal niemand toch verbazen dat Ted komt?' zei Jay. 'Hij grijpt elke kans aan om te proberen Nina te versieren.'

Nina rolde met haar ogen. 'Ted is oud genoeg om onze vader te zijn,' zei ze terwijl ze opstond om een servet te pakken. 'Bovendien wil ik er niet eens aan denken dat iemand me zou willen versieren. Ik ben niet echt op mijn best de laatste tijd.'

'Doe normaal,' zei Jay.

'Laat haar nou,' zei Hud.

'Voel je je echt beroerd om wat die klootzak van een tennisser je heeft aangedaan?' vroeg Jay, Nina recht in de ogen kijkend. 'Die vent is een complete eikel en sorry dat ik het zeg, maar hij heeft een waardeloze backhand. En dat heb ik altijd al gevonden. Zelfs toen ik hem nog mocht.'

'Jay heeft wel een beetje gelijk,' zei Kit. 'En mogen we nu dan ook hardop zeggen dat hij kaal begint te worden?'

Nina schoot in de lach. Hud ving haar blik en lachte ook.

'Ja, hij begint echt kaal te worden,' zei Nina. 'Wat niet erg zou zijn als hij het zelf wist. Maar hij heeft geen idee! Het is precies op zijn kruin begonnen en dan draagt hij zo'n zonneklep...'

'Waardoor hij nog kaler lijkt,' vulde Jay kalmpjes aan. 'Waarom heb je hem niet gezegd dat hij geen zonneklep meer moest dragen?'

'Ik durfde hem niet te vertellen dat hij kaal werd!'

Kit schudde haar hoofd. 'Dat is wreed. Je laat hem gewoon naar buiten gaan en dan verschijnt hij op tv met een bagel van haar op zijn hoofd.'

Ze brulden het nu alle vier uit van het lachen bij het beeld van Brandon Randall die zonder dat hij het wist kaal werd op ESPN.

Hier waren ze goed in, ze hadden er ervaring mee. Op deze manier begon voor hen het proces om de mensen die hun de rug toekeerden uit hun geheugen te bannen.

'Nou ja, dat is nu Carrie Soto's probleem,' zei Nina. 'Misschien durft zij het hem wel te vertellen.'

Het fijne aan gedumpt worden door een klootzak was dat je niets meer met de klootzak te maken hoefde te hebben. Tenminste, zo zou het moeten gaan.

1961

De dag nadat de scheiding van Mick en June was uitgesproken, trouwde Mick met Veronica. Een paar weken later hadden Mick en Veronica al een penthouse gekocht aan de Upper East Side in Manhattan en verhuisden ze naar de andere kant van het land.

Ze waren vier maanden getrouwd toen hij iets begon met de vrouw van een geluidstechnicus met wie hij samenwerkte. De vrouw heette Sandra en had rood haar en blauwe ogen.

Toen Veronica het ontdekte – ze had een kastanjebruin haarspeldje in zijn binnenzak gevonden – gooide ze een bord naar hem. En toen nog twee.

'Fuck, Ronnie!' schreeuwde Mick. 'Wil je me dood hebben of zo?'

'Ik haat je!' gilde ze terwijl ze nog een bord naar hem gooide. 'Ik hoop dat je doodgaat! Dat hoop ik echt.'

Ze kon heel slecht mikken; geen enkel bord kwam zelfs maar in de buurt van zijn hoofd. Maar hij schrok van de gewelddadigheid ervan. De blos op haar wangen, de krankzinnige blik in haar ogen, de kakofonie van borden die braken en een vrouw die gilde.

De volgende ochtend vroeg hij de scheiding aan.

Terwijl verhuizers zijn spullen pakten, stond Veronica in haar ochtendjas tegen hem te schreeuwen met mascaravegen over haar gezicht. 'Je bent een verschrikkelijke man,' riep ze. 'Je bent geboren als een klootzak en je zult sterven als een klootzak net als alle andere klootzakken van deze wereld!'

Toen hij tegen de verhuizers zei dat ze de lamp op het nachtkastje moesten inpakken, sloeg ze hem op zijn rug en haalde haar nagels over zijn schouder.

'Veronica, hou op,' zei hij zo kalm mogelijk. 'Alsjeblieft.'

Ze griste de lamp uit de hand van de verhuizer en smeet hem tegen de muur.

Micks hart begon sneller te slaan terwijl hij naar haar keek. Hij werd bleek en misselijk. Toen ze zich op hem wilde werpen, wist hij voor haar weg te duiken en ze viel huilend op de grond. Hij gaf de baas van de verhuizers snel een paar honderd dollar en vluchtte het appartement uit.

Toen hij op de hoek van de straat een sigaret opstak en keek of hij ergens een taxi zag, dacht hij met genegenheid terug aan June.

June las over de scheiding in het tijdschrift *Sub Rosa*. Terwijl ze de kop las, voelde ze iets wat op trots leek. Zij had het langer uitgehouden dan Veronica.

Misschien, dacht ze, komt hij nu eindelijk bij zinnen. Misschien zal hij op zijn minst zijn kinderen bellen. Maar de telefoon ging niet. Niet met kerst. Niet op verjaardagen. Nooit.

Toch, tijdens die zeldzame rustige momenten backstage...

Tijdens de oorverdovend nuchtere seconden voor het eerste drankje op de afterparty...

Tijdens de oogverblindend heldere ochtend voor zijn eerste glas whisky...

Dacht Mick aan zijn kinderen. Nina, Jay en Hud.

Het ging vast wel goed met ze, dacht hij. Hij had een goede moeder voor hen uitgekozen. Dat had hij in elk geval goed gedaan. En hij betaalde alle rekeningen. Hij zorgde ervoor dat ze een dak boven hun hoofd hadden, betaalde idioot veel alimentatie. Het kwam wel goed met hen. Per slot van rekening had hij het ook overleefd met veel minder dan zij nu hadden. Het kwam niet bij hem op dat hij zijn kinderen misschien kwetste zoals hij zelf ooit ook was gekwetst.

Carlo en Anna Riva waren rijzige, magere, ontzagwekkende mensen geweest. Ze hadden één kind, Michael Dominic Riva, en hadden vergeefs geprobeerd nog meer kinderen te krijgen. In andere gezinnen had dat misschien betekend dat Mick een prins zou zijn, maar bij de Riva's betekende het dat Mick het begin was van een mislukt project, een project waar ze af en toe liever helemaal mee zou stoppen.

Carlo was een doorsnee kapper. Anna was een middelmatige kokkin. Vaak waren ze niet in staat de huur te betalen of iets op tafel te zetten wat lekker smaakte. Maar ze hielden van elkaar, het soort liefde dat pijn doet. Ze beleefden hoogtepunten zo hoog dat ze er geen van beiden goed tegen konden, en dieptepunten zo diep dat ze niet wisten of ze het wel zouden overleven. Ze mepten elkaar in het gezicht. Ze bedreven de liefde op een bijna maniakale manier, alsof hun leven ervan afhing. Ze sloten elkaar buiten. Ze dreigden de politie op elkaar af te sturen. Carlo ging voortdurend vreemd. Anna was voortdurend onaardig. En geen van beiden stond er al te lang bij stil dat er ook nog een kind was.

Op een keer, Mick was pas vier, stond Anna eten te koken toen Carlo thuiskwam en naar parfum rook.

'Ik weet precies waar je bent geweest!' schreeuwde Anna woedend. 'Bij die hoer van op de hoek.'

De kleine Mick dook weg bij het horen van haar harde stem. Hij wist toen al precies wat de beste schuilplaatsen waren.

'Bemoei je er niet mee, mens,' viel Carlo uit.

Anna tilde de pan kokend water die voor haar stond, met beide handen op en gooide hem naar haar man.

Het gloeiend hete water kwam op de vloer terecht en een beetje op Carlo's hals.

Mick zag vanaf de vloer dat zijn vaders huid rood werd bij zijn sleutelbeen.

'Mallotig wijf!' schreeuwde Carlo.

Tegen de tijd dat de brandwond een blaar was geworden, zaten Carlo en Anna dicht tegen elkaar aan op hun haveloze bank, lachend en flirtend alsof ze alleen waren.

Mick keek er met grote ogen naar zonder zich er druk om te maken of ze hem zagen loeren. Ze keken nooit naar hem als ze zo bezig waren.

Een maand later was Carlo weer verdwenen. Hij had in de metro een blonde naaister leren kennen. Hij bleef negen weken weg.

In dat soort periodes, wanneer zijn vader weg was, lag zijn moeder vaak in bed te huilen. Er waren ochtenden, veel meer ochtenden dan nog incidenteel kon worden genoemd, waarop Anna pas uit bed kwam wanneer de zon al over zijn zenit heen was en aan zijn weg terug was begonnen.

Op dat soort ochtenden lag Mick in bed te wachten op zijn moeder. Hij wachtte tot tien of elf uur, soms zelfs tot één uur. En dan, beseffend dat het weer een van die dagen was, stond hij op en probeerde voor zichzelf te zorgen.

Wanneer Anna later die dag dan haar slaapkamer uit kwam en weer toetrad tot de wereld der levenden, trof ze haar kind vaak in kleermakerszit op de vloer aan, kauwend op droge spaghetti. Ze haastte zich dan naar hem toe, tilde hem op en zei: 'O, jongetje van me, sorry. Laten we gauw iets aan die honger van je gaan doen.'

Ze nam hem dan mee naar de bakker waar hij ieder broodje en iedere donut kon krijgen die hij maar wilde. Ze stopte hem vol met suiker en overlaadde hem met gelach. Ze nam hem vrolijk in haar armen, hield hem dicht tegen zich aan en riep terwijl ze met hem over straat rende: 'Mijn Mick, mijn Mick, sneller dan het klokgetik!'. Mensen keken dan naar hen en dat maakte het allemaal nog grappiger.

'Die weten niet hoe je lol moet maken,' zei Anna tegen haar zoontje. 'Zij zijn anders dan wij, niet zo bijzonder. Wij zijn geboren met magie in ons hart.'

Eenmaal weer thuis had Mick dan buikpijn en was hij zo moe van alle zoetigheid dat hij als een blok in slaap viel in de liefdevolle armen van zijn moeder. Totdat de kilte weer bezit van haar nam.

En dan kwam Micks vader weer thuis. En begonnen de ruzies weer. En dan sloten ze zich daarna weer op in hun slaapkamer.

Maar uiteindelijk, of het nu na weken of maanden of zelfs een jaar was, verdween zijn vader weer. En bleef zijn moeder weer in bed liggen.

En moest Mick weer voor zichzelf zorgen.

Mick trouwde opnieuw, vlak nadat hij van Veronica was gescheiden. Met de grootste ster in Hollywood. Het was een enorm schandaal en iedereen had het erover toen ze hun huwelijk een dag later nietig lieten verklaren.

Nina zag de koppen in de supermarkt terwijl June melk en brood kocht. Ze kon de woorden op de voorpagina van het blad niet lezen en June wist niet eens zeker of haar dochter het gezicht van haar vader wel herkende. Per slot van rekening had June al zijn muziek en foto's het huis uit verbannen. De paar keer dat zijn gezicht op tv was verschenen, had ze een andere zender opgezet. Toch staarde Nina naar de foto op het tijdschrift alsof ze voelde dat het belangrijk was.

June pakte de stapel tijdschriften op en legde ze omgekeerd weer terug. 'Die troep kun je beter links laten liggen,' zei ze op kalme toon. 'Dat zijn allemaal onbelangrijke mensen.'

June rekende haar boodschappen af en hield zichzelf voor dat het haar niets meer kon schelen wat hij uitspookte. Daarna ging ze met de kinderen naar huis en maakte een Sea Breeze-cocktail voor zichzelf.

En toen werd het lente 1962.

Mick was single en in Los Angeles voor een optreden in de Greek, een van de laatste van zijn derde wereldtournee.

Na afloop, in zijn kleedkamer, maakte hij zijn das los en sloeg zijn vijfde Manhattan van de avond achterover.

'Zin om iets leuks met me te gaan doen?' vroeg de visagiste met een glinstering in haar ogen.

Mick had nu al genoeg van haar terwijl hij haar nog niet eens had aangeraakt. Hij rolde met zijn ogen en pakte zijn glas. Hij had zo genoeg van al die mensen die de hele tijd om hem heen hingen. Maar tegelijkertijd wilde hij ook niet horen wat zijn ziel hem te vertellen had wanneer hij alleen was. En daarom bleef hij de charmeur uithangen bij alle vips en mooie vrouwen die zijn kleedkamer wisten te vinden.

Er waren zoveel meisjes. Zoveel vrouwen. Op de een of andere manier leken ze de laatste tijd allemaal zo makkelijk in te pakken. Stuk voor stuk wilden ze aan zijn arm hangen, ze waren allemaal op dezelfde manier opgemaakt en droegen allemaal hetzelfde kapsel. Zelfs hun schoonheid leek betekenisloos. Wat stelt een mooie vrouw nog voor als je al met honderden naar bed bent geweest? Wat maakt het nog uit dat het mooie tienermeisje daar in de hoek met haar wimpers naar je knippert als je al met de beroemdste vrouw ter wereld naar bed bent geweest?

De laatste tijd stapte Mick 's avonds laat alleen achter in zijn limo, dronken en al half in slaap. De avond na de Greek ging het ook zo. Alleen hij en de chauffeur en een fles Seagram's.

Met zijn hoofd tegen het raampje zag Mick Los Angeles langs zich heen flitsen terwijl de chauffeur naar het Beverly Wilshire reed. Mick was op het punt aanbeland dat hij zijn whisky rechtstreeks uit de fles dronk. Misschien kwam het door de aanblik van zijn oude stad, misschien kwam het door de geur die in de lucht hing, misschien roerde zich iets in zijn ziel, het gevoel dat hij rekenschap moest afleggen. Want wanneer hij zijn ogen sloot, zag hij Junes gezicht voor zich. Ze kookte voor hem, schonk iets te drinken voor hem in en knuffelde de kinderen. Mooi, geduldig, lief.

Toen was alles gemakkelijker geweest. Toen hij zich ontspannen over had gegeven aan haar, aan hun leven samen. Hoe klein en eenvoudig dat ook was geweest. Ze was een goede vrouw. Wanneer hij bij haar was, kwam hij in de buurt van een goede man zijn.

'Neem de 10 maar,' zei hij tegen de chauffeur voordat hij besefte wat hij deed. 'De 10 naar de PCH, alsjeblieft. Naar Malibu.'

Achtenveertig minuten later arriveerde hij bij de voordeur van het eerste huis dat hij had bezeten, het huis van de enige vrouw van wie hij echt had gehouden.

June werd wakker van het geluid van de golven en van gebonk op de deur. Ze trok haar ochtendjas aan.

Op de een of andere manier wist ze al wie het was nog voordat ze de knop omdraaide, maar ze geloofde het pas toen ze het zag. Daar had je hem. Hij stond op de stoep in een stijlvol zwart pak met een wit overhemd, zijn smalle zwarte das losgeknoopt, zijn haar in de war. 'Junie,' zei hij. 'Ik hou van je.'

Ze keek hem stomverbaasd aan.

'Ik hou van je!' schreeuwde hij zo hard dat ze ervan schrok.

Ze liet hem binnen, al was het alleen maar om te proberen hem rustig krijgen. 'Ga zitten,' zei ze, wijzend naar de eethoek met dezelfde kunststof stoelen waarop hij had gezeten voordat hij hen bijna twee jaar geleden had verlaten.

'Hoe is het mogelijk,' zei hij terwijl hij ging zitten. 'Je bent nog mooier dan vroeger.'

Ze maakte een wegwerpgebaar en zette koffie voor hem.

'Je bent mijn alles,' zei hij.

'Ja, nou,' reageerde ze met een stalen gezicht. 'En jij bent helemaal niets.'

Hij had dit wel verwacht. Het was haar goed recht om boos te zijn. 'Wat heb ik met mijn leven gedaan, Junie?' vroeg hij met zijn hoofd in zijn handen. 'Ik had jou en dat heb ik compleet verknald. Verknald omdat ik me heb laten afleiden door goedkope vrouwen, vrouwen die niet aan jou kunnen tippen.' Hij keek haar met betraande ogen aan. 'Ik had jou. Ik had alles. En dat heb ik weggegooid omdat ik niet wist hoe ik de man moest zijn die ik wil zijn.'

June wist niet goed hoe ze moest reageren op de woorden die ze al die tijd zo graag had willen horen.

'Ik kan niet zonder je,' zei hij, ineens beseffend dat hij was gekomen om terug te krijgen wat hij kwijt was geraakt. 'Ik kan niet verder zonder jullie, zonder mijn gezin. Ik ben zo'n stomkop geweest. Maar ik heb je nodig. Jou en onze kinderen. Ik heb dit gezin nodig, Junie.' Hij ging op zijn knieën zitten. 'Ik kreeg al spijt toen ik nog maar net bij je weg was.

En ik heb al die jaren spijt gehad. Het spijt me zo.'

June deed haar uiterste best om de brok in haar keel weg te slikken, om de tranen achter haar ogen tegen te houden. Ze wilde niet dat hij wist dat ze er kapot van was geweest toen hij haar in de steek had gelaten. Ze had toen dezelfde wanhoop gevoeld die ze nu voelde.

'Geef me de kans om het weer goed te maken,' zei hij. 'Ik smeek het je.' Hij kuste nederig en eerbiedig haar hand, alsof alleen zij hem zou kunnen redden. 'Neem me terug, Junie.'

In Junes ogen leek hij op dat moment heel klein.

'Denk aan het leven dat we de kinderen kunnen bieden. Wij vijfjes, vakanties op Hawaï, barbecues op de Fourth of July. We kunnen ze een jeugd geven waar jij en ik alleen maar van konden dromen. We kunnen die kinderen geven wat we maar willen.'

June voelde een steek in haar hart.

Net als Mick. 'Alsjeblieft,' zei hij. 'Ik hou van onze kinderen. Ik heb onze kinderen nodig.'

Hij peuterde aan haar hart als een inbreker aan het deurslot. Bijna, bijna, bijna, en toen: 'Ik ben er klaar voor om de vader te zijn die ze nodig hebben.' En klik. Het ging open.

June pakte zijn hand en sloot haar ogen. Mick kuste haar op haar wang. 'Mick...' zei ze met een zucht.

June, in haar ochtendjas, hield haar mond op voor Mick, nog steeds in zijn pak, en stond toe dat hij haar kuste. Zijn lippen waren vol en warm en voelden als thuiskomen.

Toen Mick zich van haar losmaakte om haar aan te kijken wendde ze haar blik af, maar ze nam hem wel aan zijn hand mee naar de slaapkamer. Ze vielen op het bed waar June Mick boven op zich trok. Met haastige bewegingen klampten ze zich aan elkaar vast, terwijl hun harten opzwollen en hun lippen zich tegen elkaar drukten en hun adem één werd. Ze voelden allebei dezelfde betovering, verkeerden in die verrukkelijke waan dat ze elkaars zielsverwant waren.

Dit was waar June iedere dag sinds zijn vertrek naar had verlangd. Het gevoel zijn aandacht te hebben, wanneer zijn lichaam zoals nu samen met het hare bewoog. Hij raakte haar aan op de manier waar ze al die jaren zo wanhopig naar had verlangd.

Mick viel een paar seconden later als een blok in slaap. June bleef de hele nacht wakker liggen. Ze keek naar zijn borstkas die met zijn ademhaling op- en neerging, en naar zijn fladderende oogleden.

Toen de ochtend aanbrak had ze het gevoel dat er een nieuw hoofdstuk van haar leven begon, het gedeelte waarin iedereen nog lang en gelukkig zou leven. Terwijl ze het ontbijt klaarmaakte, werd Nina wakker en liep de keuken in.

Ze begreep niet goed wat ze daar zag. Haar moeder maakte toast en bakte eieren voor die onbekende man aan de tafel. Hij zat gekleed in een broek en hemd koffie te drinken en zag er akelig bekend uit, hoewel ze hem niet kon plaatsen.

Ze vroeg wat ze niet wist. 'Hoi,' zei ze. 'Wie ben jij?'

En Mick lachte haar onverschrokken toe en zei: 'Ha schat, ik ben het, papa. Ik moest een tijdje weg, maar nu ben ik weer terug. Voorgoed.'

Eén uur 's middags

Jay verzamelde de restanten van zijn lunch en liep ermee naar de afvalbak. 'Ik heb een idee,' zei hij, waarna hij een lange pauze liet vallen.

'Nou, zeg dan,' zei Kit.

'Wanneer hebben we voor het laatst samen gesurft? Ik bedoel, wij allemaal?' vroeg hij.

Tegenwoordig lukte het hun bijna nooit om samen het water op te gaan, er kwam altijd van alles tussen. Jay en Hud reisden de hele wereld over en Nina was altijd weg voor een of andere shoot. Maar nu waren ze allemaal hier. Ze hadden allemaal een middag vrij.

'Ik doe mee,' zei Kit.

Hud knikte. 'Ik ook,' zei hij. 'Familiewedstrijdje.'

Nina keek op haar horloge. 'Ja, laten we dat doen. De golven zijn perfect bij mij thuis. Zullen we daarnaartoe gaan? Want ik heb niet heel veel tijd; de schoonmakers komen. Ik moet ze binnenlaten en wijzen waar alles is.'

'Kun je de deur niet gewoon openlaten en een briefje neerleggen?' vroeg Jay.

'Nee, ik bedoel, ik moet ze echt even begroeten. Ervoor zorgen dat ze zich een beetje op hun gemak voelen.'

'Zich op hun gemak voelen? Ze komen schoonmaken,' zei Jay. 'Je betaalt ze, daarmee geef je ze al een goed gevoel.'

'Shit ja, laten we gaan surfen,' zei Kit terwijl ze Hud een high five gaf.

Ze ruimden hun afval op, zeiden het personeel gedag en liepen naar hun auto's.

Het zou de laatste keer zijn dat ze allemaal samen surften. Hoewel Jay niet wist wat de avond voor hem in petto had – voor hén in petto had – wist hij dat in elk geval wel.

1962

In de zomer van 1962 kreeg Micks leven weer vorm. Hij had geen tournees. Zijn nieuwe plaat was al af. En hij was weer bij zijn gezin ingetrokken.

Iedere dag werd hij wakker met het bevredigende gevoel dat hij de man was die hij hoorde te zijn. Hij betaalde de rekeningen en gaf June en de kinderen alles wat ze maar wilden. Hij trakteerde June op romantische etentjes en las zijn jongens verhalen voor over helden en soldaten.

Maar haar dochter bewaarde een zekere afstand tot hem.

Nina was niet zo betoverd door Mick als June en ze snakte ook niet zo naar zijn gezelschap als de jongens. Maar Mick was vastbesloten haar voor zich te winnen. Hij kietelde haar in de huiskamer en bood 's avonds aan om haar in slaap te zingen. Hij maakte tosti's voor haar en bouwde zandkastelen voor haar op het strand. Hij wist dat ze uiteindelijk wel zou smelten.

Op een dag, meende hij, zou Nina begrijpen dat hij nooit meer wegging.

'Trouw met me, Junie. Nog één keer, en nu voorgoed,' zei hij op een avond in het donker tegen haar nadat ze stil de liefde hadden bedreven terwijl de rest van het huis sliep.

'Ik dacht de vorige keer ook dat het voorgoed was,' zei June. Het was maar half voor de grap en ze was nog steeds kwaad, maar ze was ook vreselijk blij dat hij het vroeg.

'Toen ik de eerste keer met je trouwde was ik nog een jongen die deed alsof hij een man was. Nu is het anders,' zei Mick terwijl hij haar tegen zich aan trok. 'Dat weet je toch?'

'Ja,' antwoordde June. 'Dat weet ik.' Ze had het gemerkt aan de manier waarop hij haar in zijn buurt wilde hebben, aan het feit dat hij 's avonds op tijd thuiskwam en dat hij 's ochtends een halve pot koffie dronk om samen met de kinderen te kunnen ontbijten en 's avonds bijna geen drank nam.

'Mag deze nieuwe man met je trouwen?' vroeg hij, het haar uit haar gezicht strijkend.

Ondanks alles glimlachte June en gaf hem het antwoord waar ze – dat wisten ze van elkaar – allebei geen moment aan hadden getwijfeld. 'Ja,' zei ze. 'Ik wil met je trouwen.'

Die september hertrouwden June en Mick op het gemeentehuis van Beverly Hills met de kinderen aan hun zijde. June droeg een lichtblauwe kokerjurk met witte handschoenen en drie korte parelkettingen om haar hals. Mick ging zoals altijd in het zwart gekleed. Toen de ambtenaar zei dat ze weer waren getrouwd, pakte Mick June beet, boog haar achterover en plantte een kus op haar lippen. Theo, Christina en de kinderen keken toe terwijl June met haar hele lichaam lachte, verrukt dat ze haar ziel en zaligheid opnieuw in zijn handen had gelegd.

'Wees de man die je toen zei dat je was,' zei Christina tegen hem vlak na de plechtigheid.

'Ik ben die man nu,' zei Mick. 'Echt. Ik zal haar nooit meer verdriet doen, dat beloof ik jullie.'

'Hun,' zei Christina. 'Je moet hún nooit meer verdriet doen.'

Mick knikte. 'Echt, ik beloof het je.'

Toen de familie het gemeentehuis uit liep gaf Mick Nina een knipoogje en pakte haar hand. Ze glimlachte zuinigjes in haar lavendelblauwe jurk en daarom tilde hij haar op en rende met haar naar het parkeerterrein. 'Nina, mijn Nina! Mooier dan een ballerina!' zong hij voor haar, en toen hij haar weer op de grond zette, lachte ze voluit.

Mick en June gingen na afloop niet op huwelijksreis, maar reden terug naar hun huis aan het strand. Ze namen afscheid van Theo en Christina. June warmde een overgebleven stoofpotje op voor het avondeten. Mick bracht de kinderen naar bed.

June trok haar jurk uit en hing hem in de kast in een plastic kledinghoes. Ervan dromend hem op een dag aan haar dochter te kunnen geven. Dat zou het fysieke bewijs zijn van tweede kansen.

Voordat het jaar om was, was June zwanger. En tegen de tijd dat Katherine Elizabeth Riva was geboren, was Mick al zo lang thuis, was hij zo liefdevol geweest, dat hij zelfs de kleine, nog steeds een beetje achterdochtige Nina voor zich had gewonnen.

'Ik weet niet eens meer hoe het was toen je weg was,' zei Nina op een avond toen hij haar in bed stopte. Hij zou naar Palm Springs gaan voor een paar try-outs. Zijn nieuwe album zou binnenkort uitkomen; hij stond weer in de spotlights. Zijn pr-team melkte het verhaal van zijn verlossing vakkundig uit. 'Liefhebber van vrouwen heeft alleen zijn eigen vrouw en kinderen nog lief.' Hij had zijn zwarte pak al aan. Zijn haar was achterovergekamd, zodat de vage inhammen goed te zien waren. Hij rook naar Brylcreem.

'Ik ook niet, schat,' zei hij en hij kuste haar op haar voorhoofd. 'En we hoeven ons daar ook helemaal geen zorgen meer over te maken.'

'Ik hou heel veel van je. Zoveel.' Nina spreidde haar armen wijd uit.

Mick stopte de deken strak in. 'Ik hou twee keer zoveel van jou.'

Nina had zich volledig overgegeven aan hem, zoals alleen diegenen doen die bezeerd zijn geraakt en opnieuw hebben moeten leren om vertrouwen te hebben. Het is alsof je pas nadat je hart is gebroken, ontdekt wat voor reserves er nog in schuilgaan. En deze keer had ze al haar reserves laten varen.

Haar papa was hier en hij bleef en hij hield van haar. Ze was zijn meisje, zijn 'Nina-schatje'. En af en toe, wanneer Mick geëmotioneerd was, tilde hij haar op, knuffelde haar en vertelde haar de waarheid: zij was zijn lievelingetje.

En Nina bloeide helemaal op. Samen zongen ze zijn liedjes in huis.

'Sun brings the joy of a warm June...' zongen ze dan samen. 'Long days and midnights bright as the moon...'

Nina was betoverd door zijn stem, gefascineerd door zijn dassen, verrukt over zijn glanzende schoenen en zo dol op hem dat ze niet kon nalaten om haar vriendinnetjes steeds te vertellen wie haar vader was. Ze was trots dat ze zijn wimpers had geërfd, zo vol en lang. Soms staarde ze naar hem wanneer hij de krant zat te lezen, wachtend tot hij met zijn ogen zou knipperen.

'Staar niet zo naar me, liefje,' zei Mick dan zonder zijn blik van de pagina te nemen.

'Oké,' zei Nina dan en dan ging ze wat anders doen.

Hun liefde was zo vanzelfsprekend en hun lichamen en zielen voelden zich zo op hun gemak bij elkaar, dat er geen sprake kon zijn van afwijzing, van ongemak.

Af en toe, heel vroeg in de ochtend voordat de anderen op waren, maakte Mick Nina wakker om tijdens zonsopgang samen met haar te gaan vliegeren. Soms was hij dan fris en schoon, omdat hij zich net gedoucht en geschoren had. Andere keren was hij net thuisgekomen van een optreden, nog een beetje aangeschoten, en rook hij zurig. Maar in welke toestand hij zich ook bevond, hij ging zacht op de rand van Nina's bed zitten en zei: 'Wakker worden, Nina-schatje. Er staat veel wind.'

Nina stapte dan uit bed, trok een vest aan over haar nachthemd en liep met hem naar beneden, het strand op.

Het was altijd zo vroeg dat er verder bijna niemand was. Alleen zij samen die de opkomst van de zon deelden.

De vlieger was rood met een regenboog in het midden, zo fel dat je hem zelfs in de mist nog kon zien. Mick liet hem omhooggaan in de lucht en hield hem stevig vast. Hij deed alsof hij hem nauwelijks hield en zei dan: 'Nina-schatje! Help! Anders zijn we de vlieger kwijt!'

Ze wist dat hij het speelde, maar toch genoot ze ervan. Ze greep het touw stevig beet en voelde zich sterk, sterker dan haar vader, sterker dan wie dan ook, terwijl ze die vlieger vasthield zodat hij niet kon wegvliegen.

De vlieger had haar nodig, haar vader had haar nodig. En wat voelde het heerlijk om zo belangrijk voor hem te zijn.

'Goed zo!' zei hij dan terwijl de vlieger aan haar handen trok. 'Wat had ik zonder jou gemoeten!' Hij tilde haar op en Nina wist, wíst het tot in haar botten, dat haar vader haar nooit meer in de steek zou laten, echt helemaal nooit.

Een jaar later trad Mick Riva op in Atlantic City en kwam er een achtergrondzangeres binnen die Cherry heette.

Hij vloog niet meer naar huis.

Twee uur 's middags

De vier Riva's stonden op hun surfplanken in de oceaan. Ze namen de koppen, allemaal op een rijtje als vogels op een elektriciteitsdraad. En toen, terwijl de golven over de kop sloegen, gingen ze ervandoor, een voor een.

Jay, Hud, Kit, Nina. Een wentelend team met Jay als de zelfbenoemde leider van het stel. Ze joegen langs elkaar heen en peddelden samen weer de open zee op. En wanneer een golf een van hen te ver uit de kust dreigde mee te nemen, werkten ze zich terug naar hun rijtje van vier.

De eerste golf van een fantastische reeks kwam aanzetten en Jay was er helemaal klaar voor. Hij nam de juiste positie in en maakte een sprongetje op zijn plank, maar toen, uit het niets, was Kit er, sneed hem de pas af en jatte zijn golf.

Terwijl ze dat deed stak ze glimlachend, als een liefhebbende zus, haar middelvinger naar hem op. Hud keek met open mond toe.

Kit wist dat je alleen maar een golf kon ontfutselen aan iemand van wie je wist dat hij je later niet genadeloos op je donder zou geven. Want zulke mooie golven zijn zeldzaam. Dat is het punt met het water: je hebt het niet onder controle. Je bent overgeleverd aan de natuur. Daarom voelt surfen ook aan als meer dan alleen maar sport: het lot moet je een handje willen helpen, de oceaan moet je gunstig gezind zijn.

Dus als je een te gekke golf pakt zoals die golf die Jay dacht te zullen nemen – hoge rug, holle borst, snel en soepel afrollend – dan is dat niet alleen de roos, het is de hele jackpot.

'Wat de fuck!' zei Jay, nadat hij snel was gedraaid om een botsing te voorkomen. Hij greep de rails van zijn plank beet om vaart te minderen en hing in het water naar zijn kleine zusje te kijken die langs de holle kant van de golf afdaalde tot die haar langzaam liet gaan, als een bakje in het reuzenrad dat weer beneden kwam.

Ze ging met haar borst op haar surfplank liggen en peddelde naar Jay toe.

'Dat kun je echt niet maken,' riep hij naar zijn zusje terwijl ze onder de golven door dook.

'Oeps,' zei ze lachend.

'Nee, serieus. Ik meen het. Het is gevaarlijk,' zei hij terwijl hij achter haar aan peddelde. 'Ik kon toch niet weten dat je dat wilde doen.'

'Ik heb alles onder controle,' zei Kit. 'Je hoeft niet voor me aan de kant te gaan. Ik weet wat ik doe.' Hij begreep het echt niet, hè? Hoe goed ze was.

Hud zag het wel. Haar zelfvertrouwen, haar controle, haar bewijsdrang.

'Kit, ik ben echt heel kwaad op je,' zei Jay. 'Ik bedoel, je kunt op zijn minst zeggen dat het je spijt.'

Hud pakte een aflandige golf, maar viel toen de golf weer instortte. Toen hij bovenkwam zag hij Jay en Kit op hun surfplanken drijven, nog steeds kibbelend. Hij zag dat Nina het water uit ging en met haar surfplank naar de strandhut liep. Daarna liep ze de steile trap naar haar huis op.

Hij wist dat ze er wilde zijn als het schoonmaakpersoneel kwam. Ze zou hun een glas water of ijsthee aanbieden. Ook als iemand een bord of een vaas brak, als iemand een kamer vergat, als ze de bedden niet opmaakten zoals Nina graag wilde, zou ze hen nog steeds overvloedig bedanken. Ze zou een veel te grote fooi geven. En daarna zou ze alles wat ze verkeerd hadden gedaan, zelf opnieuw doen.

Het stemde Hud droevig. Zoals Nina anderen altijd op de eerste plaats liet komen. Natuurlijk, ook hij zat zo in elkaar. Maar af en toe was hij ook egoïstisch. Dat was duidelijk.

Maar Nina zei nooit nee, legde anderen nooit een strobreed in de weg, vroeg nooit iets. Als je haar vijf dollar gaf, zou ze jou er tien geven. Hij wist dat hij dat leuk aan haar zou moeten vinden, maar dat was niet zo. Hij vond dat helemaal niet leuk aan haar.

Hij liet zich meevoeren over een zachte golf en peddelde naar Jay toe. 'Nina is naar huis,' zei hij. 'Voor de schoonmakers.'

Jay rolde met zijn ogen. 'Fuck, man. Wanneer begint ze eens een beetje te leven? Daar gaat ze toch niet dood aan?'

1969

Eind jaren zestig had de tegencultuur de schoonheid van het dorpse Malibu ontdekt en zich tussen de bergen gevestigd. De stranden werden overspoeld door surfers met fonkelnieuwe surfplanken – cooler en aerodynamischer dan de longboards van hun oudere broers. Jonge mannen, en hier en daar ook een vrouw, namen bezit van het water, bewogen zich in groepen, eigenden zich baaien toe en verjoegen de poseurs de stad uit.

Het rook er naar marihuana en zonnebrandolie. Maar als je er even de tijd voor nam kon je ook nog steeds de zeebries ruiken.

Mick Riva's carrière – grote koppen in de roddelbladen, een nieuw hitalbum, een uitverkochte wereldtournee – had een hoge vlucht genomen, hordes jonge vrouwen krijsten zijn naam, en in miljoenen auto's klonk zijn muziek uit de radio.

Voor zijn kinderen was hij daarom onontkoombaar en tegelijkertijd nooit aanwezig.

Nina, Jay, Hud en de kleine Kit kenden hun vader als een geest wiens stem uit de luidsprekers in de supermarkt opklonk en wiens gezicht naar hen staarde vanaf de platenverzamelingen van ouders van vriendjes. Hij was een poster in de platenzaken waarin hun moeder weigerde een voet te zetten. Toen hij het probeerde als acteur, was hij een film waar ze nooit naartoe gingen. Maar ze dachten ook bijna nooit over hem alsof hij van hen was. Hij was van iedereen.

En daarom dachten ze ook nooit aan de whiskygeur uit zijn mond of aan hoe hij hen ooit aan het lachen had gemaakt of aan hoe hun moeder altijd was gaan blozen wanneer hij haar kuste.

Het was moeilijk voor te stellen dat June überhaupt ooit had gebloosd. Voor hen was June een en al stress en botten.

Na hun tweede scheiding had Mick het huis afbetaald en aan June geschonken. En het was ook de bedoeling dat de alimentatiebetalingen van hun eerste scheiding hervat zouden worden. Maar nadat de scheiding was uitgesproken, ging June nog maandenlang iedere dag naar de brievenbus om te kijken of er een cheque in lag. Ze kwam altijd met lege handen terug.

June ging ervan uit dat hij het gewoon vergat. Ze wist bijna zeker dat als ze hem belde en hem eraan herinnerde wat zijn plichten waren, hij zijn assistent of accountant de opdracht zou geven om de betalingen te hervatten.

Maar ze kon zich er niet toe zetten hem te smeken om wat dan ook. Ze weigerde voor hem door de knieën te gaan, weigerde hem te laten zien dat ze hem nodig had.

Wanneer hij weer bij haar zou terugkomen, zou hij haar daarvoor respecteren. Hij zou zelf op zijn knieën gaan, in het stof bijten, uit ontzag voor haar kracht.

In plaats van Mick te vragen om geld voor zijn eigen kinderen, wendde ze zich uiteindelijk tot haar ouders. Ze ging werken in het restaurant.

June eindigde op de plek waarvan ze had gehoopt dat Mick Riva haar ervoor zou behoeden.

In de zomer van 1969 was Junes vader al twee jaar dood. Pacific Fish was de verantwoordelijkheid van haar en haar moeder geworden. Nina was bijna elf. Jay en Hud waren negen. Kit was zes. En in de zomer gingen ze iedere dag met June mee naar het restaurant.

Op een dag in juli was het 's ochtends al bijna veertig graden. Mensen kwamen en masse verkoeling zoeken in het restaurant. Ze wilden koud bier en grote glazen frisdrank en broodjes garnaal. De keuken kon het bijna niet aan en June nam haar toevlucht tot crisismanagement; ze zette de jongens die de tafels afruimden, in de keuken aan het werk en gaf Nina een vaatdoek en vroeg haar de tafels af te nemen.

Hud en Kit zaten te kaarten op een bankje aan de zijkant van het restaurant, bij de parkeerplaats. Jay probeerde te flirten met een meisje van twaalf, ongegeneerd gebruikmakend van zijn vaders bekendheid om een groet en een glimlach aan haar te ontfutselen. En Nina was binnen om de klanten in de gaten te houden en hun tafels schoon te maken zodra ze opstonden.

Nina werkte snel; ze ontleende er trots aan om het goed te doen. Ze deed het eerder efficiënt dan volmaakt, precies zoals haar moeder haar had opgedragen. En zonder dat iemand het haar hoefde te vragen, pakte ze een kratje, stopte de lege plastic mandjes en glazen erin en deed ze in de afwasmachine. Ze leek ervoor geboren. Ervoor geboren om anderen tot dienst te zijn.

Toen June opkeek vanachter de tweede kassa, naast die van Christina, zag ze haar dochter tussen de massa klanten het vaatdoekje uitwringen om aan een net vrijgekomen tafeltje te beginnen. In Nina's lange bruine haar zaten lichtere plekken van de zon, net als bij June als kind, en haar ogen waren groot en bruin, met een open blik, net zoals June had gehad. Terwijl ze haar dochter een tafel zag afnemen, zag June zichzelf, alleen twintig jaar jonger, en ze schrok.

'Nina!' riep ze. 'Ga met je broertjes en zusje naar het strand.'

'Maar...' begon Nina te protesteren. Ze wilde de tafels schoonmaken, want wie moest dat anders doen?

'Ga nou maar!' zei June op ongeduldige toon.

Nina dacht dat ze iets verkeerds had gedaan. June dacht dat ze haar dochter de vrijheid gaf.

Nina haalde haar broertjes en zusje en pakte hun zwemkleding uit de kofferbak van de Cadillac die inmiddels al meer dan tien jaar oud was. Ze kleedden zich om in de wc-ruimte achter het restaurant. Daarna pakte Nina Kit bij haar hand en wachtten ze met zijn vieren aan de rand van de

Pacific Coast Highway tot ze konden oversteken naar het strand.

Nina droeg een marineblauw badpak. Ze was die zomer flink gegroeid en was lang en slungelig. Ze had al gemerkt dat mensen naar haar keken, een paar seconden langer dan gewoonlijk. Het badpak zat iets te krap en de bandjes sneden in haar verbrande schouders.

Jay, die de hele zomer weigerde binnen te komen, was gebronsd, iets wat nog meer opviel door zijn gele zwembroek. En Hud, die Jay het hele seizoen trouw had gevolgd, was zoals altijd roodverbrand en had nieuwe sproetjes op zijn neus en wangen. Zijn schouders waren aan het vervellen.

Kit, zes jaar oud, wilde tegenwoordig altijd een T-shirt aan over haar badpak omdat ze het niet fijn vond dat jongens naar haar keken. Ze stond aan de kant van de weg in een geel Snoopy-shirt waaronder een roze gebloemd badpak schuilging en aan haar voeten had ze paarse teenslippers.

Ze hadden allemaal een handdoek over hun schouder geslagen.

Nina hield haar broertjes en zusje met een uitgestrekte arm tegen, Jay en Hud dwingend om pas over te steken wanneer zij het zei. Toen ze knikte stoven ze naar de overkant, hand in hand. Toen ze het hete zand bereikten, trokken ze hun schoenen uit en lieten hun handdoeken vallen. Zo snel als ze konden renden ze naar het water, maar ze stopten abrupt toen hun tenen het schuim raakten, acht kleine voeten die wegzonken in het koude natte zand.

'Kit, je moet bij mij blijven,' zei Nina.

Hoewel Kit fronste, wist Nina dat ze zou doen wat haar was opgedragen.

'Oké,' zei Jay. 'Allemaal klaar? En af!'

Ze bestormden de oceaan zoals soldaten het slagveld en zwommen voorbij de eerste golven die traag naar het strand rolden en waarop ze zich dadelijk zouden laten terugvoeren naar de kust. De oceaan was iets waar ze hun hele leven in hadden doorgebracht. In het water voor hun huis hadden ze gezwommen terwijl hun moeder de badkamers schoonmaakte. Ze hadden koprollen gemaakt in de branding terwijl hun moeder stond te koken. Ze hadden geprobeerd vis te vangen terwijl June nog een glas Cape Codder voor zichzelf inschonk. De Riva-kinderen leefden met water in hun oren en zout op hun gezichten.

Jay pakte de eerste golf die kwam aanzetten. 'Hud,' zei hij, 'daar gaan we.'

'Ik volg je,' riep Hud.

Ze gingen ervandoor. Jays lange, slungelige armen peddelden snel door het water en Huds stevige benen trappelden uit alle macht. Ze gleden naast elkaar door het water; dan had de één een kleine voorsprong en dan weer de ander.

De jongens zouden niet weten hoe ze iets in hun eentje moesten doen. Ze waren al zo jong bij elkaar gekomen dat ze alleen een wereld kenden waarin de ander ook aanwezig was.

Maar ze waren geen tweeling. En dat wisten ze donders goed, al deed hun moeder in gezelschap soms uit beleefdheid alsof. Alle kinderen wisten hoe Hud in het gezin terecht was gekomen. June had de kinderen het verhaal altijd met enig ontzag verteld. Ze zei dan dat het lot bij rare omstandigheden soms ingreep en dat dat was wat er was gebeurd.

Jay en Hud. Een appel en een sinaasappel. Ze hadden niet dezelfde talenten of karaktertrekken. En toch hoorden ze bij elkaar.

Jay liet zich meedrijven tot zijn lichaam het zand raakte. Hud maakte er op het allerlaatste moment een puinhoop van en werd door de golf alle kanten uit gesmeten tot hij wist op te krabbelen. Hij keek waar Jay was.

Het voelde alsof Jay altijd degene was die het strand haalde en Hud degene die door de golf werd meegesleurd. Maar nog voordat Hud tien was, wist hij hier al mee om te gaan en verlegde hij zijn interesses.

'Mooie!' Hud stak zijn duim op naar Jay. Het was iets waar Hud trots op was; zijn gebrek aan ego en zijn talent om anderen hun succes te gunnen, zelfs al maakte hij er zelf een puinhoop van. Zijn moeder noemde dat 'een goed karakter'.

Jay wees in de verte. Nina en Kit kwamen eraan op een tweede golf. Nina had een trage golf uitgekozen, een kleine. Eentje die de zesjarige Kit aankon. Nina keek niet naar de kustlijn of naar Jay en Hud. Ze hield haar zusje in de gaten, ze wilde weten waar ze was mocht ze kopje-onder gaan. Haar bezorgde blik irriteerde Kit toen al.

Ze gleden op de kalme golf naar de kust en werden er pas af gegooid toen ze het natte zand raakten.

De vier kinderen stonden in het ondiepe water, van plan meteen terug te zwemmen, toen Jay toevallig een eenzame surfplank zag staan in de grassige duinen links van hen. Lichtgeel met een kersenrode stringer, de bovenkant versleten; hij stond daar alsof hij op iemand wachtte.

'Zullen we gaan surfen?' vroeg Jay.

De kinderen hadden al mensen zien surfen zolang ze zich konden herinneren. Ook op dat moment waren overal surfers op het water die zich langs de kust van baai naar baai lieten meevoeren op de golven.

'Wat wij doen heet ook surfen,' zei Nina.

'Maar niet met een surfplank,' zei Jay op een toon alsof Nina niet helemaal goed bij haar hoofd was.

Ze hadden geen geld voor een surfplank. Ze hadden net genoeg geld om de rekeningen te betalen en drie fatsoenlijke maaltijden per dag te eten. Er was geen geld voor nieuw speelgoed of nieuwe kleren. Nina was zich daar erg van bewust. Ze was zich ervan bewust dat het in sommige maanden zelfs niet zeker was dat de allernoodzakelijkste dingen er kwamen. Kinderen die met geld opgroeien hebben daar geen idee van. Maar kinderen die zonder geld opgroeien begrijpen maar al te goed dat geld macht is.

'We krijgen toch nooit surfplanken,' zei Nina.

'Maar we kunnen die daar toch gebruiken?' Jay wees naar de surfplank die nog steeds door niemand was opgeëist.

'Die is niet van ons,' zei Nina.

Jay liep er al naartoe. 'We kunnen hem toch gewoon even gebruiken?'

Twee heel jonge meisjes in gehaakte bikini's legden net een badlaken neer om te gaan zonnebaden en Jay en Hud werden even afgeleid.

'Maar wat doen we dan als degene van wie hij is terugkomt?' vroeg Hud, zijn blik van de meisjes rukkend.

'Weet ik veel.'

'En dat is je plan?' zei Kit. '"Weet ik veel?"'

'Als hij terugkomt en hem terug wil, zeggen we gewoon dat het ons spijt,' zei Jay en voordat Nina kon ingrijpen rende hij al naar de plank en sloeg zijn armen eromheen.

'Jay...' begon Nina.

Jay sleepte de plank echter al mee naar het water. Hij legde hem erin, wist zichzelf erop te hijsen en begon te peddelen.

'Jay, doe normaal!' schreeuwde Nina. 'Dat kun je niet maken! Bovendien is het lunchtijd, we moeten terug!'

'Echt niet! Mama zei dat we hier mochten blijven!' riep hij terug.

Nina keek naar Hud, maar die haalde zijn schouders op. Toen pakte Nina Kits hand, die dat met tegenzin toeliet.

Kit zag dat haar grote zus een bezorgde blik op haar gezicht had gekregen. 'Mag ik het zo ook proberen?' vroeg ze.

'Nee.' Nina schudde haar hoofd. 'Dat is gevaarlijk.'

'Maar Jay doet het best goed,' zei Kit.

Jay was voorbij de branding, maar hij had moeite met het gewicht van de plank. Het was lastig om hem in bedwang te houden en hij kreeg zijn benen er ook niet helemaal lekker omheen. De plank was breder dan hij zijn benen kon strekken.

Nina werd steeds bezorgder. Hij kon eraf vallen, hij kon de plank kwijtraken, hij kon zijn been of hand breken of kopje-onder gaan. Nina stond al te bedenken hoe ze hem moest redden of wat ze moest zeggen als de eigenaar van de surfplank terugkwam, wat ze moest doen als het allemaal verkeerd af dreigde te lopen.

'Ik ga het water in,' zei Kit. Ze rukte haar hand uit die van Nina en wilde wegrennen, maar Nina wist haar nog net aan haar armen vast te grijpen en trok haar terug.

'Je pakt me altijd beet,' zei Kit verongelijkt.

'En jij rent altijd weg,' zei Nina lachend.

'Kijk, het is hem gelukt.' Hud wees naar Jay.

Jay stond op de plank, maar toen gleed hij alweer weg en viel in het water. De surfplank dreef met de stroming mee naar het strand, alsof hij geen golven nodig had. Nina wachtte tot ze Jays hoofd weer uit het water zag komen en kon toen pas weer ademhalen.

Tegen de tijd dat Jay naar hen toe kwam lopen had Hud de surfplank al gepakt.

'Nina,' zei hij terwijl hij haar de surfplank toestak. 'Probeer jij eens.'

'Zet hem terug waar hij stond,' zei Nina.

'Toe nou!' zei Kit.

Jay stond inmiddels bij hen en legde zijn handen op de surfplank alsof die van hem was.

'Nee,' zei Hud. 'Eerst Nina.'

'Ik ga niet.'

'Ze gaat niet.' Jay pakte de plank. 'Maar ik wel.'

'Jij gaat ook niet,' zei Nina.

'Ik ga wel.'

Het was op dat moment dat Nina besefte dat de dingen gingen zoals ze gingen, of ze dat nu leuk vond of niet. Of ze zelf op die plank ging staan of het Jay zag doen, die surfplank ging niet terug naar waar hij thuishoorde. En daarom pakte ze de surfplank en zei: 'Oké, dan ga ik wel.'

Jay keek haar stomverbaasd aan. Hij liet de plank los. 'Hij is zwaar, hoor,' zei hij.

'Oké.'

'En het is moeilijk om je evenwicht te bewaren.'

'Oké.'

'En als je eraf valt, mag ik weer.'

'Hou op, Jay,' zei Hud.

En Jay deed wat zijn broer zei.

Nina ging languit op de surfplank liggen en spreidde haar armen zo wijd mogelijk om te kunnen peddelen. Op de surfplank was het moeilijker om door de golven heen te komen. Ze werd steeds teruggeduwd en kon dan weer opnieuw beginnen. Maar bij de volgende golf richtte ze zich half op en de kop ervan raakte haar borst in plaats van haar hoofd en toen was ze eindelijk door de branding heen.

Ze draaide zich om en ging op de plank zitten. Ze voelde hem onder zich wiebelen en probeerde haar evenwicht te bewaren.

Toen er een golf aan kwam overwoog ze haar mogelijkheden. Ze kon proberen op te staan of ze kon weer gaan liggen en de golf op die manier nemen. Omdat ze Jay al had zien vallen toen hij wilde gaan staan, besloot ze om te gaan liggen. Vlak voordat de golf onder haar oprees, begon ze zo hard mogelijk te peddelen. Toen ze voelde dat ze door het water werd opgetild, gaf ze niet op. Ze bleef zwemmen tot dat ineens niet meer kon. Omdat ze in de lucht was.

Liggend op de plank voelde ze zich vrij en gewichtloos met de wind die langs haar heen blies. Wat heerlijk om de oceaan met je mee te voelen bewegen, om over het water te glijden. De golf zette haar, zachtjes, af op het zand.

Nina keek naar haar handen die over de bodem streken. Het was haar gelukt. Ze had met een surfplank de golven genomen.

Toen ze opstond zag ze dat haar broertjes en zusje haar stonden toe te juichen. Haar broertjes keken haar met open mond aan.

'Je moet zo hard mogelijk met je armen blijven peddelen tot je beet hebt,' zei ze toen ze bij hen kwam staan. 'Dat kost meer moeite dan als je het alleen met je lichaam doet. Maar als je het dan eenmaal te pakken hebt, ga je sneller.'

'Maar je bent niet gaan staan,' zei Jay.

'Nee, maar ik denk dat we dat wel kunnen leren.'

En dat deden ze.

Nina, Jay en Hud gingen om de beurt met de surfplank de zee op en bereikten verschillende stadia van succes. Soms mocht Kit bij een van hen op de rug zitten.

Ze surften de hele middag en soms ging het goed en soms ging het verkeerd. Ze kregen water binnen wanneer ze van de plank vielen, sneden hun tenen aan rotsen en kregen blauwe plekken op hun ribben alleen maar door het gewicht van hun lichaam op de plank. Hun ogen brandden van het zoute water en de felle zon.

Nadat ze uren bezig waren geweest, nam Jay de surfplank en zei: 'Nu ga ik staan. Let maar op.'

Jay was vaak genoeg gevallen om te denken dat hij inmiddels wel wist hoe het werkte. Hij peddelde de oceaan op, draaide zich om naar het strand en ging op de plank liggen wachten. Hij wachtte op een langzame, kleine golf, net groot genoeg om hem te kunnen dragen.

Toen hij zag wat hij wilde, wachtte hij tot de golf vlak achter hem oprees en begon als een gek te peddelen. Hij gebruikte zijn armen als nooit tevoren. Hij voelde dat de plank de golf pakte, voelde dat hij in evenwicht kwam. En hij ging voorzichtig op zijn knieën zitten, toen op zijn voeten en hield zijn lichaam laag. Hij deed het. Hij surfte.

Hij zag dat Nina, Hud en Kit vanuit de verte naar hem keken en voelde hun opwinding. Het was op dit soort momenten, wanneer alle ogen op hem gericht waren, dat hij zich de beste waande.

Stralend bleef hij zo stil mogelijk op zijn hurken zitten tot hij voelde dat de golf hem eraf wilde gooien. En toen hij ook nog voelde dat de surfplank hem wilde verraden, sprong hij eraf en landde, min of meer elegant, in het water. Een kampioen.

Nina en Hud renden naar hem toe met Kit voor hen uit. En Jay begon zo hard te lachen dat hij tranen in zijn ogen kreeg. 'Zagen jullie dat?' schreeuwde hij naar hen. Hij was overmand door pure vreugde. Het soort vreugde waardoor je je gewichtloos voelt, zelfs als je voeten alweer op de grond staan.

'Cool,' zei Hud terwijl hij Jay een high five gaf.

Kit sloeg haar armen om zijn nek en sprong op hem.

Nina glimlachte. Hij had gelijk gehad. Het was een te gekke middag geweest. Proberen, vallen, proberen, doen, nog harder je best doen en het steeds beter kunnen.

Niet lang daarna, de lunchdrukte was voorbij en de avonddrukte nog niet echt begonnen, glipte June het restaurant uit. In haar marineblauwe korte broek en witte mouwloze blouse rende ze de weg over naar het strand. Daar zag ze haar kinderen om de beurt met een surfplank in de weer waarvan ze wist dat die niet van hen was.

Ze zette haar handen op haar heupen en vroeg: 'Hoe komen jullie daaraan?'

'Mama, sorry dat we –' begon Nina uit te leggen, maar June legde haar met haar hand het zwijgen op.

'Het geeft niet, lieverd. Ik plaagde je alleen maar. Zo te zien is dat ding van niemand.'

'Mogen we hem houden?' vroeg Kit. 'Zodat we dit iedere dag kunnen doen?'

De vier kinderen keken allemaal naar June in afwachting van haar antwoord.

'Nee, sorry liefje, dat lijkt me geen goed idee,' zei ze. 'Misschien komt iemand hem nog halen.' Ze zag de teleurstelling op de gezichten van haar kinderen. 'Maar weet je wat, als hij er morgen nog staat nemen we hem mee naar huis.'

Die avond aten ze in de personeelsruimte van het restaurant en June nipte van haar Cape Codder, terwijl haar kinderen het nergens anders over konden hebben dan het water. Ze had haar glas in haar hand en luisterde geduldig terwijl ze beschreven hoe alle golven werkten. Ze hield hen aan de praat door vragen te stellen over de allerkleinste dingen. Geen van de kinderen vroeg zich af of ze het allemaal echt zo fascinerend vond of gewoon erg goed kon doen alsof. Ze adoreerde haar kinderen nu eenmaal. Ze hield van al hun gedachten en ideeën en vond het heerlijk om te horen over hun persoonlijke ontdekkingen en om naar hen te kijken terwijl ze de vorm begonnen aan te nemen van volledig volgroeide mensen.

Ze zag haar kinderen als van die magische groei-eieren die je in de cadeauwinkeltjes van wetenschapsmusea kon kopen. Van die kleine dingen die je in water gooit en die zich dan langzaam ontpoppen tot wat altijd al hun bestemming is geweest. De één een stegosaurus, de ander een T-rex. Alleen ging het bij de kinderen om karaktertrekken; de één bleek betrouwbaar te zijn, de ander getalenteerd, de volgende aardig en de vierde een durfal.

June begreep dat haar kinderen die dag een tot nu toe onontdekt deel van zichzelf hadden gevonden. Ze wist dat de kindertijd bestaat uit zowel fantastische als gewone dagen. En dit was voor hen allemaal een fantastische dag geweest.

Toen ze die avond thuiskwamen keken ze samen naar *Adam-12* en verspreidden zich daarna over het huis. Kit ging naar bed. Jay en Hud gingen in hun kamer stripboeken liggen lezen. Nina ging onder de lakens liggen en deed alsof ze een boek van haar leeslijst voor school las.

Maar alle vier hadden ze het gevoel dat hun lichaam nog steeds op- en neerging met de deining van de golven.

Voor Jay was het gevoel bijna een obsessie. Hij moest voortdurend denken aan hoe het was geweest om zo'n krachtige golf te nemen. Om daar zo soepel overheen te glijden. Om te drijven, te racen. Hij schrok op uit zijn gedachten toen Hud begon te praten.

'Als die surfplank morgen weg is, wat moeten we dan doen?'

Jay ging rechtop zitten. 'Daar lag ik ook net aan te denken. Zullen we hem nu stiekem gaan halen? Voordat iemand anders hem vindt?'

'Nee,' zei Hud. 'Dat kunnen we niet maken.'

'Oké,' zei Jay. 'Je hebt gelijk.'

Hij ging weer liggen en staarde naar het plafond. Ze zeiden geen van beiden iets en Jay wist dat Hud er nog over lag na te denken. Maar toen Hud niets zei, wist hij dat ze de surfplank niet gingen halen.

'Maar het was wel te gek,' zei hij.

'We zagen er vast heel cool uit,' voegde Hud eraan toe met zijn hoofd op zijn kussen.

'Ja,' zei Jay glimlachend. 'Echt wel.'

Ze vielen allebei in een diepe slaap, vol hoop en plannen.

Kit was nog niet gaan liggen of ze was al in slaap gevallen. Ze droomde de hele nacht dat ze alle vier met hun eigen surfplank aan het surfen waren.

Het was echter Nina die er totaal door werd opgeslokt, die het nog steeds in haar lichaam voelde. Haar borst voelde waar de plank had gezeten. Haar armen deden pijn van de tegenstand die het water haar had geboden. Haar benen voelden aan als rubber door de kracht waarmee ze zich staande had gehouden op de plank en die ze had gebruikt om zich naar voren te stuwen. Ze voelde tegelijkertijd het water en het ontbreken ervan op haar huid.

Ze wilde terug. Meteen. Om het opnieuw te proberen. Ze wilde op de plank staan zoals Jay. Ze was vastbesloten. Ze herinnerde zich een foto die ze een paar maanden geleden in een blad had gezien van een jongen op een surfplank ergens in Europa. Portugal? Ze vroeg zich af of ze zo iemand zou kunnen worden later. Een echte surfer. Die overal heen reisde, alleen maar voor de golven.

Ze probeerde te gaan slapen. Maar ver na tienen, nog steeds klaarwakker, liep ze naar beneden. Haar moeder zat in de huiskamer en dronk wodka rechtstreeks uit de fles, terwijl ze in haar pyjama naar een zaterdagavondfilm zat te kijken.

Toen June haar oudste dochter zag, zette ze de fles op de grond en schoof hem met haar voet achter de poot van de bank.

'Kun je niet slapen, liefje?' vroeg ze terwijl ze gebaarde dat Nina naast haar moest komen zitten.

Nina kroop tegen haar moeders lichaam aan, de wieg die vaak aanvoelde alsof hij alleen van haar was. Haar moeder rook naar Shalimar en zeezout.

'Kan ik geen baantje in het restaurant krijgen?' vroeg Nina.

June keek haar aan. 'Hoe bedoel je?'

'Nou, om wat geld te verdienen,' zei ze. 'Zodat ik voor ons allemaal een surfplank kan kopen.'

'Och schat.' June wreef over haar dochters arm en trok haar nog wat dichter tegen zich aan. 'Ik zal zorgen dat jullie allemaal een surfplank krijgen, oké?'

'Dat hoeft niet, zo bedoelde ik het niet.'

'Ik zorg voor die surfplanken. Laat dat nou maar aan mij over.'

Nina glimlachte naar haar en legde toen haar hoofd weer op Junes schouder.

Het was niet gemakkelijk om moeder te zijn. Het was niet gemakkelijk om in je eentje vier kinderen op te voeden. Maar wat June het meest frustreerde en wat ze haar man – haar voor de tweede keer ex-man – het meest kwalijk nam, was dat ze niemand had om samen haar kinderen mee op te hemelen.

Natuurlijk kon ze altijd bij haar moeder terecht. Christina hield van hen. Maar June wilde 's avonds iemand naast zich op de bank die samen met haar glimlachte terwijl ze aan de kinderen dachten. Ze wilde iemand met wie ze kon lachen om Kits gedrag, met wie ze kon praten over Jays koppigheid, iemand die Hud kon leren wat beter voor zichzelf op te komen, die Nina kon leren om zich niet overal zo druk om te maken. En vooral wilde ze iemand om samen blij mee te zijn op een dag als deze, waarop haar kinderen een gevoel van schoonheid en vreugde hadden ontdekt te midden van haar chaos.

O, wat Mick allemaal niet misliep, waar hij dan ook mocht zijn.

Hij wist niet hoe fijn het voelde als je elfjarige dochter haar hoofd tegen je schouder legde. Hij wist niet hoe fijn het voelde om op die manier lief te hebben.

Ze wist dat uiteindelijk zij van hen beiden – zij hier met de kinderen en hij god mocht weten waar en met wie – de beste kaarten had getrokken. Zij zou haar kinderen nooit willen inruilen voor wat dan ook.

Maar ze vond het vreselijk dat ze, zelfs op dit soort gelukkige momenten, nog steeds aan hem dacht.

Nadat Nina in slaap was gevallen in haar moeders armen greep June meteen weer naar de fles wodka. Ze had dat nodig om in slaap te kunnen vallen, hoewel ze bijna nooit meer dronk dan de onzichtbare grens die ze in haar hoofd had.

De volgende dag was de surfplank weg. En de kinderen gingen weer gewoon bodysurfen en probeerden niet te laten merken hoe teleurgesteld ze waren.

Een paar maanden later, op kerstochtend, stonden de kinderen op en zagen dat de boom die ze samen hadden opgetuigd, weg was.

'Waar zou de kerstboom toch zijn?' vroeg June zogenaamd verbaasd. 'Hij zal toch niet zijn weggelopen?'

De kinderen keken elkaar aan, voorzichtig opgewonden om iets waarvan ze niet eens wisten wat het was.

'Misschien moeten we maar even op het strand gaan kijken,' stelde June voor.

De kinderen rukten de deur open en renden de trap af naar het strand. Ze gilden het uit toen ze het zagen.

Daar, scheef in het zand, stond hun kerstboom.

En daarnaast stonden vier surfplanken op een rijtje. Geel, rood, oranje en blauw.

Drie uur 's middags

Huds haar was nog maar net droog toen hij zijn auto tot stilstand bracht voor de kunstacademie van Pepperdine University. Hij pakte zijn camera van de voorbank en liep naar binnen, hoewel hij hier eigenlijk niets te zoeken had. Hij was geen student.

Maar Hud had ontdekt dat een van de voordelen van opgroeien in een kleine stad was dat je mensen kende. De caissière in de supermarkt, de jongen die de kaartjes scheurde, de assistent van het hoofd van de afdeling fotografie op Pepperdine, Hud praatte met iedereen. Hij vond het leuk om te vragen wat ze deden. Hij vond het leuk om met de jongen achter de kassa van de ijssalon grapjes te maken over het feit dat chocolade-ijs met extra slagroom werd verkocht als 'caloriearm'.

Hij hield van zomaar wat kletsen. En hij wist dat het een trekje was dat niet iedereen was gegeven. En al zeker niet zijn broer of zussen of zijn moeder. Die, en dan vooral Jay en Kit, renden altijd van het ene naar het andere. Soms vroeg Hud zich af of hij het misschien van Mick had, maar dat leek hem onwaarschijnlijk. Waardoor hij zich afvroeg of hij het soms van zijn echte moeder had, van Carol.

Carol was een mysterie voor Hud. Hij wist helemaal niets over haar, behalve dan hoe ze hem had genoemd en waar ze hem had achtergelaten. Hij kon zich alleen maar een voorstelling maken van hoe ze misschien was, zich afvragen of er dingen in hem waren die hij bij haar zou kunnen herkennen, dingen in haar die zouden helpen zichzelf te kennen.

Een paar jaar daarvoor had Hud in een blad een foto van Mick zien staan waarop Mick lachend recht de camera in keek. De kop luidde HIJ IS TERUG en het artikel ging erover dat Mick na jaren weer bovenaan de hitlijsten stond. Maar dat ging allemaal langs Hud heen. Hij kon alleen maar naar Micks rechterwenkbrauw staren, hoe die iets omhoog was getrokken, precies zoals Hud zijn rechterwenkbrauw optrok wanneer hij lachte.

Hud had het benauwd gekregen. Als hij Micks wenkbrauw had, wat had hij dan nog meer van hem? Was Hud in staat tot de dingen waartoe Mick allemaal in staat was? Lag Micks hardheid soms in hem te sluimeren, wachtend op het moment om te laten zien dat ook Hud uiteindelijk alleen maar om zichzelf gaf? Dat ook Hud de mensen van wie hij hield zomaar aan hun lot kon overlaten?

Onze ouders zitten in ons, of ze nu bij ons zijn gebleven of niet, dacht Hud. Ze tonen zich in de manier waarop we een pen vasthouden of onze schouders ophalen, in de manier waarop we een wenkbrauw optrekken. Onze erfenis sluimert in ons bloed. Dat idee maakte hem doodsbang.

Hij wist dat Carol ook in hem moest zitten. Waarschijnlijk op een manier die hij niet kon zien. En dus hoopte hij dat het iets als dit was; het feit dat hij het heerlijk vond om een babbeltje met mensen te maken. Zijn gevoeligheid. Hij hoopte dat hij die van haar had, of anders haar lach of haar loopje. Als het maar niet haar lafheid was.

'Hé,' zei Hud tegen de jongen achter de balie terwijl hij zijn zonnebril afzette en die aan de hals van zijn shirt haakte.

'Hé man,' zei Ricky Esposito. Ricky had de taak om de donkere kamer iedere dag van slot en weer op slot te doen en Hud mocht er van hem gebruik van maken als de ruimte vrij was.

Ricky had op school twee klassen lager gezeten dan Hud en Jay en beschouwde hen als het toppunt van coolheid. Aantrekkelijke broers, surfers, zoons van een beroemde zanger. Voor de schriele Ricky Esposito met zijn door acne ontsierde gezicht was het nauwelijks voor te stellen dat Hud en Jay Riva ook zo hun problemen konden hebben.

'Kan ik...' Hud hield zijn camera iets omhoog om zijn bedoelingen kenbaar te maken.

Ricky knikte naar de donkere kamer. 'Hij is van jou, jongen,' zei hij. 'Vanavond is het feest, toch?'

Hud glimlachte. Hij was zich er niet van bewust geweest dat Ricky van het feest wist. Jay zou hebben gezegd dat Ricky niet cool genoeg was om te mogen komen. Heel veel mensen zouden dat hebben gezegd. Maar voor Hud gold de regel dat als je cool genoeg was om van het feest te weten, je ook cool genoeg was om te komen. En Ricky wist dus van het feest.

'Ja,' zei hij. 'Kom jij ook?'

Ricky knikte koeltjes, maar Hud zag dat zijn handen een beetje trilden. 'Ach, ja. Moet ik nog iets meenemen?'

Hud schudde zijn hoofd. 'Alleen jezelf.'

'Oké,' zei Ricky.

Hud glipte de donkere kamer in. Hij had de hele ochtend aan de foto's gedacht. Ashley.

Als het niet anders kon, zou hij dan zijn relatie met Jay voor haar op het spel zetten? Had hij dat in zich? Beide mogelijke antwoorden joegen hem angst aan.

Hij deed de deur dicht en ging aan het werk.

1971

June dronk 's ochtends screwdrivers zoals andere mensen sinaasappelsap dronken. Tijdens de lunch in de personeelsruimte dronk ze Cape Codders.

Bij het avondeten waren het Sea Breeze-cocktails, terwijl ze samen met haar kinderen gehaktbrood of gebraden kip at. De glazen op de tafel waren altijd hetzelfde. Melk voor Kit, frisdrank voor Jay en Hud, water voor Nina en een longdrinkglas met wodka en het bloedkoraalrood van grapefruitsap en cranberry met ijs voor mama.

Nina was zich bewust geworden van de alcohol toen ze een jaar daarvoor hun huis hadden moeten verlaten omdat er in de canyons brand uit was gebroken; er stonden woonhuizen in brand en je rook overal de geur van rook.

June maakte hen 's ochtends vroeg wakker en zei op kalme maar besliste toon dat ze de spullen moesten pakken waar ze absoluut niet buiten konden.

Alle kinderen vroegen of hun surfplank mee mocht op het dak van de auto. Kit nam verder nog haar pluchen beesten mee, en Jay en Hud wilden hun stripboeken en honkbalplaatjes niet achterlaten. Nina nam haar lievelingsspijkerbroek en een paar elpees mee. June pakte de fotoalbums. Maar toen ze allemaal instapten zag Nina ineens dat June ook de wodka had gepakt.

Enkele dagen daarna, toen ze terugkeerden naar hun huis dat onbeschadigd was op wat roet op het aanrecht na, zag Nina dat er een nieuwe, vollere fles wodka in haar moeders tas zat. Ze zag dat June die snel in de vriezer legde. Het was het eerste wat ze uitpakte.

June viel in die tijd vaak in slaap op de bank in haar nachtjapon met krullers in haar haar. Nadat ze de hele avond met die fles voor de tv had gezeten, haalde ze haar bed meestal niet.

Maar ze behield haar charme en haar verstand. Ze behield haar glimlach. Ze zorgde ervoor dat de kinderen op tijd op school kwamen en maakte haar opwachting bij al hun uitvoeringen en sportdagen. Ze naaide zelf hun Halloween-kostuums. Ze runde het restaurant met vlijt en naar alle eer en geweten en betaalde haar personeel goed.

Het was het begin van een les die haar kinderen uit het hoofd zouden leren: alcoholisme is een ziekte met vele gezichten, en sommige daarvan zien er prachtig uit.

In de herfst van 1971 stierf Christina op eenenzestigjarige leeftijd aan een beroerte.

June keek toe terwijl de verplegers haar moeder wegreden. Terwijl ze daar zo in het ziekenhuis stond had ze het gevoel dat ze was gegrepen door een onderstroom. Hoe had het zover kunnen komen met haar? Een vrouw alleen, met vier kinderen en een restaurant dat ze nooit had gewild.

De dag na de begrafenis bracht June de kinderen naar school. Ze zette Kit af bij de basisschool en reed met Nina, Jay en Hud door naar de middelbare school.

Toen ze stopten in de afzetzone gingen Jay en Hud er meteen vandoor. Maar Nina draaide zich nog even om, legde haar hand op de hendel van het portier en keek haar moeder aan. 'Weet je zeker dat het gaat?' vroeg ze. 'Anders kan ik wel thuisblijven. Je helpen in het restaurant.'

'Dat hoeft niet, schat.' June pakte de hand van haar dochter even beet. 'Als je denkt dat je school aankunt, dan is dat de plek waar je moet zijn.'

'Oké,' zei Nina. 'Maar mocht je me nodig hebben, dan moet je me gewoon komen halen, hoor.'

'Kunnen we dat niet beter omdraaien?' vroeg June glimlachend. 'Mocht je mij nodig hebben, dan vraag je maar of ze me willen bellen.'

Nina glimlachte ook. 'Oké.'

June had het gevoel dat ze elk moment kon gaan huilen en zette gauw haar zonnebril op en reed weg. Met het raampje naar beneden reed ze naar Pacific Fish. Daar draaide ze het parkeerterrein op en zette de auto op de handrem. Ze haalde diep adem. Toen stapte ze uit en bleef even naar het restaurant staan staren in het besef dat ze dat allemaal had geërfd. Het was nu van haar, wat dat ook mocht betekenen.

Ze stak een sigaret op.

Dat kloterestaurant had haar al vanaf de dag waarop ze was geboren in zijn greep genomen en inmiddels begreep ze dat ze er nooit meer vanaf zou komen.

Sommige lampjes van het uithangbord waren kapot. De hele buitenkant kon wel een stevige schoonmaakbeurt gebruiken. Dat mocht zij nu allemaal in haar eentje beslissen. Het restaurant had alleen haar nog. En misschien was het restaurant wel het enige wat zij nog had.

June leunde tegen haar auto, sloeg haar armen over elkaar en nam nog een trekje terwijl ze de balans opmaakte van de vorm die haar leven nu had aangenomen.

Ze was overwerkt en oververmoeid en eenzaam. Ze miste de ouders die haar nooit echt hadden begrepen, miste de man die nooit echt van haar had gehouden, miste de toekomst die ze ooit dacht te hebben gehad, miste het jonge meisje dat ze was geweest.

Maar toen dacht ze aan haar kinderen. Haar vermoeiende, sprankelende kinderen. Ze moest toch iets goed hebben gedaan als het leven haar die vier had geschonken. Dat leek haar zo duidelijk als wat.

Misschien had ze toch iets van haar leven weten te maken. En misschien kon ze ook nog iets maken van wat er was overgebleven.

June trapte haar sigaret uit met de teen van haar zwarte flatjes. En toen, terwijl ze naar het Pacific Fish-uithangbord keek, kreeg ze ineens een wild idee. Ze had haar naam verdiend met hartzeer en de uitvloeisels daarvan – dan had ze toch zeker wel het recht om ermee te doen wat ze wilde?

Twee weken later kwamen drie mannen het nieuwe bord ophangen. Felrode schuine letters: RIVA'S SEAFOOD.

Toen het hing keek June er vanuit de deuropening naar. Ze dronk wodka uit een limonadeglas. Ze glimlachte tevreden.

Het zou haar heel wat extra klanten opleveren. Misschien zou de krant er wel over schrijven. Maar het allerbelangrijkste was dat Mick, als hij eindelijk terug zou komen, het fantastisch zou vinden. Daar was June van overtuigd.

Het duurde niet lang voordat ook Jay en Hud begrepen dat ze alcoholist was, al kenden ze dat woord niet en wisten ze zelfs niet dat het iets was waar een woord voor bestond.

's Ochtends vroeg was hun moeder altijd op haar best; ze was moe en traag, maar helder. Maar naarmate de dag vorderde ging het steeds slechter met haar. Op een keer fluisterde Jay tegen Hud, nadat June hem had gezegd dat hij 'een bad en een douche' moest nemen: 'Mama begint na het avondeten knettergek te doen.'

Uiteindelijk leerden de kinderen haar na zes uur 's avonds gewoon te negeren. En ze probeerden haar ook thuis te houden, bang dat ze hen anders in het openbaar voor schut zou zetten.

Nina was op haar veertiende zelfs gaan doen alsof ze het leuk vond om auto te rijden. Ze vroeg aan haar moeder of zij mocht rijden als ze samen boodschappen deden, of zij de jongens naar de bioscoop mocht brengen in plaats van June, of zij Kit en Vanessa naar de ijssalon zou rijden zodat June thuis kon blijven.

In werkelijkheid vond Nina het doodeng om achter het stuur te zitten. Het was overweldigend en zenuwslopend om te proberen de PCH op te rijden met al die auto's die langsraasden. Ze zat de hele weg met haar handen stijf om het stuur, haar hart bonkte in haar keel en ze raakte compleet in de war als ze probeerde uit te kienen wanneer ze precies moest afremmen om te kunnen afslaan. Wanneer ze uiteindelijk de gewenste eindbestemming had bereikt en uitstapte, voelde ze aan haar schouderbladen en in haar knieholtes hoe gespannen ze was geweest.

Maar hoe eng Nina rijden ook vond, het idee dat haar moeder zelf achter het stuur ging zitten na de lunch was nog veel enger. Soms kon Nina er niet van slapen en lag ze in haar hoofd bij te houden hoeveel bijna-aanrijdingen June had gehad en telde ze haar trage reacties en de gemiste afslagen.

Daarom was het gemakkelijker als Nina iedereen bracht en haalde, hoe moeilijk ze dat ook vond. En al snel kreeg ze het gevoel dat het niet alleen gemakkelijker was, maar ook cruciaal om een onvermijdelijke ramp te voorkomen.

'Je vindt rijden echt leuk, hè?' zei June op een avond terwijl ze Nina de autosleutels gaf nadat ze had ontdekt dat de melk op was. 'Ik snap dat niet. Ik heb het nooit leuk gevonden.'

'Ja, ik zou later best de chauffeur van een limo willen zijn,' zei Nina, die meteen spijt had van haar zielige leugen. Ze had toch wel iets beters kunnen bedenken.

Hud ving Nina's blik toen hij haar dat hoorde zeggen. 'Ik ga wel met je mee,' zei hij. 'Melk halen.'

'Ik ook,' voegde Jay eraan toe.

Toen ze zich gereedmaakten om weg te gaan stak June op de bank een sigaret op en sloot haar ogen. Kit zat op de grond voor de tv met lego te spelen. Junes arm zakte iets naar beneden en het uiteinde van haar aangestoken sigaret schampte langs Kits haar.

Nina hapte naar adem. Jay keek met grote ogen toe.

'Kit, jij gaat met ons mee,' zei Hud. 'Je hebt tandpasta nodig. Voor je... tanden.'

Kit keek hen niet-begrijpend aan, haalde toen haar schouders op en stond op van het hoogpolige tapijt.

'Wat is er?' vroeg ze toen ze bij de auto waren.

'Niks om je druk over te maken,' zei Hud terwijl hij het portier voor haar openhield.

'Helemaal niks aan de hand,' zei Nina, die achter het stuur plaatsnam.

'Jullie vertellen me nooit wat,' zei Kit. 'Maar ik weet dat er iets is.'

Jay ging naast Nina zitten. 'Nou, als je het toch weet, hoeven wij het je ook niet meer te vertellen. Luister, zullen we de allergoedkoopste melk nemen en van de rest van het geld een zak Rolo's kopen?'

'Dan wil ik daar wel een vierde van!' zei Kit. 'Jij neemt altijd meer dan jouw deel.'

'Jij mag mijn deel wel hebben, Kit,' zei Nina terwijl ze de auto in zijn achteruit zette.

'Allemaal je mond houden. Nina moet zich concentreren,' riep Hud.

Terwijl Nina langzaam achteruit de oprit af reed en de weg op draaide, keek Kit uit het raampje en vroeg zich af wat het was dat haar broers en zus haar niet wilden vertellen. Wat het was dat ze al wist.

Uiteindelijk was het de tv die haar de woorden gaf.

Ongeveer een jaar later, toen Kit tien was, zat ze naast June op de bank naar een serie te kijken. In de scène die ze zagen, hadden twee broers woorden over een moord. Kit zag dat de ene broer een whiskyfles uit de hand van de andere broer nam en hem een 'alcoholist' noemde. 'Je bent een alcoholist,' zei hij. 'Die troep wordt nog eens je dood.'

Er klikte iets in Kits hoofd. Ze keek naar haar moeder. June ving haar blik en glimlachte naar haar dochter.

Ineens begon Kits lichaam te branden van woede. Ze zei dat ze naar de wc moest en deed de deur achter zich op slot. Ze keek naar de handdoeken aan de deur en had zin er met haar vuisten op in te slaan, om dwars door de deur heen te slaan.

Ze had er nu een woord voor. Ze begreep wat haar al die tijd had dwarsgezeten, bang had gemaakt, in verwarring had gebracht.

Haar moeder was een alcoholist. Maar stel dat ze doodging aan die troep?

De week daarna liet June het eten aanbranden.

Rook in het huis, vlammen in de oven, de geur van verbrande kaas die in het tafelkleed en hun kleren trok.

'Mam!' schreeuwde Nina, die meteen nadat ze de rook had gezien naar de keuken rende.

June schrok op toen haar kinderen de keuken in stormden. 'Sorry, sorry!' zei ze. Ze tilde haar hoofd van de tafel waarop ze in slaap was gevallen. Haar bewegingen waren stijf en het duurde even voordat tot haar doordrong wat er aan de hand was.

Kit zag meteen de fles Smirnoff op het aanrecht. Ze wist niet zeker of het de fles was die gisteren nog bijna vol was geweest, maar in elk geval zat er nu bijna niets meer in.

Nina haastte zich naar de oven, trok een ovenhandschoen aan en pakte de schaal eruit. Jay klom op het aanrecht om het rookalarm uit te schakelen. Hud zette alle ramen open.

De macaronischotel was bijna zwart op de bodem en verschroeid aan de bovenkant en zijkanten. Er was een mes voor nodig om hem aan te snijden en de bekende oranje kleur te vinden die hij hoorde te hebben. June zette de schaal desondanks op tafel.

'Oké, kinderen, eten. Het ziet er erger uit dan het is.'

Nina, Jay en Hud gingen braaf zitten, bereid om te doen alsof er niets aan de hand was. Ze gaven borden aan elkaar door en spreidden hun servetten uit over hun schoot alsof het een maaltijd als alle andere was.

Kit bleef staan en keek stomverbaasd naar hen.

'Wil je melk bij het eten, Kit?' vroeg Nina terwijl ze opstond om eten voor haar zusje op te scheppen.

'Dat meen je niet,' zei Kit.

Nina keek haar aan.

'Ik ga dat niet eten,' zei Kit.

'Het valt wel mee, Kit, echt,' zei Hud.

Kit keek naar Hud en zag dat hij haar strak aankeek. Hij probeerde haar te vertellen dat ze niet zo moeilijk moest doen. Maar Kit kon het niet.

'Als ze niet wil, dan hoeft het toch niet?' zei Jay.

'Ik maak wel wat anders voor ons allemaal,' zei Nina.

'Nee Nina, er is niets mis mee. Katherine Elizabeth, ga zitten en eet je eten op,' zei June.

Kit keek haar moeder aan, op zoek naar iets als gêne of verwarring.

Maar op Junes gezicht was niets ongebruikelijks te zien.

Dat was het moment waarop er iets knapte bij Kit. 'We gaan echt niet doen alsof je het eten niet hebt laten aanbranden, net zoals we altijd maar doen alsof je geen alcoholist bent!'

Het werd doodstil in de keuken. Jays mond viel open. Hud zette grote ogen op van schrik. Nina keek naar haar handen in haar schoot. June staarde Kit aan alsof die haar net een klap in haar gezicht had gegeven.

'Kit, ga naar je kamer,' zei June terwijl er tranen in haar ogen kwamen.

Kit verroerde zich niet. Ze werd overspoeld door een werveling van schuldgevoel en verontwaardiging, verontwaardiging en schuldgevoel. Had ze het helemaal mis gehad of had ze het juist bij het rechte eind gehad? Ze zou het niet weten.

'Kom Kit.' Nina legde haar servet op tafel en stond op. Ze pakte Kits hand en nam haar mee de keuken uit. 'Het is oké,' fluisterde ze.

Kit zei niets. Ze probeerde te bedenken of ze spijt had van wat ze had gezegd. Per slot van rekening zou spijt impliceren dat ze het idee had dat ze een keus had gehad. En dat idee had ze niet. Ze had het gevoel gehad dat er niets anders op zat dan hardop uit te spreken wat haar zo vreselijk dwarszat.

Nadat Nina en Kit in de gang waren verdwenen, keken Jay en Hud weer naar hun moeder.

'Wij ruimen wel af, mam,' zei Hud. 'Ga jij maar liggen.' Hij wierp een blik op Jay.

'Ja,' zei Jay, hoewel hij bang was dat hij degene zou zijn die de aangebrande kaas weg zou moeten zien te krijgen. 'Hud en ik hebben het helemaal onder controle.'

June keek naar haar twee zoons die inmiddels al veertien waren. Bijna mannen. Waarom zag ze dat nu pas?

'Goed dan,' zei ze, dodelijk vermoeid. 'Ik denk dat ik maar naar bed ga.' En voor het eerst sinds lange tijd ging ze naar haar slaapkamer, trok haar pyjama aan en viel in bed in slaap.

De jongens ruimden de keuken op. Jay boende zo hard als hij kon om de aangebrande korst van de glazen schaal te krijgen. Hud goot de volle glazen leeg en veegde met een doekje het dunne laagje roet van het aanrecht.

'Kit heeft wel gelijk,' zei Jay op fluistertoon terwijl hij even stopte met boenen en Hud aankeek.

'Ik weet het.'

'We hebben het er nooit over,' vervolgde Jay al iets luider.

Hud stopte met het schoonvegen van het aanrecht. Hij slaakte een diepe zucht. 'Ik weet het.'

'Ze heeft de keuken bijna in de fik gestoken,' zei Jay.

'Ja.'

'Zouden we...' Het kostte Jay moeite om zijn zin af te maken. *Zouden we papa moeten bellen?* Hij wist niet eens hoe ze dat moesten aanpakken. Ze wisten niet waar hun vader was of hoe ze contact met hem konden opnemen. Als ze dat wel hadden geweten, had het hem wel leuk geleken om hem een keertje te zien. Maar ooit, jaren geleden, toen Hud zijn neus had gebroken toen hij op school van het klimrek was gevallen en naar het ziekenhuis had gemoeten om hem recht te laten zetten, had Jay June tegen zijn oma horen zeggen: 'Ik ga nog liever de hoer spelen dan dat ik Mick om iets vraag.' Dus het hardop zeggen, het zelfs maar opperen, leek hem een belediging voor zijn moeder. En dat wilde hij niet. Dat kon hij niet. 'Ik bedoel, wat moeten we nu doen?'

Hud fronste en zuchtte terwijl hij nadacht. Uiteindelijk ging hij verslagen weer aan tafel zitten. 'Ik heb geen flauw idee.'

'Ik bedoel, dat hele gedoe met mama... Ze heeft het gewoon moeilijk nu, maar dat is tijdelijk, toch?' vroeg Jay.

'Natuurlijk is het tijdelijk,' zei Hud. 'Het is gewoon een fase.'

'Ja,' zei Jay, al wat kalmer. Hij pakte de boender en ging weer aan de slag met de aangebrande kaas. 'Precies.'

De twee broers keken elkaar even aan en beseften allebei in een flits dat er een groot verschil was tussen wat je wilde geloven en wat je echt geloofde.

Toen ze klaar waren namen ze een halflege zak chips en een doos Ritzcrackers mee naar Kits kamer, waar Nina en Kit op de grond zaten te praten.

De jongens gingen erbij zitten, acht vettige handen werden aan acht broekspijpen afgeveegd.

'We zouden eigenlijk servetten uit de keuken moeten halen,' zei Nina.

'O nee, liggen er kruimels op de vloer?' vroeg Jay plagend aan haar. 'Bel de politie!'

Kit begon te lachen.

Hud deed alsof hij een nummer draaide. 'Hallo? Spreek ik met de kruimelpolitie?' vroeg hij.

Jay schoot in de lach en verslikte zich bijna in een Ritz.

'Ja, eh, u spreekt met sergeant Crackers,' zei Kit alsof ze in een portofoon praatte. 'We hebben al meldingen gekregen over luid gekraak.'

En toen brak er ook iets in Nina. Ze barstte in lachen uit. Van het rare geluid dat ze daarbij maakte moesten ze allemaal nog harder lachen.

'Oké, oké,' zei Nina, toen ze weer wat was gekalmeerd. 'We kunnen maar beter eens naar bed gaan.'

Ze stonden op en brachten het eten naar de keuken. Ze trokken hun pyjama's aan. Ze poetsten hun tanden.

'Het komt allemaal wel weer goed,' zei Nina tegen haar broertjes en zusje toen ze hun welterusten kwam zeggen. 'Echt.'

Jay liet zijn schouders iets zakken, Hud slaakte een zucht en Kits kaken ontspanden zich.

Hoewel ze al lang geleden hadden geleerd dat sommige mensen zich niet aan hun beloftes houden, wisten de drie jongste Riva's dat ze Nina wel konden geloven.

Vier uur 's middags

Nina stond in haar slaapkamer op de bovenste verdieping van de villa. Hij was vlekkeloos schoon. De hoge ramen met uitzicht op de oceaan waren zo schoon dat je, als de kozijnen er niet waren geweest, had kunnen denken dat je naar de openlucht keek. Op dit soort stille en volmaakt heldere momenten, wanneer Nina voorbij de kliffen kon kijken over de rimpelende zee, wel tot aan Catalina Island, moest ze erkennen dat ze sommige dingen aan dit huis toch wel erg fijn vond.

Haar bed was met militaire precisie opgemaakt. Een laag bed van berkenhout met een witte quilt erover die strak was ingestopt onder het matras. Aan het voeteneind lag een keurig opgevouwen dekbed. Alle kussens en bijbehorende frutsels lagen uitgespreid bij het hoofdeinde.

Hoe kwam het dat ze zoveel dure spullen had?

De schoonmakers waren inmiddels bezig op de benedenverdieping. Ze dweilden de stenen vloer en namen de witte muren af. Ze veegden de spinnenwebben uit de hoeken van de hoge plafonds en de stofnesten uit de hoeken van de gangen en boekenplanken en kasten.

Nina hoorde dat ze de tapijten stofzuigden en vroeg zich af of dat eigenlijk wel zin had. Tegen tienen zouden ze toch weer zanderig en smoezelig zijn. Tegen middernacht zou haar hele benedenverdieping één grote puinhoop zijn.

Ze liep haar badkamer in, haar kaptafel was smetteloos en de vloer brandschoon; taupekleurige handdoeken lagen in keurige driehoeken op een stapel.

Nina deed de dubbele deuren van haar inloopkast open en liet haar hand over de linkerkant glijden, over haar jurken, haar broeken, haar blouses. Katoen en zijde en satijn. Fluweel en leer. Nylon en neopreen.

Ze had zoveel kleren. Zoveel kleren die ze nooit had gewild, nooit nodig had gehad, nooit had gedragen. Ze had zoveel spullen. De laatste tijd had ze het gevoel alsof dat het enige doel van alles was: hoeveel spullen je kon kopen. Alsof er dan aan de andere kant een of ander magisch leven op je wachtte. Maar zelf voelde ze er helemaal niets bij.

Toen ze aan het eind van haar spullen was gekomen, begon ze aan de andere kant en gleed met haar hand langs wat er nog over was van Brandons kleren. Ze voelde de gaten tussen de overhemden, zag de lege hangertjes. Brandon geloofde in het heil van al die spullen. En nu werd Nina zich ineens scherp bewust van wat er niet meer in zijn kant van de kast was. Zijn stijve polo's en zachte Levi's en ingelopen Adidas-schoenen. Zijn Lacostes en zijn Sperry's. De dingen waar hij van hield, de dingen die hij meende nodig te hebben. Allemaal weg.

Het deed pijn. Het deed zoveel pijn dat iets in haar zin had om een fles Smirnoff te pakken en een Sea Breeze voor zichzelf te maken.

1975

Het was eind 1975. De kinderen zouden dat weekend allemaal weg zijn. Dat was voor het eerst.

Nina was zeventien en ging naar een feestje van een vriendin en zou er ook blijven slapen. Jay en Hud waren weg met het waterpoloteam. Kit sliep bij haar vriendin Vanessa.

Voordat Nina die middag wegging, vroeg ze zich nog even af of het wel zo'n goed idee was om die avond allemaal ergens anders te slapen. 'Ik vind het niet zo leuk om je alleen te laten,' zei ze tegen June. Nina stond in de keuken en keek naar haar moeder die op de bank in de huiskamer zat.

'Lieverd, ga nou maar naar dat feest, alsjeblieft.'

'Maar wat ga jij vanavond dan doen?'

'Gewoon lekker genieten,' zei June glimlachend. 'Weet je wel hoe vermoeiend dat is, vier kinderen? Ik heb wel zin in wat tijd voor mezelf. Ik neem een heel lang bad. En dan ga ik op de patio naar de zee liggen kijken.'

Nina was niet erg overtuigd.

'Hé,' zei June. 'Wie is hier de moeder? Jij of ik?'

'Jij bent de moeder,' zei Nina geamuseerd. Het was een bekend refrein geworden. Ze beantwoordde de volgende vraag al nog voordat hij was gesteld. 'En ik ben het kind.'

June stond op, legde haar handen op de schouders van haar dochter en keek haar in de ogen. 'Ga nou maar, schat. Je verdient wel een verzetje.'

En Nina vertrok.

June ging weer op de bank zitten en zette de tv aan. Ze pakte de *TV Guide* en keek of er iets was wat ze wilde zien. En toen zag ze hem op het journaal.

'En dan nu het laatste nieuws uit de showbusiness,' zei de journaallezer. 'Mick Riva is op tweeënveertigjarige leeftijd voor de vijfde keer getrouwd. Zijn jonge bruid, Margaux Caron, een model uit Frankrijk, is vierentwintig.'

June stak een sigaret op en nam een slokje wodka.

En toen sloeg ze haar handen voor haar gezicht en begon onbedaarlijk te huilen. Het begon in haar buik, borrelde omhoog en kwam haar keel uit in ademstoten en gierende uithalen.

Ze drukte haar sigaret uit en ging languit op de bank liggen. Ze liet de snikken door haar hele lichaam gaan. Hij zou nooit meer terugkomen. Ze had al die jaren geleden naar haar moeder moeten luisteren. Maar vanaf de dag dat ze hem had ontmoet, had ze niet meer helder kunnen denken. Ze was een stomkop geweest. Haar hele leven lang.

God, dacht ze, ik moet echt bij zinnen komen. Voor mijn kinderen.

Ze dacht aan Nina's opgewekte lach, aan Jays zelfverzekerdheid, aan Huds vriendelijkheid en de manier waarop hij haar knuffelde. Ze dacht aan Kit, die driftkop, die hun ooit weleens allemaal de baas zou kunnen zijn.

Ze wist dat zij wisten dat het slecht met haar ging. Dat merkte ze aan hoe lief ze voor haar waren, aan hoe ze ervan uitgingen dat ze zich niet zou herinneren wat ze voor school nodig hadden, aan hoe ze met elkaar fluisterden in haar bijzijn.

Maar ze kon veranderen, ze moest gewoon niet meer verwachten dat die klootzak alles wel in orde zou maken. Ze moest onder ogen zien dat ze het zelf in orde moest maken.

Ze haalde een keer diep adem. En schonk nog een glas wodka in.

Ze zette een oude elpee van Mick Riva op, zijn tweede album. Ze luisterde keer op keer naar 'Warm June' en schonk daarbij steeds opnieuw een glas wodka in. Ooit had ze iets voor hem betekend. Dat kon hij haar nooit afnemen

Ze hield de wodkafles nog een keer op de kop om te zien of hij wel echt leeg was. Ze zocht in de keuken naar een nieuwe fles, maar ze vond alleen een oude fles tequila die onder het stof zat.

Ze maakte de fles open. En toen ging ze naar de badkamer om het bad te laten vollopen.

Ze zag de stoom oprijzen uit het water en de badkamer beslaan en ademde de druppeltjes in. Het gaf haar een troostrijk en veilig gevoel. Ze trok haar badjas en ondergoed uit en stapte in bad.

Met haar armen op de randen van het bad ging ze achteroverliggen en ademde de warme lucht in. Ze sloot haar ogen. Ze zou hier eeuwig willen blijven liggen. En alles zou vanzelf weer goedkomen.

Het was haar laatste bewuste gedachte. Drie kwartier later verdronk ze.

June Riva, dat ooit zo teerhartige, dromerige meisje, was niet meer.

Toen Nina de volgende ochtend thuiskwam vond ze haar moeder in het bad, slap en levenloos.

Ze probeerde meteen haar moeders lichaam uit het water te tillen, probeerde haar wakker te maken. Het drong nog niet tot haar door wat die bleekheid en die roerloosheid te betekenen hadden. Een steek van angst joeg door haar borst.

Ze probeerde razendsnel te bedenken wie ze kon bellen, maar er was niemand. Grootouders (dood), vader (dood voor hen). Maar er moest toch iemand zijn die haar kon helpen?

Terwijl ze zich op de badkamervloer liet zakken, had ze het gevoel dat ze viel, steeds dieper. Het verdriet was eindeloos, de angst grenzeloos. Er was geen vangnet voor haar, niets wat haar kon opvangen, geen vaste bodem waarop haar pijn en verdriet rust konden vinden.

Het moment waarop tot Nina doordrong dat haar moeder dood was, was ook het moment waarop tot haar doordrong dat ze niemand meer had op wie ze kon rekenen, steunen, vertrouwen, in wie ze kon geloven.

Met haar moeders bleke hand in de hare belde ze het alarmnummer. En ze greep Junes hand steeds steviger beet terwijl ze wachtte op de ambulance.

Ze keek naar het ambulancepersoneel dat zich naar haar moeder toe haastte. Ze stond in de deuropening, met ingehouden adem, toen ze haar vertelden wat ze al wist. Haar moeder was dood.

Ze zag hoe ze het lichaam van haar moeder meenamen en dacht dat ze straks vast wel weer zou terugkomen. Al wist ze best dat dat onmogelijk was.

Ze belde Vanessa's huis en toen Vanessa's moeder opnam, moest Nina al haar krachten verzamelen om haar te vragen Kit onmiddellijk naar huis te sturen. En daarna ijsbeerde ze door de kamer, want ze wist niet zo goed hoe ze Jay en Hud te pakken zou kunnen krijgen.

De jongens kwamen echter vlak daarna al thuis en toen ze hen zag, zei ze dat ze niet naar binnen mochten.

'Wat is er gebeurd?' vroeg Jay in paniek. 'Fuck, Nina! Wat is er aan de hand?'

Hud zei niets, hij was in shock. Diep vanbinnen wist hij het al. Toen Kit even later ook thuiskwam, nam Nina hen allemaal mee naar het strand vlak onder hun huis.

Ze wist dat het haar taak was om te zeggen wat gezegd moest worden. Om te doen wat gedaan moest worden. Als je er alleen voor staat, kun je niet kiezen welke taken je wel en niet wilt, kun je niet zeggen dat je iets niet kunt. Er is geen ruimte voor afkeer of zwakte. Je moet het doen. Alles. De lelijkheid, de droefheid, de dingen waar de meeste mensen liever helemaal niet aan denken, dat moet jij allemaal in je hebben. Jij moet alles aankunnen.

'Mama is dood,' zei ze, en toen zag ze haar broertjes en zusje op de grond vallen.

In een flits begreep ze dat zij degene was die hen zou moeten opvangen. Zij moest hen overeind zien te houden terwijl ze krijsten, terwijl het water dichterbij kwam en hun sokken doorweekte en in hun schoenen sijpelde.

En dus deed ze dat.

Weet je hoe zwaar een lichaam kan zijn wanneer het hulpeloos in je armen valt? En doe dat dan maal drie. Nina droeg het allemaal. Het hele gewicht, in haar armen en op haar rug.

Vijf uur 's middags

Kit was zich aan het omkleden voor het feest.

De zon ging bijna onder en de blauw-oranje hemel werd al een beetje paars. Het was eb, op het strand krijsten meeuwen. Door haar open raam kon Kit de golven zachtjes horen rollen.

Ze stond voor de spiegel in haar slaapkamer in een beha en een lichte spijkerbroek. Ze wist niet wat voor blouse of shirt ze zou aantrekken en had inmiddels ook al haar bedenkingen bij de broek. Maar vanavond was belangrijk.

Ze zou een jongen kussen. Seth zou komen. Misschien kon ze zich ertoe zetten om hem te kussen. Of iemand anders. Hopelijk iemand anders. Er zou op dit feest toch wel één jongen zijn voor wie ze... iets kon voelen. En zo niet, dan moest ze gewoon hard zijn voor zichzelf en het toch doen. Maar daarvoor moest ze er wel goed uitzien.

Eerlijk gezegd wist ze niet goed hoe dat moest, er goed uitzien. Ze wist niet wat haar goed stond. Ze had nooit eerder geprobeerd om er mooi uit te zien. Dat was haar moeders afdeling geweest; dat was het werk van haar zus.

Terwijl ze naar zichzelf in de spiegel keek, dacht ze aan de lange benen van haar zus, aan hoe Nina altijd korte rokjes en broeken droeg. Ze herinnerde zich dat haar moeder er op haar goede dagen soms bijna een uur over deed: haar met een krultang in een bob zetten, met uiterste precisie lippenstift aanbrengen, de juiste blouse uitkiezen.

Haar moeder en Nina zagen er altijd zo mooi uit.

Kit pakte haar lievelings-T-shirt uit de kast en trok het aan. Het was een mannenshirt met een ronde hals waar in verschoten gele letters CALI op stond. Ze vond het een fijn shirt omdat het zacht was en de hals een beetje uitgelubberd. Toen ze naar zichzelf keek, besefte ze dat dat misschien niet de beste eigenschappen waren om te bereiken wat ze wilde.

En omdat ze het ineens helemaal niet meer wist, pakte ze de twee paar schoenen die ze had uitgekozen en ging ermee naar het hoofd van de familie, haar badmodemodelzus.

1975

June werd begraven op Woodlawn Cemetery in Santa Monica.

Toen ze werd neergelaten in de grond was ze omringd door haar kinderen, door de koks, de kassamedewerkers en de bediening van Riva's Seafood, enkele jeugdvriendinnen en een bonte verzameling bekenden uit de stad – de postbode, buren, de ouders van vrienden en vriendinnen van haar kinderen – die haar altijd graag hadden gemogen om haar oprechte lach.

De Riva-kinderen stonden in het gelid naast de kist, allemaal in het zwart. Jay en Hud, zestien, droegen slechtzittende pakken; Kit, twaalf, trok aan de schouders van haar korte jurk, een afdankertje, en schuifelde onrustig in haar zwarte flatjes; Nina, zeventien, droeg een omslagjurk met lange mouwen van haar moeder en leek twee keer zo oud als ze was.

Ze keken alle vier stoïcijns en afwezig uit hun ogen. Ze waren er wel en niet. Dit gebeurde allemaal wel en niet.

Hun moeder werd langzaam in haar graf neergelaten. Toen Jay begon te huilen, begon Kit ook. Nina trok haar broers en zusje stevig tegen zich aan. Hud gaf een kneepje in haar hand.

Na afloop kwam iedereen samen in het huis. Het personeel van Riva's zorgde voor de catering. Ramon, die net een maand daarvoor door June was aangenomen als de nieuwe frituurkok, bleef tot laat om hen te helpen alles op te ruimen. Hij was tien jaar ouder dan Nina en had toen al een vrouw en twee kinderen.

Nina wist dat hij eigenlijk naar huis zou moeten. 'Je hoeft niet te blijven,' zei ze terwijl ze koude garnalen in plastic bakjes schepten.

Ramon schudde zijn hoofd. 'Je moeder was een goede vrouw. Jullie zijn allemaal goede mensen. En daarom blijf ik. En moet jij dat toestaan.'

Nina keek naar de tafel. Er was nog steeds zoveel dat moest worden opgeruimd, er was nog zoveel te doen. En als het allemaal klaar was, wat dan? Ze had werkelijk geen flauw idee.

Die avond, nadat alles was opgeruimd en Ramon naar huis was gegaan, gingen de Riva's in de kamer zitten. En toen zei Hud eindelijk hardop wat niemand die dag had durven zeggen. 'Ik vind het ongelooflijk dat papa niet is gekomen.'

'Ik wil het er niet over hebben,' zei Jay.

'Misschien heeft hij het bericht niet gekregen,' zei Nina, zonder veel overtuiging in haar stem. Ze had het kantoor van zijn manager gebeld. Ze had een overlijdensbericht in de krant laten plaatsen. Hij was aangewezen als executeur van de nalatenschap van haar moeder, wat betekende dat de notaris al contact met hem had opgenomen. Hij wist het. Hij was gewoon niet gekomen.

'Hebben we hem nodig dan?' vroeg Kit. 'Ik bedoel, we hebben hem tot nu toe nog nooit nodig gehad.'

Nina wierp haar zusje een flauw lachje toe, sloeg haar arm om haar heen en trok haar tegen zich aan. Kit legde haar hoofd tegen de schouder van haar zus. 'Nee,' zei Nina met een diepe zucht. 'We hebben hem niet nodig.'

Hud keek naar haar. Hij probeerde te peilen of ze het meende. Dat kon toch haast niet? Maar toch vond hij het een fijn gevoel om te weten dat alles wat ze nodig hadden er al was, hier, in de kamer.

Jay keek strak naar zijn schoenen, uit alle macht proberend om niet weer te gaan huilen.

'Het komt allemaal goed,' zei Nina op geruststellende toon. Ze zou binnenkort achttien worden. 'Daar zorg ik wel voor.'

Nina kon die nacht de slaap niet vatten. Ze lag te woelen in het bed van haar moeder, rook aan de lakens, probeerde haar moeders geur vast te houden, bang dat als de geur weg was, haar moeder dat ook zou zijn. Toen de zon opkwam was ze blij dat ze niet meer hoefde te doen alsof ze in slaap probeerde te komen. Ze hoefde niet meer te doen alsof alles normaal was.

Op de patio keek ze naar wat zeehonden, vier bij elkaar, die hun kopjes uit het water staken. Ze wou dat ze er een van was. Want zij maakten waarschijnlijk niet een van de rotste dagen van hun leven mee, hoefden zich niet af te vragen hoe ze ervoor kon zorgen dat haar broertjes en zusje niet naar pleeggezinnen hoefden.

Nina ademde de zoute lucht in en blies hem toen weer zo hard mogelijk uit, haar longen helemaal leegmakend. Ze overwoog even om te gaan zwemmen, maar voelde zich daar meteen schuldig over, alsof het verraad aan haar moeder was als ze iets leuks deed. Ze wist dat haar broers en zusje hetzelfde voelden. Dat ze hun verdriet zouden omarmen en hun vreugde zouden wegduwen. Op dat moment begreep ze, op een manier die nieuw voor haar was, dat ze geen ruimte had om als een gek om zich heen te slaan. Ze moest een voorbeeld voor haar broers en zusje zijn, een voorbeeld dat ze konden volgen. Als het met haar niet goed ging, zou het met hen ook niet goed gaan. Dus moest ze er iets op verzinnen.

Toen de zon helemaal wakker was, liep ze hun slaapkamers in en zette zacht de ramen open. Ze gaf elk van hen een wetsuit terwijl ze nog in hun ogen wreven.

'We gaan surfen,' zei ze. 'Kom op.'

Versuft en verdrietig, met een bezeerd hart en een slaperig hoofd, trokken ze hun wetsuits aan, pakten hun surfplanken en liepen achter Nina aan het strand op.

'Kom, zo overleven we het wel,' zei ze terwijl ze hun voorging in het water.

Nina werd wat Nina moest worden.

Ze ging naar de supermarkt. Ze zorgde voor het avondeten. Ze hielp Kit met haar wiskunde terwijl ze zelf leerde voor een scheikundeproefwerk. Ze betaalde de grondbelasting. Wanneer een van haar broers of haar zusje ineens moest huilen, hield zij hen vast.

Toen het dak begon te lekken zette ze er een pan onder en belde een dakdekker. De dakdekker zei dat als hij het goed wilde doen, het dak aan de achterkant helemaal moest worden vervangen. Daarop belde Nina een klusjesman die de scheuren in de shingles dicht teerde voor honderd dollar. De lekkage was verholpen. Niet perfect, lukraak, maar functioneel. De nieuwe Riva-aanpak.

Er moest een systeem bedacht worden; van ieder van hen werd van de ene op de andere dag gevraagd om op een bepaalde en efficiënte manier volwassen te worden.

Hud kreeg als taak toegewezen om de badkamers en keuken schoon te houden. Hij maakte ze op zondag en woensdag smetteloos schoon en raakte dan overstuur wanneer Jay zand achterliet in de gootsteen.

'Het is de gootsteen maar, man,' zei Jay dan heel vermoeid. 'Die is zo weer schoon te krijgen.'

'Maak jij hem dan maar schoon! Ik heb er genoeg van dat jij hem steeds weer vies maakt terwijl ik hem net heb schoongemaakt! Ik ben je dienstmeisje niet.'

'Dat ben je wel,' zei Jay dan. 'Net zoals ik iedereens was- en strijkmeisje ben.'

Jay had de was toegewezen gekregen. Hij pakte het ondergoed en de badpakken van zijn zussen met eetstokjes op, want hij wilde ze absoluut niet aanraken, of ze nu schoon of vies waren. Maar hij werd al snel een genie in het verwijderen van vlekken. Ieder smetje was voor hem een puzzel die hij moest zien op te lossen. Hij onderzocht wat de juiste combinatie van vloeibare wasmiddelen was waarmee hij het vuil uit Kits voetbalsokken kon krijgen. In de supermarkt bij de wasmiddelen kreeg hij de gouden tip van een oudere vrouw aan wie hij vroeg hoe zij grasvlekken uit kleren kreeg. Het bleek dat ze dat met Fels-Naptha-zeep deed. Het werkte als een tierelier.

'Godsamme, moet je eens zien!' riep Jay op een dag vanuit de garage naar de rest van het huis. 'Weer als nieuw!'

Kit stak haar hoofd om de deur en zag dat haar broek smetteloos wit was, stralend als de zon.

'Wauw,' zei ze. 'Misschien moet je maar een wasserij beginnen, Riva's Laundry.'

Jay lachte. Ze wisten allemaal dat Jay maar één toekomst voor zichzelf zag weggelegd, en dat was op een surfplank. Hij zou prof worden.

Wanneer hij niet op school was of zich met de was bezighield, zat hij op het water. Hud was meestal bij hem. Hij hielp hem zijn bewegingen te perfectioneren waarmee hij de golven onder controle kon houden.

Kit probeerde vaak mee te doen. En dan zei Jay iedere keer hetzelfde: 'Dit is geen spelletje, Kit. Dit is serieus.'

Vaak bleef ze, nadat ze haar weer hadden afgescheept, vanaf het terras naar Jay en Hud kijken met een verrekijker in de hand. Wat Jay kon, kon zij ook. Ooit zou hij dat wel snappen.

'Ga ook het water in,' moedigde Nina haar vaak aan terwijl ze aan het stofzuigen was of kookte of op driedubbele snelheid een boek voor Engels probeerde te lezen. Nina's tienen en negens waren al snel vijfjes en zesjes geworden, iets wat ze niemand vertelde. 'De oceaan is niet van Jay alleen.'

Kit schudde dan haar hoofd. Als ze haar er niet bij wilden hebben, dan wilde ze er ook niet bij zijn, zelfs niet als ze het eigenlijk wel wilde. Ze kon ook gewoon kijken. En daar misschien iets van leren.

Wanneer ze genoeg gekeken had deed ze de doppen weer op de lenzen, stopte de verrekijker terug in zijn tas en legde de tas dan op de plank in de huiskamer. Want Kit was verantwoordelijk voor het opruimen. En dat nam ze erg serieus.

Iedere avond voordat ze naar bed ging, verzamelde ze alle boeken en bladen en legde ze op stapels. Ze pakte alle glazen en zette ze in de gootsteen. En als ze niet meteen het nut inzag van het een of ander, dan was ze meedogenloos: het ging rechtstreeks de vuilnisbak in.

'Waar is mijn toestemmingsformulier?' vroeg Hud op een ochtend toen hij aan het ontbijt verscheen. Sinds hun moeder was gestorven hielden ze zich niet meer bezig met iets als gezonde voeding. Voorverpakte donuts en gezoete cornflakes en chocolademelk hadden de keuken overgenomen. Kit, nog niet eens dertien, was koffie gaan drinken, voor de helft aangelengd met melk en met vier klontjes suiker. Nina probeerde er wel voor te zorgen dat iedereen genoeg proteïne binnenkreeg.

'Wat voor toestemmingsformulier?' vroeg Kit.

'Voor het schooluitje naar het Getty. Voor mijn tekenles. Ik wilde dat Nina papa's handtekening weer voor me zou vervalsen. Ik had hem op de salontafel gelegd.'

'Dat gele papier?' vroeg Kit. 'Dat heb ik weggegooid.'

'Kit!' riep Hud geïrriteerd uit.

'Ik heb het jullie allemaal gezegd: bewaar je rotzooi in je kamer, anders gooi ik het weg.'

Hud doorzocht de vuilnisbak. Hij vond het papier, verkreukeld en vol botervlekken. 'Waar is Nina?' vroeg hij.

Toen Jay de keuken in kwam en Hud met het formulier in zijn hand zag staan, zei hij: 'Het maakt toch niet uit wie van ons papa's handtekening vervalst?'

'Nina kan het het beste.'

Jay wendde zich tot Kit. 'Wat denk je, als we nou eens wat van die publiciteitsfoto's kopen die mensen van papa willen hebben? En er dan zijn handtekening op zetten en ze verkopen?'

Hud keek Jay fronsend aan. 'Breng haar nou niet op ideeën.'

'Zo erg is dat toch niet,' zei Jay. 'Hij is onze vader.'

Hud negeerde hem en ging op zoek naar Nina. Hij vond haar in de badkamer waar ze haar haar stond te borstelen. 'Kun je dit even tekenen?'

Nina pakte de pen uit zijn hand en krabbelde 'M. Riva' op het papier.

'Dank je,' zei Hud. Maar hij liep niet meteen weer weg. 'Mensen zullen er toch een keer achter komen. Dat hij er niet is. Dat hij... er nooit is geweest.'

'Iedereen weet dat hij er niet is,' zei Nina. 'Op school weten ze dat ook.'

Directeur Declan had Nina twee maanden daarvoor even apart genomen om haar te zeggen dat hij begreep in wat voor lastige situatie ze zich bevond. En zolang het er maar op leek alsof er iemand thuis was, zou hij de autoriteiten niet inlichten. 'Je bent bijna achttien. Ik wil niet dat jullie over verschillende pleeggezinnen worden verdeeld of weet ik wat ze kunnen doen. Jullie hebben al genoeg meegemaakt. Dus... zorg dat het er goed uitziet en dan hebben we het er niet meer over, oké?'

Nina had hem zo luchtig mogelijk bedankt en was toen de meisjeswc in gerend om een flink potje te gaan huilen.

'Maar ik bedoel... Hoelang kunnen we dit bedrog nog volhouden?' vroeg Hud. 'Vroeg of laat zullen we tegen een probleem aan lopen dat we zonder hulp niet kunnen oplossen.'

'Ik heb het onder controle, Hud,' zei Nina. 'Geloof me. Wat het ook is, wat er ook gebeurt, waar we ook tegenaan lopen, wat we ook nodig hebben... Ik zal ervoor zorgen.'

Ze leefden van de opbrengsten van het restaurant, dat gerund werd door een shiftmanager die Patricia heette en die Nina kort na haar moeders dood meteen promotie had gegeven. Nina verzon overal ter plekke een oplossing voor.

Wat moest ze anders? June was vier maanden dood. Mick had zelfs geen condoleancekaart gestuurd. En ergens in al die dagen en weken en maanden van een telefoon die niet overging, had Nina besloten niet meer te rekenen op haar vaders menselijkheid.

Ze had een advocaat geraadpleegd – een man die ze in het telefoonboek had gevonden – en die had haar verteld dat als ze Mick wilden dwingen zijn wettelijke rol als vader op zich te nemen, ze de autoriteiten moesten inschakelen die hem dan waarschijnlijk zouden aanklagen voor kinderverwaarlozing. Nina stoof op bij het idee alleen al dat kranten daarover zouden schrijven.

'Een andere mogelijkheid is,' had de advocaat vriendelijk gezegd, 'dat jullie je onder de radar houden tot jij achttien bent en dan kun je de voogdij aanvragen.'

En daarom ondertekende Nina de toestemmingsformulieren, reed ze naar school en deed ze af en toe als ze de telefoon opnam alsof ze een tante was die ze helemaal niet hadden.

Toen Kit op de basisschool bij het hoofd moest komen wegens 'gedragsproblemen' omdat ze een leerkracht had toegebeten dat 'ze in de stront kon zakken', was het Nina die de boel op school kwam sussen, met als uitleg dat hun vader op dat moment 'optredens had in New York', maar dat ze er hoogstpersoonlijk voor zou zorgen dat Kit zich nooit meer zo misdroeg.

Tijdens de lunchpauzes op de middelbare school glipte Nina soms even weg om naar het postkantoor of de bank te gaan. Soms ging ze helemaal niet naar school omdat ze in het restaurant moest bijspringen als te veel mensen zich ziek hadden gemeld.

Iedere week probeerde ze de kasboeken te begrijpen, die lukraak werden bijgehouden door Patty. Nina pakte precies zoveel cash als ze nodig had om dingen mee te betalen.

De rekeningen kwamen sneller binnen dan het geld. Er kwamen herinneringen, het gas werd afgesloten. Nina was twee hele dagen kwijt met het gasbedrijf zover zien te krijgen dat ze het weer aansloten. Ze moest een betalingsregeling accepteren waarvan ze meteen al wist dat ze zich er niet aan kon houden.

Ze zakte voor Frans en moest nog drie vakken inhalen.

Ze werd letterlijk ziek van de zorgen. Bij iedere onbetaalde rekening en onvoldoende kreeg ze nieuwe symptomen. Ze had rugklachten, haar oog trilde en ze had last van maagzweren waar ze eigenlijk te jong voor was. Ze hield alle spanningen binnen, onderdrukte ze in haar borst, klemde ze vast tussen haar schouderbladen en liet ze koken in haar darmen.

Toen Patty ontslag nam om terug te gaan naar Michigan, zag ze het helemaal niet meer zitten. Aan de ene kant betekende het dat er een personeelslid minder was om te betalen, aan de andere kant betekende het dat Nina Patty's werk zou moeten overnemen.

'Ik kan dit niet,' zei ze 's nachts soms huilend in haar moeders bed, zo zacht mogelijk om niemand wakker te maken. 'Ik geloof niet dat ik dit kan.'

Op dat soort momenten hoopte ze de stem van haar moeder te horen, hoopte ze op een of andere aanwijzing van de andere kant, als zulke dingen bestonden. Maar ze hoorde niets, op de schokkende stilte van haar wanhoop na.

In april van haar op een na laatste schooljaar was Nina zo vaak te laat gekomen en had ze zo vaak gespijbeld dat het duidelijk was dat ze zou blijven zitten. Ze begreep dat ze gewoonweg geen tijd had om haar opleiding af te maken. Ineens was de Engelse les die zo lang een zware last voor haar was geweest, een luxe geworden die ze zich niet meer kon veroorloven. Ze ging van school.

En nam officieel de leiding van Riva's Seafood op zich.

Iedere ochtend maakte ze haar broertjes en zusje wakker, zorgde ervoor dat ze hun lunchtrommel klaarmaakten en bracht hen naar school.

'Heb je je huiswerk gemaakt?' vroeg ze dan aan Kit terwijl die uitstapte.

'Heb je je huiswerk gemaakt?' vroeg ze aan Hud.

'Heb je je huiswerk gemaakt?' vroeg ze aan Jay.

'Ja,' zeiden ze allemaal. Soms gaf Hud haar nog even een knuffel door het raampje. En dan liepen ze alle drie weg, de school in. En Nina reed verder over de kustweg en parkeerde haar auto op het parkeerterrein van Riva's Seafood.

Ze deed de voordeur van het slot, knipte de lampen aan, controleerde de voorraad, ontving de bezorgers, veegde de vloer en begroette haar werknemers die binnendruppelden.

En dan nam ze, net als haar moeder en oma voor haar, haar plaats in achter de kassa.

Op de ochtend van Nina's achttiende verjaardag ging Jay als verrassing bagels kopen en toen hij terugkwam, knalde hij met de auto tegen de brievenbus op hun oprit aan.

Kit rende naar buiten bij het horen van het lawaai en keek met open mond naar de brievenbus die op de grond lag. De voorkant van de auto was in een kleine V-vorm gedrukt. 'Nina vermoordt je,' zei ze.

'Dank je, Kit, dat helpt echt!' schreeuwde Jay. Hij kreeg rode vlekken in zijn hals en zijn wangen werden vuurrood.

'Waarom nam je die bocht zo ruim?' wilde Kit weten. 'Dat was echt veel te ruim.'

'Hou je mond, Kit!' zei Jay terwijl hij probeerde de brievenbus weer vast te zetten.

Hud kwam naar buiten en keek meteen onder de motorkap. Je kon nog met de auto rijden, ook al zag hij er niet meer uit.

Nina kwam achter hem aan rennen en wierp een blik op hen: Jay gegeneerd, Hud die hem geruststelde, Kit met haar armen bestraffend over elkaar geslagen. Nina had zin om haar handen voor haar gezicht te slaan en de dag opnieuw te beginnen. 'Het is oké,' zei ze. 'De auto doet het toch nog?'

'Ja hoor,' zei Hud. 'Niks aan de hand.'

'Nou dan. Kom, instappen allemaal,' zei Nina terwijl ze de sleutels van Jay overnam. 'Anders komen we te laat bij de notaris.'

Toen ze waren ingestapt reed Nina achteruit de oprit af.

'Het spijt me,' zei Jay op serieuze toon.

Nina keek hem aan in de achteruitkijkspiegel. 'Ach, we leven nog.'

Ze gaf gas en ze gingen op weg om de benodigde papieren te tekenen waarmee Nina de voogdij over hen kon krijgen.

In een beëdigde verklaring stelde ze dat ze niet op de hoogte was van de verblijfplaats van haar vader en dat ze het enige familielid was dat voor hen kon zorgen. Ze nam hiermee de verantwoordelijkheid op zich voor drie personen die afhankelijk van haar waren.

Ze wist dat haar vader ervan op de hoogte zou worden gesteld. Hij zou de mogelijkheid krijgen bezwaar in te dienen en zelf de zorg op zich te nemen. En ze wist niet goed wat hij zou doen.

Maar een paar weken later ontving ze een brief waarin stond dat de aanvraag was goedgekeurd.

Ze ging ervan uit dat dat betekende dat hij zijn drie jongste kinderen had opgegeven of gewoon helemaal niet had gereageerd. Hoe dan ook, zij was nu wat hij niet wilde zijn: een ouder.

Nadat het officieel was geworden gingen ze met zijn vieren naar Riva's

Seafood om het te vieren. Ze hingen wat rond in de personeelsruimte terwijl Nina voor het eerst de Sandwich voor hen maakte.

'Wat is dat?' vroeg Kit terwijl ze ging zitten.

'Gewoon wat dingen die ik op een broodje heb gelegd,' zei Nina.

'Het ziet er lekker uit,' zei Jay. Hij nam meteen een hap.

Hud pakte zijn broodje ook op, maar voordat hij een hap nam keek hij naar zijn oudste zus die, door officieel zijn voogd te zijn geworden, de angst had weggenomen waar hij dagelijks mee had geleefd. Hun leven zou er niet anders uit gaan zien. Ze zouden nog steeds de leegte voelen, voor dezelfde uitdagingen komen te staan. Maar hij hoefde niet meer bang te zijn dat de autoriteiten Kit zouden weghalen.

'Dank je,' zei hij.

Nina keek hem aan. Ze voelde het gewicht van zijn dankbaarheid en moest bijna huilen. Het leven leek nog net zo moeilijk als gisteren. Alleen een heel klein beetje minder onvoorspelbaar.

'Ja,' zei Jay met een knikje.

En Kit deed ook een duit in het zakje. 'Echt.'

Nina glimlachte. Ze zei niet: 'Graag gedaan.' Ze had het idee dat ze die woorden er niet uit zou kunnen krijgen. En daarom zei ze alleen maar, met een knikje naar hun broodjes: 'Ga nou maar eten.'

Zes uur 's avonds

Kit deed de voordeur open zonder te kloppen. Nina's grote huis was al vol mensen.

Er waren mensen van de catering in zwarte broeken en witte overhemden met zwarte dassen. Er waren barmannen in zwarte gilets die fles na fles openden, begeleid door de ping-geluiden van glas tegen glas.

Kit hield een cocktailserveerster met rood haar en groene ogen staande. 'Is Nina boven?'

'O,' zei de serveerster, die even moest nadenken. 'Nina Riva? Ja, ik geloof dat ze zich ging omkleden.'

Kit bestudeerde de serveerster even en vroeg zich af hoe ze het klaarspeelde om er zo mooi uit te zien terwijl ze toch doorsnee was. Voor zover Kit kon zien droeg ze nauwelijks make-up en ze had haar opvallende haar in een paardenstaart. Toch straalde ze onmiskenbaar iets uit.

'Dank je,' zei Kit. 'Ik heet Kit, trouwens.'

De serveerster glimlachte. 'En ik ben Caroline. Hoi.'

Met haar schoenen in haar hand rende Kit de trap op naar Nina's slaapkamer. Nadat ze op adem was gekomen, klopte ze op de deur.

'O, hallo,' zei Nina toen ze haar zus zag staan.

'Hoi,' zei Kit. Ze liep de warme kamer in.

Nina droeg een zwart suède minirokje en een mouwloos topje met zilveren lovertjes dat losjes om haar schouders hing en haar rug bloot liet.

Kits mooie zus. Van wie iedereen een kalender aan de muur had hangen. Kit voelde zich heel kinderachtig naast haar. In sommige opzichten bezorgde Nina Kit het gevoel dat er van haar werd gehouden, dat er voor haar werd gezorgd, dat ze veilig was. Maar in andere opzichten kon Kit zich, als ze alleen maar naar Nina keek, ineens dodelijk eenzaam voelen, alsof ze de enige op de wereld was met problemen.

'Wat is er?' vroeg Nina.

Kit liet haar schouders zakken. 'Ik zie er niet uit.'

Nina fronste. 'Waar heb je het over? Je ziet er hartstikke goed uit,' zei ze terwijl ze in haar sieradenkistje rommelde op zoek naar oorbellen.

'Niet waar.'

Nina nam haar zus van top tot teen op. 'Wel waar. Dat moet je niet steeds zeggen.'

'En jij moet niet steeds zeggen dat ik er goed uitzie terwijl dat niet zo is,' zei Kit, die haar geduld begon te verliezen. 'Het heeft toch geen zin om tegen me te liegen?'

Nina hield haar hoofd scheef en leunde tegen de kaptafel achter haar. Ze keek Kit uitdrukkingsloos aan, heel lang, het voelde wel als honderdduizend minuten. Het waren vier seconden. 'Je bedoelt dat je je niet sexy kleedt?' zei ze toen.

Kit kreeg een beroerd gevoel. Ze rolde zich op als een geschrokken stekelvarken. Het voelde vreselijk, gewoon vreselijk, als wat je het meest kwetsbaar maakte ineens hardop werd uitgesproken.

'Ja,' zei ze, zich over haar gevoel heen zettend. 'Dat bedoel ik.' Toen voegde ze eraan toe: 'Maar dat wil ik wel. En ik weet niet hoe dat moet. Ik... ik heb je hulp nodig.'

'Oké,' zei Nina.

'Maar ik wil geen strakke jurk aan,' flapte Kit eruit. 'En ook geen hoge hakken of zo. Dat past niet bij me.'

Nina nam haar zusje aandachtig op. Wat heerlijk moest het zijn om zo goed te weten wat je niet was, wie je niet wilde zijn. Nina wist niet eens of ze zichzelf die vraag ooit had gesteld.

'Oké. Wat wil je dan precies aan? Heb je een speciale look in gedachten?'

Kit dacht even na. Ze dacht aan de meisjes op school tot wie ze zich aangetrokken voelde. Julianna Thompson, de aanvoerster van het voetbalteam, die broeken met wijd uitlopende pijpen droeg en geruite blouses. Of anders Katie Callahan, de klassenoudste, die altijd zo'n haarband en strikjes in haar haar droeg. Of Viv Lambros of Irene Bromberg of Cheryl Nilsson. Niet dat ze die meisjes wilde zijn. Ze kon zich niet echt een voorstelling maken van zichzelf in het soort jurken of rokken dat zij droegen. Ze vond hen gewoon leuk, bewonderde hen. Ze herkende zich niet in hen. Misschien was dat een deel van het probleem. Dat ze zich nog nooit in iemand had herkend.

'Weet ik veel,' zei Kit. 'Ik heb geen idee.'

'Oké, wanhoop niet, schat,' zei Nina. 'Ik heb dé oplossing.' Ze trok de bovenste lade van haar kaptafel open en pakte er een schaar uit. 'Geef me je spijkerbroek,' zei ze.

'Pardon?' zei Kit.

'Je spijkerbroek.' Nina stak haar hand uit. 'Hier ermee. Vertrouw me nou maar.'

Kit knoopte haar broek los en trok hem uit. Ze gaf hem aan haar zus terwijl ze in haar onderbroek voor haar stond. Ongemakkelijk zei ze: 'Ik ben nu zo goed als naakt.'

'Er is geen verschil tussen daar in je ondergoed staan of een badpak dragen, en dat draag je ook elke dag,' zei Nina terwijl ze aan de slag ging. 'Relax. Ik heb het helemaal onder controle.'

Met twee snelle knippen was Kits favoriete spijkerbroek veranderd in haar favoriete korte broek. Nina had de pijpen zo afgeknipt dat de achterkant iets korter was dan de voorkant. De zakken hingen lager dan de zomen. Ze trok aan de pas geknipte stof om hem uit te rafelen.

'Ziezo,' zei ze terwijl ze de broek weer aan Kit gaf.

Kit trok de broek weer aan en knoopte de gulp dicht. Ze keek in de spiegel. Haar lange, gebruinde, gespierde benen zagen er goed uit.

'En nu je shirt,' zei Nina.

'Ga je in mijn shirt knippen?'

'Niet als dat niet mag.'

Kit werd nieuwsgierig. 'Doe maar dan.' Ze trok het shirt uit en gaf het aan haar zus. Omdat ze nu alleen nog maar een beha droeg probeerde ze zich kleiner te maken, haar borsten voor haar zus te verstoppen.

Nina keek weer naar haar. 'Niet zo raar gaan staan. Je moet zo staan.' Nina ging achter haar zusje staan, pakte haar schouders en trok ze uit elkaar.

Kits borsten schoten naar voren.

'Je hebt fantastische tieten,' zei Nina.

En Kit schoot in de lach, want ze had haar zus nog nooit zo horen praten.

'Dat is echt zo,' vervolgde Nina. 'De Riva-vrouwen hebben allemaal fantastische borsten. Mama had fantastische borsten. Ik heb fantastische borsten. Wees trots op die erfenis.'

Kit bloosde, wat Nina een blij en tegelijkertijd droevig gevoel bezorgde. Kit had Nina nooit op deze manier toegelaten. Nina was altijd op een muur gestuit als ze het met Kit over jongens en seks en haar lichaam had willen hebben. Misschien had ze wat meer moeten aandringen. Ze hadden dit gesprek veel eerder moeten voeren. Het was haar taak om ervoor te zorgen dat Kit leerde hoe ze zichzelf kon zijn, met alles wat daarbij kwam kijken.

Nina had zich altijd zorgen om Kit gemaakt, wilde dat ze zich veilig en beschermd voelde, dat ze zich geen wees voelde, maar daardoor had ze haar als een baby behandeld. Dat wist ze best. Ze probeerde het ook niet meer te doen, maar dat was niet zo gemakkelijk. Om Kit los te laten.

Kit was echter volwassen. Er was niet veel meer dat Nina nog voor haar kon doen. Het enige wat ze misschien nog voor Kit kon doen, was haar duidelijk maken dat het niet uitmaakte wat voor soort vrouw ze wilde zijn.

Nina bekeek het T-shirt en overwoog om de schaar in de halslijn te zetten en een van de schouders eraf te knippen. Nee. 'Vind je het erg als je een stuk van je buik kunt zien?' vroeg ze.

Kit keek taxerend naar beneden.

'Ik denk dat het er goed uit zou zien als je daar een beetje mee pronkte,' legde Nina uit.

'O, nou, doe dan maar.'

Nina knipte de onderste helft van het shirt eraf en gaf het terug aan Kit.

Kit trok het aan en voelde de lucht langs haar middel stromen. Vanuit bepaalde hoeken kon je zelfs de onderkant van haar lichtblauwe beha zien.

'Wauw,' zei Kit terwijl ze haar blik over haar lichaam liet glijden. Het beviel haar wel dat ze er tegelijkertijd anders en hetzelfde uitzag. Ze was zichzelf, maar dan met een coolere outfit.

'Oké,' zei Nina met een haarelastiekje tussen haar tanden. 'Nog één ding.' Ze pakte Kits lange, wilde haren en bond ze boven op haar kruin vast. Daarna deed ze mascara op Kits wimpers en blusher op haar wangen. Ze gaf haar een tube doorzichtige lipgloss. 'En wat je schoenen betreft, ik vind die Huaraches perfect.'

Kit voelde een kriebel van blijdschap omdat ze blijkbaar schoenen bezat die perfect waren. Ze draaide zich om en bekeek zichzelf in de spiegel.

Ze zag er cool uit, vond ze. Echt cool. Het was bijna alsof ze vleugels kreeg.

Nina kwam achter haar staan, sloeg haar armen om haar heen en zei: 'Je ziet er te gek uit, schat.'

In deze kleren was het voor Kit alsof ze voor het eerst kennismaakte met bepaalde delen van zichzelf. Ze kon haar grijns bijna niet onderdrukken. Ze legde haar armen op die van haar zus en zei: 'Dank je.'

Nina wist altijd weer hoe ze haar blij moest maken. Kit wou dat ze zo iemand voor iemand anders kon zijn, voor Nina. Dat zij degene was die een ander blij maakte.

'Hoe voel jij je?' vroeg ze aan Nina. 'Denk je dat je het aankunt vanavond? Je weet wel, al die mensen die vast naar Brandon gaan vragen?'

Nina maakte een wegwerpgebaar. 'Ach, dat loopt wel los,' zei ze. 'Ik red me wel.'

'Weet je...' begon Kit, die niet goed wist hoe ze haar zus duidelijk kon maken dat ze met haar meeleefde. 'Het is oké als je je niet oké voelt. Als je... wilt praten of gewoon wilt huilen. Of wat dan ook. Je kunt altijd bij me terecht.'

Nina keek haar glimlachend aan. 'Dank je. Heel lief van je. Maar ik red me wel. Echt. Het komt wel goed.'

Kit fronste. 'O, nou ja... mocht je nog van gedachten veranderen...'

Maar Nina zou niet van gedachten veranderen, dat wisten ze allebei.

Eigenlijk was het niet aardig tegenover de mensen die van je hielden als je altijd alles zelf wilde oplossen, dacht Kit. Je ontnam hun de gelegenheid om iets voor je te kunnen doen.

Maar Kit zette dat allemaal meteen weer uit haar hoofd. Want ze was vastbesloten dat dit de avond was waarop ze zich eindelijk helemaal zou laten gaan.

1978

Nina hield het gezin week na week drijvende op het inkomen van het restaurant. Ze waren slechts een verkeerd getimed noodgeval verwijderd van een totale ramp. Ze leefden drie jaar op die manier.

Drie keer kerst en een manier verzinnen om toch voor cadeautjes te zorgen. Drie jaar aan verjaardagen, stuk voor stuk gevierd met hun lievelingstaarten – recepten die ze uit haar geheugen moest opdiepen omdat June nooit iets had opgeschreven. Drie eerste schooldagen en drie laatste schooldagen voor haar broers en zusje, maar niet voor haar.

Toen een leuke jongen die een hamburger in het restaurant bestelde, haar op een middag mee uit vroeg, bevroor Nina in haar bewegingen. Het was alsof ze kortsluiting had in haar hoofd. 'Eh...' zei ze, verbaasd dat die jongen dacht dat ze normaal was, normaal kon zijn.

'Ik wilde alleen maar zeggen...' De jongen begon al terug te krabbelen. Hij was lang en blond en had een verlegen lachje. 'Dat je misschien wel het allermooiste meisje bent dat ik ooit heb gezien en ik dacht, nou ja, als je single bent, dan kunnen we misschien... weet ik veel. Naar de film.'

Vóór de dood van haar moeder had Nina twee vriendjes gehad. Ze had zelfs weleens een gewone vriend gebeld als ze zich bijzonder alleen voelde. Maar een date? Deze jongen wilde iets... leuks met haar gaan doen?

'Nee, dank je,' zei ze. Het kwam eruit met een zucht als van een heliumballon. 'Ik kan niet,' voegde ze eraan toe, omdat ze niet wist hoe ze het moest uitleggen. En toen richtte ze zich tot de volgende klant en probeerde zoals iedere dag meer patat en frisdrank te verkopen dan de dag ervoor.

Want uiteindelijk kwam het daar allemaal op neer: geld. Ze kon bij benadering haar moeders Duitse chocoladetaart bakken. Ze kon tegen Hud dezelfde dingen zeggen als haar moeder tegen haar had gezegd als ze een rotdag had gehad. Ze kon met drie uur slaap per nacht toe als ze Kit moest helpen met haar scheikundeproject. Het enige wat ze niet kon, was geld tevoorschijn toveren.

Ze had al een paar keer bijna zonder benzine gezeten. Ze begon cheques te postdateren, ze bouwde schulden op met creditcards en deed thuis, als er verder niemand was, alle lampen uit om te besparen op elektriciteit.

Toen Jays verstandskies getrokken moest worden, onderhandelde Nina drie weken met verzekeringsmaatschappijen in een poging een tandartsverzekering via het restaurant af te sluiten. Toen Hud zijn pols brak nadat hij van het dak van de auto was gevallen, had hij geweigerd om naar het ziekenhuis te gaan omdat hij wist dat ze zich dat niet konden veroorloven. Toch had Nina hem weten over te halen om te gaan, al wist ze dat ze het niet kon betalen. Ze wist de rekening terug te brengen tot een bedrag dat ze ook niet kon betalen en ging wekenlang met strakke kaken naar bed, denkend aan de incassokosten.

Als ze June misten, maakte Nina gebraden kip met citroen. Ze bleef tot laat op om samen met Kit naar een tv-programma te kijken, al moest ze de volgende ochtend weer vroeg op. Ze moedigde Jay en Hud aan het water op te gaan, te oefenen, zelfs als dat betekende dat de badkamers niet werden schoongemaakt en ze zelf de was moest doen.

En steeds als Hud of Jay aanboden om ook van school te gaan en in het restaurant te gaan werken om zo aan geld te komen, verbood ze dat. 'Geen sprake van,' zei ze op zo'n serieuze toon dat ze steeds weer toegaven. 'Als jullie stoppen met school, schop ik jullie het huis uit.'

Ze wisten best dat ze dat nooit zou doen. Maar als ze serieus genoeg was om daarmee te dreigen, dan bleef er voor hen geen andere keus over dan naar haar te luisteren.

In de lente van 1978 zaten Nina en Kit naast elkaar op de tribune toen Hud en Jay het podium op liepen om hun diploma in ontvangst te nemen.

Kit gilde en juichte. Nina klapte zo hard dat haar handen er pijn van deden.

Toen Jay en Hud de kwastjes van hun afstudeerhoed van de ene naar de andere kant schudden, wist Nina dat de strijd nog niet gestreden was. Toch stond ze zichzelf toe even van het moment te genieten. Eén slag was gewonnen.

Na hun eindexamen ging Jay bij Riva's Seafood en een plaatselijke surfwinkel werken. Hud kreeg een beurs om te kunnen studeren aan een universiteit in de buurt, in Loyola Marymount; hij had wat bijbaantjes en Nina schoof hem af en toe ook wat toe.

Wanneer ze tijd hadden, gingen Jay en Hud in het weekend samen surfen. Hud had toen al een tweedehandscamera gekocht. Ze hadden samen besloten dat het voor hun beide portfolio's goed was als Hud Jay fotografeerde.

Nina en Kit waren als gevolg daarvan vaak alleen thuis. Kit, bijna zestien, had geen zin meer om onder de plak van haar zus te zitten. Niemand mocht haar meer vertellen wat ze wel of niet moest doen. Niemand hoefde haar meer te vertellen dat ze voorzichtig moest zijn.

Kit ging daarom vaak naar Vanessa's huis. Kit ging naar feestjes. Kit sloot zich aan bij een groepje meisjes dat 's ochtends voor school even ging surfen. Ze ging als assistent aan de slag bij een huisschilder in Ventura en regelde het zo dat ze met collega's heen en terug kon meerijden.

Dat alles betekende dat er tegen het einde van 1978 eindelijk momenten waren waarop Nina, als ze thuiskwam na een dienst van twaalf uur, voor niemand hoefde te zorgen.

Het was een beetje ontregelend voor haar, die stille avonden thuis wanneer ze alleen de golven kon horen die beneden haar op het strand sloegen en de wind die langs de ramen blies. Ze deed dan de boekhouding, nerveus cijfers optellend en aftrekkend met steeds hetzelfde resultaat: ze stonden rood. Ze nam Kits rapporten door en probeerde te bedenken of ze toch niet het geld bij elkaar zou kunnen krijgen voor bijlessen.

Op de zeldzame momenten dat ze echt niets anders te doen had, las ze soms Jays en Huds oude stripboeken en deed ze haar best niet aan haar moeder te denken.

En toen, op een dag in februari 1979, drieënhalf jaar nadat June was gestorven, zat Nina in haar eentje op de rotsen voor hun huis en hield ineens haar adem in.

Het was vlak voor zonsopgang. Het was kil, de wind kwam van zee. De golven kwamen snel en koud aanrollen en er verzamelde zich steeds meer schuim op het droge zand.

Nina droeg een wetsuit en haar lange haar wapperde in de bries. Ze was naar het strand gekomen om nog even te surfen.

En terwijl ze naar het water zat te kijken zag ze ineens een dolfijnenfamilie. Eerst was het net alsof er één dolfijn uit het water sprong. En toen nog eentje. En toen nog twee. En nog eentje. En toen waren ze met zijn vijven.

Nina begon te huilen. Niet van de stress of uit frustratie of angst, hoewel ze die ook allemaal met zich meedroeg. Ze huilde omdat ze haar moeder miste. Ze miste haar parfum, haar gehaktbrood, de manier waarop ze het onmogelijke mogelijk wist te maken. Ze miste hun avonden op de bank met haar moeders armen om zich heen terwijl ze samen nog laat tv-keken. Ze miste de geruststellende woorden van haar moeder, de manier waarop haar moeder altijd alles weer in orde leek te kunnen maken.

Ze rouwde om de dingen die nooit zouden gebeuren. De bruiloften die haar moeder nooit zou bijwonen, de maaltijden die ze nooit meer zou bereiden, de zonsondergangen die ze nooit meer zou zien.

En heel even dacht ze bij zichzelf dat ze misschien best wel kwaad op haar moeder mocht zijn. Kwaad vanwege het aangebrande eten en de vele sigaretten, en vanwege de Sea Breezes en Cape Codders. Kwaad omdat ze in dat bad was gestapt.

Maar dat lukte haar niet echt.

Die vroege ochtend op het strand keek Nina naar de kleine krabbetjes die zich in het zand groeven, naar de paarse zee-egels en de parelmoeren zeesterren in hun getijdenpoelen, en stond ze zichzelf toe om te huilen. Ze stond zichzelf toe om te rouwen om de kleinste dingen – iedere krulspeld, iedere ochtendjas, iedere glimlach, iedere belofte. Ze wilde zichzelf ontdoen van haar verdriet, een taak die tegelijkertijd mogelijk en onmogelijk was. En toen ze heel diep in haar eigen verdriet groef, alsof ze de bodem van een gat probeerde te bereiken, merkte ze dat die pijn, die eerst zo bodemloos had geleken, toch een bodem had.

Soms had Nina het gevoel dat haar ziel tien keer zo snel oud was geworden als haar lichaam. Kit moest nog steeds haar eindexamen halen. Er zouden nog steeds rekeningen komen die ze misschien nooit kon betalen. Ze had zelf nog steeds geen einddiploma. Maar op dat moment voelde ze zich toch een beetje als nieuw. En daarom droogde ze haar tranen en ging doen waarvoor ze naar het strand was gekomen.

Ze pakte haar surfplank, peddelde voorbij de branding en nam haar positie in.

In april werd Nina, toen ze bij First Point surfte, gespot door een redacteur die daar op vakantie was. Omdat het warmer was dan ze had verwacht, had ze haar wetsuit los geritst zodat het haltertopje van haar gele bikini te zien was. De golven waren hoger dan normaal en Nina had zo'n dag waarop je je één voelt met het water, wanneer alles je even gemakkelijk afgaat. Ze nam golf na golf, compenseerde de snelheid ervan door op haar hurken te gaan zitten en surfte in lange stukken tot bijna aan de pier.

De redacteur van het tijdschrift – wat aan de dikke kant, met grijzend haar en een katoenen overhemd met korte mouwen dat weinig chic openstond tot aan zijn borst – was naar het strand gelopen vanaf de pier vanwaar hij haar had gezien, en stond haar op te wachten toen ze het water uit kwam.

'Hallo,' zei hij terwijl hij haastig naar haar toe snelde.

Nina schatte hem op een jaar of vijftig en was bang dat hij haar mee uit wilde vragen.

'Je ziet er fantastisch uit,' zei hij, maar zonder iets van de geilheid in zijn stem die Nina had verwacht. Hij stelde gewoon een feit vast. 'Ik zou je graag aan een vriend van me willen voorstellen, een fotograaf die een reportage over surfen wil maken.'

Nina stond haar haar af te drogen en kneep haar ogen een beetje samen.

'Het is voor het blad *Vivant*,' vervolgde de man terwijl hij haar een visitekaartje gaf. 'Zeg hem maar dat ik je heb gestuurd.'

'Ik ken u niet eens,' zei Nina. Het kaartje in haar hand was nu al nat.

De man keek haar aan. 'Jij bent een erg mooie vrouw die fantastisch kan surfen,' zei hij. 'Daar kun je veel geld mee verdienen.'

Vlak daarna ging hij weer weg. Terwijl Nina hem nakeek verbaasde ze zich over het gemak waarmee hij haar aandacht had weten te wekken.

Toen ze thuis was ging ze bij de telefoon zitten, het kaartje omdraaiend tussen haar duim en wijsvinger. Geld, kon ze alleen maar denken. Hoeveel geld?

Het idee om voor foto's te poseren beviel haar eigenlijk niet zo, maar veel andere keus had ze ook niet. Na de stille winter stond het restaurant weer diep in de rode cijfers. En ze wist zeker dat ze een inspectie door de overheid niet zouden overleven. Huds collegegeld ging volgend jaar omhoog. Bij Kit moesten gaatjes worden gevuld. En het dak lekte ook weer.

Ze belde het nummer op het kaartje.

De fotograaf en zijn assistent wilden per se dat ze van die piepkleine bikini's droeg tijdens de shoot op Zuma Beach. Ze fotografeerden haar urenlang terwijl ze het water in ging en weer uit kwam en door het zand rolde. Ze vond het ongemakkelijk, de verlekkerde blikken van de mannen achter de camera.

Maar toen zag ze de foto's. Terwijl ze door de loep van de fotograaf naar de negatieven keek, ontwaakte er iets in haar.

Ze was beeldschoon.

Ze had haar hele leven ergens wel geweten dat ze mooi was. Dat merkte ze aan de mensen van wie de blik even oplichtte wanneer ze haar zagen, precies zoals er jaren geleden altijd op haar moeder was gereageerd.

Maar was dit echt hoe ze er voor anderen uitzag wanneer ze op het water was? Zo prachtig? Zo zorgeloos? Zo cool?

Het was schokkend, maar al met al fantastisch om zichzelf zo te zien.

Ze stond in het juninummer van 1979 van de *Vivant*; een foto van haar gezicht – koperkleurige huid van de zon, haar natte haar achterover – met daarbij de kop: CALIFORNIA COOL: THE NEW BEACH BUM.

Toen de mensen ook nog ontdekten dat ze de dochter van Mick Riva was, stopte de telefoon niet meer met rinkelen. Waar had deze beroemde telg zich al die tijd verstopt? Haar roem verspreidde zich als een lopend vuurtje.

Een surfblad, twee mannenbladen, advertenties voor twee verschillende badmodemerken, een wetsuitwinkel en een commercial voor een surfshop later was Nina Riva hét gezicht van het vrouwensurfen.

Ze wilde meedoen aan wedstrijden om te zien of ze zich kon plaatsen, of ze zich daar op het water als sportvrouw zou kunnen bewijzen. Maar haar nieuwe agenten ontmoedigden dat.

'Het kan niemand wat schelen of je een wedstrijd wint,' zei de agent van het modellenbureau, Chris Travertine. 'Het is zelfs beter om het niet te proberen. Nu ben je voor iedereen nummer één. Stel dat niet op de proef. Anders zou je die positie weleens kunnen verliezen.'

'Maar ik wil echt surfen,' zei ze. 'Niet alleen maar voor foto's poseren.'

'Maar je surft toch ook echt? Je bent een surfster. De foto's zijn daar het bewijs van,' zei hij geïrriteerd. 'Nina, je bent de populairste surfster van de wereld. Wat wil je nog meer?'

Nog voor het einde van het jaar kreeg ze de opdracht om een kalender te doen. Twaalf foto's, allemaal van haar.

Ze nam Jay, Hud en Kit mee toen ze met haar team naar een van de beste surfstranden van Zuid-Californië ging. Ze surfte over de woeste golven bij Rincon, in de volmaakte maar drukke baai van Surfrider, voor de afgelegen ruige rotsen bij Torrey Pines, over de hogere golven bij

Black's Beach, over de verre riffen bij Sunset Cliffs en alle plekken daartussen.

Het was bij het kijken naar de surfende Nina dat Kit besefte dat er ook voor surfsters een toekomst was weggelegd.

En het was door het praten met Nina's fotografen tijdens de pauzes tussen de shoots door dat Hud serieus begon na te denken over surffotografie.

En het was de jaloezie van Jay om het feit dat Nina eerder dan hij geld verdiende met surfen, dat hij begreep dat hij nog beter zijn best moest doen.

'Californische babe: Nina Riva wordt nat' liet Nina zien in bikini's van steeds een andere kleur, surfend over de golven van Ventura tot San Diego.

Toen de kalender klaar was bladerde Nina door de laatste proef. Ze zag zichzelf bij Trestles, op een surfplank van Lance Collins en gekleed in een rode strapless bikini, en bij Surfrider terwijl zeven surfers haar probeerden in te halen.

De schokkendste foto was die van juli. Nina was aan het surfen in Rincon. De zee was van een fris indigoblauw.

Ze droeg een witte stringbikini op een felroze surfplank. Door de hoek van de camera kon je de zijkant van haar gezicht zien terwijl ze glimlachend de strijd met het water aanging. En je kon ook de zijkant van haar billen zien die nauwelijks werden verhuld, en de zijkant van haar borst die uit het bovenstukje piepte.

Terwijl ze naar de foto staarde, begreep ze dat haar bikini niet zo ondoorzichtig was geweest als haar was voorgehouden. De natte witte stof liet bijzonder weinig aan de verbeelding over. Haar tepel en de vorm van haar billen waren erdoorheen te zien.

Iedere keer dat ze naar de foto keek, kreeg ze een ongemakkelijk gevoel. Het was geen goede golf, haar houding was niet echt fantastisch en ze wist dat ze een paar seconden later van de surfplank was gevallen. Ze was een betere surfster dan je aan de hand van die foto zou zeggen. Ze kon echt veel beter dan dat.

Maar natuurlijk was het die foto die een sensatie veroorzaakte. De foto waarop je haar bijna bloot zag.

De foto die haar beroemd maakte. Die werd uitvergroot tot posters die in de jaren daarna in de jongenskamers hingen en in kasten en lockers. Iedereen vond de foto fenomenaal, alleen de vrouw die erop stond, vond dat niet.

Nina had genoeg meegemaakt om te weten dat er grotere problemen waren. En daarom besloot ze zich er niet druk om te maken, maar gewoon iedere avond in bed te stappen met het gevoel dat ze blij mocht zijn met het geld.

Het geld het geld het geld.

Het geld dat het haar mogelijk maakte om Ramon tot bedrijfsleider van Riva's Seafood te benoemen. Het geld dat het haar mogelijk maakte om eindelijk een nieuw dak op het huis te laten zetten en om te betalen voor Huds collegegeld, Kits tandarts, hun doktersrekeningen en Jays inschrijfgeld voor zijn eerste wedstrijd. Ze kon de keuken van het restaurant weer up-to-date brengen.

Die foto van Nina's billen verschafte alle Riva's voor het eerst in hun leven zekerheid.

Nadat alle rekeningen waren betaald ging Nina op de patio zitten en staarde naar haar bankafschrift. Het was niet veel. Maar het was ook geen nul meer.

En daarom zei Nina aan het eind van die augustusmaand, toen iedereen zich thuis om de barbecue had verzameld, iets waarvan ze niet hadden gedacht dat ze dat ooit zou zeggen.

'Hé, luister,' zei ze in een aanval van spontaniteit, terwijl ze kwam aanlopen met patat en sausjes. 'Zullen we een feest geven?'

Jay en Hud waren op de terugweg van de drankzaak met twaalf flessen Seagram's, tien flessen Southern Comfort en negen flessen Captain Morgan in de laadbak van Huds pick-uptruck. Ook in de laadbak: de verkoper uit de drankzaak.

De jongen had hun gesmeekt om het adres van het feest. En toen had hij gesmeekt om een lift. Jay zei nee. Hud zei ja. En daarom zat Tommy Wegman nu achter in de auto. Hij rookte een sigaret, voelde de bries langs zijn gezicht strijken en verheugde zich erover dat hij nu onderweg was naar het Riva-feest, waarbij hij zich voorstelde dat hij zou worden versierd door Demi Moore of Tuesday Hendricks.

'Wat een watje ben je ook,' zei Jay. Hij keek in de zijspiegel naar Tommy. 'Echt een watje.'

'Er zijn ergere dingen dan een watje zijn,' zei Hud. 'Ik zou bijvoorbeeld ook een klootzak kunnen zijn.'

Jay keek Hud glimlachend aan. 'Dat is ook weer waar.'

Het was stil in de truck, op het gebrom van de motor en het gezoef van de banden na. Het leek Hud wel een goed moment om op te biechten wat hij had gedaan.

Er verschenen meteen zweetdruppeltjes op zijn voorhoofd en boven zijn lip. Zo werkte Huds lichaam. Meestal gebeurde het nadat hij te veel had gegeten van iets waar hij licht allergisch voor was, zoals azijn. Maar het gebeurde ook op dit soort momenten. Hij was dan zo nerveus dat het klamme zweet hem uitbrak.

'Eh… er is iets waar ik het eigenlijk nog met je over wilde hebben…' zei hij.

'Oké.'

Hud haalde diep adem en bereidde zich voor op het uitspreken van haar naam. 'Ashley,' zei hij toen.

Dat zijn broer de naam van zijn ex-vriendin noemde, overviel Jay. Hij voelde zich nog steeds een beetje ongemakkelijk wanneer hij aan haar dacht. 'Wat is er met haar?' vroeg hij. Hij kreeg niet elk meisje dat hij wilde, dat kreeg niemand. Maar de zeldzame afwijzingen zag hij bijna nooit aankomen. Ashley had hem van de ene op de andere dag gedumpt.

Hud hoorde de irritatie in zijn broers stem en begon zich meteen weer zorgen te maken. Stel dat Jay het niet goed vond? Wat moest hij dan doen?

Hij had een heel plan paraat, een lijst in zijn hoofd van wat hij zou zeggen, afhankelijk van wat Jay zei. Maar ineens was hij alles kwijt. Hij wist alleen nog dat hij zijn broer wilde vertellen dat hij wat met zijn ex-vriendin had. In paniek kwam hij met een leugen op de proppen: 'Ik wilde haar eigenlijk een keer mee uit vragen. Maar ik wilde eerst weten wat jij daarvan vindt.'

De woorden waren zijn mond nog niet uit, of hij voelde zich alweer wat rustiger worden. Dit kon best eens werken.

Jay keek met een ruk opzij naar zijn broer. 'Dat meen je niet!'

Hud vergat onmiddellijk dat wat hij had gevraagd sowieso al een leugen was. 'Zou je dat echt zo erg vinden? Ik dacht dat het je niks zou kunnen schelen.'

'Het kan me verdomme wel wat schelen.'

Niet dat het Jay per se om Ashley ging. Eerlijk gezegd was Ashley nooit bijzonder belangrijk voor hem geweest. Dat had niks met haar te maken. Hij had de meeste meisjes onbelangrijk gevonden totdat hij Lara had leren kennen. Hij begreep nu – nu hij de ware had ontmoet – dat de meisjes vóór haar… nou ja, dus niet de ware waren geweest. Onbelangrijk waren geweest. Ashley was onbelangrijk geweest.

Maar hij zag ineens voor zich dat Ashley met zijn broer uitging. Dat ze gretig inging op de avances van zijn broer. En toen gingen zijn hersens op slot. 'Sorry man, maar dat lijkt me geen goed idee. Gewoon niet.'

Hud wist niet wat hij moest zeggen. 'Oké,' zei hij terwijl hij Nina's oprit op reed.

'Cool,' zei Jay, voordat hij uitstapte.

Hud bleef nog heel even zitten. Hij moest verwerken dat hij het – zacht uitgedrukt – compleet had verknald.

Er werd aangebeld.

Nina was haar haar aan het touperen in de badkamer. Ze keek op de klok. Tien voor zeven. Die hebben wel heel veel zin, dacht ze. Maar de wereld herbergt allerlei soorten mensen, ook het soort dat nog voordat het feest begint al op de stoep staat.

Nina deed haar slaapkamerdeur open en zag Kit, die zichzelf stond te bestuderen in de spiegel in de hal, en Jay, die de trap op kwam.

Jay keek geschokt naar zijn kleine zusje in haar korte shirt, maar na het gedoe van vanochtend over de jurk wist hij dat hij beter zijn mond kon houden.

'Kan een van jullie even opendoen?' vroeg Nina.

'Oké.' Jay draaide zich om en liep weer naar beneden.

Hud was bezig geweest de extra drank in de bijkeuken te zetten. Hij kwam naar de deur lopen op exact hetzelfde moment dat Jay beneden was. Enigszins gegeneerd deden ze daarom maar samen open.

En daar stond – in Dockers en met een Bretons gestreepte zomertrui over een poloshirt – Brandon Randall met zijn warrige haar.

Jay, die zijn hand tegen de zijkant van de deur had liggen, had zin om de deur meteen weer dicht te smijten. Hud daarentegen, die de knop nog vasthield, was van plan de deur verder open te trekken om te vragen wat Brandon verdomme kwam doen. En daarom bleef de deur waar hij was.

'Hoi,' zei Brandon.

'Brandon?' klonk een stem achter hen. Nina stond onderaan de trap en keek verbaasd naar het tafereel voor haar.

'Hoi Nien,' zei Brandon terwijl hij een stap naar binnen zette.

'Wat kom je hier doen?' Ze vermoedde dat hij wat kleren kwam halen of wat uit de kluis wilde pakken, maar toen ze de blik op zijn gezicht zag – zacht, hoopvol – kreeg ze een steek in haar maag, bang dat hij zou zeggen...

'Kunnen we praten?'

Zonder het te beseffen haalde Nina diep adem. 'Eh,' zei ze. 'Tuurlijk. Boven dan maar, lijkt me.'

Jay en Hud keken Nina en Brandon na die achter elkaar de trap op liepen naar de bovenverdieping. Kit, die net de trap af wilde, bevroor in haar bewegingen toen ze hen zag. Ze stond stokstijf en met een ongelovige blik in haar ogen op de overloop terwijl Nina en Brandon langs haar heen liepen. Toen ze waren verdwenen keek Kit naar Jay en Hud en zei luid en duidelijk: 'Wat de fuck.'

Nina liep naar de grote slaapkamer – Haar slaapkamer? Hun slaapkamer? – en gebaarde Brandon binnen te komen. Ze merkte dat ze niet wist wat ze moest zeggen, wat ze zelfs maar moest denken van deze situatie.

'Wat is er?' vroeg ze.

'Ik hou van je, Nina,' zei hij. 'Ik wil weer thuis komen wonen.'

1981

Het was februari 1981. Brandon deed een reeks fotoshoots voor de cover van het aprilnummer van *Sports Pages*, dat zou verschijnen vlak voor Roland-Garros, een van de vele wedstrijden waarvoor hij dit jaar de favoriet was. Het idee was om hem te laten tennissen op exotische en onverwachte plekken. Gelukkig had Zuid-Californië stranden, woestijnen en bergen met witte toppen te bieden.

Na een shoot van een dag in Big Bear en een dag in Joshua Tree sloegen Brandon en het team van *Sports Pages* hun tenten op voor de Jonathan Club, een strandtent in Santa Monica.

Nina en Kit zaten daar aan een van de tafeltjes. Ze hadden besloten om te gaan lunchen. Nu Nina ineens zoveel verdiende, konden ze op plekken komen die eerder ontoegankelijk hadden geleken. Zoals een strandtent met witte linnen servetten en vier verschillende glazen op tafel. Het voelde nog steeds een beetje vreemd, niet helemaal normaal. Nina vond het maar niks dat de ober zo onderdanig deed. En Kit vond alle andere gasten klootzakken.

Brandon bevond zich een eindje verderop op het strand, in zijn witte tenniskleren met een zwarte racket in zijn hand die hij scheef hield voor de camera, en met de oceaan als achtergrond. Hij was lang en gespierd, met lichtbruin haar en zachte gelaatstrekken. Hij had blauwe ogen van gemiddelde grootte, brede jukbeenderen, volle wenkbrauwen. Zijn gezicht was aantrekkelijk maar ook weer makkelijk te vergeten, alsof het lot voorzichtig te werk was gegaan bij de vervaardiging ervan.

'Wie is dat?' vroeg Kit met een blik op hem. Het team hield even pauze en Brandon zat op een melkkrat met een flesje Perrier in zijn hand. 'Ik weet dat ik hem ken, maar ik weet niet waarvan.'

'Volgens mij is het een tennisser,' zei Nina, kieskeurig prikkend in haar salade. Op last van haar agent was ze gestopt met het eten van kaas, boter en toetjes en ze was al bijna vier kilo afgevallen. 'Blijf slank en word rijk,' had hij tegen haar gezegd. Hoewel ze haar stekels had opgezet, deed ze wel wat hij zei. En inmiddels was ze erachter gekomen dat ze een kort lontje kreeg wanneer ze trek had. Haar lichaam was voor hen gewoon een melkkoe.

Brandon nam een slokje water en schroefde de dop weer op het flesje. Hij stond op, klaar om weer aan de slag te gaan. Terwijl hij dat deed, viel zijn blik op het terras en zoomde daarna in op Nina.

'Nou,' zei Kit, op een toon alsof ze slecht nieuws bracht. 'Hij kijkt naar je.'

Wanneer Brandon het verhaal later aan iemand vertelde, zei hij altijd dat hij het meteen had geweten toen hij haar zag. Hij wist nooit goed wat hij precies wilde tot hij het allemaal in haar zag: lang en prachtig haar, soepel lichaam, mooie lach. Ze zag er lief uit zonder soft te zijn.

'Eh...' zei zijn assistent. 'Meneer Randall?'

Brandon reageerde niet.

De assistent ging iets harder praten.

'Sorry,' zei Brandon. 'Wat?'

'Je kaken. Even wat bijwerken.'

'O, oké.' Eindelijk lukte het Brandon om zich los te maken van Nina's aanblik, maar terwijl zijn make-up in orde werd gebracht en hij weer voor de camera stond, wierp hij af en toe een steelse blik op haar. Kende hij haar niet ergens van?

'Zij is dat meisje van die poster,' zei de fotograaf, die merkte dat hij naar haar keek. 'Nina Riva.'

Brandon wist het nog steeds niet goed.

'De dochter van Mick Riva,' voegde de fotograaf eraan toe.

'Is dat de dochter van Mick Riva?' vroeg Brandon.

'Ja, ze is een surfster.'

Brandon keek weer naar haar, deze keer lang genoeg om haar aandacht te trekken. Ze wierp een blik op hem. Hij dacht dat hij wel kans maakte. Per slot van rekening had hij acht Grand Slam-titels op zijn naam en zou hij binnenkort waarschijnlijk de negende binnen weten te slepen.

'Ze heet Nina, zei je?' vroeg hij aan de fotograaf. Voordat de fotograaf kon stoppen met fotograferen en het kon bevestigen, riep Brandon al naar haar.

Ze keek op. Kit keek ook op. En toen, in het volle zicht van de camera, met zijn racket langs zijn lichaam, schreeuwde hij: 'Mag ik je nummer?'

Nina lachte.

Het leek hem een oprechte lach, zoals ze haar hoofd heel iets in haar nek liet vallen. Hij dacht bij zichzelf dat ze makkelijk leek te lachen, dat ze van nature vrolijk was.

'Ik meen het!' riep hij.

Nina schudde haar hoofd, alsof ze wilde zeggen: Je bent gestoord.

Hij voelde zich ook een beetje gestoord. Hij had het gevoel alsof hij een verborgen schat had ontdekt die hij moest hebben. In zijn handen houden.

'Een momentje,' zei hij tegen de fotograaf. Zonder het antwoord af te wachten rende hij naar haar tafel.

Van dichtbij raakte hij nog meer in vervoering. Ze had iets casuals, met haar bikinitopje om haar nek vastgeknoopt onder haar T-shirt, en haar afgedragen teenslippers. Maar ook iets elegants: haar sierlijke voeten, gladde huid, de warmte in haar bruine ogen.

Hij leunde op het hekje dat het strand scheidde van het terras. 'Ik ben Brandon Randall,' zei hij, haar zijn hand toestekend.

'Nina Riva.' Ze schudde zijn hand en gebaarde toen naar haar zusje. 'En dit is Kit.'

'Kit,' zei hij met een klein knikje. 'Aangenaam.'

'Ja, vast.' Kit amuseerde zich kostelijk.

Brandon glimlachte, hij wist best dat ze hem uitlachte. Toen wendde hij zich weer tot Nina. 'Wil je met me trouwen?'

Nina lachte. 'Nou, dat weet ik niet hoor...'

Brandon boog zich naar Kit toe. 'Wat denk jij, Kit? Maak ik een kans?'

Kit probeerde Nina's blik te peilen. 'Ik weet het niet...' zei ze op een toon alsof ze het erg vond hem te moeten teleurstellen, maar het ook allemaal nog steeds erg grappig vond. 'Volgens mij ziet het er niet best voor je uit.'

'O nee!' Brandon legde zijn hand op zijn borst, alsof hij zijn gebroken hart moest opvangen.

'Ik bedoel, weet je wel hoeveel mannen haar iedere dag weer op exact dezelfde manier benaderen?' vroeg Kit.

Brandon keek Nina met opgetrokken wenkbrauwen aan, alsof hij van haar wilde weten of dat waar was. Nina haalde lichtelijk gegeneerd haar schouders op. Sinds de poster te koop was bij platenzaken en drogisterijen werd ze iedere keer dat ze buiten was door mannen lastiggevallen. Het was een nieuwe werkelijkheid die haar niet echt beviel.

'De laatste tijd krijgt ze per week ongeveer vier huwelijksaanzoeken van onbekenden,' vertelde Kit.

'Dat is inderdaad veel,' gaf hij toe. 'Misschien ben ik te ver gegaan.'

'Misschien wel,' beaamde Kit. 'Hoewel je een van de minst irritante bent, dat dan weer wel.'

'O, gelukkig. Dat is fijn om te horen.'

Nina lachte. 'Kit zegt altijd gewoon wat ze denkt.'

Brandon keek haar aan. 'Dat heb ik inmiddels ook door.'

'Omdat ik toch altijd zeg wat ik denk, zou ik zo zeggen dat je mijn zus eerst maar eens mee uit eten moet vragen zodat je haar wat beter kunt leren kennen voordat je haar vraagt of ze de rest van haar leven met jou wil doorbrengen,' zei Kit.

Brandon keek Nina glimlachend aan. 'Sorry als ik te opdringerig was.'

Nina wendde haar blik niet af en moest onwillekeurig ook glimlachen.

'Maar ik ben best wel goed gezelschap aan tafel,' vervolgde hij. 'Dus als je me de eer zou willen doen...'

Kit knikte. 'Nou, zo moeilijk was dat toch niet?'

Nina schoot in de lach. Nog maar drie minuten geleden had ze besloten om niet op Brandons avances in te gaan. Maar ineens veranderde ze van gedachten. 'Oké. Leuk.'

Brandon had voor het eerst een tennisracket in handen gehad toen hij zes was en op zijn zevende verjaardag was zijn service al perfect. Elk vrij moment, wanneer hij niet op school was of niet sliep, zette zijn vader Dick hem dan ook op de tennisbaan.

Zijn vader leerde hem twee dingen: je zorgt dat je altijd wint en je zorgt dat je je altijd als een heer gedraagt. Op twaalfjarige leeftijd begon hij te trainen bij de bekende tenniscoach Thomas O'Connell.

Tommy was keihard in zijn opvattingen. Er bestond geen bijna, er was niet zoiets als een goede poging. Het was perfectie of mislukking. Brandon ging de uitdaging aan. Óf je wint, óf je bent letterlijk een loser. Ook Brandon werd meedogenloos in zijn jacht naar perfectie.

Hij won, altijd. En hij gedroeg zich als een heer, zonder mankeren.

Op zijn negentiende werd hij wereldwijd bekend door de finale van de Australian Open te bereiken dankzij zijn volmaakte service, die door sportverslaggevers algauw 'de Snap' werd genoemd.

Hij won de titel. En op het moment dat hij zijn laatste punt won, liet hij zich niet op zijn knieën vallen om zijn racket in de lucht te steken. Hij balde niet triomfantelijk zijn vuisten. Hij uitte op geen enkele manier zijn blijdschap. Hij hield zijn lach in, liep naar het net en gaf zijn tegenstander, Henri Mullin, een hand. Op de camerabeelden van dichtbij was te zien dat hij zei: 'Je hebt fantastisch gespeeld.'

En toen doopten de media hem 'De Schat'.

Tegen de tijd dat Brandon vijfentwintig was, had hij de U.S. Open, Wimbledon en de Australian Open gewonnen, sommige meerdere keren. En de verslaggevers noemden hem niet langer 'De Schat'. Ze noemden hem 'BranRan' en zeiden dat hij een fenomeen was.

De camera's waren altijd op hem gericht. En mensen keken om te zien hoe hij zijn tegenstanders verpulverde, bescheiden en hoffelijk als altijd.

Dat vond Nina leuk aan hem. Dat vond ze zelfs heel leuk aan hem.

'Mijn vader zei altijd...' vertelde Brandon haar op hun eerste date, in een klein Mexicaans eettentje in Santa Monica, 'dat het heel makkelijk is om hoffelijk te zijn als je wint. Dus je hebt geen reden om het niet te zijn.'

Zijn vader was het jaar daarvoor overleden en Nina bewonderde het gemak waarmee hij het over hem had. Zelf kon ze haast niet over haar moeder praten zonder een brok in haar keel te krijgen.

'En als je verliest?' wilde ze weten.

Hij schudde zijn hoofd. 'Dan moet je gewoon nog harder werken om ervoor te zorgen dat je de volgende wedstrijd wel wint. En dan heb je uiteindelijk dus niks verloren.'

'En dan blijf je nog steeds hoffelijk?'

Hij lachte. 'De camera's zoomen altijd meteen op me in als ik verlies,' zei hij. 'In de hoop dat ik mijn zelfbeheersing verlies. Dus ja, ook dan blijf ik hoffelijk. Al moet ik toegeven dat het dan wel moeilijker is. Maar we hebben het de hele tijd over mij. Vertel me eens wanneer jij voor het eerst op een surfplank stond.'

Nina glimlachte en vertelde over die middag op het strand in 1969, met haar broertjes en zusje.

Brandon moest lachen toen ze zei dat Kit van haar niet in haar eentje het water op had gemogen en dat ze haar op haar schouders had genomen. 'Ik weet best dat ik haar nauwelijks ken,' zei hij. 'Maar ik durf te wedden dat ze dat heel erg vond.'

'O ja, ze vond het vreselijk,' beaamde Nina lachend. En toen nam ze een slok wijn en keek hem aan. Wat fijn, dacht ze, om zo met iemand te kunnen lachen.

Nadat Brandon haar die avond naar huis had gebracht en ze nog even op de oprit in zijn auto bleven zitten, gaf hij haar een kus op haar wang. 'Ik vind je leuk, Nina,' zei hij. 'Ik weet dat er drommen mannen achter je aan zitten tegenwoordig, maar voor mij is het serieus. Kunnen we nog een keertje afspreken?'

Ze knikte glimlachend.

'Oké,' zei hij. 'Ik bel je morgen en dan verzin ik iets moois.'

'Oké,' zei ze. 'Doe dat.'

Ondanks zijn roem en geld probeerde Brandon haar niet voor zich te winnen met dure etentjes. Hij stelde ook niet al te veel vragen over haar beroemde vader. En hij nam haar niet mee naar penthouses in het buitenland.

Hij kookte voor haar in zijn huis in Brentwood. Hij maakte zijn opwachting met een bos bloemen. Hij ging met haar naar het strand en keek toe terwijl zij surfte.

Toen ze haar arm sneed aan koraal haalde hij een verbanddoos uit de kofferbak van zijn Mercedes en verbond de wond. Toen ze hem bedankte, gaf hij haar een kus op haar slaap en zei: 'Ik vind het fijn om voor je te zorgen.'

Die april stond op de cover van *Sports Pages* geen foto van BranRan in Big Bear of BranRan in Joshua Tree. Het was een foto van BranRan met zijn rug naar de oceaan, zijn tennisracket langs zijn zij, roepend naar iemand buiten beeld.

De kop luidde: BRANRAN: DE AARDIGSTE JONGEN UIT HET TENNIS IS OP ZOEK NAAR LIEFDE. Het was het enige nummer van *Sports Pages* dat jaar dat helemaal was uitverkocht. Kit vond het goedkoop, maar ze kocht toch drie exemplaren voor Nina.

Nina en Brandon zagen elkaar op dat moment al heel vaak. Brandon nodigde Kit bijna altijd ook uit en het duurde niet lang of Jay en Hud sloten zich bij hen aan.

Ze gingen met zijn vijven naar *Raiders of the Lost Ark*. Ze trokken samen de bergen in. Ze reden langs de kust op jacht naar de beste golven. Brandon zat achter het stuur en wachtte op het strand op hen.

Toen ze hem op een middag in County Line wilden leren surfen, viel hij continu van de plank. Zijn tenniskracht en -vaardigheden leken niet erg van nut voor zijn evenwichtsgevoel op de golven.

'Negen keer vallen is tien keer opstaan, toch?' zei hij toen hij er meteen weer af viel.

Nina lachte en hielp hem weer op de surfplank.

Hij boog zich naar haar toe, kuste haar en zei: 'We zullen maar zeggen dat jij hier beter in bent dan ik.'

'Ik doe het ook al veel langer,' zei ze lachend.

'Maar het is wel heel sexy,' zei hij.

Kit, die hoorde wat hij zei, glimlachte bij zichzelf.

'Oké,' zei Brandon nadat hij er voor de vierde keer vanaf was gevallen. Hij klonk lichtelijk gefrustreerd. 'Dan zorg ik wel voor de lunch. Ik ben over een uurtje terug.'

Jay en Hud lachten. Kit wist hem over te halen om voor hen allemaal steaksandwiches te halen. En toen ze die dag uit het water kwamen, stond hij al op hen te wachten met vijf steaksandwiches op een handdoek. Nina's broodje was zonder kaas, met plakjes tomaat erbij. Ze gaf hem een kus. Het kostte haar moeite haar tranen te bedwingen.

Later die avond, nadat Nina en Brandon naar zijn huis waren gegaan, bedreven ze de liefde in zijn slaapkamer, langzaam en teder. En daarna, terwijl ze samen in het donker lagen en hartsgeheimen deelden, zei Brandon tegen haar dat hij wilde dat hij net zoveel van zijn broer hield als Nina van haar broers en zus. 'Ik wil dat je weet dat als we samen een toekomst hebben... als we ooit... samen een huis kopen, er dan extra slaapkamers nodig zijn, voor hen. Gewoon voor het geval dat. Ik weet dat ze erbij horen. En het is een van de redenen waarom ik van je hou.'

Ze draaide zich glimlachend naar hem toe en gaf hem een kus. 'Ik hou van je,' zei ze, en ze meende het uit de grond van haar hart.

Als ze heel eerlijk was, moest ze toegeven dat ze hem leuk vond, maar ook een beetje saai. Zijn keurige manieren waren een beetje gênant. En zijn grapjes niet echt om te lachen. In bed was het ook zozo. En hij wilde absoluut geen dingen doen waar hij niet goed in was. En hoewel ze wist dat het voor hem belangrijk was dat hij beroemd en getalenteerd en rijk was, waren die dingen voor haar niet bijster interessant.

Maar bij de gedachte aan een leven samen met Brandon ontspande haar hele lichaam en kon ze makkelijker ademen. Bij hem was het alsof ze in een warm, zacht bed viel. En ze was zo ontzettend moe.

Die herfst verloofden Nina en Brandon zich. Ze trouwden in de lente van 1982. Nina droeg een bloemenkroon in haar haar en haar blote voeten begroeven zich in het koele avondzand. Brandon droeg een wit linnen pak, uitgekozen door Hud.

Nina voelde het gat waar haar moeder had moeten zijn. Haar broers en zus brachten haar naar het altaar.

Brandon bekeek anderhalve maand lang iedere dag huizen met een makelaar voordat hij het perfecte huis had gevonden aan 28150 Cliffside Drive. Het was groot en luchtig, precies zoals hij wilde, en had een tennisbaan met uitzicht op de oceaan. Boven waren er genoeg slaapkamers en er was ook een zwembad waarin hij zijn kinderen zou leren zwemmen, zo stelde hij zich voor.

'Ik heb het volmaakte huis gevonden,' zei hij die avond tegen Nina terwijl ze in de stad uit eten waren. Hij had haar in Los Angeles meegenomen naar restaurants in buurten waar ze nog nooit was geweest. Deze keer waren ze in West Hollywood en aten ze bij Dan Tana's. Aan de muur hing een foto van haar vader, maar die negeerde ze expres.

'Vertel,' zei ze. 'Ligt het pal aan het water?'

'Nog beter,' antwoordde hij. Hoewel Nina zich niets beters kon voorstellen dan pal aan het water, luisterde ze toch toen hij verderging. 'Het ligt aan de rand van Point Dume. Je kunt iedere dag in Little Dume surfen. Je kunt er via een trap vanuit de achtertuin naartoe lopen. En Westward Beach is ook op een steenworp afstand. Het ligt letterlijk op de rand van een klif. Het ligt op de rand van de wereld, schat.'

'O, oké.' Nina nam een hap van haar salade zonder dressing. 'Klinkt goed. Ik ben heel benieuwd. Ik kan morgen wel meegaan om te kijken als je denkt dat het snel weg is.'

'Dat hoeft niet,' zei hij. 'Ik heb al een bod gedaan. Alles onder controle.'

'O,' zei Nina. Ze haalde een keer diep adem en verborg haar ergernis door een slokje rode wijn te nemen. Ze had veel liever haar eigen huis gerenoveerd. Of iets in de buurt ervan gekocht. Ze dacht dat hij dat wist. Maar misschien was ze niet duidelijk genoeg geweest. 'Fantastisch. Ik weet zeker dat het een fantastisch huis is. Perfect zelfs.'

De volgende ochtend nam hij haar mee naar het nieuwe huis en liet haar alles zien. 'Hier komt de bank. En ik denk dat mijn Warhol mooi daar kan hangen...'

Hij bleef maar doorpraten, maar Nina luisterde allang niet meer. Het was een prachtig huis, maar het was té. Te groot en te beige en te industrieel en... het had geen ziel.

'Nou, wat vind je?' vroeg hij. 'Perfect toch?'

Ze kon er toch niets meer aan veranderen. Het was al gebeurd. 'Ja, perfect. Dank je.'

Hij sloeg zijn armen om haar heen, legde zijn kin tegen haar hals en begroef zijn gezicht tegen haar oor. Zijn lichaam was altijd zo stevig, zo betrouwbaar. Ze voelde zich altijd veel minder alleen als hij haar zo vasthield.

'Ook een mooi huis om feesten te geven, hè?' zei hij. 'Je kunt hier nog tientallen jaren je eind-van-de-zomerfeesten geven, denk ik zo.'

Ze maakte zich iets van hem los. 'Daar heb je ook rekening mee gehouden?' vroeg ze glimlachend.

'Ja, natuurlijk. Ik zei tegen de makelaar: Het moet op loopafstand van een fantastische surfplek liggen, je moet er feesten kunnen geven en het moet op zijn minst vijf slaapkamers hebben. Dat waren mijn voorwaarden. Ik wilde dat je iedere dag zou kunnen surfen, dat er ruimte zou zijn voor Jay, Hud en Kit, en dat je er ieder jaar je befaamde Riva-feest zou kunnen geven.'

Ze lachte en keek nog eens om zich heen. 'Het is echt een fantastisch huis om feesten in te geven.'

'Ja, je kunt maar het beste altijd bij me blijven, schat. Ik zal ervoor zorgen dat je alles krijgt wat je hartje begeert.'

Er was niet veel dat ze begeerde. Toch vond ze zijn woorden betoverend. 'Ik hou van je,' zei ze terwijl ze zijn hand pakte en hem mee naar boven nam.

'Ik hou ook van jou.' Hij stond toe dat ze hem meevoerde. 'Heel veel en voor altijd.'

Toen ze in de lege grote slaapkamer waren van het huis dat officieel nog niet van hen was, trok Nina Brandon op het zachte tapijt en bedreef de liefde met hem, teder en langzaam. Niet gehaast, niet wild, alleen teder en recht uit het hart.

En het was ook op die plek dat Nina een jaar later op haar knieën viel toen Brandon haar verliet.

Hij was net thuisgekomen na zijn winst op Wimbledon. Ze hadden voor de week daarop een vakantie gepland naar Bora Bora met Jay, Hud en Kit. Ze zat in een reisgids te lezen.

Ze hoorde hem binnenkomen en daarna de trap op gaan. Maar toen hij hun slaapkamer in kwam, lachte hij niet.

'Het spijt me, Nina,' zei hij. 'Maar ik ga weg.'

'Hoe bedoel je?' vroeg ze lachend. Ze legde het boek neer en stond op, gekleed in een T-shirt en een oude boxershort van hem. 'Weg waarnaartoe? Je bent er net.'

'Ik heb iemand anders leren kennen,' zei hij terwijl hij naar de kast liep en wat overhemden in een weekendtas propte.

Met open mond keek ze naar hem. Hij liep de kamer weer uit en rende de trap af. Ze rende hem achterna.

'Ik snap het niet,' zei ze zacht. 'Hoe bedoel je, ik heb iemand anders leren kennen?'

Hij draaide zich niet om om haar antwoord te geven, hij liep gewoon door.

'Brandon!' riep ze toen ze op de oprit waren aanbeland. 'Kijk me aan, alsjeblieft.'

'We hebben het er een ander keertje nog wel over,' zei hij terwijl hij in zijn auto stapte. En toen reed hij weg.

Nina keek de auto na tot hij de weg op was gereden. Ze hapte naar adem, verbijsterd om wat er net was gebeurd, wat ze net met haar eigen ogen had zien gebeuren. 'Wat is dit?' zei ze alsmaar tussen paniekerig ademhalen door. 'Wat is dit?'

Ze ging op het bordes van haar huis zitten om tot zichzelf te komen.

Pas toen drong tot haar door dat haar man haar in de steek liet voor een andere vrouw.

Zonder dat ze het besefte begon ze te huilen. Ze veegde over haar wangen, maar ze kon de tranenstroom niet bijbenen. Haar ogen werden rood en dik. Ze kon niet opstaan van haar plekje op het bordes, ze voelde zich zwaar en dood, als een anker dat nergens aan vastzat.

Ze huilde tot de zon onderging, tot de vogels tot rust kwamen in de bomen. Ze zou haar broers en zusje moeten vertellen dat hij weg was. Ze schaamde zich, ze had zich er zo op verheugd om met hen naar Bora Bora te gaan. Ze kreeg het koud, buiten op het bordes in Brandons ondergoed.

En toen stond ze op en droogde haar tranen. Ze dacht aan June. Dit was natuurlijk niet nieuw voor haar. Ze had het zien gebeuren bij haar moeder.

Familiegeschiedenissen herhalen zich, dacht ze. Even vroeg ze zich af of het eigenlijk wel zin had om te proberen daaraan te ontsnappen.

Misschien zit het in onze genen, misschien bestaat ons lot eruit dat we geneigd zijn om de fouten van onze ouders nog eens over te doen. Misschien kunnen we wel nooit ontsnappen aan het bloed dat door onze aderen stroomt, al doen we nog zo ons best.

Of.

Of misschien zijn we vrij op het moment dat we worden geboren. Misschien zijn we zelf verantwoordelijk voor alles wat ons overkomt.

Nina wist het niet.

Ze wist alleen dat ze, na alles wat er in haar leven was gebeurd, op de een of andere manier alleen op haar bordes was geëindigd, verlaten door een man aan wie ze haar vertrouwen had durven schenken.

Deel twee

VAN ZEVEN UUR 'S AVONDS
TOT ZEVEN UUR 'S OCHTENDS

Zeven uur 's avonds

Het was klokslag zeven uur. Kits beste vriendin, Vanessa de la Cruz, was de eerste gast die arriveerde. Toen ze voor het huis uit haar auto stapte werd ze meteen benaderd door een van de valets.

Vanessa droeg een hemelsblauw T-shirt met een riem om haar middel en daaronder een witte korte broek en witte pumps. Ze had haar haar bovenop getoupeerd en had zwarte eyeliner om haar ogen. Haar hele outfit had ze afgekeken van Heather Locklear die vorige maand hetzelfde had gedragen op de cover van *Los Angeles*.

Het had haar wel een goed idee geleken, tot op dit moment, toen ze ineens bedacht dat Heather Locklear misschien ook wel op het feest kwam. Wat moest ze dan doen?

De valet stak zijn hand uit naar haar autosleutels.

'Eh... Ik kan hem zelf wel ergens neerzetten,' zei ze. 'Als dat makkelijker is?'

'Het is mijn werk.' Hij pakte de sleutels voorzichtig uit haar hand.

Vanessa keek haar AMC Eagle na. Ze vond het nog steeds een bevreemdende gedachte dat de Riva's nu rijk waren. Ze wist nog dat als ze vroeger 's avonds bij Kit was, alle lampen uit bleven om stroom te besparen. Maar nu wist Vanessa niet eens meer of haar schoenen wel mooi genoeg waren. Niet dat ze daarop zouden letten of dat het hun iets zou kunnen schelen, en Kit al helemaal niet.

Ze liep naar de voordeur maar wachtte even met aankloppen. Ze kreeg het ineens doodsbenauwd. Bij de vorige feesten hadden Kit en zij zich een beetje afzijdig gehouden en samen grapjes gemaakt, maar dit jaar wilde ze Huds aandacht proberen te trekken. Misschien zou dit de avond worden waarop hij eindelijk op die manier naar haar zou kijken.

Ze klopte aan en drukte ook nog eens op de bel.

De deur ging open en daar stond hij. Vanessa wist gewoon zeker dat hij iedere dag aantrekkelijker werd en dat was een verpletterende gedachte.

'O hoi Vanessa.' Glimlachend deed hij de deur verder voor haar open. 'Kit!' riep hij het huis in. 'Vanessa is er!'

Kit kwam om de hoek. 'Hoi!'

Vanessa's mond viel open toen ze Kits outfit zag. Ze had haar vriendin nog nooit zo bloot gezien, behalve op het strand dan. 'Wauw,' zei ze. 'Je ziet er fantastisch uit.'

Hud gaf Kit een klopje op haar rug en liep toen naar de keuken. Vanessa keek hem na, haar hartslag bedaarde.

'Echt?' vroeg Kit met een blik naar beneden. 'Zeker weten?'

Lachend zei Vanessa: 'Je ziet er hartstikke hot uit.'

'Oké, fijn,' zei Kit. 'Jij ook.'

'Dank je.' Vanessa duwde haar haar wat omhoog terwijl ze keek of Hud nog terugkwam.

De avond was nog lang.

Om de halve minuut ging de deurbel nu. Nina hoorde dat Kit beneden mensen begroette.

Ze zag door de ramen de hemel donkerder worden en sterren verschijnen.

'Alsjeblieft, Nina,' zei Brandon. 'Ik ben in iets verzeild geraakt. Ik ben mezelf kwijtgeraakt in mijn eigen... mijn behoefte om... weet ik veel. Er was van alles aan de hand en dat heb ik op de slechtst mogelijke manier aangepakt. Maar... god, hoe ik me de afgelopen maanden heb gedragen... ik schrik er zelf van. Ik herken mezelf gewoon niet meer als ik in de spiegel kijk. Het is echt voor het eerst van mijn leven dat ik alles zo grondig heb verkloot. Maar ik zal er alles aan doen om het weer goed te maken. Alles. Ik hou van je. Alsjeblieft, Nina,' zei hij tegen haar. 'Geef me nog een kans. Je weet dat ik geen rotvent ben. Dat weet je. Je kent me toch? Je weet dat als ik zoiets stoms doe als dit, dat een reden moet hebben. Ik dacht dat ik gek werd, ik was mezelf niet.'

Brandon ging op zijn knieën zitten en begon haar knokkels te kussen. Haar handen waren koud en hij was warm. 'Ik heb je gezicht gemist,' zei hij terwijl hij haar aankeek. Zijn ogen werden vochtig, zijn stem klonk hees. 'En de geur van je haar. Ik heb het gemist om mijn tanden 's ochtends en 's avonds naast jou te poetsen. Je lijkt nog het meest op jezelf als je in je pyjama naast me voor de wastafel staat. En zoals je soms met je hele gezicht lacht. Ik kan niet zonder je.'

'Ik weet niet wat je wilt dat ik zeg,' zei Nina.

'Zeg dat je me nog een kans geeft.'

Nina merkte dat ze naar de vloer keek, naar het plafond, naar de sprei en de kastdeuren. Ze keek overal naar behalve naar zijn gezicht. Naar alles, behalve naar zijn ogen.

'Kom mee.' Brandon pakte haar hand. 'Je verdient het om te weten dat ik het meen.' Hij trok haar de slaapkamer uit.

'Brandon, wat doe je?' vroeg ze. Ze moest rennen om te voorkomen dat hij haar ruw meesleepte.

Hij nam haar mee naar beneden, waar zich al mensen begonnen te verzamelen in de hal en woonkamer. Nina zag Tuesday Hendricks net binnenkomen.

'Brandon,' fluisterde ze. 'Dit is gênant.'

'Hallo allemaal!' riep Brandon met luide stem boven de muziek uit die net was aangezet. 'Ik wil jullie iets vertellen.'

Iedereen keek hun kant uit, ook Hud, die net een olympische volleybalspeler de dichtstbijzijnde wc had gewezen. Nina zag Jay of Kit nergens, maar ze voelde de blikken van alle anderen op zich.

'Als jullie de kranten hebben gelezen, dan weten jullie waarschijnlijk dat ik het behoorlijk verkloot heb. Dat ik was vergeten hoe gelukkig ik eigenlijk was. Dat ik niet zo'n aardige man ben geweest.'

'Je bent een klootzak geweest, man!' riep iemand.

Iedereen lachte en Nina kon wel door de grond zakken.

Brandon wendde zich tot haar. 'Maar ik ben hier om je te vertellen, Nina, waar iedereen bij is, dat ik van je hou. Dat ik je nodig heb. Dat jij de mooiste, liefste, meest fantastische vrouw op aarde bent. Ik ben hier om publiekelijk te verklaren dat ik zonder jou niets ben.'

Nina lachte weifelend. Ze wist niet goed waar ze moest kijken of wat ze moest zeggen.

Hij ging op één knie voor haar zitten. 'Nina Riva, wil je me weer terugnemen?'

Er werd gefloten. Nina wist niet precies door wie, misschien door haar buurman Carlos Estevez. Anderen begonnen te klappen. Iemand begon op zangerige toon te roepen: 'Neem hem terug!'

Nina voelde de kamer krimpen, alsof de muren haar elk moment konden bedelven.

'Neem hem terug! Neem hem terug!'

Ineens zei ze, met een klein stemmetje waarvan ze bijna zeker wist dat het niet het hare was: 'Oké.' Ze knikte erbij, hopend dat iedereen nu zou ophouden met naar haar te kijken. 'Oké.'

Brandon tilde haar op en kuste haar.

Er steeg gejuich op.

Kit kwam vanuit de keuken op het lawaai af en zag Brandon staan met een lach op zijn gezicht en Nina in zijn armen. Hij keek heel triomfantelijk.

Kit wierp een blik op Jay bij de stereo, en toen op Hud, die nog steeds bij de deur stond. Het was niet moeilijk te begrijpen wat er was gebeurd. Kits gezicht betrok.

Precies op dat moment keek Nina naar haar en zag hoe het er in Kits ogen allemaal moest uitzien. Ze wendde haar blik af.

Acht uur 's avonds

Tuesday Hendricks droeg een wijde zwarte linnen broek met zwarte bretels en een wit T-shirt, en had een grijze dophoed op haar lange bruine haar. Ze had een fris, enigszins bleek gezicht. Ze had alleen een beetje mascara op.

Met haar handen in haar grote broekzakken liep ze de achtertuin in. In die zakken zaten vier stickies, twee dikke joints en een spliff.

Buiten stak ze meteen de spliff op. Ze inhaleerde diep, hield de rook even binnen en blies die toen weer uit.

Ze glimlachte naar de mensen die naar haar staarden en gaf hun toen een knikje in de hoop dat ze dan weer gewoon hun gesprekken zouden hervatten.

'Ha, Tues.'

Toen Tuesday zich omdraaide zag ze Rafael Lopez staan, haar nieuwste tegenspeler. Hij overhandigde haar een biertje. Hoewel ze hier niet met hem was gekomen en ook niet naar hem op zoek was geweest, vond ze het niet erg dat hij er was. Tot dusverre had hij zijn tong in zijn mond gehouden tijdens hun vrijscènes en ze hoefde ook nooit op hem te wachten wanneer ze de set op werden geroepen. Bovendien zou ze waarschijnlijk minder snel worden lastiggevallen nu hij bij haar stond.

Ze was hier niet gekomen voor de gezelligheid. Ze wilde alleen haar gezicht laten zien. Om iedereen te laten weten dat ze zich niet verstopte na het publiekelijke schandaal, niet op de vlucht was voor wat ze had gedaan. Ze schaamde zich nergens voor. Bridger was degene die zich zou moeten schamen. Maar die vent wist niet wat schaamte was.

'Ik had je hier niet verwacht,' zei Rafael.

'Ik wilde niet de vrouw zijn die te laf was om haar gezicht te laten zien.'

Rafael gaf met een gebaar te kennen dat hij ook een trekje van de spliff wilde. Ze gaf hem aan hem. Ze stond erom bekend dat ze altijd de beste wiet had. Maar dat was alleen in Hollywood. Voor het grote publiek hoorde ze het onschuldige en aanbiddelijke en – bleh – energieke meisje uit te hangen.

Nou ja, zo hadden ze over haar gedacht tot ze Bridger had leren kennen. En nu was ze het meisje dat hem op hun trouwdag had gedumpt.

'Het is nu precies een jaar geleden dat jullie elkaar leerden kennen, toch?' vroeg Rafael.

Tuesday knikte. 'Ja, op dit feest. Op deze avond. Een jaar geleden.'

Rafael nam een trekje.

Tuesday keek naar een popster en een MTV-veejay die bij de barbecue stonden en deden alsof ze straks niet met elkaar naar bed zouden gaan. Maar iedereen wist al dat ze het met elkaar deden. Tuesday schoot ineens in de lach. Deze hele stad bestond uit mensen die deden alsof ze het deden terwijl dat niet zo was en mensen die het echt deden terwijl ze deden alsof dat niet zo was.

'Het komt erop neer dat dit de verjaardag van mijn eigen hel is,' voegde ze eraan toe.

Rafael keek haar fronsend aan. 'De hele wereld denkt dat die vent een heilige is.'

'Ja, en de hele wereld denkt ook dat ik de dochter van een ten dode opgeschreven astronaut ben, die een tijdmachine bouwt om hem nog een keer te kunnen opzoeken voordat hij naar de maan afreist.'

Rafael lachte. 'Dat is je eigen schuld. Dan had je maar niet op je zestiende een Oscar moeten winnen.'

'Zeventiende,' zei ze.

Hij trok een wenkbrauw op.

Tuesday zag dat het steeds drukker werd. Ze rookte haar spliff op. Ze keek op haar horloge. Ze had zich voorgenomen om een uur te blijven, zodat iedereen wist dat ze niet bang was om Bridger onder ogen te komen.

Nog twintig minuten en dan kon ze weg.

Maar ineens hoorde ze tumult achter haar. En ze hoorde Bridgers bulderende actiefilmstem. Die stem was nep. Zijn echte stem was hoger en nasaal. Dat wist ze omdat zijn echte stem eruit kwam wanneer hij praatte in zijn slaap. Maar zelfs bij haar, wanneer ze samen op de bank afhaaleten aten, gebruikte hij altijd zijn nepstem.

'Hé man, hoe gaat ie?' vroeg Bridger aan iemand in de deuropening.

Tuesday voelde dat hij vlak bij haar was. Ze wendde zich tot Rafael, want ze wilde zelf niet kijken. 'Hij komt eraan, hè?' Haar hart bonkte in haar keel. Want ze mocht anderen dan wel graag laten denken dat ze niet bang was voor een ontmoeting, in feite zag ze er als een berg tegen op.

Ze geloofde niet dat ze het aankon om hem te zien doen alsof ze hem vreselijk had gekwetst. Ze kon dat briljante arme-ik-spelletje van hem gewoon niet meer aan. Hij speelde zijn slachtofferrol zo goed dat ze het doodeng vond.

Goed, ze had hem verlaten op hun trouwdag. Goed, dat had ze handiger kunnen aanpakken. En goed, het was terecht geweest dat ze zich bij hem had verontschuldigd.

Dat had ze dus gedaan, in de bruidssuite, in haar trouwjurk, tien minuten voordat ze de kamer uit zouden moeten lopen.

Ze had gezegd: 'Volgens mij doen we dit om de verkeerde redenen.'

En hij had gezegd: 'We hoeven toch niet dolverliefd te zijn of zo? Maar we vullen elkaar goed aan. Iedereen is dol op ons. En ik ben echt dol op je. Volgens mij ben je de beste actrice van onze generatie.'

'Bridge,' had ze gezegd. 'Ik wil trouwen met iemand die mijn grote liefde is. Ik wil wachten op mijn soulmate.'

En hij had gezegd: 'Kom op, zeg. Uitgerekend jij zou toch het verschil moeten weten tussen het echte leven en films.'

Tuesday had zijn handen losgelaten en was haar trouwjurk gaan uittrekken. 'Ik kan dit gewoon niet. Sorry. Ik kan niet met je trouwen. Ik dacht dat ik het kon. Ik dacht dat ik die cover op dat blad wilde maar... ik kan het niet.'

'Tuesday, trek je jurk weer aan. De show begint over vijf minuten.'

Ze had haar hoofd geschud. 'Ik doe het niet. Het spijt me.'

Ze had haar agent gevraagd om haar ouders te waarschuwen die op de eerste rij zaten te wachten. Met z'n drieën renden ze naar haar auto en reden weg.

Bridger ging gewoon naar de kapel en deed alsof hij Tuesday elk moment verwachtte. Hij begon te huilen voor het altaar. En toen verkocht hij het verhaal aan *Now This*.

Dat was vier maanden geleden. En al die tijd had ze hem niet gezien.

En precies op het moment dat ze hem dichterbij hoorde komen, kwam ze tot de conclusie dat ze hem vanavond ook niet wilde zien.

'Raf, sorry, ik kan dit niet,' zei ze. En ze begon weer te rennen, deze keer naar de tennisbaan. Maar toen ze bij het hek kwam, ontdekte ze dat ze niet alleen was. Rafael was met haar mee gerend.

'Snel!' zei hij terwijl hij het hek opentrok. 'Voordat die klootzak ons ziet!'

Tuesday glipte door het hek. Hij volgde haar en deed het weer achter hen dicht. Ze begonnen allebei te lachen.

Ineens waren ze alleen op de tennisbaan van Brandon Randall, aan het strand van Malibu met duizend sterren aan de hemel.

Tuesday haalde de wiet die ze bij zich had uit haar zakken en liet alles aan Rafael zien.

Hij knikte en maakte zijn eigen zakken leeg. Quaaludes en lsd.

'En nu zouden we eigenlijk moeten zeggen: "Zeg nee tegen drugs",' merkte Tuesday grijnzend op.

'Je zegt maar wat je wilt,' zei hij, 'als je daarna maar high met me wordt.'

Opeens leek Tuesdays avond veel leuker te worden dan ze had verwacht.

Het feest was in volle gang.

Hoewel niemand de tel bijhield, waren er zevenentwintig mensen in de salon, onder wie Hud. Er hingen twintig mensen in de keuken rond, onder wie Kit, en tweeëndertig in de achtertuin, onder wie Jay. Er waren stelletjes en kleine groepjes die zich naar de huiskamer, de eetkamer en de studeerkamer begaven.

Er bevonden zich zeven mensen in de vijf badkamers van het huis. Twee aan het plassen, drie aan het snuiven en twee hadden er seks.

Jay had eerst bij het zwembad gedaan alsof hij zich vermaakte door wat te kletsen met surfvrienden uit Ventura County. Toen had hij gedaan alsof hij zich in de salon vermaakte door te kletsen met een paar soapactrices en toen deed hij overal zo'n beetje alsof hij zich vermaakte door te kletsen met wie hij dan ook tegenkwam. Maar in feite deed hij slechts twee dingen echt: hij hield de deur én zijn horloge in de gaten.

Wanneer zou Lara komen?

Jay keek naar het zoveelste groepje dat binnenkwam waar Lara niet bij was. Gefrustreerd besloot hij boven even te gaan plassen.

Hij zag Ashley dus niet binnenkomen. Hij zag niet dat ze om zich heen keek, op zoek naar Hud. Hij zag niet dat ze Hud helemaal achter in het huis vond, waar hij stond te praten met Wyatt Stone en de andere bandleden van de Breeze.

Hud keek op en er verscheen meteen een lach op zijn gezicht. Ondanks de vele complicaties was hij blij haar te zien. 'Je bent gekomen,' zei hij toen ze bij hem kwam staan.

Ze droeg een strakke fuchsiarode jurk met een wijde blazer erover waarvan ze de mouwen had opgestroopt. In haar blonde haar had ze een lage scheiding aangebracht, en een kant werd bijeengehouden door een haarkam. Haar lange oorbellen schitterden in het licht van de lampen.

'Ik ben gekomen,' zei ze en toen omhelsde ze hem, kort.

'Waarom ben je van gedachten veranderd?' vroeg hij.

'Het voelde stom om iets wat zo mooi is geheim te houden,' zei ze met een klein lachje.

Hij voelde druk op zijn borst. Hij moest haar nog vertellen dat hij alles had verknald. Dat zou hij zo meteen ook doen.

Alleen nu nog niet.

Nina stond in de salon samen met Brandon met Bridger Miller te praten.

'En het ziet er dan wel uit alsof ik met blote handen een gebouw van tien meter hoog beklim,' vertelde Bridger, 'maar in werkelijkheid hoefde ik nog niet eens twee meter te klimmen.' Hij prikte met zijn vinger in de lucht. 'Maar het zag er cool uit, hè?'

'Echt indrukwekkend,' zei Brandon.

Hoewel Nina niet zo gecharmeerd was van Bridger, moest ze toegeven dat ze *Race Against Time* had gezien en dat de scène inderdaad behoorlijk indrukwekkend was geweest.

Toen Bridger Brandon iets vroeg over de Olympische Spelen van het komende jaar, richtte Nina haar aandacht op de voordeur. Er stroomden nog steeds mensen naar binnen en de deur was inmiddels klemgezet met een grote steen die iemand in de tuin moest hebben gevonden.

Ze zag dat iedereen elkaar lachend en met gespreide armen begroette. Er klonk een heel koor van: 'Daar ben je!' en 'Je bent toch gekomen!' en 'Jezus, lang niet gezien!'

Nina zag een jong meisje in een paarse jurk binnenkomen. Ze maakte een lichtelijk verdwaalde indruk. Nina vroeg zich af wie ze kende, hoe ze wist dat hier een feest was. Terwijl het meisje onbeholpen de salon in liep, kwam er een man op Brandon en Nina af met de woorden: 'Ik dacht dat jullie gescheiden waren.'

Nina vroeg zich af wat dat toch was met sommige mensen, dat ze dachten dat ze alles wat in hen opkwam hardop konden uitspreken.

Brandon zei tegen de man: 'Je moet niet alles geloven.' Daarna knipoogde hij naar hem.

Chris Travertine, Nina's agent, kwam ook binnen en zag haar naast Brandon staan. Hij droeg een double-breasted blauw pak met een T-shirt eronder en had zijn mouwen net hoog genoeg opgestroopt om met zijn gouden Rolex te kunnen pronken. Glimlachend liep hij naar Nina toe. Hij kuste haar op haar wang.

'Zijn jullie weer bij elkaar?' fluisterde hij in haar oor. 'Goeie move.'

Ze toverde een lachje tevoorschijn. 'Leuk dat je er bent.'

Chris legde zijn hand op haar middel, boog zich weer naar haar toe en zei: 'Voor jou doe ik alles, schat. Heb je mijn bericht gekregen?'

Nina zuchtte. 'Over *Playboy* bedoel je?'

Hij trok zijn wenkbrauw op. 'Ik vind dat je het moet doen.'

Ze glimlachte beleefd.

'Denk er nog maar even over na. Als je ziet om hoeveel geld het gaat, zul je wel overstag gaan.' Hij knipoogde, maakte een schietgebaar met zijn vinger en liep toen weg om een biertje te gaan halen.

Er kwam een serveerster langs met een blad vol glazen witte wijn. Brandon pakte er eentje en hield het in de lucht. 'Mag ik even het woord nemen? Ik wil graag het glas heffen op mijn fantastische vrouw, Nina. Zij weet hoe je een feest moeten geven, of niet?'

De aanwezigen hieven hun glas en juichten.

'En hiermee is het feest geopend! Ik zou zeggen: veel plezier, word dronken, maar laat mijn meubels heel!'

Negen uur 's avonds

Ricky Esposito – die jongen van de doka op Pepperdine University – stond in de keuken crackertjes met kaas te eten. Hij had Kit al vier keer voorbij zien komen en iedere keer weer werd zijn blik naar haar buik getrokken.

Hij was al drie jaar stiekem een beetje verliefd op haar, hoewel hij nog nooit een woord met haar had gewisseld en ervan overtuigd was dat ze niet eens wist dat hij bestond. Maar als je je hele leven in dezelfde stad woonde, wist je gewoon wie wie was. En iedereen wist wie de Riva's waren.

Soms ging Ricky naar Riva's Seafood en bestelde daar gefrituurde mosselen, een grote coke en frietjes. Hij zat dan op een van de houten banken naast het parkeerterrein in de hoop Kit Riva tegen te komen.

Hij had nog nooit zo'n interessant iemand gezien.

Hij vond het leuk dat ze nooit haar best deed om er mooi uit te zien. Hij vond het leuk dat ze een sterk en stevig lichaam had. Hij had het idee dat ze zo'n meisje was dat zelf spinnen doodmaakte en daar geen man voor nodig had, en ook dat vond hij leuk aan haar, want eerlijk gezegd was hij zelf bang voor spinnen.

Af en toe zag hij haar surfen bij Surfrider Beach. Hij zat graag op een bankje op de pier naar de vissers te kijken. Maar Kit herkende hij altijd als ze op het water was. Ze had iets stoers en dat vond hij leuk. Ze was agressief tegen de golven en conformeerde zich niet aan andere mensen. Ricky had zich altijd voorgesteld om met zo'n vrouw te trouwen. Zijn moeder was precies zo.

Nu moest hij alleen nog moed verzamelen om haar aan te spreken.

Nina was weggelopen bij Brandon en stond bij de voordeur te praten met een paar jonge modellen. Ze bombardeerden haar met vragen: wie was de ontwerper van haar rok? Wat voor merk eyeliner had ze op?

'Ik bedoel, wat doe je met je huid? Die is bijna... lichtgevend?' zei de langste en slungeligste. Ze was een brunette met blauwe ogen en Nina wist inmiddels dat ze vorig jaar had meegelopen in de herfstshows van McLaren en Westwood, want daar begon ze steeds weer over.

'O, dank je,' zei Nina vriendelijk.

'En wat doe je met kraaienpootjes?' vroeg het meisje dat er wat liever uitzag.

'Wat ik met kraaienpootjes doe?'

'Ja, om te voorkomen dat je ze krijgt.'

'O. Nou, als ik ga surfen smeer ik er soms zinkzalf op. En moisturizer,' zei Nina.

'La Mer?' vroeg het lange meisje. 'Crème de la Mer. De moisturizer?'

'Ik gebruik gewoon Noxzema,' vertelde Nina.

Het lange meisje en het lieve meisje keken elkaar snel even aan. Niet voor het eerst bekroop Nina de gedachte dat ze niet zo'n goed model was. Ze maakte zich los van het groepje, alsof iemand haar nodig had, en begon door het huis te dwalen.

Brandon stond nog steeds in de salon te oreren, omringd door wat fotografen en kunstenaars die zich voor de Lichtenstein boven de open haard hadden verzameld.

Ze keek van een afstandje naar hem, zag dat hij woest gebaarde terwijl iedereen bijna in katzwijm om hem heen stond. Omdat ze ineens heel erg behoefte kreeg aan een glas wijn, liep ze door naar de keuken.

Op weg ernaartoe zwaaide ze nog even naar een groepje surfers uit Venice die op de bank bier zaten te drinken. Ze glimlachte naar de drie acteurs die probeerden te doen alsof ze geen coke aan het snuiven waren van haar tafeltje in de hal. Ze begroette de vier vrouwen die voor de gasten-wc over *Dynasty* stonden te praten.

Nog voordat ze bij de wijnbar was die ze hadden opgesteld in de keuken, kwam er een serveerster langs met een dienblad merlot en Nina glimlachte naar haar en pakte een glas.

'Sorry, maar ik wil het toch even zeggen, u heeft een prachtig huis,' zei de serveerster. Ze had rood haar en groene ogen.

Haar glimlach beviel Nina wel. 'Dank je,' zei ze. 'Helemaal het werk van mijn man.'

En toen vervolgde de serveerster haar weg en bleef Nina staan waar ze was, terwijl de mensen om haar heen drentelden.

Actrices, modellen, muzikanten. Surfers, skaters, volleybalspelers. Agenten en directeuren. Marketinglui. Schrijvers, regisseurs, producers. Die twee klootzakken van die stomme lachfilm die iedereen zo leuk vond. De halve cast van *Dallas*. Drie Lakers. Het was nog maar net negen uur en Nina had nu al het gevoel dat de hele wereld in haar huis was.

Ze nipte aan de merlot met haar ogen dicht, de wijn meer inademend dan ervan proevend. Het liefst zou ze zich in haar slaapkamer verstoppen.

Ineens zette de dj '1999' op en er brak iets open in Nina's borst. Gewoon de klank van Prince' stem, de beat. Deze song, op dit moment... Ze kreeg het gevoel dat ze de hele wereld achter zich kon laten – alle mensen, Brandon – en dat ze gewoon heel even kon genieten.

Ze liep het gazon op waar sommige feestgangers begonnen te dansen.

'Oké, Nina! Voetjes van de vloer!' riep een vrouw haar toe vanuit de bewegende massa. Het was Wendy van het restaurant.

'Je bent toch gekomen,' zei Nina glimlachend. Ze begon met haar heupen te zwaaien en bewoog haar schouders heen en weer. Ze kon niet echt goed dansen, maar als je van een bepaald nummer hield maakte dat niet uit.

'Leuk om je ook eens zo mee te maken,' zei Wendy.

Wendy kon veel beter dansen dan Nina, veel sexyer. Nina verbaasde zich over het gemak waarmee ze rondhupste. 'Hoe bedoel je?' riep ze boven de muziek uit.

'Ik weet het niet, luchtiger of zo. Zorgeloos?'

Nina vroeg zich af of iedereen haar stiekem soms nogal stijfjes vond. En toen vroeg ze zich af of ze dat inderdaad ook was.

'Het komt door Prince,' zei ze. 'Dat doet hij met mij.'

'Dat doet hij met iedereen,' zei Wendy.

Nina zag Hud bij de barbecue en ze riep hem, wilde hem vragen ook te komen dansen, maar hij stond met een vrouw te praten. Nina keek wat beter. Met wie stond haar broer daar te flirten?

Het was Ashley. Hud stond met Ashley te praten.

Hij doet het met haar.

Het was zonneklaar, vond Nina. Zoals ze daar stonden, dicht bij elkaar, lichamelijk compleet op hun gemak bij elkaar. Je kunt het zien als mensen dat met elkaar hebben. Je kunt het duidelijk zien als je maar goed kijkt.

En die twee hadden samen een soort elektrificerende tevredenheid over zich.

Nina wist ook meteen dat Jay dat helemaal niet leuk zou vinden. Jay bezat niet het vrijgevige zelfvertrouwen om deze klap zonder problemen te kunnen opvangen. En Nina kreeg een somber voorgevoel wanneer ze eraan dacht hoe deze avond zich zou ontwikkelen. De ruzie, de puinhoop.

Nina voelde het gewoon: deze avond zou niet goed eindigen.

Jay kwam de trap af toen hij haar zag.

Daar was ze. Lara. Zijn Lara – als mensen al van iemand anders konden zijn.

Ze stond bij de deur naast Chad, gekleed in een eenvoudig wit T-shirt dat ze in haar zwarte minirokje had gestopt. Ze leek wel een kilometer lang, alsof ze alleen uit benen bestond. Jay wilde alleen nog maar zijn handen over die benen laten glijden, van haar enkels tot aan haar kont; wat een gladde tocht zou dat zijn, wat zou hij er lang over doen.

Hij riep zichzelf tot de orde en liep naar hen toe, zo nonchalant mogelijk. 'Jullie zijn er,' zei hij. 'Wat willen jullie drinken?'

'Zal ik anders even naar de bar lopen?' opperde Chad. 'Wacht hier maar op me.'

Lara wilde witte wijn met spuitwater. Jay wilde nog een whisky-cola. En toen was Chad weg.

Jay keek naar Lara, naar haar idioot grote ogen en dunne lippen. Hij had het gevoel alsof ze hier alleen waren, al waren ze dan omringd door wel tweehonderd mensen. Maar wat konden die mensen hem nu schelen? De muziek, de mensen, de herrie?

Hij trok Lara tegen zich aan. 'Ik ga je kussen,' zei hij.

'Oké,' zei ze. 'Kus me maar.'

Hij drukte zijn lippen op de hare. Zij smaakte naar pepermunt en hij naar whisky.

Toen hij haar hand beetpakte trok er een duizeling door zijn hoofd. Het kwam door de drank. Maar ook door het opwindende gevoel dat je je van je sokken liet blazen. Het voelde zo goed om te vallen.

Vanessa keek door het raam naar Hud die in de tuin met een blonde vrouw stond te praten. 'Wie is dat bij Hud?' vroeg ze zo terloops mogelijk. 'Ik bedoel, niet dat het me wat uitmaakt.'

'Ik weet het niet,' zei Kit afwezig. Die ene jongen, Ricky, keek de hele tijd naar haar. Er waren nog wat jongens die continu naar haar keken. Seth had voor de zoveelste keer naar haar geglimlacht en die ene jongen van het Sandcastle, Chad, keek ook steeds. In deze kleren was het alsof de ruimtes die ze betrad echt plaats voor haar maakten.

Ze wist nog niet precies wat ze daarvan vond. Het enige wat ze zeker wist was dat ze niet met Seth of Chad wilde gaan praten. Die leken te... cool, alsof ze iets van haar verwachtten wat ze nog niet wilde geven.

Vanessa keek nog steeds naar Hud die glimlachte naar de vrouw met wie hij praatte. Hij kuste haar snel in haar nek, vlak achter haar oor. De vrouw sloot haar ogen en streelde teder Huds gezicht.

De moed zonk Vanessa in de schoenen.

'Zie je die jongen daar?' vroeg Kit. 'Volgens mij kent hij mijn broer. Ricky nog wat.'

Vanessa keek in de richting die Kit aanwees en probeerde niets te laten merken van haar teleurstelling. 'O wauw, oké, die heeft echt een oogje op je,' zei ze.

'Niet zo kijken!' Kit vond dat Vanessa veel te hard praatte.

Vanessa wierp weer een steelse blik op Hud. Inmiddels hielden hij en die vrouw elkaars hand vast, een beetje stiekem, alsof ze niet wilden dat iemand het zag.

Vanessa sloot haar ogen. Het was een onverdraaglijke aanblik. Had ze nou echt gedacht dat het vanavond zou gebeuren? Dat Hud vanavond zomaar verliefd op haar zou worden? Belachelijk gewoon. Echt compleet belachelijk. Ze had het gevoel dat ze elk moment kon gaan huilen.

'Moet ik iets tegen hem zeggen?' vroeg Kit. 'Ik bedoel, als hij naar me toe komt?'

'Hè?' Vanessa keek weer naar Kit en probeerde te volgen wat ze zei. 'O ja. Dat moet je beslist doen.' Ik ga niet huilen, hield ze zichzelf voor terwijl ze haar tranen verbeet. Ze moest gewoon iets met iemand anders beginnen. Ze kon niet in een hoekje gaan zitten verpieteren alleen maar omdat iemand haar gewoon niet zag staan, zelfs na al die jaren niet. Hoewel ze nog maar net begon te ontdekken wat voor soort vrouw ze was, besloot ze dat ze het soort vrouw wilde zijn dat dat soort dingen niet deed. Ze richtte nu haar volledige aandacht op Kit. 'Je moet gewoon zelf op hem afstappen.'

Kit nam een slokje water uit haar plastic bekertje. Ze had nog nooit een druppel alcohol gedronken, nog nooit geblowd. En dat was ze ook niet van plan. Ze nam haar bekertje van haar mond en wierp snel een blik op Ricky. Ze keek naar hoe hij rondhing voor het raam en deed alsof hij naar buiten keek, terwijl hij helemaal nergens naar keek. Hij leek het totaal niet erg te vinden om op een groot feest helemaal alleen te zijn.

Hij had iets.

Hij was degene die ze zou kussen.

Tien uur ’s avonds

Seth Whistles stond met een flesje bier in zijn hand aan de rand van het zwembad met Hud en Ashley te praten.

Seth had de pijpen van zijn spijkerbroek omgeslagen en zijn All Stars waren nieuw. Zijn haar zat met een idioot grote hoeveelheid mousse aan zijn hoofd geplakt.

‘Wanneer gaan jij en Jay naar Hawaï?’ vroeg hij.

‘Binnenkort,’ antwoordde Hud. ‘Hopelijk pakt Jay daar alle drie de prijzen.’

‘Jullie zullen vast wel weer een cover krijgen,’ zei Seth.

‘Laten we het hopen,’ zei Hud. ‘We wachten af.’

‘Die krijgen jullie echt wel,’ stelde Ashley hem gerust.

‘Tuurlijk,’ beaamde Seth. Ineens bedacht hij dat het eigenlijk raar was dat Ashley hier was. Zij en Jay hadden het onlangs toch uitgemaakt?

Ashley merkte dat Seth haar aandachtig opnam.

Hud merkte het ook. ‘Ik ga nog een biertje halen,’ zei hij. ‘Willen jullie nog wat?’

‘Ik loop wel even met je mee,’ zei Ashley op een toon alsof ze het net had bedacht.

Alsof het puur toeval was dat ze dezelfde kant uit gingen, liepen ze weg bij Seth.

Seth, die zich een beetje in de steek gelaten voelde, nam ongemakkelijk een slok bier en keek om zich heen of hij iemand anders zag om mee te praten. Hij liet zijn blik over gezichten dwalen, op zoek naar iemand die hij kende, en probeerde ondertussen oogcontact te maken met elk leuk meisje dat hij zag.

Bij hem stond op ieder feest, in iedere bar, op elk strand, het hart wagenwijd open, op zoek naar de Ware. Zijn soulmate, zijn maatje. Zijn grote liefde.

Toch lukte het hem nooit Haar te vinden. Hij ontmoette steeds vrouwen die hem wel aardig vonden maar meer niet, of vrouwen die slechts belangstelling voor hem hadden in afwachting van iets beters. Hij vond nooit wat hij zocht: ware liefde.

Hij probeerde de blik te vangen van een meisje dat hij herkende uit *General Hospital*, een serie waar hij af en toe stiekem naar keek wanneer hij een middagje vrij had. Deze zomer had hij wat vaker gekeken omdat Luke terug was in Port Charles.

Hij vond haar een fantastische actrice. En nu was ze hier en stond ze een sigaret te roken bij de barbecue.

Toen ze zijn kant uit keek, glimlachte hij.

Hem negerend nam ze nog een trekje en keek toen weer naar haar vrienden.

Als Seth nou gewoon naar de oprijlaan ging. Want daar bevond zich op dit moment zijn volmaakte match.

Ze stond op de eerste trede van het bordes met een groepje vrouwen te discussiëren over of Lionel Richie nou een klootzak was of niet.

Ze heette Eliza Nakamura. Ze droeg een jumpsuit met een riem om haar middel en hoge hakken. Haar vader was Japans, haar moeder Zweeds. Ze werkte op de developmentafdeling van de Geffen Company. Ze vond het vreselijk wanneer mensen haar *script girl* noemden.

Iedere ochtend trok ze een gympakje, een legging en beenwarmers aan en vertrok naar de sportschool voor de les van kwart voor zes. Daarna nam ze een douche, smeerde mousse in haar haar, föhnde het, deed haar pony goed en zette het geheel vast met haarspray. Vervolgens trok ze een doorzichtige panty aan en een van haar mantelpakjes. Altijd met extra dikke schoudervullingen.

En dan stapte ze in haar witte cabriolet en wurmde zich tussen het bumper aan bumper rijdende verkeer op de 101.

Op haar werk las ze scripts en beval de goede bij haar bazen aan. Ze voorzag ze van commentaar. Ze lunchte met agenten en regisseurs in Spago en in de Ivy. Ze maakte iedere avond van de week afspraken met collega's om iets te gaan drinken in tenten als Yamashiro. Ze bewaarde elk visitekaartje dat ze kreeg in haar Rolodex. Ooit wilde ze zelf een studio runnen. Ze wist dat ze daar goed in zou zijn. Ze wist dat ze zich nergens door mocht laten afleiden.

Wanneer haar baas met zijn hand onder haar rok gleed, glimlachte ze naar hem en liep weg. Wanneer een producer haar achternazat om de waterkoeler heen, probeerde ze het weg te lachen.

In het weekend ging ze uit met vriendinnen. Ze zochten dan een bar uit op de Sunset Strip – de Roxy, de Rainbow of misschien een feest in Motley House – waar ze tot diep in de nacht zat te vrijen met een willekeurige metal rocker met eyeliner; maar net waar haar oog op viel.

Eliza was niet noodzakelijkerwijs op zoek naar liefde. Ze had andere dingen aan haar hoofd, zowel voor de korte als lange termijn. Op haar werk hengelde ze naar de positie van hoofd productie die vrijkwam. Ze was aan het sparen voor haar eigen flatje in West Hollywood. Ze wist nog niet of ze eigenlijk wel kinderen wilde.

Maar een bepaald type man zou haar goedkeuring wel kunnen wegdragen: een goede man, die aardig was, die geen spelletjes speelde en begreep dat haar carrière belangrijk voor haar was, dat ze altijd bij de film zou blijven werken en dat ze nooit anders had gewild. Een man die haar iedere nacht een orgasme kon bezorgen en niet van haar verwachtte dat ze 's ochtends de ontbijttafel dekte. Zo iemand zou ze met open armen welkom heten.

Maar terwijl Eliza stond te luisteren naar haar vriendin Heather en twee andere meisjes die overwogen om wel of niet met bepaalde acteurs binnen te gaan praten, was ze compleet tevreden met haar leven zoals het was. In haar appartement lagen twee scripts op haar te wachten die ze maandag gelezen moest hebben. Ze verheugde zich erop om dat morgen te kunnen gaan doen.

En daarom ging ze niet naar binnen, maar bleef ze buiten voor het huis met haar vriendinnen staan kletsen.

En Seth bleef in de achtertuin hangen, op zoek naar liefde.

Hud pakte Ashleys hand. 'Kom,' zei hij met een knikje naar het afgesleten pad en de trap langs het klif.

'Naar het strand?' vroeg Ashley.

'Heel even maar,' zei hij. 'Ik wil niet dat iemand ons hoort.'

Hij leidde haar voorzichtig de trap af, en op het strand aangekomen, gingen ze naast elkaar zitten. Het zand was koud, bijna nat, nu het bevrijd was van de hitte van de zon.

Hij sloeg zijn arm om haar schouders. 'Ik heb het verknald,' biechtte hij op.

'Hoe bedoel je?' vroeg ze.

Hij schudde zijn hoofd en sloeg toen zijn handen voor zijn gezicht. Hij had het Jay al veel eerder moeten vertellen. Hij had het meteen moeten zeggen toen hij merkte dat hij gevoelens voor Ashley begon te ontwikkelen, toen zij en Jay nog samen waren, nog voordat hij ooit met haar naar bed was geweest, voordat hij verliefd op haar was geworden, voordat... voordat... voordat...

Wat voor man gaat er nou naar bed met de vriendin van zijn broer?

'Ik heb tegen Jay gelogen,' vertelde hij. 'Ik deed net alsof ik hem wilde vragen hoe hij het zou vinden als ik je mee uit vroeg in plaats van... nou ja, je weet wel.'

Ashley zette zich schrap. 'En hoe reageerde hij?'

Hud keek haar aan. 'Hij zei dat hij dat geen goed idee vond.'

Fronsend wendde Ashley haar blik af. Ze keek naar het water en zag het getij zijn eigen tempo aanhouden, zonder enige haast.

Ze had hem niet het gevoel willen geven dat hij dit moest doen. Ze had hem niet het gevoel willen geven dat hij moest kiezen. Maar misschien zou het daar wel op uitdraaien. Dat werd haar ieder moment duidelijker.

'Ik zal vanavond met hem praten,' zei Hud. 'Echt. Ik zal zeggen hoe het zit. Dat het serieus is tussen ons. Dan begrijpt hij het wel.'

Ashley keek naar de golven die kwamen aanrollen en naar het maanlicht dat weerkaatste op het water in kronkelige strepen. Ze haalde diep adem.

'Hud,' zei ze. 'Ik ben zwanger.'

Elf uur 's avonds

Bobby Housman zag eruit alsof hij een denimstore had leeggeroofd. Hij droeg een zwarte, gebleekte spijkerbroek, een druk geel overhemd en een spijkerjasje met de kraag omhoog.

Hij was niet aantrekkelijk. Hij was gezet en had een nogal cartooneske neus. Hij had altijd geweten dat, mocht hij het willen maken in Hollywood, het achter de schermen zou zijn. Dat vond hij prima. Sinds hij oud genoeg was geweest om films te kijken, had hij ze nauwkeurig bestudeerd in de kelder van het huis van zijn ouders, iets buiten Buffalo.

En inmiddels was hij de man die de grootste hits van de afgelopen tien jaar had geschreven. *Gorgeous, Baby. Summer Break. My Mia.* Bobby Housman was tweeëndertig en werd beschouwd als de grote ster van de jonge scenarioschrijvers in Hollywood. Hij had altijd gedacht dat hij, als die dag zou komen, zijn gekmakende remmingen overboord zou gooien en de tijd van zijn leven zou hebben. Maar in werkelijkheid had zijn succes hem niet veranderd.

Drie comedy-kaskrakers achter zijn naam en nog steeds voelde hij zich op premières een of ander muurbloempje, de man die niemand durfde aan te kijken bij de uitreiking van de Golden Globes.

Maar de feesten van de Riva's had hij altijd leuk gevonden. In de zomer dat *Gorgeous, Baby* was uitgekomen had een producer hem er mee naartoe genomen. Op die avond in 1980 had hij een joint gerookt met

Tuesday Hendricks en haar aan het lachen weten te maken. En ieder jaar voelde hij zich hier iets meer op zijn gemak.

Die avond, toen Bobby bij het huis aankwam, zag hij dat het er stampvol was. Hij was in feite de eerste die hardop zei dat alles er wat gekker aan toe leek te gaan dan in voorgaande jaren. Het precieze woord dat hij gebruikte was: 'Wauw.'

Toen hij door het keukenraam keek zag hij Nina Riva en die tennisser staan. Nina nam een slokje wijn en praatte met een vrouw die naast haar stond.

Onwillekeurig verscheen er een glimlach op Bobby's gezicht toen hij haar zag. Hij vond die foto van de T-shirt-reclame fantastisch, zoals ze met een arm tegen de deurpost leunde, met haar lange haar. Dat doorkijkshirt en dat rode ondergoed. 'Soft to the touch'. Echt heel goed. Deels was hij naar Hollywood gekomen om zo'n vrouw tegen te komen, zo'n lang en slank en gebruind type. Californische vrouwen, man o man. Die braken je hart, stuk voor stuk.

Bobby zag dat Nina haar man even op zijn arm tikte en toen de keuken uit liep, zijn blikveld uit. Hij herinnerde zich weer wat zijn plan was en toog aan het werk. Hij had de hele dag besteed aan het verzamelen van een obsceen grote hoeveelheid coke en zou die aan iedereen uitdelen. Einde van het muurbloempjestijdperk.

Toen hij de hal binnenkwam zag hij een serveerster – Caroline – langslopen met een blad garnalen.

'Ook kokosgarnalen?' vroeg ze toen ze zag dat hij keek. Ze hield hem het blad voor en pakte alvast een servet voor hem.

Alleen haar schoonheid maakte Bobby al nerveus. Hij probeerde er niet bij stil te staan. 'Mag ik... mag ik je dienblad?' vroeg hij.

'Mijn dienblad?' vroeg ze.

'Ja, als dat mag.'

'Ik kan je niet zomaar mijn blad geven.'

'Omdat er garnalen op liggen?' vroeg hij.

'Eh... ja.'

Bobby kreeg ineens inspiratie; hij pakte de overgebleven drie garnalen en at ze op. En toen zei hij: 'Nu liggen er geen garnalen meer op.'

'Dat is waar,' zei Caroline. Ze overhandigde hem glimlachend het blad en wilde weglopen.

'Wacht,' zei Bobby. 'Ik heb iets voor je. Als je wilt. Wacht even.' Hij keek haar een fractie van een seconde aan en in die fractie van een seconde voelde hij een vonk van iets wat sterk genoeg was om hem hoop te geven.

Hij veegde het blad schoon met een servet. En pakte toen een pakje van een pond cocaïne uit zijn binnenzak. Er lag nog een kilo in zijn auto.

'O mijn god,' zei Caroline.

'Ja, hè?' Bobby strooide er iets uit en begon er met zijn Amex Gold-creditcard lijntjes van te maken. En toen rolde hij een biljet van honderd op, hoewel hij zich er een beetje voor schaamde dat dat het kleinste biljet was dat hij had.

Hij hield het blad op als een echte ober en keek haar aan. Waarschijnlijk viel ze op gladde kerels met mooi haar. Waarschijnlijk zag ze de onhandige, dikkige types als hij niet eens staan. Maar op dit moment had hij het gevoel dat hij op zijn minst een poging kon wagen, dat was helemaal niet raar. En even schoot door hem heen dat dat misschien altijd zijn probleem was geweest, dat hij altijd bang was geweest om raar over te komen. 'Ook een lijntje?' vroeg hij.

Caroline was betoverd door de omkering van rollen. Het was effectiever dan Bobby ooit had kunnen bedenken. Ze was veel liever iemand die bediend werd dan degene die bediende.

Glimlachend pakte ze het opgerolde honderdje van hem aan. Ze boog zich voorover. De coke voelde koud aan in haar neus en brandde in haar neusholte. Ze deed haar hoofd weer omhoog en zei: 'Dank je.'

Hij glimlachte naar haar. 'Graag gedaan.' Toen voegde hij eraan toe: 'Voor de duidelijkheid, voor jou zou ik echt alles doen, wat en wanneer je maar wilt.'

Ze bloosde.

Wat had die man? Hij was niet echt leuk. Hij leek niet erg cool. Maar hij gaf haar het gevoel dat ze werd bewonderd. Het was alsof hij begreep dat zij de ware ster van dit feest was. En voor dat gevoel was ze helemaal uit Maryland naar Los Angeles gekomen: om zich een ster te kunnen voelen.

'Je bent aardig,' zei ze. 'Dat is toch zo?'

Met een scheef lachje zei hij: 'Vernietigend aardig.'

'Mag ik meedoen?' vroeg Kyle Manheim die ineens uit het niets opdook.

Caroline had hem om zeven uur precies zien binnenkomen met die Wendy en het andere personeel van Riva's Seafood. Hij was duidelijk van plan de mooiste avond van zijn leven te hebben.

Bobby hield het dienblad met een groots gebaar voor hem op. 'Er is genoeg voor iedereen!' schreeuwde hij.

Caroline probeerde weg te glippen, maar Bobby wist genoeg moed te verzamelen om haar hand te pakken. 'Blijf,' zei hij. 'Als je wilt.'

'Ik moet werken,' zei ze.

'Maar de garnalen zijn op.'

Iets aan de manier waarop hij dat zei, zoals hij haar smeekte om bij hem te blijven, de simpele vaststelling dat hij haar als gezelschap wilde... het was een van de meest romantische dingen die Caroline ooit had gehoord. *Maar de garnalen zijn op.*

Caroline zal later die avond, wanneer zij en Bobby seks hebben in de kast naast de voordeur, terugdenken aan dat moment. Niemand zal weten dat ze daar zijn. En Bobby zal zijn hand op haar achterhoofd leggen om te voorkomen dat ze haar hoofd stoot. En het zal heel teder en liefdevol zijn. En op het hoogtepunt, wanneer ze door hartstocht zijn bevangen, zal hij in de kleine ruimte waar nauwelijks lucht is, heel zacht zeggen: 'Ik had nooit gedacht dat ik kans maakte bij een meisje als jij.' En Carolines hart zal een sprongetje maken.

Ze weten niet wat de toekomst zal brengen, of hun paden zich ooit nog eens zullen kruisen. Maar ze hebben het gevoel dat – in elk geval die ene nacht – iemand hen heeft gezien zoals ze altijd gezien wilden worden. En dat zal voldoende zijn.

Een blad coke dat het feest rondging werd al snel twee bladen die het feest rondgingen. En toen waren het er ineens zes. Serveersters die coke aanboden als hors-d'oeuvres.

Voor Kit was het alsof ze op het ene moment op een leuk feest was, en toen even met haar ogen knipperde en iedereen plotseling zo high was als wat en ze allemaal geloofden in hun eigen mythes. Ik ben de grootste. Ik ben de grappigste. Ik heb het helemaal.

Kit kreeg coke aangeboden door niet minder dan drie serveersters, tot ze uiteindelijk zei: 'Ik hoef niet. Hou op daarmee.'

Ze liep naar de barbecue op de patio omdat ze frisse lucht nodig had en omdat Ricky daar was. Ze had besloten hem een kans te geven, als je dat zo kon noemen. Ze wist niet eens of hij wel belangstelling had. Misschien wel helemaal niet.

'O, hoi,' zei Ricky toen ze naast hem kwam staan. Hij had feta in zijn mondhoeken en Kit vroeg zich af of ze hem dat moest vertellen.

'Hoi,' zei ze.

'Yeah,' zei hij. Hij keek naar zijn sneakers, maar besefte ineens wat hij aan het doen was en keek weer op. 'Ik bedoel, ja, nogmaals hoi.'

Kit glimlachte. Misschien had hij toch belangstelling voor haar.

'Er zit een beetje feta op je lippen,' zei ze. Ze wees.

Hij pakte een servet van de tafel achter hem en veegde zijn mond af.

'Heb ik weer,' zei hij. 'Praat ik eindelijk met mijn droomvrouw en dan zit er feta op mijn lippen. Logisch.'

Kit bloosde.

Ricky glimlachte.

En Kit begon te denken dat het allemaal weleens een stuk gemakkelijker kon zijn dan ze had gedacht.

Nina stond naast Brandon in de huiskamer. Hij hield haar hand stevig vast en fluisterde in haar oor.

'Dank je,' zei hij. 'Je hebt van mij de gelukkigste man op de wereld gemaakt.'

De zekerheid in zijn stem beviel haar niet. 'Ik denk dat we nog veel te bespreken hebben,' zei ze.

'Natuurlijk.' Hij trok haar tegen zich aan. 'Ik weet dat ik wat goed te maken heb. Ik ben alleen blij dat je me die kans geeft. Om mijn fouten te herstellen.'

Nina glimlachte. Ze wist niet goed wat ze moest zeggen. Ze wist ook niet goed hoe hij zijn fouten dacht te herstellen. Maar ja, ze had gezegd dat ze hem nog een kans zou geven.

'Hé Bran,' zei een slungelachtige jongen in een gestreept rugbyshirt en een roze chino. Hij stond naast een jongen die een bermudabroek en suède schoenen aanhad. Er kwamen ieder jaar meer van die corpsbaltypes op haar feest en als ze eerlijk was moest ze toegeven dat dat Brandons invloed was. 'Denk je dat je volgende maand nog een Grand Slam-titel pakt?'

De voordeur ging open en Nina zag iemand binnenkomen die haar gelukkig het excuus gaf om bij Brandon weg te lopen. Haar beste vriendin, het model Tarine Montefiore.

Alle hoofden draaiden zich om naar de opvallend aantrekkelijke vrouw die net binnen was gekomen. De meeste mensen herkenden haar van de covers van *Vogue* en *Elle*, en van haar contract bij Revlon. Maar zelfs degenen die haar niet direct konden plaatsen, zagen meteen dat ze een van de mooiste vrouwen ter wereld was. Met haar donkere haar, warme bruine ogen en jukbeenderen zo scherp dat het was alsof je je eraan zou kunnen snijden, leek Tarine uit marmer gehouwen; voor een mens was ze bijna te perfect.

Ze had haar lange steile haar loshangen, op haar oogleden zat zilveren en zwarte oogschaduw en haar lippen glansden van de kleurloze lipgloss. Ze droeg een wit mini-jurkje met daaroverheen een zwart leren motorjack. Aan haar voeten had ze zwarte pumps waar een ander haar enkels in zou verstuiken, maar zij schreed moeiteloos de kamer in.

En dan was er nog haar accent. Tarine was geboren in Israël uit Spaans-Joodse ouders en was op haar elfde naar Parijs verhuisd, vervolgens op haar zestiende naar Stockholm en op haar achttiende naar New York. Ze had een accent dat compleet persoonlijk was.

Nina had haar een paar jaar geleden in Panama leren kennen bij een shoot voor badmode voor de *Sports Illustrated*. Ze hadden samen in een rubberbootje geposeerd in gele bikini's. De foto was zo bekend geworden dat *Saturday Night Live* er zelfs een parodie op had gemaakt met twee mannen.

Nina had Tarine meteen gemogen. Tarine vertelde haar welke fotografen handtastelijk waren en welke agenten hun modellen in bed probeerden te krijgen. Ze zei ook tegen Nina dat ze niet te breeduit moest lachen, anders was haar scheve ondertand te zien. Tarine was aardig, zelfs als aardig zijn betekende dat ze niet altijd even leuk was.

Nina was heel blij Tarine te zien. En ze was verbaasd toen de deur weer openging en Greg Robinson achter Tarine binnenkwam.

Ze had Greg nooit persoonlijk ontmoet, maar ze wist wie hij was. Hij had samengewerkt met haar vader. Hij was de producer van de grootste hits van de afgelopen twintig jaar. Sam Samantha. Mimi Red. The Grand Band. Greg was degene die deze mensen had geschapen, die hun muziek had geschapen. En eind jaren zestig had hij zelf ook wat hits gehad.

Toen Greg zijn hand terloops op Tarines schouder legde, begreep Nina dat haar zevenentwintigjarige vriendin iets had met een man van minstens vijftig.

Nina liep naar hen toe en Tarine glimlachte. Nina omhelsde haar stevig. 'Ik ben zo blij dat je er bent.'

'Ja, nou, het is het feest van de eeuw,' zei Tarine.

'Hoi Greg, welkom.' Nina gaf hem een hand.

'Ik vind het leuk om hier te zijn,' zei Greg. 'Ik ben gek op je vader. Een paar van mijn eerste opdrachten waren voor zijn platen. Fantastische kerel.'

Nina schonk hem haar geoefende lach.

Brandon had hen gezien en kwam ook bij hen staan. 'Hoi Tarine.' Hij hief zijn glas naar haar op.

'Brandon, wat een verrassing.' Van Tarines gezicht was niet af te lezen wat ze dacht.

Met een glimlach stelde Brandon zich aan Greg voor. Greg schudde zijn hand en keek even om zich heen. Toen hij de dj zag, vroeg hij: 'Zou ik zo ook even kunnen draaien?'

Nina, die niet meteen begreep wat hij bedoelde, volgde zijn blik.

'Greg kan er niet tegen als iemand anders bepaalt waar hij naar moet luisteren,' zei Tarine terwijl ze Gregs hand pakte.

Brandon keek naar hun verstrengelde handen, net iets te lang, en uit de manier waarop hij keek meende Nina op te maken dat hij niet zozeer verbaasd was over het leeftijdsverschil als wel over het feit dat Greg zwart was.

Brandon herstelde zich echter snel. 'Natuurlijk. Dat zouden we echt cool vinden.'

Nina wist niet wat ze erger vond. Dat Brandon probeerde te klinken als Greg of dat hij het over 'we' had.

'Ik loop wel even met je mee,' zei Brandon.

'Misschien vindt die jongen het helemaal niet leuk. Hij doet het vast goed,' zei Greg.

'Ach.' Brandon wuifde Gregs bezwaren weg. 'Hij krijgt sowieso betaald. Hij snapt het wel als hij hoort dat dé Greg Robinson er is.'

Greg lachte en toen liepen ze met zijn tweeën naar de dj met de bedoeling zijn hart te breken.

'Ik heb behoefte aan je allerbeste rode wijn, schat,' zei Tarine toen de mannen buiten gehoorsafstand waren. 'Niet die goedkope troep die je de anderen voorzet. Maar de wijn die je voor mensen als ik bewaart, alsjeblieft. Het was zo'n soort dag.'

Nina lachte. Tarine kon ontzettend vervelend zijn. Maar dat kon haar helemaal niets schelen. Ze bewonderde het dat Tarine zich niet anders voordeed dan ze was, dat ze zo zelfverzekerd was over wie ze was, alsof er nooit een andere mogelijkheid was geweest.

'Ik wil natuurlijk niet onbeleefd zijn,' vervolgde Tarine. 'Maar buiten staan mannen te roken in van die hobbezakkerige broeken. Ik kan echt niet dezelfde wijn drinken als dat soort lui.'

Lachend zei Nina: 'Die drinken vooral Coors van het vat.'

Aan de manier waarop Tarine fronste zag Nina dat haar vriendin nog nooit van Coors had gehoord, dat ze niet wist waar het over ging maar wel begreep dat het beneden haar stand was.

'Ik neem aan dat je daarmee wilt zeggen dat ik gelijk heb,' zei Tarine.

Nina nam haar aan de hand mee naar de hal. Bij een verborgen kleine deur onder de trap toetste ze vier cijfers in en liet Tarine toen de wijnkelder zien.

'Kijk maar wat je wilt,' zei ze terwijl ze Tarines hand losliet. 'Maar zorg dat je de deur achter je dichtdoet nadat je een fles hebt uitgezocht.'

'Waag het niet om me hier alleen te laten,' zei Tarine.

De muziek veranderde abrupt van new wave in top 40-muziek. Nina zag een heel stel jonge vrouwen via de keuken naar de huiskamer lopen. Ze hoorden een van hen roepen: 'Is Greg Robinson hier? Echt waar?'

Het feest werd nog rumoeriger en alles ging in een hoger tempo: de melodie, de beat, de enthousiaste uitroepen.

'Ik wilde eigenlijk gaan kijken hoe het er buiten voor staat,' zei Nina naar het gazon wijzend.

Tarine schudde haar hoofd en zei luid om boven het lawaai uit te komen: 'Nee, dat wilde je niet. Je blijft hier bij me terwijl ik mijn fles uitzoek en dan gaan we samen ergens zitten en dan kun jij me vertellen wat Brandon hier doet. Ik dacht dat we het hadden gehad met die slang.'

Nina werd een beetje misselijk bij de gedachte dat ze het moest uitleggen. Het liefst zou ze er een grapje over maken. Maar Tarine was niet iemand die je met een kluitje in het riet kon sturen. Heel kort vroeg Nina zich af hoe je zo werd. Wat was daarvoor nodig? Om je niet ongemakkelijk te voelen wanneer je andere mensen een ongemakkelijk gevoel gaf? Om niet het gevoel – een gevoel dat bij je hoorde zoals je bloed bij je hoorde – te hebben dat het jouw verantwoordelijkheid was om het anderen zo gemakkelijk mogelijk te maken?

Tarine keek Nina doordringend aan in afwachting van een verklaring.

Nina zei schouderophalend: 'Ik hou van hem.'

Tarine trok haar wenkbrauwen op. Ze geloofde er duidelijk geen snars van.

Nina rolde met haar ogen en probeerde een ander antwoord, een dat dichter bij de waarheid lag. 'Het is gewoon makkelijker zo,' zei ze.

'Makkelijker?' vroeg Tarine.

'Ja, gewoon... niet zo ingewikkeld en... gewoon makkelijker.'

Tarines frons werd nog dieper. Ze pakte een fles Opus One. 'Deze wil ik,' zei ze. 'Is dat goed?'

Nina knikte.

Tarine sloot de deur en trok Nina door de menigte heen naar de keuken. Ze trok een keukenlade open en rommelde erin tot ze een kurkentrekker had gevonden.

Er kwam een serveerster langslopen met een dienblad vol wijn en een dienblad vol lijntjes coke, maar Tarine wuifde haar weg. 'Ik heb al wat ik nodig heb, dank je.'

Nina keek met grote ogen naar het dienblad vol coke terwijl de serveerster alweer doorliep. Ze vroeg zich af wanneer dat precies was gebeurd. Sinds wanneer namen mensen niet meer gewoon een snuifje van de salontafel?

Tarine trok de kurk uit de fles.

De mensen in de buurt draaiden zich om naar het geluid. Sommigen keken net iets te lang naar de twee mooie vrouwen. Allebei lang en slank en stralend. Toen hervatten ze hun gesprekken.

Nina zag het meisje in de paarse jurk weer; ze stond in haar eentje bij de chips. Ze had haar wat eerder al zien binnenkomen. Het meisje keek naar haar, een beetje verlegen. Nina had het gevoel dat het meisje haar aandacht zocht, dat ze graag eens met haar had willen praten.

In toenemende mate kreeg Nina het gevoel dat het feest mensen aantrok die wilden dat zij hen voorzag van een goed verhaal. Ze wilden kunnen zeggen dat ze 'het meisje van de poster' kenden, of hoe ze haar dan ook zouden omschrijven: 'het meisje van het T-shirt' of 'Mick Riva's dochter' of 'Jay Riva's zus' of 'Brandon Randalls vrouw'.

'Zou jij af en toe ook niet vijf minuutjes onzichtbaar willen zijn?' vroeg Nina aan Tarine.

Tarine nam haar even op. 'Nee,' zei ze toen. 'Dat lijkt me een verschrikking.' Ze schonk een glas wijn in en ineens dook Kyle Manheim bij hen op.

'Ha Nina!' riep hij boven de muziek uit. 'Te gek feest.'

'Dank je,' zei Nina.

'Mag ik ook wat?' vroeg Kyle terwijl hij zijn lege glas ophield.

Tarine nam Kyle van top tot teen op en zei toen vastbesloten: 'Dat gaat niet gebeuren.'

Kyle liep weg en Tarine nam een slokje wijn. Ze sloot haar ogen terwijl ze ervan proefde, alsof al het andere wel even kon wachten. Toen ze haar ogen weer opende zei ze tegen Nina: 'Het was een rotdag. Ik heb rimpels tussen mijn borsten ontdekt.'

Nina begon te lachen. 'Waar heb je het over?'

Tarine zette haar glas op het aanrecht en trok heimelijk de hals van haar jurk iets naar beneden. Nina moest toegeven dat er wat vage lijntjes in haar decolleté te zien waren.

'Ik word oud. Straks wil niemand me meer hebben.'

'Hou op zeg,' zei Nina. 'Jij hebt nog voor jaren werk.'

'Hooguit drie,' zei Tarine en Nina wist dat ze daar waarschijnlijk gelijk in had. In de wereld waarin zij leefden moesten ze oogsten zolang de zon scheen, want wanneer de zon eenmaal was ondergegaan zou het echt bijzonder koud en donker worden.

'Drie jaar is nog steeds veel,' zei Nina.

'Ik weet niet of ik het daar wel mee eens ben,' zei Tarine.

'Ben je daarom soms iets met Greg begonnen?' vroeg Nina zacht. 'Om wat zekerheid te hebben?'

Tarine schudde haar hoofd. 'Ik ben iets met Greg begonnen omdat ik zijn grijze haar sexy vind en omdat ik het fijn vind om met een man te praten die lang genoeg heeft geleefd om wat interessante ervaringen te hebben opgedaan. Ik heb geen man nodig voor het geld. Ik heb zelf genoeg geld en ik gebruik wat ik heb om nog meer geld te verdienen.'

Nina glimlachte. 'Ik had niet anders van je verwacht.'

'Inderdaad,' zei Tarine.

Het verbaasde Nina dat Tarine zo doelbewust met haar geld omging. Bij Nina zelf was het nooit opgekomen om ervoor te zorgen dat ze er in de toekomst ook nog warmpjes bij zou zitten. Voor haar was geld vanaf het begin iets geweest waarmee je problemen kon oplossen. Alles daarboven leek overbodig, zoals extra lucht.

'Ik vind het ongelooflijk dat je hem terug hebt genomen.' Tarine pakte haar glas weer en sloeg haar armen over elkaar. Ze keek Nina recht in de ogen. 'Weet je? Ik zal je eens vertellen wat jouw probleem is.'

'O, problemen heb ik genoeg.'

Tarine schudde haar hoofd. 'Dat is gewoon niet waar. Dat is nou juist zo opvallend. Jij hebt maar één levensgroot probleem.' Ze gebaarde om zich heen. 'De meeste mensen, alle mensen hier, hebben allemaal kleine gebreken. Ik ook. Ik ben bijvoorbeeld extreem kritisch, maar ook verstrooid, en dat is nog maar het begin.'

Nina vond Tarine inderdaad erg kritisch, maar dat zag ze niet als een probleem. En verstrooid zou ze Tarine beslist niet willen noemen.

'Maar jij,' vervolgde Tarine, 'jij hebt maar één probleem. Maar dat probleem beïnvloedt alles wat je doet en, Nina, ik vind het rot om te zeggen, maar ik haat dat aan jou.'

'Oké,' zei Nina. 'Zeg dan wat het is.'

Tarine nam een slokje wijn. 'Volgens mij heb je nog geen dag van je leven voor jezelf geleefd.'

Ricky Esposito kende maar twee manieren om een vrouw te versieren. De ene was sonnetten van Shakespeare voordragen. En de andere was een goocheltruc doen.

Ricky koos voor goochelen. Hij rommelde in de keukenladen van Nina's huis, op zoek naar een spel kaarten, terwijl Kit in haar eentje op de patio frisdrank dronk en de halve onbekenden op het gazon van haar zus met frisse tegenzin halve lachjes toewierp.

Ze zag Vanessa met Seth staan praten bij de barbecue.

Vanessa was eerder die avond zo verdrietig geweest. Maar daarna had ze tegen Kit gezegd dat ze op zoek zou gaan naar een 'nieuwe' jongen, en Kit had besloten om haar niet te vragen wat ze precies onder 'nieuw' verstond. Het zou fantastisch zijn als Vanessa Hud uit haar hoofd kon zetten. En nu stond Vanessa om Seth Whittles te lachen alsof hij de grappigste jongen op aarde was. Ze speelde met haar haar. Ze legde haar hand op Seths schouder en gaf hem een plagerig duwtje. Even werd Kit bevangen door angst. Zou zij zo meteen ook moeten doen alsof Ricky grappig was? Bah.

Ze dacht aan Nina die naar Brandon keek alsof het haar met trots vervulde dat ze naast hem stond. Ze dacht aan de manier waarop haar moeder altijd over haar vader had gepraat, alsof hij een godsgeschenk was.

Zo wilde ze niet worden.

Ze draaide zich om, net toen Seth Vanessa kuste, en plotseling stond Ricky weer voor haar, hijgend en met blosjes op zijn wangen en een pakje speelkaarten in zijn hand.

'Kies er maar eentje uit,' zei hij.

Kit had meteen spijt van alle keuzes die haar tot dit moment hadden gebracht. Dit was precies wat ze altijd had proberen te vermijden: dat je moest doen alsof mannen interessant waren.

Ze keek naar Ricky en toen naar de kaarten die hij in een volmaakte waaier had uitgespreid. Ze pakte er eentje uit het midden.

'Moet ik ernaar kijken?' vroeg ze met een zucht.

'Ik weet dat het flauw lijkt, maar doe me een lol. Ik heb dit heel vaak geoefend en misschien doe ik je wel versteld staan.'

Ze glimlachte en ondanks alles hoopte ze ineens dat het hem zou lukken. Ze keek naar de kaart. Ruiten acht. 'Oké,' zei ze. 'Ik heb hem gezien.'

Ricky hield de kaarten weer op, in twee stapeltjes nu. 'Oké, stop maar terug.' Hij gebaarde naar het onderste stapeltje.

Kit deed wat hij zei en Ricky schudde de kaarten. Kits kaart was nu weer een van de vele.

Ricky spreidde de kaarten in zijn hand, maar terwijl hij dat deed werd Kit afgeleid door rumoer bij het zwembad. Ze kon niet zien wat er gebeurde, maar het ging er behoorlijk luidruchtig aan toe.

Ricky pakte met een zwierig gebaar een kaart uit de stapel. 'Is het deze?' vroeg hij. Een klaver drie.

Ze schudde haar hoofd. Ze merkte dat ze eigenlijk had gewild dat het hem was gelukt, dat hij haar van haar sokken had geblazen. 'Nee, sorry.'

Hij glimlachte. 'O, oké.' Hij schudde met de kaarten alsof zijn vingers toverstokjes waren en pakte een andere kaart. Nu was het een ruiten acht.

Er ging een heel klein schokje door Kit heen. 'Wauw.' Ze was er echt van onder de indruk. Ze begreep niet hoe hij de klaver drie had verruild voor de ruiten acht. Ze wist dat er een eenvoudige truc voor moest zijn, maar ze had geen flauw idee wat die was.

'Wil je weten hoe ik dat deed?' vroeg Ricky, blij dat hij haar blij had gemaakt.

'Maar zulke dingen hoor je toch niet te vertellen?' zei ze.

Hij haalde zijn schouders op en ze ging wat dichter bij hem staan. 'Goed dan, laat maar zien.'

Hij pakte het spel kaarten weer en deed alles nog een keer in slow motion. Toen hij liet zien welke truc hij had gebruikt – twee kaarten pakken, maar doen alsof het er maar eentje is – stond ze dicht genoeg bij hem om te ruiken dat hij naar schone was rook.

'Zo simpel is het,' zei Ricky terwijl hij haar toonde hoe hij de kaarten vasthield. 'Dat heet een dubbel lift.'

'Cool,' zei ze. Hij rook echt heel lekker. Hoe deed hij dat?

'Ik kan het je wel leren,' zei hij. 'Als je wilt.'

'Neuh,' zei ze. 'Maar doe het nog eens? Ik wil kijken of ik kan zien wanneer je het doet.'

Eigenlijk kon het haar weinig schelen. Ze wilde alleen maar de mouw van zijn T-shirt ruiken. Ze wilde alleen maar de opwinding voelen van zijn belangstelling voor haar.

Het was op dat moment dat Ricky nog iets dichter bij haar kwam staan en haar gehaast en trillend kuste. Zijn lippen waren zacht en teder.

Maar terwijl zijn lichaam tegen het hare bewoog, wist Kit diep vanbinnen dat dit helemaal verkeerd was. Dit was het niet. Wat dat 'het' dan ook mocht zijn.

Maar ze vond Ricky wel leuk – echt. Hij was lief en een beetje gênant op een schattige manier. Maar toen zijn lippen de hare raakten, wist ze meteen dat ze hem helemaal niet had willen kussen, niet echt.

Ze wist bijna zeker dat ze nooit een jongen zou willen kussen.

Ineens voelde ze de noodzaak om de stem waarvan ze nu plots besefte dat die haar al jaren riep, het zwijgen op te leggen. Ze begon Ricky Esposito nog harder te kussen. Ze sloeg haar armen om hem heen en drukte haar borsten tegen hem aan alsof ze, als ze maar genoeg haar best deed, alles kon ontkennen waarvan ze wist dat het waar was.

Tarine was op zoek gegaan naar een goede joint en Nina bleef in de keuken praten met een paar filmproducenten. Ze wist bijna zeker dat ze allebei Craig heetten.

'Die 1980-kalender van jou is de beste kalender aller tijden,' zei Craig nummer één. Hij was een beetje gezet, vlezig, maar sterk. Hij zag eruit alsof hij iedere dag twee uur trainde.

Nina glimlachte en deed alsof ze zich gevleid voelde, alsof het belangrijk voor haar was.

'Ik bedoel... juli?' zei Craig nummer twee. Hij was blond met vierkante kaken, zelfs zijn lichaamshouding was arrogant. 'Die in de witte bikini...' Hij floot even.

'Ik denk daar nu nog aan,' zei Craig nummer één.

'Leuk,' zei Nina droog. Om eraan toe te voegen: 'Wat?' waarbij ze de andere kant uit keek, alsof iemand haar van boven riep. 'Ik kom al!' En daarna verliet ze met een glimlach de keuken.

Toen ze bij de trap kwam zag ze Brandon buiten bij de voordeur staan praten met een of andere olympische hardloper van wie Nina wist dat ze hem al eens had ontmoet. Maar in plaats van aan te haken bij het gesprek liep ze de trap op, op zoek naar een moment van rust. Daar was toch zeker niets op tegen?

Ze liep langs een stelletje dat stond te vrijen tegen de muur van haar gang. Ze glimlachte naar de twee voormalige kindsterren die op de grond een joint zaten te rollen.

Eenmaal in haar slaapkamer deed ze de deur achter zich dicht. Ze ging naar de badkamer en keek in de spiegel. Ze werkte haar lippenstift bij en kneep haar lippen even op elkaar.

Had Tarine gelijk?

Hoe leef je een dag helemaal voor jezelf? Nina wist het niet. Ze probeerde zich voor te stellen hoe zo'n dag eruit zou zien. Misschien moest ze dan in haar eentje ergens naartoe. Bijvoorbeeld de Portugese kust. Alleen zij, de zon, een goed boek en haar Ben Aipa zwaluwstaart-surfplank. Kleine geneugten. Ze zou haar tijd doorbrengen met surfen en daarna lekker brood eten. En kaas.

Maar eigenlijk verlangde ze alleen maar naar rust, een rust die zo lang duurde en zo veilig voelde dat ze hem uiteindelijk zou verinnerlijken.

'Sorry?'

Nina draaide zich om naar haar slaapkamerdeur die net nog dicht was geweest, maar nu open was gegaan. Er stond een jonge vrouw in de gang met haar hand op de deurknop.

Het meisje in de paarse jurk.

'Nina?' vroeg ze.

'Ja?'

Het meisje was klein en jong, zeventien of achttien ongeveer. Ze had donkerblond haar en een smetteloze albasten huid, alsof ze nog nooit in de zon had gezeten.

'Ik vroeg me af of ik...' De vingers van het meisje trilden en met ieder woord dat ze zei, werd haar stem onzekerder. 'Ik vroeg me af of ik je even kan spreken. Heel kort maar.'

'Eh. Oké, kom verder. Wat kan ik voor je doen?' Terwijl Nina naar het meisje keek, begon zich al een antwoord te vormen in haar hoofd. Maar ze kon er nog net niet bij komen.

'Ik wilde je... nou ja,' zei het meisje. Toen ze merkte dat ze haar handen wrong, stopte ze er gauw mee. 'Ik ben Casey Greens,' eindigde ze.

'Hoi Casey.' Nina hoorde dat haar stem iets gespannens kreeg en probeerde meteen wat beter te verbergen dat ze op haar hoede was. 'Zo te merken heb je me iets te vertellen.'

En toen zag ze het. Of beter gezegd, toen drong tot haar door wat ze allang had gezien. Caseys lippen.

Een dikke onderlip, als een volgepropt kussentje.

Casey Greens leek totaal niet op Nina of Jay of Hud of Kit of Mick. Op die onderlip na.

De moed zonk Nina in de schoenen.

En toen zei Casey: 'Ik geloof dat Mick Riva weleens mijn vader kan zijn.'

Casey Greens hoorde hier niet. In Malibu, in vredesnaam. Waar de rijken woonden met hun volmaakte lichamen. Dat wist ze. Ze voelde het bij iedere stap die ze op het dikke, dure tapijt zette. Ze had nog nooit op iets gestaan dat zo weelderig, zo zacht was. Ze was opgegroeid in een wereld van versleten ruw tapijt.

Ruw tapijt en houten wanden en hordeuren waar alsnog beestjes doorheen kwamen. Ze kwam uit een huis vol warmte, zelfs als het koud was; een huis vol schoonheid, zelfs al was het ronduit lelijk te noemen. Ze kwam uit een stad die Rancho Cucamonga heette. Haar ouders waren Bill en Helen. Haar huis was een Californische ranch. Met daarbovenop een volière.

Ze was enig kind en haalde op school de hoogste cijfers; het soort kind dat het fijn vond om op zaterdagavond thuis te blijven bij haar ouders. Haar moeder maakte de allerbeste macaroni-tonijnschotel ter wereld. En Casey vroeg er ieder jaar op haar verjaardag weer om. Ze begreep dat ze een behoorlijk beschermd leventje had geleid. Tot ze haar beide ouders in één klap verloor.

Casey kon de woorden nog steeds in haar hoofd horen, werd ermee wakker en viel ermee in slaap nog weken nadat haar ouders verongelukt waren met de auto: op slag dood.

Haar ouders – haar overleden ouders – hadden haar niet voorbereid op een leven zonder hen. Ze hadden haar niet voorbereid op eenzaamheid, op echte volwassenheid, op de schokkende onthullingen die aan het licht zouden komen.

Casey had altijd geweten dat ze geadopteerd was, dat haar biologische moeder tijdens de bevalling was overleden. Veel meer dan dat wist ze niet. En dat vond ze prima. Ze had ouders. Tot ze die niet meer had.

Dagen na de begrafenis begon ze de spullen van haar ouders uit te zoeken, terwijl ze probeerde te besluiten wat ze moest doen met het leven dat ze samen hadden gedeeld. Wat moest ze met haar vaders kleren? Waar moest ze haar moeders deodorant laten? Ze pakte in, pakte uit, pakte weer in. Haar hoofd was een wervelstorm van gedachten. Opmerkingen als 'laat alles maar gewoon zoals het was' en 'weg ermee, ik wil het niet meer zien' vochten om voorrang.

Ze ging op de grond zitten en sloot haar ogen. En toen kreeg ze ineens het wilde idee om iets te doen waar ze nog nooit ook maar een moment over na had gedacht: haar geboorteakte zoeken.

Het duurde anderhalf uur voordat ze hem vond. Hij lag in een afgesloten doos onder wat andere papieren.

Ze pakte hem en keek ernaar. Casey Miranda Ridgemont was ze genoemd. Haar biologische moeder was Monica Ridgemont geweest. De plek waar haar vaders naam moest staan was leeg.

Daarna vond ze een foto van een jonge vrouw. Blond, aantrekkelijk. Grote ogen, hoge jukbeenderen, een typisch Amerikaanse lach.

Toen ze de foto omdraaide om te kijken wat er op de achterkant stond, las ze, in een haar onbekend handschrift: 'Monica Ridgemore, overleden op 1 augustus 1965.' Onder de datum stond nog iets. 'Beweert dat de baby het resultaat is van een onenightstand met Mick Riva.'

Mick Riva? Casey dacht dat ze het niet goed had gelezen. Ze had het vast niet goed begrepen. Mick Riva?

Ze pakte het deel van de encyclopedie van haar moeder met de letter R om te controleren of ze niet helemaal gek aan het worden was.

Riva, Mick – zanger, tekstschrijver, geboren in 1933. Mick Riva (geboren Michael Dominic Riva), die beschouwd wordt als een van de grootste

Amerikaanse zangers, werd eind jaren vijftig beroemd met zijn romantische songs en zwoele stem waarmee hij bovenaan de hitlijsten stond. Zijn succes, zijn klassieke, aantrekkelijke uiterlijk en zijn smetteloze stijl hebben van hem een van de belangrijkste iconen van de twintigste eeuw gemaakt.

Casey sloeg het boek dicht.

Het duurde een paar weken voordat ze aan het idee was gewend. Op de momenten waarop ze het gevoel had dat het haar wel zou lukken om uit bed te komen, staarde ze naar haar gezicht in de spiegel en vergeleek het met de cover van de plaat die ze tussen haar vaders platencollectie had gevonden. Soms dacht ze iets te zien, soms dacht ze dat ze gek werd.

Maar zelfs als het waar was, wat moest ze dan doen? Een van de beroemdste zangers van de wereld opzoeken en aan de tand voelen?

Maar toen, drie weken geleden, zag ze iemand die Nina Riva heette op de cover van *Now This* staan. Er stond bij dat ze de dochter van Mick Riva was en in Malibu, Californië woonde. En Casey dacht: Malibu is niet eens zo ver weg.

Nog voor de dood van haar ouders was Casey toegelaten tot de UC Irvine. De colleges zouden in de herfst beginnen. Na de dood van haar ouders wist ze dat haar studie het enige was wat ze nog had op de wereld. De universiteit zou haar nieuwe startpunt zijn.

Maar nadat ze haar bestelwagen had volgeladen en op weg ging naar de introductieweken, reed ze de afslag naar de 15 South naar Irvine voorbij. In plaats daarvan nam ze de 10 West, richting Malibu.

Waar ben ik mee bezig? dacht ze bij zichzelf. Ik denk toch niet echt dat ik die Nina Riva zomaar kan vinden?

Toch reed ze door.

Aan de kust aangekomen reed ze de PCH op en neer, op zoek naar de supermarkt op de foto. De winkel waar Nina uit was komen lopen.

In het artikel stond dat Nina en haar twee broers en zus hun moeder bijna tien jaar daarvoor hadden verloren. En toen ze weer naar de foto van Nina keek, zag ze ook iets van droefheid in haar ogen, bijna alsof ze levensmoe was. Casey nam aan dat ze zich dat verbeeldde. Maar toch, hield ze zich voor, Nina wist natuurlijk wel hoe het was om een ouder te verliezen.

Er waren niet veel supermarkten in Malibu en het duurde niet lang voordat Casey de winkel van de foto had gevonden. Ze liep naar binnen en ging zonder iets in haar handen in de rij voor de kassa staan. Toen ze aan de beurt was zei ze tegen de caissière: 'Sorry, maar ken jij Nina Riva soms?'

De caissière schudde haar hoofd. 'Ik bedoel, ik zie haar af en toe wel, maar ik ken haar niet.'

Casey probeerde het bij de andere caissières, op de vleesafdeling, op de broodafdeling en bij de manager. Tot uiteindelijk iemand zei: 'Waarom ga je niet gewoon naar Riva's Seafood?'

Casey reed naar het restaurant waarover ze nu pas had gehoord, zette haar auto op het parkeerterrein en liep naar binnen. Ze liet haar blik over alle klanten en alle serveersters glijden. Toen liep ze naar de kassa. 'Is Nina er?'

Een blonde vrouw met een naamplaatje met WENDY erop schudde haar hoofd. 'Nee, sorry schat.'

Ontmoedigd liep Casey terug naar haar auto. Ze leek wel gek! Om zomaar naar Malibu te rijden. Een beroemd model met een beroemde vader zoeken. Dat heette stalken!

Casey reed het parkeerterrein af en nam de weg in zuidelijke richting. Ze stopte bij een benzinestation om te tanken, zich afvragend of ze dat deed om naar huis te gaan of naar de universiteit of om van een klif af te rijden.

Ze stapte uit en vroeg de caissière om twintig dollar van pomp twee. Ze liep terug naar haar auto, stopte de slang in haar tank en drukte de pal in. En dat was het moment waarop ze het gesprek hoorde dat twee mannen bij de pomp naast de hare voerden.

'Ga jij morgenavond nog naar het Riva-feest?' vroeg de langste van de twee.

'Zeker weten, man.'

'Geef me het adres even.'

De tweede man lachte terwijl hij de slang uit zijn tank trok. 'Craig, je weet dat je niet bent uitgenodigd als je het adres niet kent.'

'Geef me dat adres nou, wat maakt dat nou uit?'

'Iedereen uit Malibu zal er zijn en dan zit jij in je eentje thuis te kniezen omdat je niet weet waar Nina woont.'

'Man, geef me dat adres nou gewoon. Ik heb nog wat van je tegoed sinds ik dat meisje van Gladstones voor je heb geregeld.'

Na die woorden spuugde de tweede man het adres uit als geld uit een geldautomaat: '28150 Cliffside Drive.'

En zo had ze ineens Nina's adres. Casey was van ver gekomen en het lot had haar een handje geholpen. Die nacht sliep ze in haar bestelwagen aan de kant van de kustweg. En vanochtend had ze uit al haar ingepakte kleren de enige coole jurk opgevist die ze bezat.

En nu was ze hier.

'Wie was je moeder, zei je?' vroeg Nina. Terwijl ze naar het meisje had geluisterd, had ze een droge mond gekregen. Ze was berekeningen gaan maken aan de hand van de leeftijd van dit meisje dat moest zijn geboren nadat Mick de laatste keer was vertrokken. En Nina had geen idee wat haar vader in de jaren daarna allemaal had uitgespookt. Net als Casey wist ze eigenlijk zo goed als niets.

'Ik weet niet echt veel over haar,' zei Casey. 'Ik weet alleen dat ze Monica Ridgemore heette. En ik geloof dat ze tijdens de bevalling is overleden.' Ze pakte de foto uit haar tas en gaf hem aan Nina.

'Ze was echt nog heel jong toen ze mij kreeg,' vervolgde ze. 'Ik bedoel, ze was net zo oud als ik nu ben.'

Nina wist niet goed wat ze met de foto moest en ze wist ook niet waarom ze eigenlijk naar Caseys moeder had geïnformeerd. Toch pakte ze de foto aan en bekeek hem aandachtig.

Op de foto was Monica een jonge, blonde vrouw, mooi op een conventionele manier. En Casey had haar grote ogen beslist van haar moeder.

Er was echter ook veel aan Casey dat Nina niet kon plaatsen. Ze had niet Monica's of Micks jukbeenderen, niet hun gelaatskleur, niet hun neus. Eigenlijk leek Casey totaal niet op Mick Riva, op die onderlip na.

Ze draaide de foto om en las de achterkant. 'Beweert dat de baby het resultaat is van een onenightstand met Mick Riva.' Maar ja, er waren vast heel veel vrouwen die fantaseerden over een relatie met Mick Riva.

Voor Casey hoopte Nina dat het allemaal niet klopte. Ze hoopte dat er ergens een betere man was aan wie Casey kon vertellen dat hij haar vader was. Terwijl ze de foto teruggaf, slaakte ze een zucht met haar hele lichaam, zich neerleggend bij de nutteloosheid van dit alles. Ze zouden het nooit te weten komen.

Nina gebaarde Casey plaats te nemen in een van de leren stoelen bij het raam en Casey ging zo eerbiedig en dankbaar zitten dat het tot Nina doordrong dat ze haar al veel eerder een stoel had moeten aanbieden.

Nina ging naast haar zitten zonder precies te weten wat ze moest zeggen. Wat wilde Casey van haar?

'Wat een avond,' zei ze.

'Ja, zeg dat wel,' reageerde Casey.

Ze deden er even het zwijgen toe en vroegen zich allebei af wat ze in vredesnaam moesten zeggen. In die stilte keken ze naar het feest beneden in de tuin.

Er hing chaos in de lucht. De muziek was oorverdovend en mensen bevonden zich in diverse stadia van naaktheid. Er waren toch zeker zo'n honderd mensen in het zwembad. Iemand had dienbladen voor de waterstralen van de jacuzzi gezet zodat iedereen op het gazon werd natgespoten.

Naast de barbecue zat een jonge vrouw een boek te lezen. Casey bekeek haar wat aandachtiger. 'Is dat niet dat meisje uit *Flashdance*?' vroeg ze.

Nina knikte. 'Ja, Jennifer Beals. Ik ben dol op haar.'

Casey zette grote ogen op. Wat een wereld.

Nina zag dat Jay met een erg lange blonde vrouw stond te praten. Blijkbaar liet hij haar de oceaan vanaf de kant van het klif zien.

'Zie je die jongen?' zei ze. 'Die lange die met die blonde vrouw staat te praten? Daar aan de rand?'

Casey boog zich iets naar voren. 'Ja...'

'Dat is mijn broer Jay.'

'O, oké...' Casey knikte.

'Dus misschien is hij ook wel...'

'Mijn broer, ja.'

Nina keek Casey aan terwijl ze grip probeerde te krijgen op dit bizarre gesprek. 'Ja, misschien is hij ook wel jouw broer.'

Nina keek of ze Kit ergens zag. Haar zusje stond achteraan op de patio met iemand te praten. Ze wees uit het raam. 'Dat meisje met dat afgeknipte T-shirt en de hotpants? Dat met die magere jongen staat te praten...'

'Zou mijn zus kunnen zijn?' vulde Casey aan.

Nina knikte en begon te kijken of ze Hud ook ergens zag, Ze liet haar blik over de menigte glijden, maar ze zag zijn brede schouders en stevige borstkas nergens. 'Ik probeer mijn broer Hud te vinden, maar... Zo te zien is hij niet in de tuin.'

Terwijl ze bleef zoeken vroeg ze zich af wat er zou zijn gebeurd als Huds biologische moeder hem niet in Junes armen had gedrukt. Zou hij zich dan ooit nog hebben gemeld? Benieuwd naar hen? Naar zijn vader?

Nina probeerde zich voor te stellen dat Hud een vreemde voor haar was, aanvoelde als een vreemde. Dat zou zonde zijn geweest, om hem niet in haar leven te hebben gehad; iemand die nu een derde van haar hart in beslag nam. Om niet Huds obsessie met frisbeeën te hebben meegemaakt of zijn enthousiasme toen hij voor het eerst een camera in zijn hand kreeg. Om niet zijn zachte karakter te kennen, om niet te hebben geweten dat hij niet te veel azijn mocht hebben, want dan ging hij zweten. Hij hoorde bij haar.

Ze wierp een blik op Casey. Stroomde er hetzelfde bloed door hun aderen? Ze wist het niet. Ze wist niet of ze nu echt dacht dat Casey weleens een zusje van haar zou kunnen zijn. Maar als ze dat was dan kreeg Nina nu al een droevig gevoel bij de wetenschap wat ze allemaal hadden gemist.

Casey bleef naar buiten zitten kijken met af en toe een steelse blik op Nina. Ze probeerde te peilen wat Nina precies dacht. Ze was zich er scherp van bewust dat ze de vrouw in wier slaapkamer ze nu zat, niet kende. Ze had eigenlijk helemaal geen reden om zich af te vragen wat die vrouw allemaal dacht.

'Sorry dat ik gewoon binnen ben komen vallen,' zei ze.

Nina schudde haar hoofd. 'Iedereen mag komen. En zo te merken zou jij hier zelfs weleens thuis kunnen horen.'

Casey schonk haar een klein lachje. Nina glimlachte ook. Maar hun glimlachen waren compleet verschillend, leken in niets op elkaar.

'Mijn moeder is ook dood,' zei Nina. 'Ze was de enige ouder die ik had. Die wij hadden. Dus ik leef met je mee. Niemand zou dat soort dingen moeten hoeven meemaken. Wat jij hebt meegemaakt.'

Casey keek naar Nina en kreeg het gevoel dat ze in haar armen zou willen wegsmelten. Misschien was ze hiernaar op zoek geweest. Naar iemand die het begreep, iemand die haar vertelde dat ze niet hoefde te doen alsof het allemaal wel meeviel.

Nina pakte Caseys hand en gaf er een kort kneepje in. Toen liet ze hem weer los.

Met zijn tweeën – ergens tussen onbekenden en familie in – keken ze door het raam op de bovenverdieping naar het feest beneden hen.

Middernacht

Mick Riva stond voor de spiegel in zijn slaapkamer zijn das recht te trekken.

Hij zag er goed uit voor iemand van vijftig en dat wist hij. Zijn ooit pikzwarte haar was inmiddels meer zout dan peper. Zijn ooit gladde gezicht vertoonde inmiddels rimpeltjes bij zijn voorhoofd, ogen en mond. Zijn aantrekkelijke uiterlijk was niet vervaagd, maar had juist wortel geschoten.

Hij droeg een zwart pak en een smalle zwarte das – de look waar hij al tientallen jaren bekend om stond, de look die hij had geperfectioneerd.

Naast hem, op zijn kaptafel, lag de demo van de drie nummers die hij had opgenomen voor zijn nieuwe album. Ze waren alle drie vriendelijk geweigerd door zijn platenmaatschappij. Ze hadden hem een erg kruiperig briefje gestuurd met daarop de erg onkruiperige tekst: 'We zijn bang dat deze opnames te zeer de "oude" Mick Riva weerspiegelen. Terwijl we graag zouden willen weten: wie is de Mick Riva van de jaren tachtig?'

Hij werd al kwaad als hij alleen maar naar het briefje keek. Hoe had het zover kunnen komen dat ze van iemand als hij – een grote ster – verwachtten dat hij zou luisteren naar de overwegingen van een A&R-ventje van ergens in de twintig met oorpiercings en een voorliefde voor synthesizers?

Angie zou hebben teruggevochten en zou ervoor hebben gezorgd dat ze de nummers – en andere die hij nog wilde opnemen – uitbrachten. Maar helaas waren ze niet meer samen.

Angie, zowel zijn manager als zesde echtgenote, had altijd begrepen dat je Mick gewoon zijn ding moest laten doen en dat de wereld dan vanzelf aan zijn voeten ging liggen. Dat had dertig jaar gewerkt. En Angie had dat gesnapt.

Hij wou dat hij de tijd terug kon draaien en zichzelf ervan kon weerhouden om haar te bedriegen of ervoor kon zorgen dat ze het niet ontdekte. Of dat hij misschien, eventueel, helemaal niet voor haar zou vallen in 1978, toen ze alleen maar het nieuwe roodharige meisje op het kantoor van zijn manager was. Want nu wist hij niet precies meer wie er voor hem moest vechten.

Wanneer je verliefd wordt op de assistente van je manager en dan je manager ontslaat en zijn aantrekkelijke assistente tot manager benoemt, met haar trouwt en dan weer van haar scheidt, heb je uiteindelijk geen vrouw en geen manager meer.

Dat was de reden dat Mick op zijn vijftigste alleen woonde in gezelschap van zijn butler, Sullivan. Alleen hij en Sully in dit witte met klimop begroeide landhuis dat Angie had uitgekozen en ingericht. Ze was dol geweest op de idioot grote eetkeuken, maar nu mocht Sullivan van Mick zelfs niet meer voor hem koken omdat hij het een al te treurig idee vond om alleen aan tafel te zitten. Het was een tafel voor zes.

Laatst had hij ineens bedacht dat het leuk zou zijn geweest om een groot gezin te hebben en dat al zijn kinderen dan op zondag bij hem zouden komen eten. Zij zouden het huis vullen, het weer tot leven wekken. Hij dacht erover om hen te bellen. Nina, Jay, Hud en Katherine.

Ze waren nu jonge volwassenen. Hij zou hen nu begrijpen, hen misschien met raad kunnen bijstaan of op een andere manier behulpzaam zijn. Misschien zouden ze dat wel fijn vinden.

Hij had overwogen om de telefoon te pakken.

Maar toen had hij per post een handgeschreven brief ontvangen.

Hoewel er voor het Riva-feest nooit uitnodigingen werden verzonden, stuurde Kit er ieder jaar toch eentje.

Ergens half augustus scheurde ze een vel uit een schrift en schreef de datum en het tijdstip en het adres op. En dan schreef ze daaronder: 'Hierbij ben je van harte uitgenodigd voor het Riva-feest.'

En dat briefje stuurde ze dan naar haar vader.

Mick Riva

380 N Carolwood Drive

Los Angeles, Californië 90077

Na jaren te hebben rondgetoerd, was hij neergestreken in een huis in Holmby Hills op nog geen vijftig kilometer afstand van zijn kinderen. Vijf jaar geleden had Kit zijn adres weten te achterhalen. En sindsdien stuurde ze hem ieder jaar een uitnodiging.

Dit was de eerste keer dat hij die had gezien.

Mick trok zijn nette schoenen aan, pakte zijn autosleutels en liep de deur uit.

Hij stapte in zijn fonkelnieuwe Jaguar en trapte het gaspedaal in. Hij reed op hoge snelheid over Sunset Boulevard in de richting van de oceaan met de handgeschreven uitnodiging op de passagiersstoel naast hem.

Het was vlak na middernacht toen Wendy Palmer haar jurk uittrok en uit haar slipje stapte. Naakt stond ze in de achtertuin naast de jacuzzi en toen liet ze zich langzaam in het stomende water zakken.

Het uiterste hoekje van de jacuzzi bevond zich in het uiterste hoekje van het zwembad dat zich weer in het uiterste hoekje van het gazon bevond. Er waren dus maar weinig mensen die haar zagen, in het begin.

Nadat Wendy zich had ondergedompeld in het borrelende water liet ze zich naar de enige twee andere mensen drijven die op dat moment in de jacuzzi zaten.

De twee mannen stopten met praten om naar haar te kijken.

Ze glimlachte en zei met iets opgetrokken wenkbrauwen: 'Hoi.'

Stephen Cross en Nick Marnell namen haar meteen belangstellend op. Ze waren de bassist en de drummer van een Britse newwaveband met een nummer dat in Amerika op drie stond.

Dit was niet de eerste keer dat ze met een naakte vrouw in een jacuzzi zaten.

'Hoi,' zei Nick.

'Hallo,' zei Stephen langzaam.

Wendy kuste Nick als eerste. En toen Stephen. En nam hen toen mee naar een plek waar iedereen hen kon zien voordat ze verderging met haar plannetje.

'Gaan we dit echt doen?' vroeg Nick fluisterend aan Stephen.

Stephen haalde zijn schouders op.

En zo begon het. Precies zoals Wendy het wilde.

Wendy was naar het feest gekomen met de bedoeling seks te hebben met twee sexy mannen terwijl er mensen toekeken. Ze wilde niet dat mensen voor hun eigen lol keken. Ze wilde niemand vermaken. Ze was er alleen om zichzelf te amuseren. Dit was iets wat ze altijd al een keertje had willen doen. Steeds als ze dronken was of met een man lag te vrijen, fantaseerde ze erover om het te doen met publiek erbij. En toen ze die ochtend wakker was geworden, wist ze dat als ze dat ooit nog een keer wilde doen, het vanavond zou moeten gebeuren.

Want het Riva-feest was Wendy's laatste optreden.

Het was tijd om weg te gaan uit Los Angeles. Ze had besloten om het acteren op te geven, ontslag te nemen bij Riva's Seafood en eens en voor altijd te stoppen met lang leve de lol. Binnenkort was het gedaan met feesten.

Ze had heimwee naar Oregon. En ze had eindelijk besloten om terug te gaan naar huis en daar te trouwen met de zoon van de beste vriend van haar vader.

Hij heette Charles en was al verliefd op haar sinds ze kinderen waren. Zij, een mager ding met een haarband. Hij, een lieve jongen met bruin haar en een rond gezicht die altijd zijn speelgoed opruimde. En nu was Wendy een dorpse schoonheid in een grote stad. En Charles begon op zijn zesentwintigste al kaal te worden.

Afgelopen kerst had Charles Wendy opgebiecht dat hij nog steeds verliefd op haar was. 'Als je zegt dat ik op je moet wachten, dan doe ik dat,' had hij op kerstavond in de gang van haar ouderlijk huis gezegd, net toen haar moeder de ham op tafel zette. 'Zelfs als er maar een kleine kans bestaat, wacht ik op je.'

Wendy had hem een kus op zijn wang gegeven. En ze waren bij elkaar weggelopen, allebei met het idee dat ze voor hem zou terugkomen.

Toen ze na nieuwjaar terugkeerde naar L.A. rook ze de smog meteen bij de landing al. Haar kleine studio-appartementje vond ze deprimerend. Ze moest continu auditie doen voor rollen als zeurderige vriendin of zeurderige echtgenote. En de rollen gingen steevast naar Californische meisjes die hun stem aan het eind van een zin omhoog lieten gaan alsof alles wat ze zeiden een vraag was. Voor de enige rol die ze wel kreeg moest ze in bikini krioelen op het dak van een sportauto. Ze hadden zoveel haarlak in haar haar gespoten dat ze het daarna vier keer had moeten wassen.

Toen haar agent haar vertelde dat ze op haar zesentwintigste te oud was om nog de vriendin van Harrison Ford te kunnen spelen, wist Wendy dat ze naar huis zou gaan.

Ze zou trouwen met de lieve man met het dunnende haar en het geld. En ze zou lieve kinderen krijgen van wie ze zielsveel zou houden. En ze zou waarschijnlijk ook wat aankomen. Ze zou zichzelf hele periodes kwijtraken, wanneer de danslessen en logeerpartijtjes en basketbalwedstrijden van de kinderen het met zoveel kracht zouden overnemen dat haar eigen persoonlijkheid zou beginnen te vervagen. Maar dat vond ze allemaal best. Dat leven vond ze nu zelfs wel aanlokkelijk.

Die ochtend had ze een ticket gekocht naar Portland. Dinsdag zou ze L.A. voorgoed verlaten.

Maar eerst wilde ze neuken met twee rocksterren in een jacuzzi terwijl iedereen keek.

Lara was tien minuten geleden naar de wc gegaan en Jay stond zolang bij de open haard te praten met Matt Palakiko, een voormalige surfer. Matt was Jays grote held geweest toen hij tiener was. Hij had zelfs foto's van Matts mooiste golven aan zijn muur gehangen. Maar inmiddels was Matt vader van een tweeling en woonde hij weer op Big Island in Hawaï. Hij was een weekje in L.A. voor besprekingen over een badmodelicentie.

Matt vertelde Jay dat de puurheid van surfen voor hem weer was teruggekomen toen hij was gestopt met aan wedstrijden meedoen.

'Maar voor jou is dat nog ver weg, jongen. Jij hebt nog een hele carrière voor je,' zei Matt. 'Dat zegt iedereen.'

'Dank je,' zei Jay met een knikje.

'En als je het slim aanpakt kun je over een jaar of tien hetzelfde doen als ik nu doe: je naam op dingen zetten, je zakken vullen. Iedereen smijt met geld tegenwoordig. Net alsof er ineens te veel van is. En het wordt alleen nog maar meer. En ik kan je wel vertellen dat de financiële zekerheid en rust soms nog beter voelen dan een overwinning. Ik surf nu iedere dag omdat ik daar zin in heb. Niet omdat het moet. Weet je wel hoelang het geleden is dat ik dat kon zeggen?'

'Ik kan me er alles bij voorstellen,' zei Jay.

'Als het alleen om jou en de golven gaat, als je niet hoeft te denken aan punten of trainingen of...'

Jay luisterde nog maar met een half oor, gefixeerd op zijn onzekere toekomst waar hij het met niemand over kon hebben, behalve met Lara. Als hij stopte zou het anders gaan dan bij Matt. Hij zou stoppen én het surfen zelf moeten opgeven. Er was geen 'puurheid' in ruil voor wat hij kwijtraakte. Hij raakte gewoon alles kwijt.

Jay werd nog maar kort als een van de besten beschouwd. Zijn carrière begon net op stoom te komen. Het was pas een paar jaar dat er aandacht voor hem was. Hij was echter al snel aan alle bewondering gewend geraakt. En nu zou hij door zijn hart alles verliezen wat hem bijzonder had gemaakt.

Hij was de oudste zoon van Mick Riva. Dan hoorde hij gewoon ergens de beste in te zijn. Heel even schoot door hem heen dat hij nog liever groots wilde sterven dan doorsnee leven. Hij wist niet of hij de vergetelheid wel aankon.

'Luister, ik moet er weer eens vandoor,' zei Matt met een blik op zijn horloge. 'Ik vlieg morgenvroeg terug. Als ik die vlucht mis, vermoordt mijn vrouw me.'

'Oké man, doe voorzichtig.' Jay voegde er ineens aan toe: 'Ik zou graag eens bij je langskomen en horen hoe je dat doet, je weet wel, die surfplanken die je maakt. Gewoon, wat je doet nu je... je weet wel...'

'Oud bent?'

Jay glimlachte. 'Bent gestopt.'

'Oké man. Doen we.'

Net toen Matt wegliep, voelde Jay dat iemand zijn hand pakte.

'Sorry, er stond een gigantische rij,' zei Lara. 'Er zijn veel te veel mensen. Is dat altijd zo?'

Jay keek om zich heen naar de mensen in het huis, dicht tegen elkaar aan gedrukt. Sommige stelletjes hadden zich teruggetrokken op de trap en wat meisjes waren op de vloer gaan zitten. Door de ramen heen kon hij zien dat het in de voortuin stampvol was, net zoals in de achtertuin.

'Nee, dit zijn echt veel mensen,' zei hij. 'Zelfs voor dit feest.'

'Kunnen we niet een rustiger plekje opzoeken?' vroeg Lara.

' Ja,natuurlijk. Wat had je in gedachten? Het strand?'

'Het strand voelt een beetje...' Lara trok een gezicht.

Jay probeerde te ontcijferen wat ze bedoelde. Het strand was te romantisch? Te goedkoop? Te koud? Te donker? Hij had geen idee.

'Oké.' Hij trok haar aan haar hand mee naar buiten, langs de feestgangers en de valets naar de relatieve stilte van het geïmproviseerde parkeerterrein aan de zijkant van Nina's huis.

Ze kwamen langs twee mensen die zo stevig stonden te vrijen dat hij het gewoon grappig vond, totdat tot hem doordrong dat het Kits vriendin Vanessa was en die dj die ze hadden ingehuurd. Hij wendde gauw zijn blik af om meteen weer om te kijken, verbaasd over de heftigheid. Hij had niet geweten dat Vanessa het in zich had.

Terwijl hij probeerde te vergeten wat hij had gezien, zei hij: 'Eh, we kunnen wel naar Huds busje gaan.' Zijn eigen auto had geen dak en geen portieren en hij wist dat Hud zijn bus nooit op slot deed.

Ze liepen ernaartoe. Jay wilde niet per se alleen zijn met Lara omdat hij seks met haar wilde. Natuurlijk, als Lara het initiatief zou nemen, als ze haar lange benen om hem heen zou slaan, zei hij geen nee. Maar hij wilde ook met haar praten. Hij wilde haar vragen hoe het met haar ging en waar ze mee bezig was en of ze hem nog steeds leuk zou vinden als hij een nul was. Hij wilde weten waar ze was opgegroeid en wat haar lievelingsfilm was.

Huds busje stond in de tweede rij, helemaal achteraan. Hij nam Lara er mee naartoe en hield het portier voor haar open. Er was niet veel ruimte en Lara moest zich door de smalle opening persen. Maar het lukte haar. En nadat Jay het portier achter zich had dichtgedaan, waren ze eindelijk alleen.

'Hoi,' zei hij.

'Hoi.' Ze glimlachte.

Toen deden ze er beiden het zwijgen toe. Ze keken elkaar alleen maar aan, volledig op hun gemak.

'Je bent anders dan ik had verwacht,' zei Lara na een tijdje.

'Hoe bedoel je?' wilde hij weten. Hij ging iets verzitten om haar beter aan te kunnen kijken; hij boog zijn knie en legde zijn been op de zitting.

Ze haalde haar schouders op. 'Je bent veel rustiger dan ik dacht.'

'Rustiger?' vroeg hij. Hij wilde heel graag weten wat ze van hem vond, hoe ze hem zag.

Ze lachte. 'Toen ik je nog niet zo goed kende maakte je een arrogante indruk op me.'

'Maar nu niet meer?' Het was een nieuw gevoel voor hem om te willen weten wat de ander van je wilde en om daar dan aan te voldoen. Als ze van arrogant hield zou hij haar arrogant geven. Zo niet, dan zou hij voor haar de bescheidenste man zijn die ze ooit had ontmoet.

Ze schudde haar hoofd. 'En je bent ook stiller dan ik had verwacht.'

'Je dacht dus dat ik een luidruchtige malloot was,' stelde hij glimlachend vast.

Ze lachte en begon met haar oorbel te spelen. 'Inderdaad,' zei ze.

'Ben je nu teleurgesteld?'

'Nee, ik ben niet teleurgesteld. Dat bedoelde ik niet.' Haar stem klonk geruststellend. 'Ik wil alleen maar zeggen dat mensen je kunnen verrassen. Ik vond je al leuk toen je nog een luidruchtige malloot was. Maar ik vind het fijn dat je dat niet bent. Je bent gecompliceerder dan dat.'

Hij wist dat het een compliment was, hoewel hij er nooit naar had gestreefd om gecompliceerd te zijn. 'Gecompliceerd? Dat weet ik niet, hoor.' Waar was alle kunstmatige onverschilligheid gebleven waar hij normaal gesproken op vertrouwde? Misschien was dit de nieuwe hij. Misschien begon hij wat meer op Hud te lijken.

Hud was altijd beter met vrouwen dan Jay. Jay sliep met meer vrouwen, sexyer vrouwen ook. Maar Hud wist hoe je van hen moest houden. Jay wist nu pas dat hij Hud daarom benijdde. Omdat hij nu Lara wilde leren kennen, haar vertrouwen wilde winnen.

Zouden ze samen op vakantie kunnen gaan? Zou ze met hem mee willen naar Hawaï? Zijn dagen aan de North Shore waren waarschijnlijk voorbij, maar hij zou haar misschien kunnen leren surfen op de rustige, ongevaarlijke golven bij Waikiki. Hij wilde haar zijn lievelingscafé in Honolua Bay laten zien. Hij wilde haupia voor haar bestellen.

'Ik probeer al een hele tijd indruk op je te maken,' biechtte hij op.

'Op mij?' Er verschenen lachrimpeltjes om haar ogen, om haar mond.

'Ja,' zei hij met een knikje. Hoewel hij zijn hoofd gebogen hield, bleef hij haar strak aankijken. 'Al sinds...'

'Die avond,' zei ze.

'Ja, ik moet steeds aan je denken sinds die avond.'

'O?'

Jay wist dat hij als een vis aan de haak was, dat ze hem binnenhaalde. Hij wilde binnengehaald worden. Het voelde goed om binnengehaald te worden, om verliefd te zijn. Het was voor het eerst dat hij zo sterk naar iemand verlangde en dat gevoel, die zoete pijn van dat specifieke verlangen, beviel hem.

'Ik denk voortdurend aan je,' zei hij. 'Ik ben weet ik hoe vaak naar het Sandcastle geweest in de hoop dat je daar zou zijn.'

'Dat weet ik,' zei ze glimlachend. Hij was betrapt en dat vonden ze allebei opwindend.

Hij boog zich naar haar toe en kuste haar op haar jukbeen, vlak bij haar oog. Het was hard als steen en zacht als fluweel.

'Is het raar als ik denk dat ik verliefd op je ben?' fluisterde hij in haar oor.

'Dat klinkt inderdaad wel een beetje raar,' zei ze lachend. 'Je kent me helemaal niet.'

Hij luisterde nauwelijks. Hij ging helemaal op in de beroeringen van zijn eigen hart. 'Ik weet niet...' zei hij terwijl hij haar sleutelbeen kuste en met zijn handen over haar benen gleed. 'Volgens mij ken ik je goed genoeg.'

Hij kuste haar mond en omhelsde haar op de voorbank van zijn broers busje. Hij beschouwde wat ze gingen doen als meer dan alleen maar seks. Voor hem was het een manier om haar te laten zien wat hij voor haar voelde. Het was een band smeden, een gewijde daad. Zijn handen gleden langzaam over Lara's shirt en daarna knoopte hij zijn broek los en schopte zijn schoenen uit. Lara's rok was omhooggeschoven over haar heupen. En Jay stopte zijn hand eronder. Behoedzaam en genietend trok hij haar slipje uit en liet het aan haar voeten bungelen.

'Heb je een condoom bij je?' vroeg ze.

Dat had hij niet. Maar hij dacht dat Hud er weleens een paar in zijn auto kon hebben liggen. Hij pakte de autosleutels van het dashboard waar de valet ze had neergelegd. Het kleinste sleuteltje was van het handschoenenvakje. Het vakje viel met een bons open. En daar zag hij al condooms liggen. Drie. Op een rijtje in hun glanzende pakjes van aluminiumfolie. Jay pakte er eentje en wilde het openscheuren.

Maar toen.

Jay stak zijn hand uit naar de foto in het handschoenenvak waar zijn oog ineens op viel. Het bleek een hele stapel foto's te zijn. Foto's van zijn ex-vriendin die zijn broer pijpte.

Foto's waarvan zijn al zo slecht functionerende hart in tweeën brak.

Hud en Ashley hadden hun schoenen uitgetrokken en ze wisten geen van beiden waar ze ze hadden laten staan. Ze hadden zo'n lange strandwandeling gemaakt dat ze in het donker niet precies konden zien waar ze waren.

Hud had haar al een hele trits vragen gesteld. 'Hoelang weet je het al?' 'Drie dagen.' 'Hoe ver ben je?' 'Zeven weken.' 'Was het dat weekend dat we naar La Jolla waren?' 'Ik denk het wel.' 'Zijn we er klaar voor om ouders te worden?' 'Ik weet niet hoe je zoiets zou moeten weten.'

En terwijl ze hand in hand langs het water wandelden, overwogen ze allebei in stilte twee toekomsten: eentje met een baby en eentje zonder.

Hud liep er al over te denken om een huis te huren; je kon een kind niet laten opgroeien in een camperbusje. Hij dacht aan iets met twee slaapkamers en was in gedachten de kinderkamer al geel aan het schilderen. Hij dacht aan de grote slaapkamer van zijn moeder. Hij had het altijd leuk gevonden dat er een dubbele wasbak in de badkamer zat. Hij had het altijd een leuk idee gevonden dat daar iedere avond een vader en een moeder voor stonden.

Ineens bleef hij staan en Ashley deed hetzelfde.

'Wat was het eerste wat je dacht?' vroeg hij. 'Toen je het ontdekte? Toen die test wat voor kleur het dan ook is kreeg?'

'Het is een ringetje dat onderaan verschijnt.'

'O nou, toen dat ringetje verscheen dan. Wat was het eerste wat in je opkwam?'

'Nou, wat was het eerste wat bij jou opkwam? Toen ik het je vertelde?' wilde ze weten.

'Eerlijk?'

'Ja.'

'Nou, ik dacht: Hoe kan het dat je meteen van iets houdt? Want toen je het zei, voelde ik dat meteen. En dat slaat helemaal nergens op.'

Ashley kreeg vochtige ogen en toen ze glimlachte biggelde er een traan over haar wang. 'Je dacht dus niet: o, shit of: fuck of: hoe kom ik hier onderuit?' vroeg ze terwijl ze haar tranen wegveegde.

'Nee.' Hij trok haar tegen zich aan. 'Jij wel?'

'Nee.' Ze schudde haar hoofd. 'Geen moment.'

'Dan krijgen we dus een kind,' zei hij met zijn armen om haar heen.

'We krijgen een kind.'

Ze stonden naar elkaar te glimlachen terwijl het koude water om hun enkels wervelde.

Er zouden schommelstoelen komen en luiers; geprakte bananen en kinderstoelen; de trots bij het eerste stapje. Een prachtige toekomst wachtte hun.

Maar op dit moment zat er voor Hud niets anders op dan te stoppen met om de hete brij heen te draaien. Zijn families, de oude en de fonkelnieuwe, moesten zich met elkaar verzoenen en het was aan hem om dat voor elkaar te krijgen, om daarvoor te vechten. En dat zou hij meteen doen. Niet dat hij het gevoel had dat hij tegen die taak was opgewassen, maar daar ging het niet om.

'Zullen we teruggaan?' stelde hij voor.

Ze keek hem met een lief lachje aan, drukte zich tegen hem aan en pakte zijn hand wat steviger beet. 'Oké,' zei ze.

Het was tijd om Jay de waarheid te vertellen.

Een uur 's nachts

Brandon stond in de gastenbadkamer van zijn eigen huis in de spiegel te staren. Hij was al behoorlijk aangeschoten, regelrecht op weg naar straalbezopen. En terwijl hij naar zichzelf staarde vroeg hij zich af hoe hij zoveel fouten had kunnen maken in zo'n kort tijdsbestek.

Hoe had hij Nina dit allemaal aan kunnen doen? Ze had op jonge leeftijd al zoveel moeten doorstaan dat hij zichzelf altijd graag beschouwde als het begin van de goede dingen voor haar. Hij dacht graag dat hij op een of andere bescheiden wijze haar prins op het witte paard was.

En toen was hij, stomkop, naar bed gegaan met Carrie Soto. Er zou een manier moeten bestaan om klotefouten recht te zetten. Niet door het goed te maken, maar door ze letterlijk ongedaan te maken zodat ze nooit waren gebeurd. Hij wilde ieder moment van verdriet dat hij zijn vrouw had aangedaan terugnemen. Ze verdiende het niet, ze was in geen enkel opzicht schuldig aan zijn complete en rampzalige val. Hij wilde dat de wereld het hun zou toestaan om te doen alsof dit allemaal nooit was gebeurd.

Brandon staarde naar de spiegel en keek naar zijn gezicht, naar de rimpels die zich begonnen te tonen. Iedere dag van je leven voelt het alsof je een berg beklimt. En dan ben je op de top en dan blijf je daar een tijdje. En het is daar fijn. Maar dan glijd je aan de andere kant weer naar beneden.

Dat gedeelte had hij niet zien aankomen. En het was een harde klap voor hem geweest.

Het was allemaal begonnen omdat Brandon negen maanden geleden als eerstgeplaatste meedeed aan de Australian Open. Maar toen had hij in de tweede ronde al verloren van een zeventienjarige Scandinaviër die Anders Larsen heette.

Vanaf zijn eerste service was Brandon al bang geweest dat hij de controle verloor. Hij gebruikte zijn vaste opslag die maar heel weinig tennissers wisten te retourneren. De bal vloog snel en meedogenloos over de baan.

Maar Larsen wist hem te retourneren.

Brandon raakte van slag. Hij was het niet gewend om te moeten volleyen voor een punt. Het punt ging naar Larsen. Net als het volgende.

Bij de volgende servicebeurt sloeg hij een dubbele fout. Hij merkte dat hij kwaad werd wanneer hij naar de tiener tegenover hem keek. Het publiek begon te fluisteren, sommige mensen moedigden Larsen aan.

Larsen glimlachte naar Brandon terwijl hij wachtte, gekromd en klaar voor de bal.

Het schoot door Brandon heen dat alle verslaggevers een finale tussen Brandon en Kriek verwachtten, maar het zag er nu naar uit dat hij de tweede ronde niet eens door zou komen.

Hij begon te veel na te denken. Hij kreeg een stijf gevoel in zijn schouder. Even was het alsof zijn spieren niet meer wisten hoe het moest. Zijn opslag werd slapper, trager. Iedere keer dat hij een forehand raakte zonder spin, zonder precisie, nam zijn woede toe. Iedere backhand die niet aankwam op de door hem bedoelde plek maakte dat hij meer in zijn hoofd ging zitten en uit het spel raakte.

Breakpoint.

Toen hij Larsens laatste volley niet wist te retourneren, voelde hij meteen de camera's op zich. Hij kende dit gevoel, een prooi te zijn van de camera's. Dat gevoel was hanteerbaar geweest wanneer de camera's zijn overwinningen vastlegden en zelfs bij verlies van een waardige tegenstander. Maar dit was een slachtpartij geweest. Hij was Goliath en hij had net verloren van David.

Larsen wendde zich tot de tribunes en stak zijn vuist in de lucht; hij had de nummer één van de wereld verslagen.

Het publiek juichte.

Brandon hield zijn gezicht in de plooi en liet niets van zijn gevoelens merken, zoals altijd op dit soort momenten. Hij liep naar het net, gespannen over zijn hele lichaam. Maar het lukte hem niet om een glimlach op zijn gezicht te toveren terwijl hij dat kleine klootzakje een hand gaf.

Hij wist dat zijn vader teleurgesteld zou zijn om dit gebrek aan sportiviteit. Maar dat was nog wel het minste van zijn problemen.

Hij liep de kleedkamer in, op de hielen gevolgd door zijn trainer Tommy. 'Wat was dat nou, verdomme! Je zat helemaal vast in je hoofd! Als dat het enige is wat je nog kunt, dan is er geen plek meer voor jou op de tennisbaan!'

Brandon zei niets, het hart klopte hem in de keel.

Tommy schudde zijn hoofd en verdween weer. En toen hij weg was sloeg Brandon met zijn vuist een gat in de muur van de kleedkamer.

Natuurlijk had hij wel vaker verloren. Maar al in de tweede ronde van een toernooi dat hij had moeten winnen?

Brandon was teruggegaan naar huis, naar Nina. Maar op het moment dat hij binnenkwam en haar zag staan, werd de blik op haar gezicht voor hem onverdraaglijk. Ze keek hem met grote ogen vriendelijk aan, haar mond was tot een lief lachje geplooid. 'Hoe voel je je?'

Hij was bijna uit zijn vel gesprongen.

Nina had hem omhelsd en daarna had ze haar hand op zijn wang gelegd en gezegd: 'Je bent hartstikke goed. Dat heb je al bewezen. Ik bedoel, je hebt tien grand slams op je naam. Dat is toch ongelooflijk goed?'

Brandon had haar hand van zijn gezicht genomen. 'Dank je,' had hij gezegd, en daarna was hij naar boven gelopen om zich te gaan douchen. Hij had haar gewoon niet kunnen aankijken.

In januari van het jaar daarop lag hij er in de derde ronde van de U.S. Pro Indoor al uit. Die klote McEnroe. Daarna verloor hij in maart in drie sets bij de Davis Cup; het Amerikaanse team haalde niet eens de kwartfinale. Op de Donnay Open verloor hij in de halve finale en smeet hij zijn racket op de grond. Het haalde de krantenkoppen. Hij trok zich terug uit Monte Carlo vanwege zijn schouder.

Hij ging ook niet meer meteen naar huis na zijn wedstrijden. Hij zei tegen Nina dat hij naar zijn moeder of broer in New York ging, maar bleef met Tommy langer in Buenos Aires en Nice. Wanneer hij dan eindelijk thuiskwam, had hij het met Nina over het eten, over het restaurant, haar broers en zusje, zijn reisplannen, haar werkschema en over wat voor kunst ze zouden kopen voor de studeerkamer beneden. Hij had het niet met haar over tennis. Hij had het niet met haar over zijn pijnlijke schouder. Hij ging stiekem naar de dokter en vertelde haar niet dat hij cortisone-injecties kreeg.

Hij hoorde onverwoestbaar te zijn. Hij hoorde bescheiden te zijn ondanks het feit dat hij briljant was, vriendelijk ondanks zijn pure dominantie op de baan. Hij hoorde er niet in de eerste paar ronden al uit te liggen en medelijden te krijgen van zijn vrouw.

En toen maakte Carrie Soto haar opwachting.

Carrie Soto werd beschouwd als de allerbeste tennisspeelster aller tijden. Brandon had Carrie al eerder ontmoet, maar ze hadden nooit met elkaar gesproken tot die ene dag in mei in Parijs. Hij was bij de French Open zonder Nina, omdat hij niet had gewild dat ze hem vergezelde.

Hij zat op een bank voor de kleedkamer op Roland Garros, vlak voor zijn eerste wedstrijd, en schoof het zweetbandje om zijn hoofd op de goede plek.

Carrie Soto kwam aanlopen in haar witte tenniskleren, met haar strakke lichaam en prachtige houding. Haar donkere haar was naar achteren getrokken onder haar zonneklep. Door haar rozige huid, haar grote ogen en haar wipneusje maakte ze een schattige indruk. Maar toen ze vlak bij hem was boog ze zich naar hem toe en zei: ‘Hou op met die aardige jongen uithangen, ik trap daar niet in. Je bent net zo bloeddorstig als wij allemaal. Zorg dat je je opslag weer in orde krijgt en vermorzel ze allemaal.'

Hij keek haar met grote ogen aan.

Ze glimlachte naar hem. En hij lachte terug.

Brandon won zijn eerste wedstrijd. En toen nog eentje. En in de loop van de twee weken daarna wist hij met veel pijn en moeite de Coupes de Mousquetaires te bemachtigen. Toen hij de finale won stak hij zijn vuist in de lucht.

Ondertussen verpulverde Carrie Soto krachtig en vastbesloten iedere tegenstander. Ze gromde bij iedere opslag, slaakte een gilletje wanneer ze volleyde, dook vol overgave op de bal af, en aan het eind waren haar witte tennisschoenen rood van het gravel. En ze won de Coupe de Suzanne Lenglen.

Op de avond van zijn overwinning liep Brandon Carrie in hun hotel tegen het lijf; allebei ijsberend in de lift, twee kampioenen waarin het vuur nog nabrandde. Brandon voelde zich triomfantelijk en kwetsbaar, blij en zorgeloos.

'Ik zei toch dat je zou winnen,' zei Carrie met een grijns.

'Blijkbaar weet je hoe je me moet aanpakken,' zei hij.

Er viel een stilte terwijl de lift omhoogging. Toen hij op Brandons verdieping stopte zei hij: 'Laat het me weten als je zin hebt om iets met me te delen uit de minibar.'

Tien minuten later waren ze in zijn kamer.

Carrie Soto lag boven op hem; hij voelde haar spieren onder zijn handen. Terwijl ze zich bewoog voelde hij ook hoe hard haar dijen waren, hoe strak haar kont was en hoe stevig haar kuiten en onderarmen waren. Terwijl hij haar aanraakte, voelde hij haar kracht en lenigheid. Hij hield haar talent in zijn handen.

En heel even, terwijl hij onder haar lag, dacht hij dat hij zijn maatje had gevonden.

Toen hij de volgende ochtend wakker werd, knapte zijn hoofd bijna uit elkaar van het besef van wat hij had gedaan. Maar vlak voordat Carrie uit Parijs vertrok, zei ze dat ze dacht dat dit misschien weleens serieus zou kunnen worden. En toen begon hij zich af te vragen of dit misschien toch geen overspel was, maar iets anders. Iets als een liefdesrelatie.

Hij had er niet eerder bij stilgestaan, maar nu begon hij te denken dat Nina misschien helemaal niet bij hem paste. Daarom voelde hij zich bij haar misschien wel zo nietig. En misschien paste Carrie juist goed bij hem en voelde hij zich daardoor zo sterk bij haar.

Hij bleef haar dus zien. In L.A., in New York, in Londen. En het duurde niet lang voordat Brandon zichzelf ervan had overtuigd dat Carrie hem geluk bracht.

Nadat ze allebei Wimbledon hadden gewonnen, was Brandon in de wolken. Hij had in hetzelfde jaar zowel op gras als op gravel gewonnen. Dat kwam bijna nooit voor. 'Dít,' zei Tommy, 'is de Brandon die ik ken.'

Carrie en hij werden door fotografen gesnapt toen ze die avond buiten bij het Wimbledon-bal hun overwinningen vierden. Hij droeg een smoking, Carrie een donkerblauwe lange jurk. Ze kusten elkaar naast een auto. Zijn hand lag op haar kont.

Carrie zag de foto's als eerste en sloot een deal met de fotograaf en het roddelblad: de foto's in ruil voor een exclusief interview met haar. Na afloop daarvan zei ze tegen Brandon dat ze van hem hield en dat het tijd was om 'het putdeksel te lichten'.

Brandon voelde zich opgejaagd. Hij wist niet of hij er al aan toe was om bij Nina weg te gaan. Maar hij bevond zich op meer dan één manier op een kruispunt en hij vermoedde dat hij, als hij bij Nina bleef, zo ingekapseld zou worden door geluk en tevredenheid dat hij misschien niet meer hard genoeg zou vechten tegen zijn tanende talent.

Als hij bij Carrie bleef zou zijn beste tijd op de baan misschien nog komen.

En Brandon vloog naar huis. Hij liep zijn reusachtige villa in en ging meteen door naar boven om zijn spullen te pakken.

Hij hoopte eigenlijk dat Nina niet thuis zou zijn. Maar ze zat in de slaapkamer een reisgids over Bora Bora te lezen. Ze droeg zijn boxershort. Hij durfde haar bijna niet aan te kijken.

'Hoi schat,' zei ze lief.

Hij liep meteen door naar de kast. Hij moest snel zijn; het was voor hen beiden beter als ze dit zo snel mogelijk achter de rug hadden. En hij dacht niet dat hij haar kon aankijken. Hij dacht niet dat zijn zenuwen dat aankonden. 'Het spijt me, Nina,' zei hij. 'Maar ik ga weg.'

'Hoe bedoel je?' vroeg ze met de blijdschap nog steeds in haar stem.

Hij wist niet meer wat ze daarna zei. Hij was gewoon weggelopen.

Hij ging rechtstreeks naar het Beverly Hills Hotel. En toen hij Carries suite binnenliep, kuste hij haar en zei: 'Ik hou van je. Ik heb voor jou gekozen.'

Dat met Nina was vreselijk en onverdraaglijk geweest. Maar noodzakelijk. En het was volbracht.

Brandon bleef bij Carrie en ontdekte dat er binnen een paar dagen al een heel nieuw leven voor hem was uitgestippeld.

's Ochtends dronken ze allebei proteïnesmoothies en aten een handjevol rauwe amandelen, waarna ze samen naar de sportschool gingen. Ze begonnen te trainen op de Bel-Air Country Club, op banen naast elkaar. Brandons cortisone-injectie was altijd sneller uitgewerkt dan hij had voorzien, maar zodra hij wat minder hard opsloeg of een paar volleys miste, zag Carrie dat meteen vanaf haar baan en dan riep ze, zonder zelf ook maar een slag te missen: 'Kom op, Randall! Wil je een kampioen zijn of een loser? Daartussenin is niks!' En dan rende hij wat harder en sloeg wat preciezer.

's Middags hielden ze zich met de zakelijke kant bezig: ze belden hun agenten, onderhandelden over contracten, keurden reisschema's goed en deden hun correspondentie.

Om zeven uur 's avonds gingen ze de deur uit om ergens te gaan eten. Vaak waren ze om negen uur 's avonds op een feest, een liefdadigheidsbal of een gala te vinden. Hun gesprekken gingen voornamelijk over hoe erg Carrie haar rivale, Paulina Stepanova, haatte.

Op een keer, midden in de nacht, werd Brandon wakker van een bonkende pijn in zijn schouder. Ze hadden die ochtend intensief getraind en waren 's avonds naar een gala voor het Cedars-Sinai Medical Center geweest en daarna hadden ze thuis de liefde bedreven nog voordat ze de lampen hadden uitgedaan.

Maar opeens, om drie uur 's nachts, was de pijn niet meer te harden. Hij belde de roomservice voor ijs, maar dat hielp niet echt. Hij nam wat pijnstillers. Maar de pijn werd steeds scherper, bonzender.

In paniek maakte hij Carrie wakker. 'Wat als Wimbledon mijn laatste slam was?' vroeg hij.

'Dat zou een ramp zijn,' zei ze. 'Je hebt er pas twaalf.' En toen draaide ze zich om en sliep verder.

Hij verlangde naar Nina's tederheid.

Hij had het gevoel dat hij net weer was ingeslapen toen hij wakker werd van een handdoek die Carrie naar hem had gegooid. 'Wat wil je? Hier blijven liggen janken van de pijn of doorzetten en erdoorheen spelen? De auto vertrekt over een kwartier.'

Hij stond op, kleedde zich aan en wist de hele dag haar tempo te volgen. En toen nog een dag en nog een dag en zo ging het maar door.

Brandon bleef nog vier weken en twee dagen bij Carrie.

Maar toen, gisteravond, was hij weer wakker geworden van de pijn. Deze keer een brandende, schroeiende pijn. Ieder seconde voordat de pijnstillers hun werk deden was een hel. Hij had een afspraak gemaakt voor nog een injectie en wist dat dat een tijdje zou helpen. Maar hij begreep ook, op een verontrustend heldere manier, dat de klok doortikte. Zelfs als hij de neergang wist af te wenden, zelfs als hij meer kampioenschappen zou winnen dan welke tennisser in de geschiedenis dan ook, zou zijn lichaam het op een dag laten afweten, want zo ging dat met lichamen.

En wie zou er dan nog van hem houden?

Het duurde tweeënhalf uur voordat hij in slaap viel. En om zes uur 's ochtends werd hij wakker van Carries stem. Ze praatte met de roomservice. 'En geen gezouten nootjes. Ik wil 's ochtends geen zout. Jullie hebben gisteren ook weer de zoute gestuurd nadat ik al drie keer heb gezegd dat ik die niet wil! Als dat te moeilijk is, kunt u misschien beter ander werk zoeken.' Daarna hing ze op.

Brandon was weer met zijn hoofd op het kussen gaan liggen. Carrie was geen aardig mens. Hij wist niet eens of ze wel een goed mens was. Voordat hij goed en wel besefte wat hij deed, zei hij: 'O mijn god, je bent echt verschrikkelijk. Wat heb ik in vredesnaam gedaan?'

Hij stapte uit bed en gebaarde wild om zich heen terwijl hij tekeerging over wat voor kwaadaardige ijskoningin ze was. 'Ik heb alle fouten gemaakt die een man maar kan maken!' zei hij terwijl hij in zijn boxershort voor haar stond. 'Ik geloof niet eens dat ik van je hou. Ik weet eigenlijk niet of ik ooit wel van je heb gehouden. Waarom dacht ik dat ik hier wilde zijn? Ik wil niet bij een vrouw zijn die tegen mensen schreeuwt!'

Ze staarde hem aan alsof hij twee hoofden had. En toen zei ze: 'Nou, er is niemand die zegt dat je hier moet blijven, stomme lul!'

Brandon dacht even na over haar woorden en besefte dat ze gelijk had. Niemand had hem gedwongen om met haar naar bed te gaan. Niemand had hem gedwongen om zijn vrouw voor haar te verlaten. Dat had hij helemaal zelf gedaan. Maar hij wist nu bij god niet meer waarom hem dat toen zo'n goed idee had geleken.

'Ik denk dat ik maar beter kan gaan,' zei hij.

'Ga je gang.' Carrie gebaarde naar de deur. 'Doe vooral wat je niet laten kunt.'

Brandon pakte zijn spullen en vertrok.

Hij trainde die ochtend op een andere baan. Hij nam een lange, geselend hete douche. En daarna zat hij nog een uur in de kleedkamer met zijn handdoek om zich heen geslagen, roerloos, zich afvragend wat hij moest doen.

Het enige waaraan hij kon denken was aan hoe fijn het voelde wanneer Nina een hand door zijn haar haalde, of aan haar gezicht wanneer ze tegen hem zei dat ze voor altijd van hem zou houden.

Hij besloot te proberen haar terug te krijgen.

En het was hem gelukt! Alles zou weer goed komen. Zolang Carrie Soto hen maar met rust liet.

Nina en Casey zaten zwijgend bij elkaar toen iemand de deur opende.

'Nina?' Het was Tarine. 'Je moet naar beneden komen,' zei ze.

'Hoezo?'

'Het gaat om Carrie Soto.'

Nina werd nu al moe. 'Wat is er met haar?'

'Ze staat voor je huis met kleren te gooien en dreigt ze in de fik te steken.'

Nina liep de trap af en baande zich samen met Tarine een weg door de menigte.

Greg Robinson had de muziek zo hard staan dat de vloer ervan trilde; de fundering schudde letterlijk op haar grondvesten. In de kamer waren mensen zo woest aan het dansen dat de schilderijlijsten tegen de muren bonkten.

Het was Nina's huis, Nina's tapijt waar ze op stonden, haar trap die hen ondersteunde, haar drank die ze dronken, haar eten dat ze aten. En toch ging niemand voor Nina aan de kant; ze moest op schouders kloppen of mensen zachtjes wegduwen. Haar irritatie nam toe. De minnares van haar man stond voor het huis en ze kon niet eens buiten komen om het te regelen omdat er een groepje surfers joints stond te roken in haar hal.

'Pardon!' zei Tarine. 'Aan de kant!'

De surfers deden onmiddellijk wat ze zei.

Toen Nina eindelijk buiten was, zag ze haar man op de oprijlaan staan. Hij probeerde een vrouw te kalmeren die stond te razen en tieren en met haar armen stond te zwaaien.

Carrie Soto, in een witte trainingsbroek en een wit-groen T-shirt, stond op het grind van Nina's oprijlaan met voor zich een stapel kleren van Brandon. Nina zag Brandons favoriete polo van Ralph Lauren liggen en op een grote steen lag het witte zweetbandje dat hem geluk bracht. Hij was dol op dat zweetbandje.

Hij is bij mij teruggekomen maar heeft zijn zweetbandje bij haar laten liggen?

'Brandon, ik zweer het je, doe niet zo kloterig. Anders steek ik het echt allemaal in de fik,' zei Carrie.

De mensen buiten hadden alleen maar oog voor Carrie; ze stonden in een wijde boog om haar heen. En van alle kanten van het huis kwamen nog meer gasten aanlopen om te kijken wat er aan de hand was. Nina voelde dat er mensen achter haar over haar hoofd probeerden te turen.

'Carrie, alsjeblieft,' zei Brandon. Hij stond onderaan het bordes, zijn armen afwerend in de lucht gestoken. 'We kunnen er toch als twee volwassen mensen over praten?'

Carrie begon te lachen. Niet krankzinnig, niet boos, maar eerder oprecht geamuseerd. 'Ik ben de volwassene hier, Brandon. Ik heb je gezegd dat je je vrouw pas moest verlaten als je echt serieuze plannen met ons had. Of ben je dat vergeten?' Brandon wilde wat zeggen, maar Carrie gaf hem de kans niet. 'Weet je nog dat ik tegen je zei dat ik niet in een goed huwelijk wilde stoken, dat ik alleen maar een relatie met je wilde als we echt van elkaar hielden? En dat dit voor altijd zou zijn? Weet je nog dat ik dat zei?'

Brandon knikte. 'Ja, maar Carrie...'

'Niks geen "ja maar". Je bent een klootzak, Brandon. Dat snap je toch wel?'

'Carrie...'

‘Wat heb ik tegen je gezegd toen we voor het eerst met elkaar naar bed gingen, Brandon? Wat heb ik toen gezegd? Heb ik niet gezegd dat ik niet met een getrouwde man naar bed zou gaan tenzij het om echte liefde ging?’

‘Ja, maar...’

‘En heb ik je ook niet gezegd dat je beter niet met mijn gevoelens kunt spotten? Heb ik je dat gezegd of niet, Brandon?’

‘Carrie...’

‘Mijn precieze woorden waren: “Als ik verliefd op je word, kun je beter niet met me spotten.” Weet je dat nog, klootzak?’

‘Ik weet niet of...’

‘Spreek me niet tegen. Ik heb dat zo gezegd.’

‘Oké, dan heb je dat zo gezegd. Maar...’

‘Je werd vanochtend wakker nadat je de avond ervoor de liefde met me had bedreven en toen ik klaar was met mijn telefoontje met roomservice om ongezouten amandelen voor ons te bestellen, zei jij letterlijk: “O mijn god, je bent echt verschrikkelijk. Wat heb ik in vredesnaam gedaan?” En toen ging je weg.’

‘Carrie, alsjeblieft. Kunnen we hier onder vier ogen over praten?’

Carrie keek om zich heen naar de menigte die zich langzaam vormde. Toen keek ze achter Brandon langs naar de voordeur, waar ze Nina zag staan. Haar gezicht betrok.

Brandon draaide zich om en zag Nina ook staan. ‘Nina –’ begon hij.

‘Nina,’ onderbrak Carrie hem. ‘Het spijt me. Ik had niet iets met hem moeten beginnen en ik zou deze vuile was niet buiten moeten hangen en zo je hele feest bederven.’

Nina keek Carrie aan maar zei niets. Hoe deed die vrouw dat, gewoon alles zeggen wat ze dacht? Waarom meende Carrie Soto dat ze het recht had om hier zo te staan schreeuwen?

Op dat moment was Nina niet kwaad of jaloers of in verlegenheid gebracht of wat ze dan ook van zichzelf had verwacht. Nina was bedroefd. Bedroefd omdat ze nog geen fractie van een seconde van haar leven zo had geleefd als Carrie Soto. In wat voor wereld leeft die vrouw, dacht

Nina, dat je in het openbaar kunt schelden en vloeken en stampvoeten en huilen en schreeuwen tegen de mensen die je hebben gekwetst? Dat je zelf bepaalt wat je wel en niet accepteert?

Nina was geprogrammeerd om alles te accepteren. Om te accepteren dat je vader je in de steek liet. Dat je moeder dood is. Dat je voor je broers en zusje moet zorgen. Dat de wereld begerige blikken op je werpt. Accepteren accepteren accepteren. Heel lang had ze gedacht dat dat haar grootste kracht was. Dat ze overal tegen opgewassen was, dat ze alles verdroeg, dat ze alles accepteerde en doorging. Voor haar was het een bijzonder vreemde gedachte om hardop te zeggen dat iets onacceptabel was.

Ze stelde zich voor dat ze naar iemands huis zou rijden en daar op het gazon zou gaan staan schelden terwijl er allemaal mensen toekeken. Het was haar zo wezensvreemd dat ze zich het niet eens kon voorstellen.

Maar Carrie zat blijkbaar vol vuur. Waar was Nina's vuur? Was het er ooit geweest? En zo ja, wanneer was het gedoofd?

Haar man was gisteravond nog met Carrie naar bed geweest en Nina had hem vanavond teruggenomen. Wat mankeerde haar? Was ze echt van plan alles zomaar te accepteren? De rest van haar leven alle rotzooi te accepteren die naar haar hoofd werd gesmeten?

Haar stem klonk kalm en beheerst toen ze zei: 'Ik denk dat jullie beter weg kunnen gaan.'

Brandon wist niet of hij haar wel goed had gehoord. En Carrie had helemaal niet geluisterd.

'Ik denk dat jullie beter weg kunnen gaan,' zei Nina nog een keer, wat luider nu.

'Liefje, nee.' Brandon wilde naar haar toe lopen.

Nina stak haar hand op. 'Nee,' zei ze kalm. 'Laat mij erbuiten. Jullie mogen elkaar van mij hebben.'

'Ik wil hem niet,' zei Carrie. 'Ik wilde hem alleen laten weten dat je mensen niet kunt gebruiken en kunt denken dat je ermee wegkomt.'

Nina haatte het hoe kleintjes ze zich voelde bij het idee dat ze hem had teruggenomen.

'Hoe durf je hiernaartoe te komen?' vroeg Tarine aan Carrie. Haar stem klonk luid en boos en toen Nina naar haar keek, zag ze dat Tarine al een tijdje had staan koken van woede.

'Ik weet niet of jullie er wat aan hebben, maar ik haat mezelf,' zei Carrie tegen Nina en Tarine. 'En ik weet ook wel dat ik niet had moeten komen. Maar ik heb er gewoon schoon genoeg van dat mensen denken dat ze me kunnen behandelen alsof ik geen gevoel heb. Alsof ik geen hart heb dat kan breken.'

Nina keek haar aan en knikte. Ze begreep Carrie Soto, begreep dat ze liefdesverdriet had, begreep dat ze in een andere wereld misschien wel vriendinnen hadden kunnen zijn. Maar ze bevonden zich in deze wereld. En ze waren geen vriendinnen.

'Je hebt het recht niet om steeds maar de aardige jongen uit te hangen. Je bent een klootzak,' zei Carrie tegen Brandon. 'Ik ben hier alleen maar om je je spullen terug te geven en je dat te vertellen. Maar ik werd woest toen je me als een of ander beschamend geheim weg probeerde te jagen. Alsof jij mij niet hebt versierd. Alsof jij er niet mee begonnen bent.'

Carrie draaide zich om en liep terug naar haar Bentley, waarvan de motor nog steeds draaide en waarvan het portier nog openstond. 'Sorry allemaal,' zei ze. 'Echt, het spijt me.'

Ze reed achteruit, raakte nog even een palmboom, gaf gas en reed weg.

Brandon keek de auto na en liep toen met een geschokte en beschaamde blik in zijn ogen naar zijn vrouw toe.

Nina stak weer haar handen op waar iedereen bij was. 'Jij kunt ook beter gaan.'

'Nina, liefje, het is uit met Carrie.'

'Dat kan me niks schelen. Ga nou maar gewoon, Brandon.'

Nina was opgelucht om zichzelf dat te horen zeggen, opgelucht dat ze ertoe in staat was.

'Je kunt me niet wegsturen!' zei Brandon. 'Het is mijn huis! Dit is mijn huis.'

'Nou, van mij mag je het hebben,' zei Nina.

En op het moment dat ze dat stomme misbaksel op het klif en de tennisser die erbij hoorde, opgaf, voelde Nina Riva zich meteen honderd keer lichter.

Er was eindelijk genoeg zuurstof in haar om een vuur te kunnen doen oplaaien.

Casey Greens keek naar zichzelf in de spiegel in Nina's badkamer. Ze plensde wat koud water in haar gezicht en droogde zich toen af met een dikke taupekleurige handdoek. Alles in dit huis was mooi. De handdoeken waren zacht, de kamers groot. Ze keek naar de hoge ramen en spiegelwanden en de fijn geweven kussenslopen.

Maar Casey verlangde naar haar oude wereld, waar de kussens een beetje kriebelden en de ramen klein waren en op de een of andere manier altijd een beetje klemden door vocht en oude verf, waar het eten altijd een beetje te gaar was. Waar haar moeder iedere avond alle vragen van *Jeopardy!* fout had, maar ze allemaal samen op de bank zaten en toch lol hadden om haar verwoede pogingen het goed te raden.

Als Casey zou kunnen – als de duivel aan ruilhandel deed – zou ze haar ziel verkopen om hier weg te kunnen en haar ouders terug te krijgen. Ze voelde een golf van wanhoop op zich afkomen die haar elk moment kon verzwelgen. Dat was haar al een paar keer overkomen sinds hun dood. Casey had ontdekt dat ze zich dan het best gewoon schrap kon zetten tegen zo'n aanval van verdriet. Ze liet de droefheid gewoon over zich heen spoelen, liet zich erdoor verstikken. Ze zette zich schrap in de wetenschap dat ze de pijn moest doorstaan tot hij weer voorbij zou zijn.

Ze deed haar ogen open en keek weer naar haar spiegelbeeld.

Misschien hoorde ze hier helemaal niet. Misschien hoorde ze nergens bij, wilde ze nergens bij horen. Nooit meer.

Nina ging naar binnen en probeerde te doen alsof de gênante vertoning met de minnares van haar man op het gazon nooit was gebeurd. Ze begaf zich rechtstreeks naar de keuken, deed de deur van de bijkeuken open en liep naar binnen.

En daar, tussen de zakken rijst en de blikken tomatensaus, sloot ze haar ogen en probeerde weer tot zichzelf te komen. Terwijl de deur van de bijkeuken meetrilde met de muziek van de Eurythmics, en het geluid van mensen die praatten en lachten nog steeds hoorbaar was, was het er toch stil genoeg om rust te kunnen vinden. Nina ging met haar beroemde billen op een stapel keukenrollen zitten, trok haar schouders naar achteren, rechtte haar rug en probeerde de spanning uit haar lijf te laten lopen.

Godsamme. Haar man was terug, zijn minnares was opgedoken, misschien had ze er zomaar ineens een zus bij, en haar broer deed het met de ex-vriendin van haar andere broer. Was deze nacht maar voorbij.

De deur van de bijkeuken ging open. Nina werd overspoeld door licht en geluid. Tarine stond in de deuropening met een fles wijn en twee glazen.

'Hoi schat,' zei Tarine terwijl ze naar binnen liep en de deur achter zich sloot. Ze trok aan het koordje boven hun hoofd. Het licht ging aan. 'Brandon is boven jouw spullen aan het pakken,' vertelde ze. 'Hij is natuurlijk stomdronken. En hij denkt dat hij je zo het huis uit zal schoppen.'

Nina lachte. Ze kon het alleen maar grappig vinden.

Tarine kwam naast haar zitten en pakte een kurkentrekker uit haar jaszak. Ze draaide hem in de fles sauvignon blanc. Nadat ze de kurk eruit had getrokken, schonk ze wijn in een glas dat ze aan Nina gaf en daarna schonk ze zichzelf een glas in.

'Iemand heeft de rest van de Opus One opgedronken,' vertelde ze. 'Het zijn allemaal beesten. Ik heb nu maar een witte gepakt.'

Nina had het glas aangepakt, maar nog geen slok genomen.

'Opdrinken,' zei Tarine terwijl ze zelf een slok nam. 'We vieren je onafhankelijkheid.'

Toen Nina naar Tarine keek verscheen er een klein lachje om haar mond. Ze nam een slokje. En toen nog een paar. Godallemachtig, ze had ineens zin om die hele fles leeg te drinken.

'Ik had niet verwacht dat hij zou terugkomen,' zei ze.

'Dat weet ik.'

'Toen hij weg was... Ik weet niet, maar voor mij was onze relatie toen geloof ik voorbij. En toen zat ik in een soort rouwproces.'

'Terecht.'

'En ik voelde me ook behoorlijk verdrietig,' ging Nina verder. 'Dat ik... dat ik blijkbaar zo weinig betekende voor iemand die altijd had gedaan alsof ik veel voor hem betekende.'

Tarine gaf een kneepje in Nina's hand,

'Maar er was niets in me dat hem terug wilde,' zei ze terwijl ze Tarine recht in de ogen keek.

Tarine glimlachte. 'Mooi zo,' zei ze met een ferm knikje.

Nina bracht het glas weer naar haar mond. Ze rook de zoete scherpte van de wijn en had het gevoel alsof ze erin kon verdwalen. En toen zag ze ineens haar moeder voor zich, op de bank voor de televisie. Het bloed bevroor in haar aderen.

Ze zette het glas neer. 'Weet je wat ik dacht toen hij vanavond ineens kwam aanzetten?' vroeg ze.

'Wat dan?'

'Ik dacht: o fuck, moeten we dit hele toneelspel nu echt opvoeren?'

Glimlachend zei Tarine: 'Dat hoeft dus niet.'

'Nee, hè?' zei Nina. 'Dat hoeft niet.'

Ze hoefde dit allemaal niet te doen. Het slachtofferschap, het accepteren van al die bullshit, je hart opnieuw in de handen van een klootzak leggen. Ze kon gewoon nee zeggen.

Ze glimlachte. Ze moest het idee even verwerken. Het was bijna te mooi om waar te zijn.

Jay liet de foto's weer in het handschoenenvak vallen en probeerde te doen alsof hij ze niet had gezien. Alsof het niet was gebeurd. Alsof het niet echt was. Alsof zijn broer zoiets nooit zou doen.

Hij had de foto's vast verkeerd begrepen. Want hij kon gewoon niet geloven dat zijn broer niet alleen een klootzak was, maar ook nog eens een leugenaar.

Hij probeerde alles uit zijn hoofd te zetten door weer met Lara te gaan vrijen, zijn aandacht weer op haar te richten. Maar terwijl hij met zijn hand onder haar rok gleed, terwijl hij zijn broek los ritste, bleef de gedachte aan wat hij had gezien door zijn hoofd spoken.

Lara maakte zich van hem los en duwde hem met zijn rug op de bank. Hij liet haar doen wat ze wilde in de hoop dat ze de gedachten in zijn hoofd zou stoppen.

Lara ging boven op hem zitten en begon zich te bewegen, met haar shirt boven haar borsten geschoven en haar rok om haar heupen. Haar kruin raakte steeds het dak van het busje en Jay, die echt heel erg zijn best deed om zich op Lara te focussen, vroeg zich onwillekeurig af of Hud Ashley ook in deze auto had geneukt, op deze manier. Of Ashleys hoofd ook het dak had geraakt.

Toen ze allebei waren klaargekomen, maakte Lara zich van hem los. Trok haar shirt en rok naar beneden en zei: 'Je lijkt helemaal verkrampt. Wat is er?'

Hij keek haar aan terwijl hij rechtop ging zitten. 'Ik geloof dat mijn broer iets met mijn ex-vriendin heeft. En daarover liegt. Eerder vanavond kwam hij ineens aanzetten met lulpraat over dat hij haar een keertje mee uit wilde vragen. En toen zei ik dat ik dat niks vond. En nu ontdek ik dat hij het waarschijnlijk al die tijd al met haar doet.'

Lara ging wat meer rechtop zitten, verbaasd. 'Wat rot voor je,' zei ze. Ze legde haar hand op zijn rug.

Hoewel de woede door zijn lijf gierde, hielp Lara's troostende hand hem om weer wat tot rust te komen. 'Ik ben in elk geval blij dat jij bij me bent nu ik het dan toch weet van die klotezooi.'

Lara glimlachte, maar het viel Jay op dat het er niet zo oprecht uitzag. Het was de glimlach die was bestemd voor een winkelbediende die je boodschappen inpakte.

'Ik meende het wat ik daarnet zei,' vervolgde hij. 'Over dat ik denk dat ik verliefd op je ben.'

'Jay...' zei ze.

'Ik bedoel dat ik wil zeggen dat ik daadwerkelijk verliefd op je ben.'

Hij verwachtte dat Lara zou glimlachen of blozen of tranen in haar ogen zou krijgen. Vrouwen hadden hem vaak onder druk gezet om dat te zeggen, maar hij had het nog nooit gedaan. Maar nu dus wel. En hij verheugde zich op wat er dan ook kon gaan gebeuren, op hoe gelukkig het haar dan ook zou maken. Maar tot zijn verrassing zag hij een blanco blik in haar ogen verschijnen en de lach bevroor om haar mond.

'Ik... ik geloof dat we niet hetzelfde voor elkaar voelen,' zei ze.

Verward schudde hij zijn hoofd. 'Sorry?'

'Het spijt me.'

Jays gelaatstrekken verhardden zich, veranderden van een warm, loom zwembad in een ijsgletsjer. 'Wauw,' zei hij verbijsterd.

'Jay, het spijt me echt. Ik denk dat ik niet helemaal heb begrepen waar je naar op zoek was.'

'Ik was niet op zoek,' zei hij, bij haar wegschuivend. Hij trok zijn schoenen weer aan. 'Maar je bent duidelijk niet de vrouw die ik dacht dat je was, dus wat maakt het uit...'

'Jay, dat is niet –'

'Nee, ik had het kunnen weten,' zei hij, terwijl hij het portier opende en uitstapte. Hij stond met beide voeten op de grond naar Lara te kijken die zich niet verroerde. 'Daarom heb ik ook niemand iets over ons verteld. Omdat ik wist dat je zo'n soort vrouw was. Ik wist dat je niet iemand bent om mee te trouwen.'

Het was de ergste belediging die hij kon bedenken en hij had het gevoel dat hij daarmee iets van zijn macht had teruggewonnen.

Ze leek er echter niet van onder de indruk. 'Oké.' Ze maakte aanstalten om uit te stappen.

'Ga uit mijn broers auto.' Jay ging steeds harder praten.

'Pas alsjeblieft op,' zei ze terwijl ze uitstapte. 'Denk aan je hart.'

Hij keek haar met samengeknepen ogen aan en sloeg het portier met een klap dicht.

'Ik geloof dat ik maar beter kan gaan,' zei ze.

Ze stonden elkaar naast de camper aan te kijken.

'Het kan mij eerlijk gezegd geen bal schelen wat je doet,' zei hij. Hij liep weg, heel snel, want hij wilde zoveel mogelijk afstand tussen hen. Hij ging pas langzamer lopen toen hij bij het huis aankwam. Op het gazon aan de voorkant lagen allemaal kleren en er stonden mensen druk ergens over te praten terwijl ze hun glas naar hun mond brachten en sigaretten rookten.

Bij de voordeur draaide hij zich pas om om te kijken of hij Lara nog ergens zag.

Hij zag dat een valet haar auto voorreed. Ze stapte in en reed weg.

Toen ze uit het zicht was verdwenen, dacht Jay dat hij zich wel beter zou voelen, maar dat gebeurde niet. Nee, natuurlijk niet.

Mick sloeg bij Chautauque rechts af de PCH op, zonder de moeite te nemen zijn richtingaanwijzer aan te zetten. Met de oceaan aan zijn linkerhand en de bergen rechts, wierp hij nog een keer een korte blik op de uitnodiging naast hem terwijl hij over de snelweg raasde.

Hij merkte dat hij een beetje zenuwachtig werd, dat zijn hart onregelmatig sloeg.

Hij begon verontschuldigingen te bedenken en zijn daden uit het verleden zo te draaien dat het een verhaal werd dat zijn kinderen konden begrijpen, een verhaal dat ze hem zouden kunnen vergeven. Het werd tijd dat ze allemaal samen de oceaan in renden en zichzelf doopten in het water en opnieuw begonnen.

Goed, hij deed dit voor zichzelf. Maar hij deed het ook voor hen. Elk gebroken gezin – hoe zwaar beschadigd of gehavend of gekwetst ook – wil toch herenigd worden? Elk kind, hoe erg het zich ook in de steek gelaten voelt, wil uiteindelijk toch alleen maar liefde?

Mick stopte voor het rode stoplicht op Heathercliff Road. En toen het op groen sprong, sloeg hij links af, weer zonder zijn richtingaanwijzer aan te zetten.

Kit stond in de buitendouche naar de sterren te staren. Ricky zoog zo hard aan haar hals dat ze zeker wist dat er een zuigzoen te zien zou zijn.

Ze kon hem niet aankijken. Dat kon ze niet verdragen. En daarom bleef ze naar de nachtelijke hemel kijken en probeerde ze de Grote Beer te vinden.

Ricky kon zijn geluk niet op. Hij stond te vrijen met Kit Riva, in een buitendouche. Kit Riva. In een buitendouche. Hij wilde haar trakteren op romantische etentjes in Italiaanse restaurants en haar bloemen geven en met haar gaan surfen. Hij wilde in het algemeen gewoon continu bij haar zijn.

Ricky was zo verbaasd, zo betoverd en zo gretig, dat hij op de zaken vooruit begon te lopen. Het was bijna alsof zijn opwinding genoeg was voor hen beiden.

Bijna.

Ricky was geen donjuan, maar hij had wel vaker een vriendin gehad. Hij had op de middelbare school een vriendinnetje gehad en toen hij studeerde een ander. Hij wist hoe het voelde wanneer een meisje net zo graag bij jou wilde zijn als jij bij haar. En hij begon zich af te vragen of Kit wel bij hem wilde zijn, want ze keek hem niet aan. Ze leek te bevriezen wanneer hij haar aanraakte en maakte haar onderlichaam steeds weer van hem los...

Ricky stopte even en probeerde Kit te dwingen hem aan te kijken, maar ze meed zijn blik. 'Kit?' vroeg hij.

'Wat?'

'Weet je zeker dat je dit wilt?'

'Waarom zou ik het niet willen?'

'Weet ik veel,' zei hij schouderophalend. 'Ik kreeg gewoon de indruk dat je er niet helemaal bij bent.'

'Nou, dat ben ik wel.'

'Oké,' zei hij. 'Als je het zeker weet.'

'Ik weet het zeker.' Ze trok hem naar zich toe en begon hem weer te kussen.

Kit verschool zich, dat wist ze best.

Ze begreep donders goed dat als ze eenmaal aan zichzelf zou toegeven dat ze het niet fijn vond om Ricky te kussen, ze ook zou moeten toegeven dat ze helemaal geen mannen wilde kussen. Dat ze niet van hun ruwheid, hun geur en hun grove gezichten hield. Dat ze nog nooit naar een man had gekeken met het idee dat ze hem wilde.

Ze wist dat zodra ze zich losmaakte van Ricky Esposito, ze moest accepteren dat ze haar hele leven al verlangd had naar zachtheid. Naar rondingen en gladde huid en lang haar en zachte lippen. Ze had er altijd naar verlangd om door tedere handen te worden aangeraakt.

Het voelde helemaal verkeerd om Ricky te kussen, want hij was niet Julianna Thompson. Hij was niet Cheryl Nilsson. Of Violet North. Hij was zelfs niet Wendy Palmer, de serveerster in het restaurant van wie ze altijd vlinders in haar buik kreeg als ze samen een dienst draaiden. Heel even wilde ze dat hij die serveerster was die ze eerder die avond had leren kennen, dat meisje met dat rode haar. Caroline. Maar toch bleef ze Ricky kussen in de hoop dat er iets van verlangen in haar zou opvlammen, hoewel ze allang wist wat er aan de hand was.

Kit wist – in haar hart en in haar lichaam – dat ze op meisjes viel zoals andere meisjes op jongens vielen. Het enige wat ze had bereikt door vanavond eindelijk een jongen te kussen, was dat ze nu zeker wist dat ze er helemaal niks aan vond om een jongen te kussen.

Ze maakte zich los van Ricky. 'Je hebt gelijk. Ik kan dit niet.'

'Oké,' zei Ricky. Hij deed een stap naar achteren. 'Sorry, ik wilde je niet pushen of zo...'

'Dat heb je ook niet gedaan,' zei ze. 'Ik...' Omdat ze niet goed wist wat ze moest zeggen, liet ze zich op het bankje in de doucheruimte zakken.

Ricky ging naast haar zitten.

'Sorry,' zei ze. 'Maar ik geloof dat ik niet... niet zo iemand ben.'

'Wat voor iemand?'

Kit wist niet precies hoe ze het moest zeggen. Ze wist zelfs niet wát ze wilde zeggen. 'Iemand die in de buitendouche met een jongen gaat staan vrijen.'

Hij knikte. Hoewel hij teleurgesteld was probeerde hij te glimlachen. 'Oké,' zei hij. 'Ik snap het.'

'Het komt niet door jou,' zei ze.

Hij keek haar aan. Eindelijk keek ze hem in de ogen. 'Maar ik moet dit waarschijnlijk wel opvatten als een afwijzing?'

Met een vriendelijk lachje zei ze: 'Ik denk dat we maar gewoon vrienden moeten zijn.'

Hij knikte en staarde naar zijn voeten.

'Echte vrienden, bedoel ik.' Ze probeerde zijn aandacht weer te vangen. 'Dat meen ik, hoor. Als ik al iets met een jongen zou willen... dan denk ik dat het met jou zou zijn.'

Hij keek haar met een scheef hoofd aan. Hij begreep niet goed wat ze hem probeerde te vertellen.

'Ricky...' Kit wist niet eens of ze het wel hardop kon uitspreken. Maar ze moest toch ergens beginnen? En dit leek haar een veilige plek, met iemand die ze, indien nodig, de rest van haar leven zou kunnen mijden. 'Het heeft echt niks met jou te maken. Het...'

Hij boorde zijn blik in de hare. 'Wat? Je kunt het me echt wel vertellen, hoor. Ik kan goed luisteren.'

Kit deed haar ogen even dicht en besloot het te doen. 'Wat als ik zou zeggen dat ik... op meisjes val?' Ze opende haar ogen, onzeker over hoe hij zou kijken.

Ricky was even stil. Het enige wat Kit op zijn gezicht zag, was verbazing.

'Dat snap ik wel,' zei hij toen. 'Meisjes zijn hot.' En toen begon hij te lachen.

En Kit lachte ook. Ze gooide haar hoofd in haar nek en schaterde het uit; haar schouders gingen op en neer terwijl de lach door haar lichaam trok.

Ricky keek naar haar en voelde zich nog meer tot haar aangetrokken. Haar ogen waren zo warm en helder en ze kreeg van die kuiltjes in haar wangen wanneer ze lachte. Hij was zo dicht bij het meisje geweest dat hij altijd had gewild. En nu begreep hij dat dat nooit zou gebeuren. Maar ja, zo is het leven, dacht hij. Je krijgt niet altijd wat je wilt.

'Dank je,' zei ze. 'Echt.'

'Ach, waar heb je anders vrienden voor?'

'Dat is ook weer waar,' zei ze.

'Oké, dan heb ik een vraag: als we echt vrienden zijn, zoals je zegt... houdt dat dan in dat je me misschien zou willen leren surfen?'

Kit lachte. 'Kun je dat niet?' Ze mocht hem echt heel graag. Hij was prettig gezelschap.

'Niet zo goed,' antwoordde hij. 'Zeker niet zo goed als jij.'

'Niemand is zo goed als ik,' zei ze.

Hij lachte. 'Vertel mij wat! En daarom moet jij het mij leren.'

Ze glimlachte naar hem en hoopte dat ze op een dag een meisje als Ricky zou leren kennen. Iemand die aardig was. Die niets te bewijzen had. Zelf had ze heel veel te bewijzen. Dan was er geen ruimte voor nog zo iemand.

'Goed, ik zal het je leren,' zei ze. En toen gaf ze hem een kus op zijn wang.

Het was voor het eerst dat ze iemand met zoveel gevoel kuste.

Tarine had het bij het verkeerde eind gehad. Brandon was Nina's spullen niet aan het pakken. Hij had een fles Seagram's mee naar boven genomen en was in de eerste de beste lege slaapkamer gaan zitten: een van de logeerkamers. En inmiddels zat hij zich op de grond in zijn eigen ellende te wentelen.

Dit was de kamer waarin hij zich zijn eerste kind had voorgesteld. En nu zat hij er zelf, in zijn eentje te huilen met zijn rug tegen het nachtkastje terwijl hij whisky rechtstreeks uit de fles dronk.

Wat bezielt je verdomme, Brandon? Die vrouwen hadden je allebei gelukkig kunnen maken, zouden je meer hebben gegeven dan je verdiende. Hoe heb je dat in vredesnaam zo kunnen verkloten?

God, dit was echt erg. Als dit allemaal achter de rug was zou hij met lege handen staan en dat wilde hij echt niet.

Hij dronk nog wat whisky en stikte bijna in de hoeveelheid die door zijn keel vloeide. Hij veegde zijn mond af.

Hij moest dit fixen. Hij moest een van hen terug zien te krijgen. Dat moest. En hij kon het! Hij wist dat hij het kon. Hij hoefde alleen maar een van hen ervan te overtuigen dat hij geen klootzak was. Wat niet al te moeilijk kon zijn, want tot voor kort was hij ook niet echt een klootzak geweest. Zelfs de roddelbladen zouden nog beamen dat hij een aardige man was!

Hij moest gewoon naar zijn hart luisteren en dan bepalen wie van de twee zijn grote liefde was. En dan zou hij haar voor zich terugwinnen en een goede echtgenoot zijn en kinderen krijgen en nog meer titels veroveren en zou zijn leven er net zo uitzien als in de tijdschriften. Een leven zoals het hoorde.

Brandon Randall stond op het punt om van zijn stokje te gaan, maar zodra hij weer wakker werd, pas dan maar op, mensen. Hij zou een van die vrouwen terugkrijgen, al was het het laatste wat hij deed.

Jay zocht overal naar Hud.

Hij keek in iedere kamer, duwde mensen aan de kant, die hem kwaad aankeken, rook sigarettenrook, wiet, lichaamsgeuren en parfum. Hud was niet in de voortuin, niet beneden, niet boven. En voor zover Jay door de ramen kon zien was hij ook niet in de achtertuin.

Hij liep de trap weer af en wendde zich in de hal tot een brunette in een stippeltjesjurk en met een joint in haar hand. 'Heb je Hud ergens gezien?'

'Wie is Hud?' vroeg de vrouw compleet ongeïnteresseerd.

Hij nam haar op. 'En wie mag jij dan wel helemaal zijn?'

'Heather,' antwoordde ze glimlachend.

'Nou Heather, Hud is mijn broer en hij neukt mijn vriendin en daarom moet ik hem vinden.'

Heather bood hem het laatste restje van haar joint aan. 'Ik geloof dat jij dit harder nodig hebt dan ik.'

'Nee, dank je.'

'Zeker weten?'

Fronsend pakte hij de joint aan. Hij bracht hem naar zijn lippen en inhaleerde de rook. Hij sloot zijn ogen en liet de rook zijn longen binnendringen, zijn lichaam. Toen deed hij zijn ogen weer open.

'Voel je je al wat beter?' vroeg Heather aan hem.

Jay dacht even na. 'Nee. Helemaal niet.'

'Oké.' Heather haalde haar schouders op. 'Nou ja, meer heb ik niet.' Ze draaide zich van hem weg en hervatte haar gesprek met de Laker Girl met wie ze had staan praten. 'Ja, oké, maar Larry Bird is wel heel goed.'

Jay sloot zijn ogen weer en kneep even in zijn neusbrug, zich afvragend waarom iemand verdomme de Celtics verdedigde, maar hij had geen tijd om daarover met haar te gaan bekvechten.

Hij ging weer naar de achtertuin, op zoek naar Hud. Hij was nog steeds ziedend, maar zijn woede kon nergens heen. Hij probeerde zich te ontspannen, zichzelf tot rust te manen. Hij zag Hud nergens.

Vanessa zat inmiddels op schoot bij Kyle Manheim, zag hij. Ze zat met hem te vrijen. Jezus, Vanessa. Jay nam zich voor om haar nog een keer te vertellen dat ze wel wat beters kon krijgen dan Kyle, maar nu tikte hij haar alleen maar op haar schouder.

Vanessa draaide zich naar hem om. 'Hoi,' zei ze. Ze leek aangeschoten maar nog lang niet straalbezopen.

'Heb jij Hud gezien?' vroeg hij.

Vanessa schudde haar hoofd. 'Nee. En zal ik je eens wat vertellen? Het kan me geen reet schelen dat ik hem niet heb gezien. Wat vind je daarvan? Voor deze ene keer kan ik oprecht zeggen dat het me niet kan schelen.'

Jay luisterde al niet meer. Zijn blik was op de rand van het klif en de trap naar het strand gevallen. 'Ja... cool.'

Zonder iemand aan te kijken liep hij langzaam en weloverwogen naar de rand van het gazon.

Hij keek naar het water, naar het zand. Op het strand zag hij twee mensen staan die elkaar omhelsden en hij herkende onmiddellijk de klootzak die hij zocht. Hud.

En toen tot hem doordrong dat Ashley bij hem was, laaide zijn woede weer op. Het gore lef!

Jay zag dat ze in de richting van de trap liepen. Hij begon te ijsberen, terwijl zijn gedachten alle kanten uit vlogen. Hij wist werkelijk niet wat hij zou doen wanneer ze boven waren.

Mick reed de oprijlaan van het huis van zijn dochter op. Zonder de valet zelfs maar aan te kijken gaf hij hem zijn sleutels.

Hij liet zijn blik over het hele huis van Nina glijden en trok zijn das recht.

Het verbaasde hem hoe groot het huis was. Nina's man moest het hebben gekocht. Brandon nog wat. De tennisser. Hij voelde zijn nekharen overeind gaan staan.

'Bent u niet...' zei Eliza Nakamura tegen hem toen hij langsliep op weg naar de voordeur.

Hij keek naar haar. Ze zag er goed uit. Op een ander moment zou hij haar misschien zijn befaamde smeulende blik en grijns hebben geschonken. Maar Mick had al bijna vijfentwintig jaar geleden geleerd dat zijn aantrekkingskracht zo groot was dat hij iedereen met wie hij niet echt iets wilde, moest afwijzen.

'Nu niet,' zei hij tegen de jonge vrouw.

Eliza wendde zich geërgerd van hem af en liep verder. De rest van haar leven zou ze blijven vertellen dat ze Mick Riva een keertje had ontmoet en dat hij een klootzak was.

Het kon Mick niets schelen of mensen hem een klootzak vonden, zolang ze hem maar met rust lieten wanneer hij hen niet wilde en alleen op hem afstormden wanneer hij daar behoefte aan had. Hij negeerde echt iedereen in de voortuin die naar hem staarde en liep rechtstreeks het huis van zijn dochter in.

Een van de serveersters slaakte hoorbaar een kreetje toen ze hem zag. En daardoor keken twee barmannen bij de platenspelers op. Ze geloofden hun ogen niet.

Greg Robinson, die nog steeds stond te draaien, zag vanuit zijn ooghoeken dat de barmannen ergens naar keken. Toen hij een blik op de deur wierp zag hij een legende staan die hij jaren geleden had gekend. Zijn hand gleed uit en de naald kraste over de plaat.

Toen keek iedereen naar de deur. Een huis vol sterren die allemaal naar de allergrootste ster in hun midden staarden.

Monden vielen open, het gefluister begon en ongeveer vijfenveertig seconden nadat Mick de drempel over was gestapt, wist iedereen dat hij er was.

Iedereen behalve Casey Greens, die zich boven in de grote slaapkamer had verstopt, en Kit, die met Ricky Esposito in de buitendouche zat, en Jay, die buiten op zoek was naar Hud, en Hud, die beneden op het strand was, en Nina, die zichzelf in de bijkeuken had opgesloten.

Toen Hud bovenaan de trap was zag hij vanuit zijn ooghoeken Jay lopen. De moed zonk hem meteen in de schoenen. Het was duidelijk dat Jay al wist wat hij hem nu eindelijk wilde vertellen. Jay had het loopje en de woede van een man die net iets te weten was gekomen.

Hud keek Ashley kort aan met een waarschuwende en tegelijkertijd verontschuldigende blik. En Ashley begreep onmiddellijk wat hij haar wilde duidelijk maken: dit wordt heel erg.

Hud stapte het gazon op. Ashley volgde zijn voorbeeld, maar deed toen weer een stapje terug. Uit de vuurlinie.

Jay stond in no time voor Hud. 'Je bent een vieze, vuile, gore klootzak,' zei hij.

'Ik weet het.' Hud vroeg niet hoeveel Jay wist of hoe hij het te weten was gekomen. Hij begreep dat vragen stellen de boel er alleen maar erger op zou maken.

Jay schudde zijn hoofd. Hij wilde iets zeggen, maar merkte dat hij geen woorden had. Hoe kon je iemand in vredesnaam duidelijk maken hoe ontzettend kwaad je was?

'Ashley en ik zijn een stel,' zei Hud.

Ashley keek naar hem terwijl hij het zei, verbaasd over de directheid van zijn woorden en de kalmte in zijn stem.

'Ik weet dat ik het helemaal verkeerd heb aangepakt. Ik heb tegen je gelogen en ben stiekem geweest en dat spijt me. Maar ik hou van haar.' Hud wierp een korte blik op Ashley en voegde er toen aan toe: 'En zij houdt van mij.'

'Ben je wel goed bij je hoofd?' brulde Jay. Hij verloor de controle over zijn stem en ging steeds harder schreeuwen. 'Is dat je excuus?'

Hud ging vlak voor zijn broer staan en beleefde een moment van scherpe helderheid. Hij zou dit doorstaan, hij zou alles wat dit met zich meebracht ondergaan, en dan zou hij er aan de andere kant weer uit komen met een broer en een vrouw en een kind.

'Ik geef toe dat ik een klootzak ben,' zei hij.

'Dat is nog zacht –'

'Je hebt gelijk,' onderbrak Hud hem. 'Maar je moet één ding begrijpen: Ashley en ik blijven bij elkaar. En ik zal niet toestaan dat jij niet meer met me spreekt.'

Er had zich inmiddels een kleine menigte gevormd en Jay was zich daar bewust van. Hij was zich ervan bewust dat iedereen die dit gesprek volgde, getuige was van zijn vernedering.

'Dus zeg maar wat ik moet doen zodat we dit achter ons kunnen laten.'

'Wat jij moet doen? Wat jij moet doen is stoppen met mijn ex-vriendin te neuken!'

Hud schudde zijn hoofd. 'Daar is het antwoord nee op.'

Toen Jay zich op Hud stortte, ging dat weinig elegant. Het was slordig en onsamenhangend en lelijk. Maar het was wel effectief. Nog voordat goed en wel tot Hud doordrong dat zijn broer zich op hem wilde werpen, lag hij al op zijn rug op de grond.

Jay sloeg er wild op los, maar Hud vocht niet terug. Alleen al met zijn krachtige bovenarm had Hud de luchtpijp van zijn broer kunnen verbrijzelen of een van zijn ribben kunnen breken. Het enige voordeel van de stevigste zijn was dat je ook de sterkste was. Jay boven op Hud – stompend en graaiend naar wat voor ledematen hij dan ook te pakken kon krijgen – was als een kleine windhond op een pitbull. Maar Hud wilde zijn broer niet nog meer vernederen.

Jay en Hud kenden elkaar door en door. Ze hadden in dezelfde kamers geslapen, hadden bij dezelfde vallende sterren een wens gedaan, hadden dezelfde lucht ingeademd, waren opgevoed door dezelfde moeder en dezelfde docenten. Waren in de steek gelaten door dezelfde vader.

Ze hadden langs dezelfde stranden gereisd, waren dezelfde oceanen overgestoken, hadden op dezelfde golven gesurft, op dezelfde surfplanken gestaan. Hadden de liefde bedreven met dezelfde vrouw.

Maar ze waren niet dezelfde mannen. Ze werden niet bezocht door dezelfde demonen, ze vochten voor andere dingen.

Ashley gilde toen Jays vuist Hud vol op de neus raakte.

'Fuck!' riep iemand.

Anderen keken naar het bloed dat uit Huds neus begon te druppelen.

'Nog een keer!' riep een man die ergens achteraan stond.

Sommige mensen begonnen Jay toe te juichen. Anderen riepen dat Hud terug moest vechten. Ashley huilde. En de twee broers – bezeerd en bebloed – gingen verder.

Nina besloot dat het tijd was om de bijkeuken uit te komen, al was het alleen maar omdat het er bedompt begon te worden. Maar ook omdat ze, zolang het feest toch nog aan de gang was, er iets van mee wilde maken.

'Oké,' zei ze terwijl ze opstond. 'Laten we teruggaan naar het land der levenden.'

'Dat hoeft niet,' zei Tarine.

'Maar ik wil het.' Nina stak haar hand uit naar Tarine om haar te helpen opstaan.

'Nou ja, ik moet ook maar eens gaan kijken wat Greg zoal uitspookt,' zei Tarine.

Toen Nina de deur opendeed zag ze bij de eethoek drie meisjes staan die haar bevreemd aankeken. 'Het is mijn bijkeuken,' zei ze. 'Dus als ik me daarin wil verstoppen, dan is dat mijn zaak.'

Hoewel ze rumoer hoorde in de achtertuin, besloot ze dat te negeren. In plaats daarvan liep ze naar de hal waar ze ineens van schrik bleef staan.

Papa?

Hij stond met zijn rug naar haar toe, maar ze herkende hem meteen. Hij had een stevige rug en schouders die zo breed waren dat je, zelfs onder zijn jasje, kon zien dat ze een perfecte driehoek met zijn middel vormden. Zijn haar was inmiddels wat grijzer, maar zijn achterhoofd was nog steeds het achterhoofd waar ze tegenaan had gekeken wanneer hij voor de tv zat of over het strand rende.

Ze voelde tegelijkertijd een heftige vertrouwdheid en ontstellende vreemdheid terwijl ze naar hem keek. Naar deze man die ze zo goed kende; deze man die ze nauwelijks kende. De combinatie maakte haar duizelig.

Ze dook snel een hoek om. 'Wat moet mijn vader hier verdomme?' vroeg ze. Het was een retorische vraag, hoewel ze er graag een antwoord op had gekregen.

'Je vader?' Tarine was oprecht geshockeerd. Ze wierp even een blik om de hoek van de muur. 'Wauw,' zei ze stomverbaasd. 'Mick Riva. Mijn god.'

Nina trok haar snel naar achteren. 'Wat moet hij hier in godsnaam?'

'Hoe moet ik dat nou weten?' Tarine gluurde weer om de hoek.

Nina zocht naar een reden die zijn aanwezigheid kon verklaren. 'Misschien heeft hij wel een nier nodig of zo.'

Tarine keek Nina aan om te zien of ze een grapje maakte. Nina was bloedserieus. 'Dat zou natuurlijk kunnen,' zei ze.

'Ziet hij er ziek uit?'

Tarine keek nog een keer. Mick had zich omgedraaid en Tarine kon zijn gezicht zien. Het was verweerd en gebruind, een en al lach. 'Nee,' zei ze. 'Hij ziet er zelfs behoorlijk goed uit.'

Tot Nina's eigen verbazing vervulde haar dat met trots. 'Oud?' vroeg ze.

'Hij ziet er net zo uit als in de bladen.'

Dat was pas behulpzame informatie, vond Nina. Als haar vader eruitzag zoals in de bladen, dan kende ze hem tenminste enigszins. Al kende ze hem nauwelijks beter dan de gemiddelde Amerikaan hem kende.

Toen ze de bulderende stem van haar vader hoorde, besloot ze dat ze hem niet wilde zien of spreken, niet wilde weten wat hij hier kwam doen. Op dit moment niet in elk geval.

'Oké,' zei ze. 'Ik hoef hier niets mee te doen als ik daar geen zin in heb.'

'Precies,' zei Tarine.

Nina zag een kaasplank op het aanrecht staan. 'Daar heb ik nou zin in,' zei ze. Ze propte een stuk cheddar in haar mond. *Hallo, oude vriend van me.* En daarna zette ze haar zinnen op de brie.

Ze haalde een keer diep adem en pakte toen de kaasplank, van plan om hem mee te nemen. Ze wilde haar broers en zusje waarschuwen dat hun vader er was. *Mick komt eraan!*

Omdat ze haar broers en zus niet meteen zag, besloot ze eerst naar boven te gaan om te praten met de enige persoon op dit feest die daadwerkelijk op zoek was geweest naar Mick Riva.

Twee uur 's nachts

Toen Vaughn Donovan arriveerde was hij al behoorlijk dronken. Hij werd vergezeld door zijn entourage die bestond uit zijn agent, zijn zakelijk manager en vier vrienden. Zoals altijd werden de aanwezige vrouwen zich al binnen een paar minuten bewust van zijn aanwezigheid; dat was hij wel gewend. Met een knikje begroette hij een paar van hen en wierp hun zijn onbetaalbare lach toe. Het voelde goed om een filmster te zijn.

Op zijn middelbare school in Dayton was Robert Vaughn Donovan nooit gevraagd voor het voetbal- of honkbalteam. Maar zodra hij het toneel op was gestapt had hij zijn plek gevonden. Met zijn grapjes en charmante en overdreven manier van praten wist hij alle jongeren van de toneelclub aan het lachen te krijgen.

Een studievriend van zijn vader was agent in Hollywood en tegen de tijd dat hij twintig was, had Robby al zijn tweede auditie te pakken. Hij liet zich Vaughn noemen en maakte al snel carrière in films als de schattige, niet-bedreigende buurjongen die uiteindelijk het meisje krijgt.

Inmiddels was Vaughn vijfentwintig en een echte ster. Maar toch had hij – al zou hij dat nooit toegeven – nog steeds het gevoel dat hij met zoveel mogelijk mooie vrouwen naar bed moest, zoveel mogelijk Hollywood-feesten moest bezoeken en zoveel mogelijk films moest maken, alsof iemand elk moment op een zoemer kon drukken om hem terug te sturen naar Dayton.

Hij stroopte de mouwen van zijn blazer op en liep verder de hal in, net toen Nina de trap op wilde gaan.

'Wauw,' zei hij. 'Daar heb je de enige echte Nina Riva. Iedereens droomvrouw.'

'Vaughn.' Met de kaasplank nog in haar ene hand, stak ze hem haar andere toe. 'Hoi.'

Van dichtbij was hij nog aantrekkelijker. Zijn jongensachtige blauwe ogen stonden helder. Onder zijn strohoedje zat zijn warrige bruine haar perfect. Hij had scherpe kaken maar zijn huid was zacht en vlekkeloos. Nina wist dat de meeste mensen iets van hun glans verloren wanneer je hen in levenden lijve zag, maar Vaughn Donovan bleef een stuk.

Terwijl hij haar hand schudde zei hij: 'Ik ben een groot fan van je.'

'Dank je,' zei ze met een knikje. 'En ik vond je laatste film erg mooi. *Wild Night*. Echt fantastisch.'

'Dank je.' Hij glimlachte. 'We denken over een vervolg. Misschien kun jij daar wel in meespelen.'

'O, wat leuk,' zei ze. 'Maar eh, ik heb eigenlijk haast. Ik kom zo weer beneden, dan praten we verder.'

Vaughn knikte. Toen Nina zich wilde omdraaien pakte hij haar arm. Met zijn andere hand streelde hij langs de hals van haar blouse. 'Voelt minder zacht aan dan ik had verwacht,' zei hij met een knipoog.

Ze keek hem aan. Haalde twee keer diep adem. 'Oké, Vaughn. Ik zie je later.' Daarna liep ze kwiek de trap op.

Ze was nog niet weg of Vaughns zakelijk manager kwam de keuken uit met vier biertjes. Hij sloeg met een pen een gat in een van de blikjes en bracht het naar Vaughns mond.

Vaughn trok vervolgens vrolijk het lipje los en liet het hele blikje bier in één keer zijn mond in stromen. Toen het op was, gooide hij het blikje op de grond. 'Yes!' riep hij. 'Het feest kan beginnen!'

Een blonde serveerster kwam langs met cocaïne en Vaughn nam glimlachend een lijntje.

Ze knipperde met haar wimpers naar hem.

Bridger Miller kwam de hoek om. 'Hé man!' Hij gaf Vaughn een high five. Ze hadden elkaar niet eerder ontmoet, maar roem is een soort geheime club; iedereen weet van elkaars bestaan.

'Bridger! Ik ben een grote fan van je, man!' zei Vaughn. 'Ik heb je in *Race Against Time* gezien. Te gek zoals je dat gebouw beklom.'

'Dank dank,' zei Bridger. 'Ik heb de nieuwe van jou nog niet gezien, maar mijn agent zei dat hij ontzettend grappig is.'

Vaughn lachte tevreden. 'Misschien ga ik ooit ook een actiefilm doen.'

Bridger lachte. 'Dat is beter dan dat ik me aan een comedy waag, dat kan ik je wel vertellen.'

Een van Vaughns vrienden, die toevallig voor de porseleinkast stond, zei: 'Hé Vaughn! Zei je daarnet niet dat je zin had om te gaan frisbeeën?'

Voordat Vaughn kon reageren had zijn vriend al een bord uit de kast gepakt. Hij smeet het door de kamer en het spatte in scherven uiteen tegen de muur.

Iedereen keek waar het kabaal vandaan kwam. Maar toen ze zagen dat Bridger grinnikte, begonnen ze ook te lachen.

'Te gek man,' zei Vaughn lachend. Hij liep naar de kast, pakte zelf ook een bord en gooide het tegen de muur.

Bridger pakte er twee en gooide ze snel achter elkaar tegen de muur. Ze gaven elkaar weer een high five.

'Oké!' zei Vaughn.

Bridger pakte nog een bord. 'Wie volgt?'

Nina liep haar slaapkamer in en deed de deur achter zich dicht. 'Kaas?' Ze hield Casey de kaasplank voor.

'Nee, ik hoef niks,' zei Casey. Ze schaamde zich een beetje omdat ze nog steeds in Nina's kamer zat. 'Sorry, maar ik wist niet goed waar ik naartoe moest,' vervolgde ze bij wijze van uitleg.

'Dat geeft niks,' zei Nina. 'Maar luister, Mick is beneden.'

Casey keek geschokt. Mocht Nina zich al hebben afgevraagd of Micks komst iets met Casey te maken had, dan had ze nu haar antwoord.

'Hoe bedoel je? Hij is hier? Nu?' vroeg Casey.

'Ja.' Nina ging haar inloopkast in. Ze liet de deur open zodat ze verder konden praten. In de kast trok ze haar doorzichtige blouse, haar strakke rok en haar bloedvaten afklemmende panty en pijnlijk hoge hakken uit. Even bleef ze in haar beha en slipje staan, maar toen deed ze die ook uit. Ze trok een witte katoenen slip en een sportbeha aan, en daaroverheen een lichtgrijze trainingsbroek met elastiek om zowel het middel als de enkels. En daarboven een verschoten fluorescerend-blauw T-shirt met O'NEILL op de borst.

Mannen waren klootzakken – ménsen waren klootzakken – en om daarmee te kunnen dealen moest ze stevig in haar schoenen staan en dus niet op torenhoge hakken.

'Ik weet niet waarom hij er is,' zei ze. 'Maar hij is er.'

Casey werd ongerust. Ze wist niet of ze er al aan toe was om Mick Riva te ontmoeten, laat staan dat ze wist wat ze tegen hem moest zeggen.

Nina ging op haar rug op het bed liggen en keek naar het plafond. 'Je zou naar beneden kunnen gaan om hem te vragen of hij je vader is,' zei ze. Maar nog terwijl ze het zei, voelde ze een kleine steek. Het zat haar dwars dat het Casey misschien zou lukken om een directere relatie met Mick aan te knopen dan zij had, dat Casey het misschien niet eng zou vinden om te doen wat ze zelf probeerde te vermijden. Namelijk haar vader begroeten.

Casey ging naast Nina op het bed zitten. 'Hoe is hij?' vroeg ze.

Nina bleef naar het plafond staren en antwoordde naar eer en geweten: 'Volgens mij is hij een klootzak. Maar dat weet ik niet zeker. Daar ken ik hem eigenlijk niet goed genoeg voor.'

Casey keek naar Nina die naar het plafond bleef staren en diep in- en uitademde; haar borstkas ging op en neer.

'Nou, dat klinkt goed.' Casey strekte zich uit naast Nina en staarde ook naar het plafond.

Nina keek haar aan. 'Luister, ik weet niet of... Ik bedoel, als je op zoek bent naar familie, dan zijn er denk ik wel betere te vinden.'

Casey glimlachte vriendelijk. 'Maar zo werkt dat niet met families, hè?'

'Nee.' Nina schudde haar hoofd. 'Niet echt, nee.'

Bij de glazen schuifdeur naar het gazon keek Mick naar de menigte buiten. Hij hoorde dat iemand een ander genadeloos op zijn donder gaf, maar pas toen hij naar de rand van de cirkel liep die zich had gevormd, bedacht hij dat het weleens zijn zoons zouden kunnen zijn.

Terwijl hij naar de twee worstelende mannen op het gras keek, kwam hij tot een akelige ontdekking: dat het niet zo eenvoudig was om je eigen kinderen na twintig jaar te herkennen.

Hij kende Jay uit de bladen, net als Nina. Hij kon niet met honderd procent zekerheid zeggen dat de ander Hud was. Maar, bedacht hij, zoveel moeite om iemand zijn hersens in te slaan doe je alleen als die ander je echt diep heeft geraakt en dat kan alleen iemand die dicht bij je staat. Dus zijn gok was zo gek nog niet.

Wat betrof zijn jongste... Zelfs als ze vlak naast hem had gestaan, zou hij haar niet hebben herkend.

En ze stond vlak naast hem.

Kit was bij Ricky weggelopen toen ze haar broers had horen schreeuwen en stond nu bijna vooraan. Haar verbazing was groot toen ze niet alleen zag dat Jay Hud tot moes sloeg... maar dat hun vader er ook nog eens naar keek.

Roerloos stond ze met grote ogen naast hem. Haar vingers verstijfden toen haar pink langs de mouw van zijn jasje streek. Ze kon gewoon niet geloven dat ze naast deze mythische figuur stond die als een schaduw over het grootste gedeelte van haar leven had gehangen en toch altijd zo onbereikbaar was geweest. Maar nu was hij er. Als ze haar pink nog iets verder uitstak... anderhalve centimeter maar... kon ze hem echt aanraken.

Maar toen ineens was hij weg. Hij nam een grote stap en trok zijn oudste zoon van zijn jongste af. Het was voor Mick niet moeilijk om Jay beet te grijpen; Jays lichaam was een en al armen en benen, dus makkelijk vast te pakken en op zijn rug te gooien.

Hud bracht zijn handen naar zijn neus. Hij keek op om te zien wie er een einde aan het gevecht had gemaakt.

Jay kwam weer bij zinnen en keek ook wie hem van zijn broer had getrokken.

'Pap?' zeiden ze op hetzelfde ogenblik met dezelfde intonatie.

Kit vond dat nogal absurd. 'Pap'?

Een paar mensen liepen weg toen het gevecht was afgelopen, maar er waren er ook veel die bleven staan en ze staarden schaamteloos naar Mick Riva, de enige echte.

'Wilt u een handtekening op dit servet zetten?' vroeg Kyle Manheim, terwijl hij bij hem kwam staan. Hij gaf Mick een pen die hij uit de tas van een of ander meisje had opgediept.

Mick rolde met zijn ogen, zette een krabbel op het servet en gaf het terug. Er vormde zich een rij. Mick schudde zijn hoofd. 'Nee, nee, dat was het. Geen handtekeningen meer.'

Hoewel iedereen mopperde alsof ze vonden dat ze er recht op hadden, begonnen ze zich toch te verspreiden.

'Opstaan jullie.' Mick stak zijn armen uit naar zijn zoons.

Ook dat verbaasde Kit, dat hij zijn hulp aanbood na zo lang helemaal niets voor hen te hebben gedaan.

Hud en Jay lieten zich door Mick omhooghijsen.

Hud ging even na welke verwondingen hij had opgelopen. Hij wist bijna zeker dat hij een gebroken neus had en hij voelde dat hij een blauw oog, een kapotte wenkbrauw en een gescheurde lip had. Zijn ribben waren gekneusd, zijn benen deden pijn en zijn buik was gevoelig. Toen hij diep probeerde in te ademen, viel hij bijna flauw.

Jay had een snee in zijn kin, pijn in zijn stuitje en een verwond ego.

Ashley wilde naar Hud toe lopen, alsof ze hem onder haar hoede wilde nemen, maar toen ze een stap in zijn richting zette, zag ze hem ineenkrimpen. En ze begreep dat op dit moment haar aanwezigheid de boel alleen maar zou verergeren.

Ze draaide zich om en hoorde nog dat Hud haar naam fluisterde. Maar ze liep gewoon verder, zich een weg banend tussen de toeschouwers door.

Ze wilde ergens naartoe waar ze in haar eentje kon huilen. Terwijl ze de keuken in liep overwoog ze om naar haar auto te gaan. Maar het zou een eeuwigheid duren voordat een valet die tussen de vele auto's voor het huis uit zou krijgen. Ze liep door naar de badkamer, ging op het wc-deksel zitten en begon te janken.

'Wat doe jij hier?' vroeg Jay aan zijn vader. Zijn kin prikte toen de lucht langs de snee streek en hij vroeg zich af hoe Hud zich voelde.

'Ik heb een uitnodiging gekregen,' antwoordde Mick.

'Er worden nooit uitnodigingen verstuurd,' zei Hud. 'En zelfs als die...' Hij maakte zijn zin niet af. Dat kon hij niet. Hij kende de man die voor hem stond niet goed genoeg om hem recht in zijn gezicht te beledigen.

'Nou, ik heb er toch echt een gekregen,' zei Mick. 'Maar wat doet dat ertoe? Waarom vochten jullie?'

'Dat gaat...' Dat gaat je niks aan, dacht Jay, maar hij zei het niet hardop. 'Het komt...' Hij merkte dat hij er geen woorden voor had. Hij keek naar zijn broer.

Hud – onder het bloed en de blauwe plekken en voorovergebogen – beantwoordde zijn blik terwijl hij probeerde niet al te diep in te ademen. Hij was blijkbaar net zo in de war als Jay. En dat troostte Jay. Hij was niet gek. Dit ging alle begrip gewoon te boven.

'Je kunt hier niet zomaar komen aanzetten en dan dat soort vragen stellen,' zei Kit.

Mick, Jay en Hud draaiden zich allemaal naar haar om toen ze haar stem hoorden. Ze stond met haar benen gespreid en met haar schouders naar achteren getrokken, en op haar gezicht was niets van schrik of ontzag te zien.

'Wie ben jij?' vroeg Mick, maar nog terwijl hij het vroeg, wist hij het al. 'Ik bedoel, ik...

'Ik ben je dochter,' zei Kit op lichtelijk geamuseerde toon. Het verbaasde haar niets dat hij het niet wist. Toch deed ze haar uiterste best om hem niet te tonen hoe pijnlijk het was.

'Dat weet ik, Katherine,' zei hij. 'Het spijt me. Je bent nog mooier geworden dan ik dacht.' Hij schonk haar een glimlach die een of andere charmante gegeneerdheid moest overbrengen. En in die glimlach zag Kit waar de aantrekkingskracht van haar vader uit bestond. Zelfs wanneer hij faalde, won hij nog. Zo was het gewoon.

'We noemen haar Kit,' zei Jay.

'Ze heet Kit,' voegde Hud eraan toe.

'Kit.' Mick keek haar weer aan en legde zijn hand op haar schouder. 'Dat past bij je.'

Kit schudde haar vaders hand van zich af en lachte. 'Hoe weet jij nou wat er wel of niet bij me past?'

'Ik was de eerste die je vasthield toen je net was geboren,' zei hij op vriendelijke toon tegen haar. 'Ik ken je zoals ik mijn eigen ziel ken.'

Kit vond zijn sterke aanwezigheid – zijn zogenaamde band met haar – verwarrend. 'Ik heb je de afgelopen vier jaar die uitnodigingen gestuurd,' vertelde ze.

Hud keek Jay aan en vroeg fluisterend: 'Wist jij dat?'

Jay schudde zijn hoofd.

'Waarom ben je nu pas gekomen?' wilde Kit weten.

Kit had zich er ieder jaar weer op verheugd om hem die uitnodiging te kunnen sturen. Ze voelde zich dan machtig, alsof ze iets gedurfds en dappers deed. Ze daagde hem uit te komen. Daagde hem uit zijn gezicht hier te laten zien. En iedere keer dat hij niet kwam, voelde ze zich gesteund in haar mening over hem.

Bij iedere genegeerde uitnodiging werd haar verontwaardiging weer aangewakkerd. Nog een reden om een hekel aan die klootzak te hebben. Nog een reden om zich niet te hoeven afvragen hoe het met hem ging en of hij hen miste. Nog een reden om niet naar zijn begrafenis te hoeven. En dat voelde goed.

Maar dat hij nu hier was. Dat was helemaal niet de bedoeling geweest.

'Ik wilde zien of we... of we deel kunnen uitmaken van elkaars levens,' zei hij. 'Ik heb jullie allemaal zo gemist.' Hij keek Kit recht in de ogen toen hij dat zei en er verschenen tranen in zijn ogen en zijn mondhoeken trokken treurig naar beneden.

Heel even trok er een steek door Kits borst bij de gedachte dat haar vader ongelukkig was geweest zonder hen in zijn leven. Had het hem verdriet gedaan? Had hij vaak aan hen gedacht? Had hij iedere dag weer hun afwezigheid gevoeld? Had hij honderd keer de telefoon gepakt zonder te bellen?

Maar toen herinnerde ze zich ineens dat haar vader eind jaren zestig kort een carrière als acteur had nagestreefd. Hij was zelfs genomineerd voor een Golden Globe, zo goed was hij geweest.

'Nee.' Kit schudde haar hoofd. 'Hoor eens, het spijt me,' zei ze gemeend. 'Ik weet dat ik je heb uitgenodigd. Mijn fout. Ik denk dat je beter weer kunt gaan.'

Mick fronste maar liet zich er niet door uit het veld slaan. 'Kunnen we niet een rustig plekje opzoeken en er dan samen over praten?'

Toen hij zag dat Kit zijn voorstel wilde afwijzen, stak hij zijn handen op. 'En daarna ga ik weg. Maar ondanks alles wat we hebben meegemaakt, zijn jullie nog steeds mijn kinderen. Dus laten we er alsjeblieft even over praten. Op het strand misschien? Weg van het feest? Meer vraag ik niet. Jullie kunnen toch wel een paar minuutjes missen om met jullie oude vader te praten?'

Kit keek naar Jay, Jay keek naar Hud, Hud keek naar Kit.

En toen liepen ze alle drie samen met hun vader de trap naar het strand af.

Casey was Nina net aan het vertellen dat ze met haar eerste vriendje een keer vast was komen te zitten in het reuzenrad toen Nina mensen in de gang hoorde zeggen dat Mick Riva tussenbeide was gekomen bij een vechtpartij.

'Hoorde je dat?' vroeg ze aan Casey.

'Wat?'

'Iemand zei dat papa buiten tussenbeide is gekomen bij een vechtpartij.' Nina stond op en liep naar het raam.

Casey volgde haar. Het was voor haar voor het eerst dat ze meemaakte dat iemand 'papa' zei en niet 'mijn vader'. Ze was opgegroeid als enig kind, had haar ouders met niemand hoeven delen, had het met niemand over hen kunnen hebben. En nu deelde Nina dat woord zomaar met haar.

Nina keek de tuin in. Het zwembad was halfleeg. Er hadden zoveel mensen in liggen spetteren dat een groot deel van het water in de tuin terecht was gekomen. Overal lagen plastic bekertjes. Grote gedeeltes van het gazon waren bezaaid met porseleinscherven. Blauw-witte schalen en borden en theekopjes en schoteltjes lagen in stukken om haar palmbomen. Nina vond het wel toepasselijk dat haar trouwservies kapot was.

'Ik heb dat servies nooit mooi gevonden,' zei ze tegen Casey. 'Brandons moeder wilde per se dat ik iets met bloemetjes uitzocht, maar zelf vind ik dat dunne porselein nogal kinderachtig. En bovendien had ik liever dat patroon met die vogeltjes gehad.'

'Waarom heb je dat dan niet uitgekozen?' wilde Casey weten.

Nina keek haar fronsend aan. 'Ik...' begon ze, maar toen veranderde ze van onderwerp. 'Rook je?' vroeg ze terwijl ze een pakje sigaretten uit de la van haar nachtkastje pakte. Ze hield het voor Casey omhoog.

'O nee, maar... Oké.' Casey pakte een sigaret en stopte hem in haar mond.

Nina stak eerst die van Casey aan en toen die van zichzelf.

Casey nam een trekje en hoestte. Toen ze weer kon praten, zei ze: 'Je had het over de vogeltjes. Waarom heb je die niet uitgekozen?'

Nina keek naar Casey en toen uit het raam, nadenkend over de vraag. Beneden verspreidden de mensen zich en Nina zag ineens iets schokkends: haar broers, haar zusje en haar vader die samen de trap naar het strand af liepen.

'Omdat ik een voetveeg ben,' zei ze. Ze drukte haar sigaret uit. 'Maar nu kan iedereen de pot op. Blijf jij hier. Ik ga met Mick Riva praten.'

Drie uur 's nachts

Ted Travis was flink op weg naar complete zelfvernietiging.

Hij was een van de grootste, bestbetaalde tv-sterren maar dat kon hem allemaal niets meer schelen sinds de dood van zijn vrouw vorig jaar. Hij had het gevoel alsof hij vanbinnen uit elkaar viel – in zijn eentje zitten snikken in dat enorme huis, hoeren laten komen, zich overgeven aan winkeldiefstal, van af en toe coke gebruiken overstappen op een regelrechte speedverslaving – maar van al die chaos in zijn ziel was aan de buitenkant niets te zien.

Wanneer hij in de spiegel keek, zag hij dat hij er alleen maar aantrekkelijker op werd. Het bleek dat hij er met grijs haar zelfs beter uitzag dan met bruin haar. Soms, wanneer hij naar zijn spiegelbeeld keek, hoorde hij de geest van Willa's stem in zijn hoofd die hem lachend vertelde dat hij het recht niet had om zonder haar zo mooi oud te worden. Drinken legde die stem het zwijgen op.

Op Nina's feest had Ted al een halve fles whisky achterovergeslagen, had hij vierduizend dollar verloren aan een weddenschap met dat meisje uit *Flashdance*, en was hij vervolgens volledig gekleed in slaap gevallen in het ondiepe gedeelte van het zwembad. Hij werd wakker toen iemand een bommetje deed. Hij klom het bad uit.

Maar toen: zij.

Een drieënveertigjarige scriptsupervisor die Victoria Brooks heette.

Hij kwam haar tegen in de woonkamer toen zijn kleren net zo'n beetje uit waren gedruppeld. Ze was lang en slank, zonder ook maar iets van een ronding in haar lichaam. Ze had geblondeerd haar en donkere wenkbrauwen en een gezicht dat en profil gewoon adembenemend mooi was.

'Ik ben Ted,' zei hij terwijl hij met uitgestoken hand naar haar toe liep.

Vickie rolde met haar ogen. 'Ik weet heus wel wie je bent.'

'En jij bent?'

'Vickie.'

'Prachtige naam. Kan ik iets te drinken voor je halen?' Hij schonk haar zijn tv-lach.

Vickie blies haar sigarettenrook weg van hen beiden. Met haar linkerhand klemde ze een glas wodka met spuitwater tegen haar rechterarm. 'Ik heb al, dank je.'

'Wat moet ik doen om een glimlach op je gezicht te toveren?' vroeg hij.

Ze rolde weer met haar ogen. 'Nuchter worden misschien? Je hebt jezelf vanavond al een keer of tien voor schut gezet.'

Hij lachte. 'Daar heb je gelijk in. Ik probeer steeds weer iets te zoeken waarmee ik me kan vermaken. Maar het is zinloos. Ik ben daar gewoon te droevig voor.'

Eindelijk keek ze hem aan.

Zij was ook droevig. God, wat was ze droevig. Haar man was zeven jaar geleden omgekomen bij een bootongeluk en ze had zich sindsdien neergelegd bij haar eenzaamheid. Ze was niet van plan ooit weer van iemand te gaan houden als dit was hoe het voelde.

'Oké, nog eentje dan,' zei ze tot haar eigen verrassing.

Ted glimlachte. Hij haalde een nieuw glas wodka, fatsoeneerde zijn vochtige kleren en liep weer terug naar haar.

'Ik wil je mee uit nemen,' zei hij. 'Wat moet ik doen om je over te halen? Ben jij iemand die voor grootse gebaren valt?'

Ze slaakte een zucht. 'Misschien. Maar ik ga echt niet met je uit.'

Hij glimlachte zoals hij in *Cool Nights* deed. Hij draaide alleen maar het vertrouwde riedeltje af, maar hij kon goed toneelspelen. Daarom kreeg hij ook zo goed betaald.

'Misschien kan ik je wel overhalen. Wacht.' Hij keek of hij iets zag waarmee hij indruk kon maken. Zijn blik viel op de kroonluchter.

Nadat hij Vickie zijn glas had gegeven, klauterde hij op de schoorsteenmantel. Hij wees naar een surfer bij de salontafel. 'Hé, jij daar, duw die lamp eens mijn kant uit!'

De jongen, die de gein er wel van inzag, ging op de salontafel staan, pakte de onderkant van de kroonluchter beet en bewoog hem langzaam in Teds richting.

Ted pakte een handvol van de onderste kristallen hangers beet. 'Vickie, mag ik je mee uit eten nemen?' riep hij terwijl hij door de kamer zwierde en krampachtig de lamp vasthield. Toen hij de tegenoverliggende muur raakte, liet hij los en viel met de jammerkreet van een gewond dier op de bank.

Onwillekeurig haastte Vickie zich naar hem toe. 'Gaat het?' vroeg ze. 'Kom, dan help ik je overeind.' Ze sloeg haar armen om hem heen.

Door de warmte van haar handen voelde hij zich een halve seconde lang niet meer alleen. In plaats van op te staan, trok hij haar op zich. 'Mag ik je kussen?' vroeg hij. En toen ze lachte, kuste hij haar.

Ze voelde zijn zachte lippen op de hare en stribbelde niet tegen. Er trok een rilling door haar heen, als een bliksemschicht.

Sprakeloos maakte ze zich van hem los. En toen, dronken en in de war en tijdelijk wanhopig verlangend naar iets waarvan ze had gedacht dat ze het nooit meer zou beleven, kuste ze hem opnieuw. Misschien dat het er absurd uitzag, maar voor hen voelde het als iets magisch. De verrassing van oprechte begeerte.

De mensen om hen heen juichten toen een andere malloot besloot om ook aan de kroonluchter te gaan hangen.

Ted was echter al bezig met zijn volgende escapade. 'Heb je weleens wat gestolen, Vickie?' vroeg hij met opgetrokken wenkbrauwen en een ondeugende lach.

Ashley droogde haar tranen, vermande zich en liep de badkamer uit. Ze stapte over glasscherven en vertrapt pitabrood heen. De vloertegels waren besmeurd met hummus.

Op de een of andere manier wist ze bijna zeker dat de baby een jongetje was. En ze vond Benjamin wel een mooie naam. Maar mocht het toch een meisje zijn, dan misschien zoiets als Lauren.

En de rest... de tijd zou het leren. Jay zou Hud vergeven of niet. Hud zou bij haar terugkomen of niet. Ze zouden een gezin vormen of niet. Het zou allemaal goed uitpakken of niet. Maar er zou in elk geval een Benjamin of een Lauren komen. Zij en haar Benjamin of haar Lauren.... Ze zouden het wel redden.

De valet bracht haar auto en ze stapte in en reed weg.

Toen ze de PCH op reed klonk 'Hungry Heart' uit haar speakers en ze voelde een heel klein sprankje hoop. Je wereld mag dan in duigen vallen, dacht ze, maar dan heb je altijd nog Springsteen op de radio.

Ricky Esposito hing weer rond bij het eten. Hij at droge crackers want de kaasplank was verdwenen. Hij vroeg zich af of hij niet beter weg kon gaan. Het was hem niet gelukt het meisje van zijn dromen te versieren en hij was nog niet in de stemming voor iemand anders.

Vanessa de la Cruz liep de keuken in.

'O, ik ga echt dood van de honger,' zei ze terwijl ze een cracker pakte. 'Wie heeft de kaas meegenomen?' Haar haar was een warboel en haar oogmake-up was uitgelopen.

Ricky had haar weleens met Kit samen gezien. Ze had iets heel eigenzinnigs.

'Vermaak je je een beetje?' vroeg hij.

Ze knikte. 'Ontzettend. Beste avond van mijn leven.'

Hij lachte.

'Nee, echt,' zei ze terwijl ze een hap van haar cracker nam. 'Ik heb tijden gedacht dat ik verliefd was op een bepaalde jongen. Maar toen besloot ik dat het wel genoeg was geweest en toen was het alsof er een hele wereld voor me openging. Ik heb vanavond met vijf jongens gevreeën. Vijf! Ooit zullen ze legendes over me vertellen.'

Hij lachte weer.

'Helaas zat de ware er niet bij,' vervolgde ze. 'Maar weet je, ik moet gewoon geduld hebben. Rome is ook niet in één dag gebouwd.'

Ricky moest weer lachen. Ze was grappig. 'Nee, dat is waar.'

Vanessa keek hem aan, voor het eerst sinds ze het gesprek hadden aangeknoopt keek ze hem echt aan. 'O, maar jij bent het! Die jongen van Kit!' riep ze ineens uit. 'Heeft ze je gekust?'

Hij knikte. 'Maar het heeft bij haar niet voor vuurwerk gezorgd.'

Met een scheef hoofd nam ze hem op, verbaasd en teleurgesteld. 'O? Ik dacht echt dat ze een oogje op je had.'

Hij schudde zijn hoofd en glimlachte. 'Nee, ik kan je verzekeren dat dat niet zo is.'

Ze nam hem even op. 'Raar. Je bent een schatje.'

'O, nou, dank je wel,' zei hij niet erg overtuigd.

'Nee, ik meen het. Het was me niet eerder opgevallen omdat je van die saaie kleren aanhebt.'

'Dank je.'

'Ik bedoel, er zijn coolere kleren.'

Ricky wierp een blik op zijn T-shirt en kakikleurige broek. 'Misschien.'

'Zeker weten dat Kit geen oogje op je heeft?'

'Honderd procent zeker. Ze zei dat meer dan vriendschap er niet in zat.'

Vanessa hield haar hoofd weer scheef. 'Sorry. Die Riva's zijn allemaal hartenbrekers.'

Ricky nam een slokje van zijn bier. 'Ik overleef het wel.'

Ze knikte. 'Uit ervaring kan ik zeggen dat dat inderdaad zo werkt.'

‘Allemachtig, Nina woont echt aan de rand van een klif,’ zei Mick terwijl hij de trap af liep.

‘Ja,’ zei Jay. ‘Het is een mooie plek. Te gekke golven.’

‘Te gekke golven?’ vroeg Mick. ‘O. Oké. Ja, vast.’

Mick surfte niet. Hij zag de lol er niet van in. Het leek hem een rare manier om je leven door te brengen, op een stuk hout in de oceaan. En het leek hem al helemaal geen manier om je geld mee te verdienen, zoals zijn kinderen blijkbaar deden. Had geen van hen ooit bedacht dat ze misschien Micks talent wel hadden geërfd? Een van zijn kinderen zou toch wel een goede stem hebben? Hij had hen met liefde willen helpen een plekje in de muziekbusiness te veroveren.

Met één telefoontje zou hij hun een carrière kunnen bezorgen waar een ander een moord voor zou doen, hij zou ervoor kunnen zorgen dat ze binnenliepen. Hij kon zijn kinderen dingen geven waar de meeste mensen alleen maar van konden dromen.

Goed, hij was geen perfecte vader geweest. Maar als het doel is dat je het beter doet dan de generatie voor je, dan had Mick dat bereikt. Hij had zijn kinderen meer gegeven dat hijzelf ooit had gekregen. Dat prentte hij zich in terwijl zijn voeten het zand raakten. Zo slecht was hij niet.

Hij ging opzij om Kit, Hud en Jay langs te laten. Toen schopte hij zijn schoenen uit, trok zijn sokken uit en sloeg de zoom van zijn broek om. Het was lang geleden dat hij 's nachts op het strand was geweest. 's Nachts op het strand zijn is iets voor jonge romantici en herrieschoppers.

Mick vond het prima om niet meer jong te zijn. De ouderdom beviel hem wel, en ook het respect dat erbij hoorde. En als bij ouder worden hoorde dat je bang werd voor de dood, dan deed hij iets verkeerd. Het vooruitzicht om dood te gaan deed hem helemaal niets. Hij was niet van plan de man met de zeis om te kopen.

Op een perverse manier keek Mick zelfs uit naar wat er na zijn overlijden zou gebeuren. Hij wist dat het land om hem zou rouwen. Ze zouden hem een legende noemen. Tientallen jaren daarna zouden mensen zijn naam nog kennen. Hij had dat zeldzame niveau van roem bereikt waarmee je je eigen sterfelijkheid overstijgt.

Waar Mick wel bang voor was, was dat hij irrelevant zou worden. Hij raakte verlamd bij de gedachte dat de wereld hem zou negeren terwijl hij er nog was.

'Oké, Mick, we zijn op het strand. Wat wilde je zeggen?' vroeg Kit. Ze wierp een blik op haar broers die het meden elkaar aan te kijken. Hoewel Kit graag wilde weten waarom Jay Hud tot moes had geslagen, waren er op dit moment belangrijker zaken.

'Je kunt wel papa zeggen, hoor,' zei Mick tegen haar.

'Nou, eerlijk gezegd kan ik dat niet, maar laten we verdergaan,' zei Kit.

Hud, die ontzettend veel pijn had en eigenlijk alleen maar pijnstillers en misschien wat hechtingen wilde, merkte dat hij niet wist wat hij moest zeggen. Hij wist niet eens of hij daar lichamelijk wel toe in staat was. En daarom zei hij maar niets.

'Ik weet dat we niet echt een band hebben opgebouwd,' begon Mick. 'Maar ik zou het fijn vinden om jullie wat beter te leren kennen.'

Kit rolde met haar ogen, maar Jay luisterde. Hij ging in kleermakerszit op het koele zand zitten. Mick ging ook zitten. Hud had het idee dat zijn ribbenkast het niet aankon als hij ging zitten. Kit wilde gewoon niet.

'Ga verder,' zei Jay.

'Moet een van ons Nina niet gaan halen?' vroeg Hud.

Mick vermoedde dat Nina het moeilijkst over te halen zou zijn. Omdat hij aannam dat het slimmer was om de verdeel-en-heerstactiek toe te passen, ging hij verder. 'Luister, kinderen,' zei hij. 'Ik weet dat ik er niet echt voor jullie ben geweest, maar –'

'Niet echt? Helemaal niet!' bracht Kit hem in herinnering.

Mick knikte. 'Dat is waar. Ik was er niet voor jullie toen jullie dingen meemaakten die geen kind zou moeten meemaken.' Het was voor het eerst dat hij liet merken dat hij wist dat hun moeder dood was en zowel Hud als Kit vonden het moeilijk om hem aan te kijken toen hij dat zei. Ze zaten allebei nog boordevol verdriet dat op de onhandigste momenten naar boven kon borrelen. Kit rouwde bijvoorbeeld op de manier waarop sommige mensen dronken, dat wil zeggen: zelden, maar altijd alleen en dan ook nog bovenmatig. Ze kon Mick niet aankijken omdat ze bang was dat ze zou gaan huilen.

Hud had echter ontdekt dat de makkelijkste manier om je verdriet te verwerken was om je eraan over te geven. En hij liet de tranen gewoon stromen als ze kwamen. Wanneer hij aan zijn moeder dacht en aan de wanhoop die hem had vervuld in de eerste maanden na haar dood, die maanden waarin ze hoopten dat hun vader hun een reddingsboei zou toewerpen... Hud kon niets anders dan het vóélen. En hij draaide zich net als zijn zusje weg van zijn vader, alleen om een tegengestelde reden. Hij draaide zich om zodat niemand hem zou zíén huilen. Toen veegde hij zijn ogen af en draaide hij zich weer terug.

Jay wendde zijn blik niet af. Hij luisterde aandachtig, in de hoop dat zijn vader iets te zeggen had dat alles beter zou maken. Wat dan ook.

'Ik heb fouten gemaakt,' zei Mick. 'En ik kan... ik kan proberen ze uit te leggen en ik kan jullie over mijn eigen problemen vertellen, over mijn verknipte jeugd. Maar dat doet er allemaal niet toe. Het gaat erom dat ik nu hier ben. Ik wil dat we een echt gezin worden. Ik wil het goedmaken.'

Mick had zich voorgesteld dat wanneer hij dat had gezegd, een van hen zich misschien in zijn armen zou storten. Hij had een beeld in zijn hoofd dat dit het begin zou zijn van zondagse etentjes samen of misschien van samen kerst vieren in zijn huis in Holmby Hills.

Maar hij leek geen van zijn kinderen echt te hebben geraakt. En daarom ploeterde hij verder: 'Ik wil opnieuw beginnen. Ik wil het opnieuw proberen.'

Hud viel Micks woordkeuze op. Proberen.

'Mag ik je iets vragen?' vroeg Kit. 'Niet dat ik moeilijk wil doen, maar er is iets wat ik echt niet begrijp.'

'Oké,' zei Mick. Hij was opgestaan en leunde tegen de rotsen van het klif.

'Zit je soms bij de AA? Hoort dit bij je twaalfstappenplan of zo?' vroeg ze. Ze snapte niet goed wat hem hiertoe aanzette. Maar als hij dit moest doen vanwege dat programma, dan verklaarde dat tenminste iets. Dat hij losse eindjes aan elkaar probeerde te knopen of zo. Dat kon ze allemaal wel begrijpen. 'Ik bedoel, waarom nu? Snap je? Waarom niet gisteren of een halfjaar geleden of toen onze moeder doodging, verdomme!'

'Kit,' zei Hud. 'Niet doen.'

'Maar onze moeder is toch dood? En hij heeft ons toen toch gewoon laten stikken?'

'Kit!' zei Jay. 'Je hebt hem iets gevraagd, laat hem antwoord geven.'

Mick schudde zijn hoofd. 'Nee, ik zit niet in een of ander programma dat van me eist dat ik boete doe.'

'Wat wil je dan?' vroeg Kit.

'Ik wil helemaal niks,' verdedigde Mick zichzelf. 'Is dat nou zo moeilijk te geloven? Waarom snappen mijn eigen kinderen niet dat ik wil dat we deel uitmaken van elkaars leven?'

Jay liet van zich horen: 'Dat is niet wat we zeggen, p–'

Hud onderbrak hem. 'Kit wil alleen maar weten wat er is veranderd. En toevallig zou ik dat ook weleens willen weten. En daarom vragen wij aan jou wat er precies is veranderd.' Zijn stem klonk zacht maar gefocust.

Voordat Mick iets kon zeggen, raakten Nina's voeten het zand.

Ze had niets meegekregen van Micks verontschuldigingen of zijn smeekbedes. Maar ze kon wel raden wat hij had gezegd. Ze had hem dezelfde dingen horen zeggen toen ze nog klein was. Dat hij even de weg was kwijtgeraakt en fouten had gemaakt, gevolgd door een verzoek om een tweede kans. Ze hoefde de liveshow niet te zien; ze had de previews al gezien.

'Ik zal jullie vertellen wat er voor hem veranderd is,' zei ze. 'Helemaal niets.'

Ze draaiden zich allemaal naar haar om. Ze waren geen van allen verbaasd dat ze er was. Ze hadden er zelfs min of meer op gehoopt dat ze zou komen. Maar dat ze een trainingsbroek droeg en op die toon sprak, overviel hen wel een beetje. Wat voor Nina was dit?

'Er is niks veranderd, hè pap?' Nina keek hem recht aan.

'Hoi Nina, schatje van me.' Mick liep naar haar toe.

Het was voor het eerst dat hij haar van dichtbij als volwassene zag. En hij werd overspoeld door de genegenheid die hij voor haar gezicht voelde.

Hij zag zichzelf erin: de lippen, de jukbeenderen en de gebruinde huid. Maar hij zag ook June erin. Hij zag haar in Nina's ogen en wenkbrauwen en neus.

Hij miste June. Hij miste haar zo. Hij miste haar gebraden kip en de manier waarop ze altijd naar hem glimlachte wanneer hij thuiskwam. Hij miste haar geur. June had oprecht gehouden van de mensen om haar heen. Haar dood had hem geschokt. Hij had zich altijd voorgesteld dat hij ooit weer naar haar zou terugkeren. Als ze nog had geleefd zou hij nu bij haar zijn. Dan was hij vanavond naar háár toe gegaan, misschien al wel eerder zelfs.

Naar Nina kijken, zoals hij nu deed, was voor hem het bewijs dat June had bestaan.

Hij deed een stap in Nina's richting, van plan haar in zijn armen te nemen. Maar ze hield hem met opgestoken handen tegen. 'Blijf jij maar lekker waar je bent,' zei ze.

'Nina,' zei Mick gekrenkt.

Ze negeerde hem. 'Jongens, als jullie willen weten waarom hij hier is... Zo ingewikkeld is dat niet,' zei ze tegen haar broers en zusje. Toen wendde ze zich weer tot haar vader. 'Jij bent hier omdat jij dat wilde, toch?' vroeg ze aan hem. 'Omdat je vanochtend wakker werd en toen in een opwelling bedacht dat je misschien maar eens moest proberen om een fatsoenlijke vader te zijn.'

Mick leek ineen te krimpen. 'Zo was het helemaal –'

'Wacht,' zei ze. 'Ik ben nog niet klaar.' Met krachtige en steeds hardere stem vervolgde ze: 'Het is wel verdomd handig dat je nu ineens belangstelling voor ons hebt, nu we volwassen zijn en we niets meer van je nodig hebben.'

'Ik zei toch dat dat –'

'Ik zei dat ik nog niet klaar was.'

'Nina, ik ben je –'

'Je bent verdomme helemaal niets.'

Kits mond viel open en Jay en Hud keken Nina met grote ogen aan. Ze zagen het gezicht van hun vader de diverse stadia van schok afwerken. De enige geluiden die te horen waren, waren de golven die op het strand sloegen en de verre kakofonie van het feest boven hen.

'Voor de wereld ben je een grootheid, pap,' ging Nina verder. 'Dat weten we. Daar leven we verdomme iedere dag mee. Maar laat één ding duidelijk zijn: je bent niemands vader.'

Kit probeerde Nina's blik te vangen, maar Nina bleef naar Mick kijken.

Deze keer zou niet zij degene zijn die brak.

Casey verliet de slaapkamer en liep de trap af. Ze voelde zich rusteloos en wist niet wat ze met zichzelf aan moest.

Ze kwam langs een stel dat zo agressief zat te vrijen dat ze niet zeker wist of ze niet gewoon seks hadden. Maar ze wist wel bijna zeker dat ze allebei nieuwslezers waren en ze besloot ter plekke om nooit meer naar Channel 4 te kijken.

Toen ze de woonkamer in kwam, zag ze wat mensen aan de kroonluchter schommelen alsof ze in een avonturenfilm zaten. Net toen er nog twee mensen aanhaakten, raakte het hele geval los. De vloer en de tafel en de hoofden van iedereen onder de lamp kwamen onder de pleisterkalk en het glas te zitten.

Waar de kroonluchter had gehangen zat een gat, zodat je het inwendige frame van het huis kon zien.

Casey draaide zich om en ging op weg naar de keuken. Ze zag dat er in de eetkamer een vaas kapot was en dat twee schilderijen van de muur waren gevallen.

Toen ze eindelijk in de keuken was, bleek de hele vloer bezaaid met chips en crackers die waren geplet onder dansende voeten. Op de grond lagen lege wijnflessen. Twee volwassen mannen zaten op het keukeneiland hun voeten te wassen in de gootsteen.

'Mijn redacteur denkt dat mijn manuscript weleens dé roman van de

MTV-generatie zou kunnen worden,' zei een van hen.

Nadat de twee mannen zich van het keukeneiland hadden laten zakken en weg waren gelopen, ging Casey aan de slag. Ze begon naast het fornuis lege dienbladen op te stapelen die ze eerst afnam met een spons. Haar moeder was altijd gaan schoonmaken wanneer ze ergens mee zat. Ze herinnerde zich dat haar vader wist dat hij haar moeder moest vragen wat er was wanneer hij zag dat ze de trommel van de wasmachine schoonmaakte.

Haar ouders mochten haar dan zijn ontnomen – hoe wreed ook – maar ze had in elk geval nog haar herinneringen aan hen. Dat ze er niet meer waren betekende niet dat ze geen herinnering meer had aan Memorial Day 1980 in het Dodger Stadium, toen haar vader mosterd op zijn shirt had gemorst en daarna lachend wat op haar shirt had gespoten zodat hij niet meer de enige was. Het betekende niet dat ze niet meer wist hoe de parfum van haar moeder, Wind Song, had geroken of hoe het thuis altijd had geroken naar het schoonmaakmiddel Pine-Sol. Het betekende ook niet dat ze niet meer wist hoeveel leesbrillen haar vader had die door het hele huis verspreid lagen; brillen die hij terugvond, brillen die verdwenen, brillen die zich vermenigvuldigden.

Casey wist dat al die herinneringen over een paar jaar wazig zouden worden. Misschien zou ze dan niet eens meer weten of haar vader mosterd of tomatenketchup had gemorst. Misschien zou ze zich dan niet meer kunnen herinneren hoe Wind Song precies rook. Misschien zou ze over een tijd wel helemaal niet meer weten dat al die brillen er waren geweest, hoe pijnlijk het ook was om dat nu toe te moeten geven.

Ze wist dat ze niet kon leven van alleen de herinneringen aan de mensen van wie ze had gehouden. Dan zou ze stil blijven staan. Ze moest doorgaan, ze moest leven. Ze moest nieuwe mensen zoeken.

Ze probeerde zich voor te stellen dat haar ouders deden wat zij had gedaan: onuitgenodigd naar een feest in Malibu gaan. Dat was onmogelijk. Maar ze wist wel dat ze nog steeds over de instincten beschikte die zij haar hadden gegeven, al waren haar omstandigheden bijna onherkenbaar veranderd. Zij waren per slot van rekening op zoek gegaan naar een kind toen ze zelf geen kind hadden kunnen krijgen. Ze hadden haar geleerd dat familie iets is wat je maakt, of je nu verbonden bent door bloed, omstandigheden of keuzen. Waar het om gaat is dat je verbonden bent.

En daarom was Casey hier. Op zoek naar familie, net als haar ouders ooit hadden gedaan.

Ze legde de spons neer, draaide zich om en liep naar buiten.

Ze zou die angstaanjagend steile trap af lopen. De trap die naar de rand van de wereld leek te leiden.

Toen Brandon Randall wakker werd, drong tot hem door dat hij buiten westen was geraakt op de vloer van de logeerkamer. Hij keek op zijn horloge. Het was halfvier 's ochtends. Een beetje duizelig stond hij op. Hij was niet vergeten wat hem te doen stond: zijn grote liefde voor zich terugwinnen.

Hij deed zijn schoenen weer aan. Hij fatsoeneerde zijn haar. En toen liep hij de trap af en de voordeur uit, waar alle auto's stonden geparkeerd.

'Ik heb mijn auto nodig,' zei hij tegen de valet.

'Meneer, ik denk dat het beter is dat u nu niet achter het stuur gaat zitten,' zei de valet.

'Haal mijn auto nou maar,' zei Brandon. 'De zilverkleurige Mercedes daar vooraan.'

Omdat Brandon als een van de eersten was gearriveerd, stond zijn auto ingeklemd achter op zijn minst honderd andere auto's.

'Dat gaat wel even duren,' zo waarschuwde de valet hem.

Alle sleutels lagen onbeheerd op de tafel terwijl de valet aan de slag ging om Brandons auto tussen de andere uit te krijgen. De andere valets hadden het druk met andere gasten. Brandon was alleen, ging op in zijn warrige gedachten en begon al bijna te vergeten waar hij op stond te wachten.

Wat deed hij hier ook alweer? O ja. Een auto.

Fuck it, dacht hij. Hij pakte een sleutelbos met een Jaguar-hanger en maakte er de Jaguar mee open die voor hem stond.

En zo kwam het dat Brandon Randall wegreed in Mick Riva's auto om Carrie Soto zijn liefde te verklaren.

Tarine zat op Gregs schoot en snuffelde aan zijn hals terwijl hij keiharde muziek bleef draaien. Maar toen ze even opzijkeek zag ze dat Vaughn Donovan – hij was het, zeker weten – de Lichtenstein van de muur haalde en er toen... op pieste.

Ze begon zich af te vragen of het feest niet een beetje uit de hand begon te lopen.

Hoewel Mick schrok van de woede van zijn dochter, liet hij zich er niet door ontmoedigen.

'Je hebt gelijk,' zei hij terwijl hij zijn eerstgeborene aankeek. 'Ik ben geen vader voor jullie geweest. Ik ben er niet geweest toen ik er had moeten zijn.'

Nina wendde haar blik af en keek naar het water.

Mick richtte zich tot zijn andere kinderen en veranderde van tactiek. 'Laten we het als volgt doen: ik vraag jullie niet me te vergeven en jullie hoeven me ook geen beloftes te doen. Het enige wat ik wil is jullie een beetje leren kennen.'

Ze keken eerst naar elkaar en toen naar Nina. Waren ze hem dat verschuldigd? Nina wist het niet. Misschien was je je ouders niets verschuldigd, misschien alles. Maar ze wist één ding zeker: als haar moeder hier was geweest, zou ze hem een kans hebben gegeven. Die gedachte vond ze overweldigend.

'Oké dan,' zei ze. En toen liep ze naar haar strandhut, deed hem van slot, pakte een stapel handdoeken en gooide wat surfplanken op het strand. Met een plofje vielen ze in het zand.

Nina ging op een surfplank zitten met haar voeten in het zand en haar ellebogen op haar knieën. De anderen volgden haar voorbeeld.

Ze bleven een tijdje zo zitten op Nina's surfplanken en lieten de frisse lucht om hen heen verschalen met hun stilte.

'Je hebt een behoorlijk pak slaag gekregen, jongen,' zei Mick na een tijdje, niet goed wetend wat hij moest zeggen. Het leek hem het best om de olifant in de kamer te benoemen.

Hud knikte en voelde aan zijn lip. Het bloed was opgedroogd, de korstjes verkruimelden al. 'Ja,' zei hij, zonder zijn aanvaller echt aan te kijken. 'Nogal.'

'Wat was er precies aan de hand?' vroeg Mick.

'Dat gaat niemand iets aan,' antwoordde Jay.

'Nou,' zei Kit, 'ik zou het anders heel graag willen weten.'

Mick keek naar Kit en merkte voor het eerst op hoe zijn dochter eruitzag wanneer ze lachte. Ze leek precies op hem; die rimpel bij haar ogen was hem maar al te vertrouwd. En toch was ze hem een raadsel. De jongste, de nieuwste, het kind dat hij niet kende. Ze was heel jongensachtig en Mick wist niet of dat wel zo goed was. Maar ze leek hem ook een behoorlijke lastpak en dat trok hem in haar aan.

Wat heeft ze precies van mij meegekregen, vroeg hij zich af. Hij vermoedde zijn brutaliteit, het idee dat je alles kon zeggen wat je wilde. Hoe had hij dat door kunnen geven zonder er iets voor te doen? Toch had ze dat van hem.

Hij had er niet eens bij hoeven zijn om hen te vormen.

'Dit lijkt me toch wel iets waar we het over moeten hebben,' zei Nina, gebarend naar Huds ogen en de manier waarop hij zijn ribben vasthield. 'Gaat het? Moeten we er een dokter bij halen?'

'Ik weet het niet,' zei Hud. 'Ik bedoel, nee. Nog niet tenminste.' Hij wilde geen paniek zaaien. Hij wist dat hij zijn hoofd koel moest houden. Hij maakte zich zorgen om Ashley, waar ze was, hoe ze zich voelde. Hij wilde voor haar zorgen, maar hij wist dat ze zich wel zou redden. Ze was het soort vrouw dat zich altijd zou redden. Dat was deels de reden waarom hij van haar hield.

'Nee, echt,' zei Kit. 'Wat is er gebeurd?'

Hud keek naar Jay.

'Hij doet het met Ashley,' vertelde Jay op vlakke toon.

Kits mond viel open.

'Wie is Ashley?' wilde Mick weten.

'Jays ex,' zei Kit. 'Ze heeft hem gedumpt.'

'Ze heeft me niet gedumpt, oké?'

'Luister, ik heb het helemaal verkeerd aangepakt,' erkende Hud.

'Er was geen manier om het goed aan te pakken,' zei Jay terwijl hij hem aankeek. 'Je had het gewoon niet moeten doen.'

'Daar heb je een punt,' zei Mick. 'Vrouwen moeten niet tussen broers in komen.'

Hud rolde met zijn ogen. Zijn vader had nogal recht van spreken. Maar het was Jay die woedend tegen zijn vader uitviel: 'Bemoei je er niet mee, pap. Je weet helemaal niet waar je het over hebt.'

'Maar ik was het juist met je –'

'Alsof mij dat wat kan schelen! Voor mijn part doet Hud het met al mijn exen waar ik bij ben, ik hou nog steeds meer van hem dan van jou.'

Mick voelde een steek in zijn borst.

'Hud en Ashley dus,' zei Kit. Soms vond ze het gewoon leuk om in dingen te prikken, gewoon om te kijken of er iets bewoog. 'Ik snap het niet echt. Ze lijkt me nogal... weet ik veel... saai.'

Hud stoof op. 'Hou je mond, Kit. Je hebt geen idee waar je het over hebt. Ze is niet saai, ze is verlegen. Ze is lief en attent en grappig. Dus hou je mond.' Hud was niet van plan te vertellen dat ze ook de moeder van zijn kind was. Hij moest wachten tot hij zeker wist dat dat als goed nieuws zou worden opgevat. Het was een nieuwtje dat mensen blij moest maken, niet kwaad. 'Ik hou van haar. Ik ben verliefd op haar.'

Jay keek zijn broer aan, eindelijk luisterend naar wat Hud hem al de hele avond probeerde te vertellen. Hij hield van haar? Jay had nooit van Ashley gehouden. Totaal niet. 'Hoelang hebben jullie...' Jay wist niet goed welke woorden hij ervoor wilde gebruiken, 'hoelang hebben jullie stiekem al iets met elkaar?'

Hud staarde naar het zand waar hij zijn tenen in had begraven. 'Al heel lang,' antwoordde hij.

Mick keek naar zijn zoons. Zelf was hij vaak op de vuist gegaan wanneer bepaalde klootzakjes het ook maar waagden naar een van zijn dates te kijken. Hij was ook naar bed geweest met de vrouwen van bijna al zijn vrienden.

'Zo te horen is het serieus,' bemoeide Nina zich ermee. 'Niet iets wat Hud in een opwelling heeft gedaan.'

'Wist jij het?' Jays bloed begon weer te koken.

Nina schudde haar hoofd. 'Nee, maar ik heb ze een paar uur geleden in de tuin gezien.'

'Dat had je me moeten vertellen,' zei Jay.

'Jay, het is niet haar schuld,' zei Hud.

'Hou je mond,' zei Jay.

'Jullie zitten toch niet serieus ruzie te maken om Ashley?' vroeg Kit.

'Hou je mond, Kit,' zeiden Hud en Jay tegelijkertijd.

'Sorry,' zei Kit. 'Maar er zijn zoveel dingen waar jullie ruzie om zouden kunnen hebben en dan blijkt het gewoon om een of ander meisje te gaan.'

'Ze is niet gewoon een of ander meisje,' zei Hud vermoeid. 'Dat probeer ik jullie te vertellen. Ik wil met haar trouwen.'

Mick klonk het in de oren als het gebazel van een tot over zijn oren verliefde jongen van in de twintig. 'Hud, je bent pas...' Hij zweeg, beseffend dat hij niet precies wist hoe oud zijn zoon was.

'Ik ben drieëntwintig,' zei Hud.

'Precies,' zei Mick. 'Dat wilde ik ook zeggen.'

'Je weet niet hoe oud hij is. Je weet dat van niemand van ons,' zei Kit. 'Geef nou maar toe. Het heeft geen zin om te doen alsof dat niet zo is.'

'Ik doe niet alsof. Zij zijn drieëntwintig,' zei Mick. 'Dat wist ik best.'

Jay verbeterde hem. 'Ik ben twee weken geleden vierentwintig geworden.'

'O.' Mick liet zijn schouders hangen. 'Sorry. Ik was vergeten dat jullie niet echt een tweeling zijn.'

Kit schudde haar hoofd. 'Je bent niet goed wijs. Maar in elk geval heb je nu de waarheid verteld. Hoe doe je dat precies? Gun je jezelf vier eerlijke momenten op een dag of zo?'

Ondanks alles schoot Mick in de lach. 'Ja, maar ik probeer er altijd een paar achter de hand te houden,' zei hij grijnzend.

Het geluid dat uit Kits mond kwam hield het midden tussen iets spottends en een lach. Mick keek haar aan en zag dat ze haar lach probeerde in te houden. 'Wat wil je dat ik zeg? We weten allemaal dat ik een klootzak ben. Dat is geen nieuws. Ik ben mijn hele leven al een klootzak geweest.'

Kit wendde haar blik niet af en hij wist dat ze eindelijk echt naar hem luisterde. 'Ik wou dat ik een beter mens was,' vervolgde hij. 'Maar op de een of andere manier is me dat niet gelukt. Ik heb het af en toe echt geprobeerd. Maar het was zoiets als een varken lippenstift op doen. Sommige mensen zijn gewoon klootzakken en ik ben een van hen.'

Hud vond het moeilijk om kwaad te zijn op iemand die ineens zo open was. Jay vond het een verfrissend idee dat je gewoon van jezelf kon toegeven dat je diep vanbinnen een klootzak was. Nina moest haar best doen om niet met haar ogen te rollen.

'Echt, ik heb nooit goed gesnapt waarom zo'n goede vrouw als jullie moeder me wilde, maar ik moet erkennen dat ik ontzettend mijn best voor haar heb gedaan,' vertelde hij. 'Toen ik haar zag met die grote bruine ogen van haar, dacht ik bij mezelf: ik ga mijn stinkende best doen om voor haar de man te zijn die ze wil dat ik ben, ik ga mijn best doen om goed genoeg voor haar te zijn. En heel kort ben ik die man ook geweest. Ik weet dat ik daar uiteindelijk niet in ben geslaagd, maar ik heb het wel geprobeerd.'

Nina keek haar vader aan.

Mick ving haar blik en was geraakt door de zachtheid ervan. 'Ze had beter verdiend,' zei hij. 'Ik hoop dat ze dat wist.'

Nina nam haar vaders gezicht op, en de lange wimpers wanneer hij met zijn ogen knipperde. Ze herinnerde zich weer dat ze daar als kind ook naar had gekeken.

'Dat wist ze niet,' zei Nina, haar stem bijna zo stil als een ademstoot. 'Dat wist ze niet.'

Mick sloeg zijn ogen neer en knikte. 'Ik weet het,' zei hij. 'Ik weet het.'

Nina zag dat hij tranen in zijn ogen kreeg en dat zijn mondhoeken omlaaggingen. Ze begon iets te begrijpen wat ze niet eerder had geweten. Hij had spijt. Spijt van wat hij hun allemaal had aangedaan.

Net toen ze iets wilde zeggen, hoorde ze geritsel achter zich.

Iedereen draaide zich om naar het meisje in de paarse jurk dat de trap afkwam.

Vier uur 's nachts

Tarine Montefiore keek te midden van de chaos van de nacht heel even naar haar minnaar en vroeg zich af of ze de rest van haar leven met hem wilde doorbrengen. Hij had haar eerder die dag ten huwelijk gevraagd.

Ze was altijd op oudere mannen gevallen en had het ook altijd prettig gevonden om om te gaan met mensen die meer wisten dan zij. Ze ging ervan uit dat dat was omdat haar vader zo'n briljante man was. Haar vader was een professor in de linguïstiek die zijn gezin meenam op zijn reizen terwijl hij onderwees aan universiteiten op drie continenten. Tarine had de wereld leren kennen via David Montefiore. Ze had het gevoel dat ze zoveel wist over het leven en over cultuur dat geen enkele man van haar eigen leeftijd haar kon bijbenen. Haar vader was ook twintig jaar ouder dan haar moeder.

En daarom vond ze het fijn dat Gregs huid wat ruwer was en anders om zijn lichaam hing. Ze genoot van de smaak van tientallen jaren roken op zijn tong en van het beginnende grijs in zijn haar. Ze vond het een fijn idee dat wanneer hij zijn handen op haar kont legde, hij de relatieve jeugdigheid ervan zou voelen.

Misschien, dacht ze, hadden ze wel een toekomst samen.

Tarine zou binnenkort stoppen met haar modellenwerk. Ze zou hun bruiloft plannen, en hun huwelijksreis. Misschien konden ze een tijdje reizen en zich dan settelen in Beverly Hills, in een huis in Santa Barbara in Spaanse stijl. Ze zouden geen kinderen nemen, dat wist ze helemaal zeker. En dan, niet lang na de bruiloft, zou ze weer aan het werk gaan. Ze had een tweede carrière nodig.

Ze had al een aanbod gehad voor een middagtalkshow. Dat leek haar een fantastische volgende stap. Ze zat er ook over te denken om aerobicsmode te ontwerpen. Er waren veel dingen die haar wel interessant leken.

Ze wist dat Greg haar bij dit alles zou ondersteunen. Hij zou achter haar staan, hij zou in haar geloven. Ze zouden zo'n plezier hebben samen, elke dag weer.

Terwijl ze daaraan dacht verscheen er een brede glimlach op haar gezicht. Ze boog zich achter de platenspeler naar Greg toe. 'Als we dit doen... trouwen, bedoel ik... dan zal ik je niet altijd trouw zijn. En dat verwacht ik ook niet van jou.'

Hij knikte en glimlachte. 'Oké. Ik snap het.'

'Maar ik beloof je dat ik altijd aan je zij zal staan, de rest van ons leven. Dat is mijn belofte aan jou.'

'Meer vraag ik ook niet. Meer wil ik niet.'

Ze kuste zijn oorlelletje. 'Oké, dan wil ik met je trouwen,' fluisterde ze.

Breeduit lachend pakte hij haar schouders beet. Hij kuste haar. 'Ik hou van je.'

'Ik ook van jou,' zei ze. 'Zielsveel.'

Precies op dat moment smeet iemand een kristallen vaas van Waterford door de open schuifdeuren naar de keuken waar hij in scherven uiteenviel.

'Oké,' zei Tarine. 'Nu is het genoeg geweest!'

Er lagen wel duizenden stukjes glas op de grond. Het werd tijd dat Nina een eind aan dit feest maakte, vond Tarine. Ze keek of ze haar ergens zag. Toen ze haar niet kon vinden ging ze op zoek naar Nina's broers en zus, maar ook die waren nergens te bekennen. En Brandon was ook verdwenen.

Niemand die de touwtjes in handen kon nemen.

Vanessa kwam bij Tarine staan. 'Zoek je de Riva's?' vroeg ze.

'Ik kan helemaal niemand vinden.'

'Ik ook niet. Ik loop al een halfuur naar Kit te zoeken, maar er is helemaal niemand. Ik denk trouwens dat Nina hier niet zo blij mee zal zijn.'

Tarine fronste. Dan was het aan haar om er een einde aan te maken. 'Greg,' zei ze. 'Wil je alsjeblieft de muziek uitzetten?'

Greg knikte en deed wat ze vroeg. Hoewel de mensen begonnen te mopperen, maakte niemand aanstalten om te vertrekken. Ze hadden eigenlijk geen muziek meer nodig.

Modellen zaten in hoekjes te huilen en rocksterren rookten wiet op de trap. In de eetkamer vochten een paar schrijvers met elkaar, in de badkamer hadden popsterren seks, en studiobonzen lagen op apegapen op de banken. Er stonden surfers te kotsen op het gazon. Acteurs smeten met glazen alsof het ballen waren. Tv-sterren pasten Nina's kleren en staken haar sieraden in hun zakken. Een van de kinderen uit *Family Ties* lag in het midden van de gevallen kroonluchter 'Heart of Glass' te zingen en staarde naar het gat in het plafond.

'Laten we eerst de cateraars wegsturen,' zei Vanessa. 'Dan wordt er in elk geval geen drank meer geschonken.'

Tarine knikte en met zijn tweeën tikten ze iedere barman en serveerster op de schouder en stuurden hen naar huis.

Maar nadat de laatste was vertrokken, zagen Vanessa en Tarine eigenlijk geen verschil. Het feest was nog steeds luidruchtig, er werden nog steeds dingen vernield.

'Het feest is afgelopen!' schreeuwde Tarine met haar handen als een toeter om haar mond.

De enige die in beweging kwam was Kyle Manheim. Hij rende de voordeur uit, schaapachtig zwaaiend naar Vanessa. Ze knipoogde even naar hem. De rest van de gasten keek nauwelijks op.

'Kan het jullie eigenlijk allemaal wel wat schelen?' vroeg Vanessa.

Tarine schudde haar hoofd. 'Natuurlijk kan het ze niks schelen,' zei ze. 'Jullie zijn gewoon walgelijk.'

Greg kwam bij haar staan en pakte haar hand. 'Misschien kunnen we beter gaan, schat,' zei hij. 'Dit is niet jouw probleem.'

Hij had het nog niet gezegd of er vloog een kogel de kamer in die de spiegel boven de haard raakte.

Vanessa en Tarine doken ineen. Greg volgde meteen hun voorbeeld en legde zijn armen over hen heen. Toen ze alle drie weer opstonden, zagen ze Bridger Miller staan met een geweer in zijn ene hand en met zijn andere hand in de lucht, alsof hij wilde zeggen dat hij niks kwaads in de zin had. 'Ik heb hem boven in een hutkoffer gevonden. Ik dacht dat het een luchtbuks was,' zei hij lachend. 'Ik wist niet dat het een echt geweer was.'

'Iedereen eruit! Nu!' schreeuwde Tarine. 'Anders bel ik de politie.'

Twee meisjes werden bang en renden de deur uit. Seth Whittles kwam kijken waar het schot vandaan was gekomen en griste het geweer uit Bridgers hand.

'Waar ben je verdomme mee bezig, man?' riep hij. 'Je had wel iemand dood kunnen schieten!'

'Ik wilde helemaal niemand doodschieten!' zei Bridger en toen liep hij weg. Hij had al geen belangstelling meer voor het geweer.

'Ja,' zei Seth tegen Tarine en Vanessa. 'Bel de politie maar.'

Vanessa liep meteen de keuken in, pakte de hoorn van de haak en belde de politie.

'Eh.' Toen ze een agent aan de lijn kreeg wist ze ineens niet meer wat ze moest zeggen. 'We hebben u hier nodig... Nou ja, iemand van de politie dan. We hebben een feest, snapt u? En het is...' Ze was bang om iets te zeggen waarmee ze Nina in de problemen zou brengen. 'Kunnen jullie alsjeblieft komen?'

Tarine pakte de hoorn uit haar hand. 'Stuur alstublieft een paar wagens naar 28150 Cliffside Drive. Er is hier een feest met meer dan tweehonderd mensen en de boel begint uit de hand te lopen.'

Casey was bijna beneden toen ze merkte dat iedereen naar haar keek. Ze lette even niet op, miste een tree en struikelde toen. Mick ving haar automatisch op.

En omdat hij haar opving dacht Casey een seconde dat hij dan toch wel echt haar vader moest zijn. Maar tegen de tijd dat ze weer rechtop stond, bedacht ze dat het niet zo werkte in het leven.

'Gaat het?' vroeg hij.

'Ja, hoor,' antwoordde ze met een knikje, hoewel ze merkte dat ze geen druk kon uitoefenen op haar enkel. 'Dank je.'

'Casey? Alles goed?' Nina kwam aanrennen.

'Wie is Casey nou weer?' vroeg Kit fluisterend aan Jay. Jay schudde zijn hoofd. Hij had geen flauw idee. Maar ze kregen allebei een steek in hun buik toen ze zagen dat hun zus zo bezorgd was over iemand die ze nog nooit hadden gezien.

Hud lette niet op. Hij zat te bedenken hoelang hij zijn pijn nog kon verdragen voordat hij naar het ziekenhuis moest. Zijn neus moest worden rechtgezet. Dat wist hij gewoon. Hij drukte op zijn neusbrug, zich afvragend of de kloppende pijn dan zou ophouden. Dat was niet het geval. Hij legde zich erbij neer en keek naar Casey die naar hem toe kwam strompelen.

Hij wist eigenlijk niet precies wie ze was. Maar tegen de tijd dat Nina

Casey naast haar op de surfplank had geholpen, wist hij het wel.

Misschien was het intuïtie, misschien was het de vorm van Caseys lippen. Of misschien had hij het sprongetje gemaakt omdat hij natuurlijk allang had geweten dat er meer kinderen zoals hij moesten zijn; kinderen van Mick maar niet van June.

'Sorry allemaal,' zei Casey. Ze voelde zich overweldigd, een beetje door de val, maar vooral omdat ze nu de gezichten zag van de mensen die ze de hele avond al had willen ontmoeten. Jay was de magere, Hud was... behoorlijk toegetakeld. Maar Kit voldeed precies aan het plaatje dat Casey in haar hoofd had gehad. Ze was er al van uitgegaan dat er minstens één Riva zou zijn die haar met achterdocht zou bekijken. En daar zat ze.

'Wat is hier precies aan de hand?' wilde Kit weten.

Mick snapte er ook niets van.

'Dit is Casey Greens,' zei Nina.

Casey stak haar hand op en glimlachte zonder echt iemand aan te kijken.

Nina had niet meer de puf om het op een voorzichtige manier te brengen. Ze had al haar hele leven tactvol en aardig moeten zijn en zaken moeten gladstrijken. Maar ze kon niet alles gladstrijken. Godsamme nog aan toe. 'Ze is waarschijnlijk een zus van ons.'

Iedereen was verbaasd, maar Jay was degene die het woord nam. 'Waar heb je het verdomme over?'

Mick negeerde Jays ongeloof. 'Casey?' vroeg hij aan het meisje.

Casey knikte.

'Kun je me vertellen hoe het zit, schat?'

Casey zocht naar woorden. Nina schoot haar echter al te hulp en Casey had het gevoel dat er iemand voor haar zorgde, alsof ze in een zachte deken werd gewikkeld.

'Ze is in 1965 geadopteerd,' vertelde Nina. 'Ze is opgegroeid bij de familie Greens in Rancho Cucamonga.' Nina stootte Casey even aan en hield haar hand op.

Casey gaf haar de foto van haar moeder.

'Dit is haar moeder,' zei Nina. 'Ik bedoel haar biologische moeder. Kijk maar op de achterkant, daar staat dat jij haar vader bent.'

Bij de woorden 'biologische moeder' kreeg Hud sterk de neiging om op te staan en naast Casey te gaan zitten. Er waren zoveel dingen die hij haar wilde vragen.

Mick pakte de foto voorzichtig aan, alsof hij hem eigenlijk liever niet wilde aanraken. Hij bestudeerde de voorkant en toen de achterkant.

'Ze heette...' Het drong tot Nina door dat ze de naam was vergeten. 'Hoe heette ze ook alweer?'

Casey had moeite haar stem te vinden. 'Monica Ridgemore,' zei ze toen en pas op dat moment drong tot haar door dat ze tegen Mick Riva praatte. Een van de beroemdste mannen van de wereld. Een man die ze haar hele leven al kende van billboards en televisie. 'Ze was toen achttien. Blijkbaar vertelde ze iedereen dat ze in verwachting was van het kind van Mick Riva. Van jou dus.'

Hud vroeg zich af hoeveel andere kinderen zijn vader nog had verwekt. Jay vroeg zich af of het meisje wel de waarheid vertelde. En Kit vroeg zich af hoe ze in vredesnaam allemaal konden afstammen van de man die voor hen zat. Ze leken in helemaal niets op hem.

'Ik wil niks van je, van jullie,' zei Casey. 'Nou ja, geen geld of zo. Ik heb genoeg geld.'

Ze had veel minder geld dan welke van de Riva-kinderen op dat moment dan ook. Ze had maar zo'n heel klein percentage van wat Mick had dat je het nauwelijks in cijfers kon uitdrukken.

'Ik ben gekomen om...' Het kostte Casey moeite om verder te gaan. Ze wist wat ze wilde zeggen, ze wist alleen niet of ze het verdriet kon verdragen dat ermee gepaard ging. *Omdat ik verder niemand heb...*

Mick, die even opkeek van de foto, zag dat Casey de ogen van haar moeder had.

'Ze is op zoek naar familie,' zei Nina. 'Komt dat iemand soms bekend voor?'

Mick had zijn ogen neergeslagen en om zijn mond verscheen een verlegen, bitterzoet lachje. Toen keek hij naar Nina en vervolgens naar Casey. En toen weer naar de foto.

Hij probeerde het gezicht op de foto te plaatsen. Was hij met deze vrouw – Monica Ridgemore – naar bed geweest, ergens in 1964 of '65? Dat waren zijn grote jaren geweest. Hij had de hele wereld over getourd. Hij was met heel veel vrouwen naar bed geweest. Sommigen van hen waren groupies geweest. En ja, sommigen waren ook heel jong geweest.

Hij keek weer naar Casey, naar haar ogen en haar jukbeenderen en haar lippen. Ze had iets bekends, maar dat gevoel had Mick wel vaker. Hij had in zijn leven zoveel mensen ontmoet dat hij jaren geleden al het gevoel had gekregen dat er geen mensen waren die hij niet kende. Het waren gewoon allemaal verschillende versies van steeds dezelfde persoon.

Het was net zo waarschijnlijk dat hij met Monica naar bed was geweest en dat was vergeten, als dat Monica het allemaal uit haar duim had gezogen.

'Ik weet het niet,' zei hij na een tijdje. Hij zag dat Casey haar ogen sloot en een beetje ineenzakte, alsof ze begreep dat ze vanavond geen antwoord op haar vraag zou krijgen. 'Sorry, Casey. Ik weet dat je liever iets anders had willen horen. Maar ik weet het gewoon niet.'

Het was voor hen allen – Nina, Jay, Hud, Kit en Casey – een klap. Er kwam blijkbaar geen einde aan de manieren waarop hij hen kon teleurstellen.

Er arriveerden zes agenten in drie politiewagens.

Ze reden zonder sirene door de stille straten van Point Dume. Hun koplampen gleden stil over de hoge muren en heggen.

Bij Nina's huis aangekomen, klopten ze aan. Als het een uit de hand gelopen feest in Compton was geweest, zouden ze niet hebben aangeklopt. In Leimert Park, Inglewood, Downtown, Koreatown, East L.A., Van Nuys zouden ze gewoon naar binnen zijn gedenderd. Maar dit was Malibu, waar de rijke witte mensen woonden. En rijke witte mensen krijgen het voordeel van de twijfel en alle voordelen die daarmee gepaard gaan.

Brigadier Eddie Purdy had nog niet aangeklopt of de deur ging open. Brigadier Purdy was kort en dik en zijn gezicht zat onder de stoppels als hij zich niet twee keer per dag schoor. Hij moest omhoogkijken naar de prachtige vrouw die voor hem verscheen.

'O gelukkig, jullie zijn er,' zei Tarine. 'Jullie moeten echt iets doen. Ze zitten inmiddels op het dak en proberen op surfplanken het zwembad in te glijden, alsof het sleetjes zijn.'

Er lagen glasscherven en bewusteloze naakte lijven en er waren twee mensen die coke snoven van een zilveren dienblad. De nieuwslezeres van Channel 4 zat te huilen boven de schaal dipsaus.

'Mevrouw, is dit uw huis?' vroeg brigadier Purdy.

'Nee.'

'Is de eigenaar van het huis aanwezig?'

'We kunnen haar niet vinden,' zei Tarine. Vanessa was buiten aan het zoeken.

'Nou, heeft u misschien enig idee waar ze zou kunnen zijn?' vroeg hij. 'Ik moet eerst met de eigenaar spreken.'

Tarine probeerde wat duidelijker te zijn. 'Ik heb u net verteld dat ik niet weet waar Nina is, maar het lijkt me op dit moment belangrijker om de boel weer onder controle te krijgen.'

'Zou ze boven kunnen zijn?' vroeg brigadier Purdy. Hij gaf een paar van zijn mannen opdracht om te gaan zoeken.

'Meneer, er loopt hier een malloot op spiegels te schieten,' zei Tarine. 'Misschien kunnen we daar eerst iets aan doen.'

'Niet zo brutaal, mevrouw.'

'Luistert u eigenlijk wel naar me?' vroeg Tarine. 'Ik weet niet wie dat geweer nu in handen heeft. Bridger Miller heeft de schuifdeuren eruit geschoten. Dus alstublieft, doe iets!'

'Mevrouw,' zei brigadier Purdy. 'Ik wil dat u eerst kalmeert. Vertelt u me eens waar u de eigenaar van het huis voor het laatst hebt gezien?'

'Meneer, ik heb u al verteld dat ik niet weet waar Nina is. Waarschijnlijk is ze bij haar vader. Mick Riva kwam een tijdje geleden ineens aanzetten.'

'Is dit het huis van Mick Riva?' Brigadier Purdy keek zijn mannen met opgetrokken wenkbrauwen aan, alsof hij een belangrijk detail boven water had weten te krijgen. 'Mevrouw, het zou fijn zijn geweest als u dat meteen had gezegd.'

'Het is zijn huis niet. Het is het huis van zijn dochter.'

Brigadier Purdy verloor langzaam zijn geduld. 'Zeg me waar meneer Riva is.'

'Waarom?' vroeg Tarine. 'Wilt u soms een handtekening van hem?'

Vanessa kwam de hal in. 'Ik liep te denken dat ze misschien...' Ze zag de agenten staan. 'O fijn. We hebben jullie hulp nodig. Er heeft iemand over een Lichtenstein heen gepiest. Een Lichtenstein!'

'Ik begrijp het, mevrouw,' zei de brigadier, hoewel iedereen – ook zijn mannen – aan zijn stem hoorde dat hij niet wist wat een Lichtenstein was.

Boven klonk een luid kabaal gevolgd door een harde plons. Het klonk alsof iemand een surfplank van het dak had gegooid of erop naar beneden was gegleden.

'Gaat u nog ingrijpen of niet, brigadier?' wilde Tarine weten.

'Mevrouw, als u uw toon niet matigt kan ik u arresteren voor belediging van een agent in functie.'

'O, dat dacht ik niet,' zei Tarine.

Purdy's mannen zeiden wat tegen elkaar en lachten zonder hem aan te kijken. Vanessa begreep dat de stemming elk moment kon omslaan.

'Mevrouw, ik moet toegeven dat u vreselijk mooi bent. En u krijgt waarschijnlijk ook altijd uw zin. Dat is vast fantastisch om mee te maken. Maar hier bent u niet de baas, hè?' Hij glimlachte naar Tarine, en wat haar nog het meest op haar zenuwen werkte was dat het zo'n oprechte lach was. 'Dus nogmaals, als u me niet met respect behandelt krijgen we een heel groot probleem.'

'Brigadier... als u nu gewoon...' begon Vanessa, maar Tarine sneed haar de pas af.

'Als u nu gewoon uw werk deed in plaats van hier een beetje rond te blijven hangen, zou ik niet zo tegen u hoeven praten,' zei ze.

'Zo is het genoeg geweest. Ik word nu echt boos,' zei Purdy terwijl hij naar haar toe liep. 'Het lijkt me beter dat u verder uw mond houdt.'

Tarine voelde de ruimte tussen hen inkrimpen; ze voelde zijn ogen op haar. 'Pardon?' zei ze. 'Ik ben degene die u heeft gebeld. Ik heb niks verkeerd gedaan.'

Ze boog zich onder het praten iets naar achteren om haar persoonlijke ruimte te bewaken.

Purdy ging nog iets dichterbij staan. 'U bent een behoorlijke kenau, hè?' En toen bracht hij zijn linkerhand naar haar gezicht, keek haar in de ogen en streek haar haar achter haar oor. 'Zo, dat is beter.'

Tarine sloeg brigadier Eddie Purdy recht in zijn gezicht.

Jay keek zijn vader aan en voelde de woede ineens uit hem stromen. 'Weet jij eigenlijk wel hoeveel kinderen je hebt?' beet hij hem toe.

Er ging zoveel door zijn hoofd, zoveel afschuwelijke scenario's die hij nu pas voor zich zag. Om preciezer te zijn, het was nooit eerder bij hem opgekomen dat ze niet slechts met zijn vieren waren. Hij voelde zich met de seconde kleiner worden.

'Laten we het daar maar niet over hebben,' zei Mick hoofdschuddend.

Zijn kinderen keken hem alleen maar aan.

'Er zijn al drie zaken over het vaderschap tegen me aangespannen,' ging hij verder. 'En al die keren bleek ik niet de vader te zijn.'

'En dat is jouw antwoord?' vroeg Kit.

Mick sloeg zijn blik even neer en keek haar toen aan.

Ze schudde haar hoofd. 'Je bent me er eentje, pápa.'

Mick schrok van haar spottende opmerking. Waarom waren zijn kinderen niet een heel klein beetje blij om hem te zien? Hij had zelf nooit zo tegen zijn ouders gesproken. Wat zijn moeder ook deed, waar zijn vader ook uithing, hij was altijd weer blij geweest wanneer ze terugkwamen.

'Van twee vrouwen met wie ik wat heb gehad, weet ik dat ze abortus hebben gepleegd,' zei hij.

'Heel aardig,' zei Kit op scherpe toon.

Mick probeerde haar te negeren. 'Een andere vrouw heeft een miskraam gehad. Maar over het algemeen was ik erg voorzichtig. Vooral nadat ik jullie moeder voor de tweede keer had verlaten. Toen was ik echt heel erg voorzichtig.'

'En wil je daar nu een prijs voor of zo?' vroeg Kit.

'Wil je eindelijk eens naar me luisteren? Ik probeer jullie vragen te beantwoorden. Jullie iets uit te leggen. Ik heb geprobeerd mijn verantwoordelijkheid te nemen. Ik heb tegen de vrouwen met wie ik naar bed ging altijd gezegd dat ik geen kinderen wilde. Ik zei: "Als ik het leuk zou vinden om vader te zijn, zou ik wel teruggaan naar mijn kinderen."'

Het werd doodstil.

'Wauw,' zei Kit toen. Er welde zo'n enorme woede in haar op dat ze rode wangen kreeg. 'Weet je wat?' vervolgde ze. 'Ik vind het allemaal prima. Fijn dat die vraag nu beantwoord is. Want ik heb me altijd afgevraagd of je eigenlijk wel van ons hield en nu weten we dat.'

Mick schudde zijn hoofd, maar Kit bleef doorpraten. 'Het geeft niet. We hadden elkaar. We hebben nauwelijks gemerkt dat je er niet was.'

Mick zag het verdriet op het gezicht van zijn stoïcijnse dochter. Haar kin trilde en ze had haar ogen bijna dichtgeknepen. Het was hetzelfde gezicht dat hij als kind had gehad, toen hij zich hetzelfde had afgevraagd en tot dezelfde conclusie was gekomen.

Hij schudde weer zijn hoofd. 'Jullie begrijpen het verkeerd.'

'Dat lijkt me niet, pap,' zei Hud. 'Het is wel duidelijk dat je nooit onze vader hebt willen zijn, tot nu dan.'

'Het had niets met willen te maken!' Mick ging steeds harder praten. 'Dat probeer ik nou net duidelijk te maken! Ik probeer jullie duidelijk te maken dat als ik een vader had kunnen zijn, ik jullie vader zou zijn geweest. Dat wilde ik ook. Maar ik kon het niet. Ik kon geen vader zijn!'

Na een korte stilte vervolgde hij: 'Dat is iets wat jullie moeten begrijpen over het ouderschap. Sommige mensen zijn daar gewoon niet voor gemaakt. Sommige mensen hebben dat niet in zich. Ik in elk geval niet. Maar ik ben hier nu toch? Ik hoop echt dat we er samen iets van kunnen maken. Het is gewoon... het kon gewoon niet eerder. Maar ik denk dat ik er nu klaar voor ben. Ik wil deel uitmaken van jullie leven. Ik wil... samen eten en, weet ik veel, samen op vakantie of wat gezinnen dan zoal ook samen doen. Dat wil ik.'

Opeens begon Nina te schateren. Ze schaterde als een krankzinnige, zoals de vrouwen die vroeger verbrand werden. 'O mijn god,' zei ze terwijl ze haar haren beetgreep en haar hoofd schudde. 'Ik was er bijna in gestonken. Ik was helemaal vergeten dat jouw woorden niets waard zijn. Dat je altijd maar zegt wat je op dat moment uitkomt, maar dat je niet echt bereid bent om iets te doen dat van betekenis is.'

'Nina...' zei Mick. 'Zeg dat nou niet. Ik probeer je juist uit te leggen waarom ik eerder geen vader heb kunnen zijn.'

'Als je ook maar iets van een vader in je had, dan zou je weten dat het niks met kunnen te maken heeft,' zei ze, nog steeds haar hoofd schuddend.

Mick keek haar fronsend aan en slaakte toen een zucht.

'Denk je dat mama het makkelijk vond om in haar eentje vier kinderen op te voeden? Dat ze gewoon door moest gaan terwijl de hele wereld wist dat jij haar twee keer had verlaten? Dat ze het makkelijk vond om in haar eentje voor brood op de plank te zorgen, het huishouden te doen, ons met ons huiswerk te helpen? En dat ze dan toch van onze verjaardagen altijd iets speciaals wist te maken, al had ze er eigenlijk geen geld en geen tijd voor? Dat ze onthield dat Jay van chocoladetaart met crème hield en Kit van kokostaart en Hud van vanilletaart met chocoladeglazuur? En dat ze altijd precies het goede aantal kaarsjes erop zette? Denk je dat dat allemaal makkelijk voor haar was?'

Ze haalde even adem en ging toen verder: 'Denk je dat ik het makkelijk vond om haar taken over te nemen nadat ze was verdronken? Denk je dat ik het makkelijk vond om alle rekeningen te betalen en om te proberen dan nog genoeg geld over te houden voor een kokosnoot uit die stomme Malibu Mart? Denk je dat ik het makkelijk vond om deze kinderen te troosten wanneer ze 's nachts wakker werden en weer wisten dat ze geen moeder meer hadden? Denk je dat ik met plezier van school ben gegaan om dat allemaal te kunnen doen? Dat ik vijfentwintig wilde worden zonder een diploma op zak?'

Mick kromp ineen en toen Nina zijn gekwelde blik zag, werd ze nog kwader. 'Ik dacht ook dat ik het niet kon! Maar daar ging het niet om. Natuurlijk niet. En daarom ben ik na mama's dood – en zelfs daarvoor al heel vaak – iedere dag weer opgestaan om te doen wat ik moest doen. Ik had de luxe niet om me af te vragen of ik het wel kon. Het moest. Omdat de kinderen me nodig hadden. En in tegenstelling tot jou snap ik dat dat heel belangrijk is.'

'Nina –' Hij deed een poging ook iets te berde te brengen.

'Denk je dat ik het leuk vind om foto's van mijn kont te verkopen en hier op dat klote klif te wonen? Nee. Ik zou ergens in Portugal willen wonen, in een huisje aan het strand. De hele dag surfen en dan de vangst van de dag eten. Maar dat doe ik niet. Ik blijf hier. Want dat houdt een familie zijn in. Dat je blijft. En niet dat je diep in de nacht doodleuk op een feest verschijnt en verwacht dat iedereen zich in je armen werpt.'

'Nina, je hebt gelijk. Ik ben zwak ge–'

'Vast een fijn gevoel, zwak zijn. Ik ken het niet.'

Kit schoot bijna in de lach en legde een hand onder haar kin om dat te verbergen.

'Jij hebt geen idee wat het inhoudt om iemand, wie dan ook, te steunen,' vervolgde Nina. 'En je weet al helemaal niet wat het inhoudt om een kind te steunen. Dat heeft mama allemaal gedaan. En toen zij er niet meer was, heb ik geprobeerd haar taken over te nemen. Nee, dat "geprobeerd" kan ik wel weglaten. Ik heb het niet geprobeerd, ik heb het gewoon gedaan. En met succes. Want je ziet het. Ze zijn allemaal getalenteerd en slim en aardig. En oké, we zijn niet volmaakt. Maar we zijn wel integer. We snappen wat loyaliteit inhoudt. We zijn er voor elkaar. En dat is alleen maar omdat mama en ik het allebei heel goed hebben gedaan. Terwijl jij... Jij hebt helemaal niks gedaan, terwijl het je waarschijnlijk best zou zijn gelukt als het je ook maar iets had kunnen schelen. Maar omdat je er niet was, hebben we geleerd om het zonder jou te doen.'

Nina stopte even en sloot haar ogen. En toen keek ze haar vader weer aan. 'Ik kan natuurlijk niet voor ons allemaal spreken, pap, en daarom zeg ik dit alleen voor mezelf: er is geen plek meer voor jou in mijn leven.

En ik ben het je niet verschuldigd om een plekje voor je te maken.'

Nina veegde de tranen van haar gezicht en droogde haar handen aan haar trainingsbroek. Ze haalde diep adem en liet haar schouders zakken. Er daalde een rust over haar neer, alsof ze door haar woede uit te spreken haar lichaam ervan had bevrijd. Het was alsof haar pezen verslapten en er een nieuwe zachtheid ontstond op plekken die al lang geleden waren verhard.

Mick zag de kalmte over het gezicht van zijn dochter trekken. Hij kreeg zo'n verschrikkelijke zin om haar te omhelzen, net als toen ze zes was, toen ze maar een paar kilometer hiervandaan met die vlieger over het strand hadden gerend. Maar hij wist dat ze het niet op prijs zou stellen.

'Denken jullie er allemaal zo over?' vroeg hij aan zijn andere kinderen.

Nina wendde haar blik af, keek naar de oceaan en veegde nog een keer langs haar ogen.

Kit staarde naar het zand. Ze knikte. Hud, vanbinnen en vanbuiten bezeerd, keek zijn vader aan. 'Ik denk dat het gewoon...'

'Het is te laat, pap,' zei Jay.

Hij vond het moeilijk om te zeggen. Hij had medelijden met zijn vader. Hij had medelijden met zijn broer en zus. Maar hij vond het vooral een droevig idee dat zijn vader er nu pas mee kwam, terwijl hij hem vroeger zo hard nodig had gehad. De man die daar zat was niet de man naar wie hij had verlangd. De man naar wie hij had verlangd, had nooit bestaan. En dat was een bijzonder droevig gevoel.

Mick tuitte zijn lippen en knikte terwijl hij het allemaal probeerde te verwerken. Hij keek naar zijn kinderen. Zijn eerstgeborene, die haar broers en zus had opgevoed en carrière had gemaakt. Zijn oudste zoon, die nu bekend was op een terrein dat Micks begrip te boven ging. Zijn derde kind, dat ondanks een moeilijke start ook zijn weg had gevonden in de wereld. Zijn vierde kind, dat alle eigenschappen leek te hebben geërfd die hij leuk vond aan zichzelf, terwijl ze hem nooit had meegemaakt. En zelfs dat jonge meisje dat wel of niet zijn dochter zou kunnen zijn en dat blijkbaar dezelfde dingen had meegemaakt als hijzelf, maar het allemaal veel beter had aangepakt.

'Oké,' zei hij. 'Ik snap het.'

Hij had zijn kinderen nodig nu hij alleen was. Nu hij bang was dat hij binnenkort uitgerangeerd zou zijn. Nu hij een huis had waarin de stilte weerkaatste.

Maar zij hadden hem niet nodig.

'Het is nooit mijn bedoeling geweest dat jullie opgroeiden met het gevoel... het gevoel dat er niemand was op wie jullie konden bouwen,' zei hij. Hij legde even zijn vingers op zijn oogleden. 'Jullie geloven me vast niet, maar echt, dat is het laatste wat ik heb gewild.'

Zijn stem begon te haperen. 'Mijn vader heeft mijn moeder heel vaak bedrogen,' vervolgde hij. 'Hij was soms tijden weg. En mijn moeder... mijn moeder kon me dagenlang vergeten. Zij allebei eigenlijk.'

Nina keek naar de oceaan waar een groepje dolfijnen langszwom, in tweetallen het water in duikend en weer bovenkomend. Ze vond het mooi zoals ze altijd in groepen bewogen, een en dezelfde richting uit. Het kon ze niks schelen wat er op het strand gebeurde; ze zwommen gewoon door. Lang voordat ze was geboren hadden er al dolfijnen voor de kust van Malibu gezwommen en ze zouden daar ook nog zwemmen als zij er niet meer was, en dat vond ze een troostrijke gedachte.

'Ze gingen allebei dood toen ik jouw leeftijd had, Casey,' zei Mick. 'Tegelijkertijd. Net als... Net als bij jou. Mijn moeder... Vlak nadat mijn vader iets was begonnen met een serveerster van de delicatessenzaak stak ze de lakens in brand. Ik was niet thuis. Dus ik weet niet precies wat er is gebeurd. Maar ik heb altijd gedacht dat ze mijn vader alleen maar kwaad wilde maken. Maar de boel liep al snel uit de hand... Ik was toen achttien. Ik kwam thuis uit school en ons appartement was weg, helemaal in de as gelegd. Ze waren allebei dood.'

Mick keek naar de lucht en toen weer naar zijn kinderen. 'Van het ene op het andere moment stond ik er alleen voor. Ik ben toen ook van school gegaan,' eindigde hij met een blik op Nina.

Nina's gezicht verstrakte. Natuurlijk vond ze het erg voor hem, maar ze werd nog kwader op hem nu ze wist dat hij haar had aangedaan wat hem ook was aangedaan. Hij had geweten hoe dat voelde, maar had niets ondernomen om te voorkomen dat ze hetzelfde meemaakte.

'Ik geloof dat ik nooit echt heb geweten wat liefde was tot ik jullie moeder leerde kennen. Mijn ouders gaven nergens om. Het was zelfs zo erg dat mijn moeder er geen been in zag om het huis in brand te steken... Hoe dan ook, ik vertel dit niet omdat ik op zoek ben naar medelijden. Wat ik wil zeggen... Ik weet hoe het voelt om je af te vragen of er wel iemand van je houdt, of je er wel toe doet. En ik had jullie dat nooit mogen aandoen. Dat had ik me ook voorgenomen,' vervolgde hij met een brok in zijn keel. 'Maar... ik weet niet... op de een of andere manier is dat toch gebeurd.'

Hij zweeg even. Toen zei hij: 'Toen ik hoorde dat jullie moeder was gestorven, wilde ik het niet weten. Ik wilde niet dat het zo was. Ik wilde kunnen blijven denken dat ze bij jullie was. Ik wilde niet onder ogen zien dat ik jullie in de steek had gelaten en dat de enige ouder die jullie nog hadden nu ook weg was. En daarom... negeerde ik het. Ik deed alsof het niet was gebeurd. En toen kreeg ik die formulieren waarin jij de voogdij aanvroeg en toen had ik het gevoel dat het besluit al voor me genomen was.'

'Je hebt er zelfs nooit op gereageerd,' zei Nina.

'Iedere dag dat ik niet belde, maakte het zwaarder om te bellen. Ik schaamde me. Maar dat ging om mij, niet om jullie. En wat ik hiermee wil zeggen is dat ik vroeger altijd dacht dat mijn ouders me zo behandelden omdat ik het niet waard was om van gehouden te worden... dat ik niet goed genoeg was. Maar...' Hij sloot zijn ogen en schudde zijn hoofd. 'Wat ik heb gedaan, hoe ik jullie in de steek heb gelaten, dat was niet omdat jullie het niet waard waren om voor te zorgen. Het kwam door mij. Mijn ouders hebben het me nooit kunnen zeggen, dus ik zal het ook nooit weten... Maar ik kan jullie nu zeggen: jullie verdienden beter. Jullie verdienden het allerbeste.'

Met tranen in zijn ogen keek hij hen een voor een aan, zelfs Casey. 'Er is iedere minuut van jullie leven van jullie gehouden,' zei hij met trillende kin. Hij vouwde zijn handen samen alsof hij ging bidden en legde ze toen op zijn borst. 'Zolang ik er ben is er iemand die van jullie houdt. Ik ben alleen... ik ben een ontzettend egoïstische man, maar ik kan jullie één ding verzekeren: ik hou van jullie. Ik hou heel veel van jullie.'

Het begon al wat lichter te worden aan de hemel. Nina was doodmoe. Met een onverwachte warmte in haar stem zei ze: 'Volgens mij is het probleem dat jouw liefde niet zoveel te betekenen heeft, pap.'

Mick sloot zijn ogen. Hij knikte. En hij zei: 'Ik weet het, schat. Ik weet het. En het spijt me.'

Brigadier Purdy pakte zijn handboeien.

'Dat meent u niet!' schreeuwde Tarine.

'U valt een agent lastig,' zei hij. Hij deed haar handen achter haar rug en boeide haar.

Door de bruuske beweging verloor ze haar evenwicht. Ze struikelde over de drempel en viel.

Zonder plichtplegingen trok hij haar omhoog, strak tegen zijn lichaam aan. Hij glimlachte.

Vanessa had het helemaal gehad. Zonder nadenken gaf ze hem een duw en riep: 'Blijf van haar af!'

De agent achter Purdy pakte Vanessa's armen, trok ze achter haar rug en sloeg haar ook in de boeien.

Greg kwam om de hoek van het huis op hetzelfde moment dat Ricky de huiskamer in kwam. Ze vroegen zich af wat al dat kabaal te betekenen had.

'Wat is hier aan de hand verdomme?' schreeuwde Greg. 'Laat haar los!'

Ricky stormde naar voren en duwde de agenten van de twee vrouwen.

Purdy viel achterover, de andere agent verroerde zich nauwelijks.

'Jullie laten ze nu los!' zei Ricky. 'Het kan mij niet schelen wie jullie zijn.'

Purdy keek Ricky aan en Ricky begreep meteen dat hij nu ook de klos was. Maar hij bleef stoïcijns staan toen de agenten zijn armen achter zijn rug duwden en hem in de boeien sloegen. Hoewel hij schrok van de strakheid van de boeien, hoorde hij dat Tarine fluisterend tegen hem zei: 'Dank je.' Vanessa lachte naar hem. Greg gaf Ricky een knikje en de andere nog aanwezige gasten begonnen te juichen.

Tarine, Vanessa en Ricky werden alle drie opgepakt. Maar ze hadden zich in elk geval niet zonder slag of stoot gewonnen gegeven.

Daarna viel de politie het huis binnen.

Op de tennisbaan troffen ze twee acteurs aan die hallucineerden van de lsd. Ook zij werden gearresteerd (Tuesday Hendricks en Rafael Lopez, wegens bezit van verdovende middelen). Ze arresteerden ook degene die voor de coke had gezorgd (Bobby Housman, wegens bezit van verdovende middelen met de bedoeling die te verspreiden), de twee mannen die als twee reusachtige ninja's met dienbladen gooiden (Vaughn Donovan en Bridger Miller, wegens vandalisme), de naakte vrouw die midden op het gazon een drummer pijpte (Wendy Palmer, wegens schennis van de eerbaarheid), degenen die hun zakken vol hadden met spullen die duidelijk van Nina en Brandon waren (Ted Travis en Vickie Brooks, wegens diefstal), en de man met het geweer (Seth Whittles, wegens het bezit van een geladen vuurwapen zonder vergunning).

Het waren er zoveel dat ze een arrestantenbus moesten laten komen. De agenten hielpen iedereen erin. Bridger keek Tuesday kwaad aan toen hij haar zag. Tuesday weigerde hem aan te kijken, ze had alleen oog voor Rafael. Ted en Vickie probeerden elkaars hand vast te houden ondanks de boeien. Bobby gaf Wendy een knikje. Wendy schonk Seth een vriendelijk lachje. Vaughn probeerde uit alle macht om niet te gaan kotsen.

Ricky werd naast Vanessa neergezet, strak tegen haar aan.

'Maffe avond,' zei hij tegen haar.

'Ja,' beaamde ze. 'Maffe avond. Maar nog bedankt dat je het voor me opnam.'

'Ach ja,' zei hij. 'Natuurlijk neem ik het voor je op.'

Glimlachend boog ze zich naar hem toe en kuste hem op zijn lippen. 'Misschien moeten we eens wat afspreken,' zei ze.

Hij knikte. 'Wat dacht je van morgenavond? Als we dan tenminste niet in de gevangenis zitten.'

'Prima,' zei ze.

Ze zaten geboeid naast elkaar tevreden te grijnzen. En zo hield het einde van de avond al een soort van nieuw begin in zich.

Tarine was de laatste die naar de bus werd gebracht.

'Ik kom je halen,' riep Greg naar haar. 'Ik rij achter jullie aan.'

'Ja, graag!' schreeuwde ze terwijl de deuren dichtgingen. 'Deze lui sporen niet.'

Op weg naar het bureau zagen de agenten een verongelukte zwarte Jaguar in de berm. De motorkap had zich om een boom gekruld, uit de motor kwam rook.

Ze arresteerden de erg dronken maar ongedeerde Brandon Randall (wegens rijden onder invloed).

Dertien arrestaties, honderden mensen die het huis uit waren gegooid, en de Riva's waren in geen velden of wegen te bekennen.

Om vijf uur 's ochtends was het grootste feest van de laatste tien jaar afgelopen.

Vijf uur 's ochtends

Ze bleven nog even met z'n zessen op het strand zitten. Niemand had veel zin om in beweging te komen.

Ze hadden antwoorden op de vragen waar Nina, Jay, Hud, Kit en zelfs Mick al twintig jaar mee rondliepen. Zou hij ooit terugkomen? Zou hij ooit weer bij hen kunnen horen?

Ja. Maar nee.

En daarom zaten ze zwijgend bij elkaar terwijl in elk van hen de wereld iets verschoof en weer tot bedaren kwam.

Na wat aanvoelde als uren stond Nina op en veegde het zand van haar broek. De Santa Ana-winden wakkerden aan, ze voelde ze om haar schouders blazen. 'Het begint koud te worden,' zei ze.

Ze zetten de surfplanken terug in de strandhut en liepen de trap langs het klif op.

Jays hoofd tolde van alles wat er in de afgelopen twaalf uur was gebeurd. Het kostte hem moeite het allemaal te verwerken en hij wist dat het een tijdje zou duren voordat hij het allemaal echt begreep. Maar één ding wist hij al wel: hij wilde beslist niet worden zoals zijn vader.

In het verleden waren er momenten geweest waarop Jay had gehoopt dat de roem van zijn vader een beetje op hem afstraalde. Maar nu zag hij scherp dat hij niet zo zelfingenomen wilde worden.

Want ondanks alles moest hij erkennen dat als er al een man was tegen wie hij op wilde kijken, dat altijd Hud was geweest. Hoe moeilijk dat op dit moment ook te verteren was, het was wel de waarheid.

Hij stak zijn hand uit naar Hud die moeizaam voor hem naar boven klauterde. Op een toon die niet echt een fluistering was, maar toch door niemand anders kon worden gehoord, zei hij: 'Ik wil dat het je spijt.'

'Het spijt me ook,' zei Hud meteen.

'Nee, het moet je zo erg spijten dat ik er zeker van kan zijn dat je nooit meer tegen me zult liegen. Dat ik je weer als vanouds kan vertrouwen. Alsof er niets is veranderd.'

Hud keek zijn broer aan zonder zijn pijn te verbergen. Jay zag het en hij kende Hud goed genoeg om te weten dat het niet de pijn van de gebroken ribben was. 'Het spijt me echt heel erg,' zei Hud.

'Oké,' zei Jay. 'Dan is het goed.' Na die woorden nam hij het volle gewicht van zijn broers lichaam op zijn schouder en hielp Hud het klif op.

Door al dat gepraat van hun vader moest Hud aan hun moeder denken. Hij dacht aan het verhaal dat ze hem altijd vertelde, over dat iemand hem haar had aangereikt en dat ze hem in haar armen had gehouden terwijl hij huilde en dat ze toen meteen van hem had gehouden.

Ze had ervoor gekozen om van hem te houden en dat had zijn leven veranderd.

Hud zou van zijn kind houden zoals zijn moeder van hem had gehouden: actief, iedere dag en onvoorwaardelijk.

En misschien zouden ze over vijfentwintig jaar, samen met een hele nieuwe generatie Riva's, wel weer op dit strand zijn. En dan zou er misschien weer een dag des oordeels plaatsvinden. Misschien zouden zijn kinderen tegen hem zeggen dat hij te toegeeflijk of te streng was geweest, dat hij te veel nadruk had gelegd op x terwijl het y had moeten zijn.

Hij glimlachte bij de gedachte aan de vele manieren waarop hij dit kon verknallen. Dat was gewoon onvermijdelijk. Het verdriet en de kleine foutjes die kwamen kijken bij het grootbrengen van kinderen. Zijn moeder had ongeveer evenveel fout gedaan als goed.

Maar wat hij heel zeker wist was dat hij nooit zou weggaan.

Zijn kind – zijn kinderen als hij geluk had – zouden vanaf hun geboorte weten dat hij nergens heen ging.

Ondanks alles voelde Kit wel wat voor haar vader. Niet dat ze hem per se mocht. Maar ze vond het fijn dat ze had ontdekt dat hij toch een ziel had, al was daar dan van alles mis mee. De wetenschap dat haar vader niet alleen maar slecht was, gaf haar het gevoel dat ze er mocht zijn, dat ze niet bang hoefde te zijn voor wie ze diep in haar hart was.

Terwijl ze de trap op liepen duwde Kit iedereen aan de kant zoals alleen kleine zusjes dat kunnen en ze stopte pas toen ze bij Casey was aangekomen. Ze vertraagde haar pas en toen ze haar inhaalde zei ze: 'Sorry.'

Later zou Kit terugkijken op dat moment – het moment waarop ze allemaal, voornamelijk in stilte, naar boven liepen met hun vader – als het moment waarop hun familie zich herschikte en ruimte maakte voor Casey om te blijven en ruimte voor Nina om weg te gaan.

Kit tikte Nina op haar schouder. 'Hé,' fluisterde ze.

'Hoi,' zei Nina.

'Waar is dat in Portugal?' vroeg Kit.

'Hè?' zei Nina.

'Die plek in Portugal waar je naartoe wilde, waar je de vangst van de dag wilde eten.'

'O,' zei Nina. 'Dat weet ik niet precies. Ik zei zomaar wat.'

'Nee, dat is niet waar,' zei Kit. 'Ik ken je.'

'Het maakt niet uit.'

'Je bent nog nooit zo eerlijk geweest,' zei Kit. 'Dus dan maakt het heel veel uit.'

Nina draaide zich om en keek haar zusje aan. 'Het is Madeira. Ik heb altijd op Madeira willen wonen in een klein huisje aan het water. Zo'n plek waar je één keer per week naar de stad moet om boodschappen te doen. Ik zou dolgraag ergens willen zijn waar niemand weet wie ik ben of wie mijn vader is en waar niemand mijn posters aan de muur heeft hangen en waar ik kan eten wat ik wil. En als ik er zin in heb kan ik mijn haar afknippen en misschien tuinman of landschapsarchitect worden. Iets buiten. Waar niemand weet dat ik met Brandon getrouwd was. En als de golven goed zijn, zal ik op het water te vinden zijn.'

Kit zag het in geuren en kleuren voor zich. Wat ze samen voor Nina konden doen.

Mick wist dat als hij echt van zijn kinderen hield, hij hen met rust moest laten. Dat leek makkelijk, dat leek wel te doen. Hij beschouwde het als zijn eigen bevrijding.

En daarom nam hij zich voor, terwijl hij naar boven liep, om hen stuk voor stuk te omhelzen, hun zijn privénummer te geven en te zeggen dat hij altijd in was voor een lunch. En daarna zou hij in zijn Jaguar stappen en wegrijden.

Toen hij zijn voet op het gazon zette, wendde hij zich tot Casey en zei: 'Doe een vaderschapstest. Als je wilt. En laat het me dan weten.'

Casey, die het een ongelooflijke nacht had gevonden en ook een droevige en opwindende, glimlachte naar hem. En voor het geval dat hij toch haar vader was, pakte ze zijn hand en kneep er even in.

Toen de hele familie op het gazon stond, schenen de achtergebleven agenten met hun zaklampen in de gezichten van Mick en zijn vijf kinderen. En toen ontdekten die kinderen voor het eerst in hun leven hoe handig het was om Mick Riva als vader te hebben.

Ze gingen allemaal naar binnen en na tien minuten van glimlachjes en handdrukken en handtekeningen en beleefd lachen om onnozele verhalen, besloten de agenten ervandoor te gaan.

'We hebben ook een aantal mensen gearresteerd,' zei brigadier Purdy. 'Maar niemand die jullie kennen, denk ik. Gewoon een stelletje vandalen.'

Nina wist niet goed wat ze moest zeggen en vroeg zich af wie er precies waren gearresteerd. 'Dank jullie wel,' zei ze terwijl ze hen naar de voordeur bracht.

Daar draaide ze zich om en keek naar haar familie. Haar broers hadden opgedroogd bloed op hun gezichten, haar zus had een zuigzoen in haar hals – pardon? – en er waren twee mensen meer dan aan het begin van dit hele gedoe.

'Oké,' zei Mick. 'Ik denk dat ik maar weer eens opstap.'

Hij speelde even met de gedachte dat iemand hem misschien zou tegenhouden, maar was niet al te verbaasd toen dat niet gebeurde.

Hij omhelsde eerst zijn zoons, toen zijn mogelijke dochter, daarna degene met de grote mond en toen, bij de voordeur, degene die het gezin had gered dat hij was begonnen.

'Dank je,' fluisterde hij in Nina's oor terwijl hij haar tegen zich aan trok. 'Voor wie je je hele leven bent geweest. En voor alles wat je hebt gedaan.'

En nog voordat tot Nina doordrong dat ze huilde, was hij al weg.

Ze ging op het bordes zitten en haar broers en zusje volgden haar voorbeeld.

'Gaat het?' vroeg Hud aan haar.

Nina keek hem aan; er ging zoveel door haar heen, zoveel waar ze geen woorden voor had. 'Ik bedoel...' begon ze, en toen gaf ze het op.

'Oké,' zei hij.

'Vind ik ook,' zei Kit.

'Ja,' zei Jay.

Casey stond bij de deur.

Hud zag haar daar staan, alleen en onzeker. 'Kom bij ons zitten,' zei hij. 'Het maakt mij niet uit wie je vader is. Je bent er een van ons.'

Kit schoof opzij om plaats te maken. En toen Casey naast Nina ging zitten, kneep Jay even in haar schouder. Nina gaf haar een klopje op haar knie.

Casey had liefde nodig. En liefde geven was voor hen geen enkel probleem. Helemaal niet.

June was weg. Maar toch was ze er nog. Ze leefde voort in haar kinderen.

Zes uur 's ochtends

Het kostte hun exact tweeënvijftig minuten om Nina ervan te overtuigen dat ze weg moest gaan. Ze stonden met z'n vijven om het kookeiland crackers te eten.

Kit was degene die met het idee op de proppen kwam. 'Wat als je nou gewoon naar Madeira zou vertrekken? Nu meteen?'

Hud zei niets. Casey wist niet wat ze moest zeggen. En Nina wees het keer op keer van de hand.

Tot Jay het van Kit overnam. 'Zo'n raar idee is dat niet, Nina,' zei hij. 'Je wilt hier helemaal niet wonen. Vooral nu niet. Je wilt niet bij Brandon zijn. Je wilt al die aandacht niet. Je wilt dit gewoon niet en je hebt ook niemands toestemming nodig. Dus ga gewoon. Vertel niemand iets. Gewoon gaan.'

'Je bedoelt dat ik mijn spullen, mijn bankrekening, mijn huis hier achterlaat en dat dan niemand weet waar ik ben?' vroeg Nina.

'Nou, dat is niet precies wat we zeggen,' zei Hud.

'Brandon zal vast wel te weten komen waar ik ben. Dus hij blijft een probleem. Mensen weten nog steeds wie mijn vader is. Iedereen weet dat ik ben bedrogen. Iedereen weet dat hij me in de steek heeft gelaten voor die trut van een Carrie Soto.'

'Mag ik iets zeggen?' Casey bemoeide zich ermee. 'Ze lijkt me een echt kutwijf, zoals mijn moeder altijd zei als ze heel erg kwaad was.'

'Ja, dat mag je wel zeggen,' zei Nina.

Op dat moment zag Kit dat er een bepaalde versie van Nina – het aardige meisje dat nooit onaardige dingen zei – was verdwenen en dat er een beetje een nieuwe Nina voor in de plaats was gekomen. Een Nina die toegaf dat de vrouw die haar man had geneukt een kutwijf was. En Kit dacht bij zichzelf dat ze zowel de oude als de nieuwe Nina Portugal toewenste.

'Luister nou gewoon,' zei Kit. 'Het is heel eenvoudig.'

'Oké.' Nina slaakte een vermoeide zucht. 'Zeg het maar.'

'We willen niet dat mensen je opsporen. We willen dat ze je met rust laten. Dus we houden alles lekker vaag. Het feest is uit de hand gelopen. Dat komt vast in alle kranten. En dan denken mensen dat je er met iemand vandoor bent of zo.'

'Of dat ik dood ben.'

'Nou ja, misschien.' Hud stemde in met dat onwaarschijnlijke scenario.

'Oké,' zei Kit. 'Nou, dan zeggen ze dat je dood bent. Wat maakt dat nou uit? Dan laten ze je tenminste met rust. Wij weten dat je niet dood bent, we zullen tegen Mick zeggen dat je niet dood bent. Ik kan het Tarine vertellen of wie je maar wilt. We vertellen het alleen aan mensen die het geheim zullen houden. En dan pak je wat cash, je rijdt naar het vliegveld en je koopt een ticket naar Madeira. Je koopt daar een huisje. Of wat dan ook. Je kijkt of het je bevalt. Zo niet, dan kom je weer terug. En als het je wel bevalt, blijf je daar zolang je wilt. Wij komen wel op bezoek. Continu. En niemand die zich afvraagt waarom we daar steeds naartoe gaan, want het is bekend dat je daar fantastisch kunt surfen. Hud en Jay zullen er waarschijnlijk heel vaak naartoe gaan voor surfshoots en zo. En ik ga dan mee. We zullen elkaar echt heel vaak zien. Tot het je de keel uithangt.'

'Ik kan niet zomaar weg,' zei Nina. 'Ik kan jullie hier toch niet achterlaten? Jullie hebben...' Ze maakte haar zin niet af: me nodig.

'Nee,' zei Kit. 'Niet meer. We houden van je en willen je graag bij ons in de buurt hebben, maar Nina, je hoeft niet meer voor ons te zorgen.'

'Ze heeft gelijk,' zei Hud. 'Kit heeft gelijk.'

En toen hij dat zei begon Nina zich af te vragen of het misschien toch niet zo'n raar idee was. Ze begon zich af te vragen of ze niet gewoon weg kon gaan. Het voelde wel heel gedurfd.

'Kit heeft gelijk. Je zou het moeten doen, Nina,' zei Jay. 'Het is helemaal niks voor jou om het te doen en daarom zou je het juist moeten doen.'

Nina luisterde naar hem. Dat merkte hij gewoon.

'Je hebt je hele leven geprobeerd om voor vader en moeder te spelen. We hebben het er bijna nooit over maar... Mama heeft het ons ook niet gemakkelijk gemaakt. Maar hoe dronken ze ook was en of papa nou thuiskwam of niet, ik heb altijd geweten dat jij er altijd voor ons zou zijn.'

'Ja, ik ook,' zei Hud.

'Ik heb dat ook mijn hele leven al geweten,' zei Kit. 'Ik weet het nu ook. En ik weet dat het nog steeds zo zal zijn, zelfs al woon je op een strand op Madeira.'

Casey deed ook een duit in het zakje. 'Ik ken je nauwelijks, maar ik heb dat gevoel ook bij jou. Blijkbaar zit je zo in elkaar.'

Kit keek naar Casey en zag dat Casey om haar familie gaf, dat ze nu al om Nina gaf. Ze vroeg zich af hoe het zou zijn om een jonger zusje te hebben, om iemand dingen te leren die je zelf al had uitgevogeld. Dat kon ze. Ze wilde het ook.

'Maar wat als ze mijn auto op het vliegveld vinden en me opsporen?' vroeg Nina.

Kit glimlachte. Ze hadden het nu al over de logistiek.

'Mijn auto,' zei Casey. 'Die staat een eind verderop langs de weg, helemaal voorbij de kliffen. Ik... ik raakte een beetje geïntimideerd door de valets. En door al die dure auto's.' Ze liep naar haar tas en pakte haar autosleutels eruit. 'Het is een rode pick-uptruck met nog voor driekwart benzine erin. Hij staat op mijn vaders naam. Hij haalt het vliegveld nog wel.'

'En dan gewoon gaan,' vulde Kit aan. 'Naar Madeira vliegen en iets voor jezelf doen. Gewoon voor een tijdje.'

Het was dat 'tijdje' dat haar overhaalde. Een 'tijdje' kon ze wel aan. Een 'tijdje' kon geen kwaad. 'Maar het restaurant dan?' vroeg ze. 'Wie zorgt ervoor dat alles ge-'

'We verkopen het restaurant,' onderbrak Kit haar. 'Het spijt me, maar we moeten het verkopen. Mama haatte de zaak. Ze wilde helemaal niet dat wij er gingen werken. Laat Ramon het maar overnemen; hij geeft echt om het restaurant. Wij moeten het loslaten. We hoeven niet precies hetzelfde leven te leiden als mama of oma. Wij mogen met ons leven doen wat we willen en ik zeg: ga jij naar Madeira en laat ons die stomme zaak verkopen. Alsjeblieft.'

Nina keek naar Hud. Hud keek naar Jay. 'Ja,' zei Jay. 'Kit heeft gelijk. Mama zou niet hebben gewild dat jij hier alleen maar bleef om het restaurant te runnen. Mama zou dat vreselijk hebben gevonden.'

Dat was toch zo? En toch had Nina zich opgeofferd voor de zaak, alleen maar omdat die van haar moeder was geweest.

Nina had ineens een beeld voor ogen. Het was alsof June haar een doos had gegeven – zoals alle ouders hun kinderen een doos meegeven, vol dingen die ze met zich meedroegen.

June had haar kinderen een doos gegeven die tot de rand toe gevuld was met haar eigen ervaringen, haar eigen schatten en haar eigen verdriet. Haar eigen schuldgevoelens. Triomfen en verliezen, waarden en vooroordelen, plichten en zorgen.

En Nina droeg die doos al haar hele leven met zich mee, het volle gewicht ervan.

Maar ze begreep ineens dat het niet haar taak was om met die volle doos te blijven rondsjouwen. Het was haar taak om te kijken wat er in die doos zat, om te besluiten wat ze wilde houden en wat ze niet hoefde. Ze moest uit de dingen die ze had geërfd van de mensen vóór haar, datgene nemen wat haar verder zou brengen. En de rest moest ze achterlaten.

En daarom kon ze het restaurant van zich afzetten. Precies zoals haar moeder zou hebben gewild. En wanneer ze het losliet, deed ze dat net zo goed voor June.

'Ja,' zei ze. 'Jullie hebben gelijk. We hoeven het restaurant niet te houden.'

En zo snel als ze dit ineens had begrepen, zo begreep ze ook dat ze ooit de doos zou moeten openmaken die haar vader haar had gegeven, de doos die ze al bijna helemaal had weggegooid.

Op een dag, wanneer ze iets meer van de wereld snapte, zou ze ook die doos openen en kijken of er iets bij zat wat de moeite van het bewaren waard was. Misschien zat er niet veel bij. Maar misschien ook meer dan ze nu dacht.

Hud glimlachte naar haar. 'Ga, Nina. Echt. Ga.'

Kon ze nog nee zeggen? Het kostte Nina moeite om een reden te bedenken waarom ze zou willen blijven, op de mensen die nu bij haar waren na.

'Ik kan de Nina worden,' zei Jay. 'Laat mij de nieuwe Nina zijn die jullie allemaal het gevoel geeft dat je waar je ook bent, wat er ook gebeurt, altijd mij hebt om voor jullie te zorgen.'

'En mij,' zei Hud.

'En mij,' zei Kit. 'En Casey,' voegde ze eraan toe terwijl ze haar arm om Caseys schouders sloeg.

Nina, met stomheid geslagen over de vreugde die ze ineens in zich voelde opwellen, trok haar broers en zussen tegen zich aan en besloot te gaan. Gewoon voor een tijdje.

Zeven uur 's ochtends

Mick Riva kon zijn Jaguar niet vinden. Er stonden nog een paar auto's naast het huis, maar die van hem was er niet bij en in geen ervan zat een sleutel in het contact. Zijn kinderen wilde hij niet lastigvallen.

Terwijl hij aan het begin van de oprijlaan van zijn dochter, waar het grind overging in de weg, zijn laatste sigaret opstak, besloot hij naar de PCH te lopen en daar te gaan liften.

Mick Riva die ging liften. Wat een giller. Hij zou vandaag iemand heel erg blij maken.

Hij nam een laatste trekje, blies de rook uit en gooide het peukje in de lucht. Het vloog over de oprijlaan en landde zacht tussen de struiken.

Tussen de droge woestijnstruiken van Malibu. Op een ochtend die geplaagd werd door Santa Ana-winden. Op een plek vol kreupelhout. In een stad die continu de kans loopt in brand te vliegen. In een gebied waar een miniem vonkje hectares in lichterlaaie kan zetten. In een regio die niets liever wil dan vlam vatten.

Mick Riva liep weg met de beste bedoelingen en had er geen idee van dat hij net 28150 Cliffside Drive in de fik had gestoken.

Voordat de rook te zien was, omhelsden Hud en Jay Nina en zeiden tegen haar dat ze van haar hielden en dat ze elkaar snel weer zouden zien. En toen bracht Jay Hud met de auto naar het ziekenhuis.

Terwijl ze zaten te wachten vertelde Jay Hud datgene wat hij niet had willen vertellen.

'Ik heb cardiomyopathie,' zei hij, om vervolgens uit te leggen wat dat inhield: dat hij zou moeten stoppen met surfen.

'Maar het komt toch wel weer goed?' vroeg Hud met tranen in zijn ogen.

Jay kon er niet goed tegen om zijn broer op dat moment te zien huilen. 'Jawel,' zei hij met een knikje. 'Het komt wel goed. Ik zal alleen iets anders moeten verzinnen om met mijn leven te doen.'

'Nou, daar hoef je je niet druk om te maken. Jij bent bijna overal goed in.'

Jay glimlachte en haalde diep adem. 'Maar ik...' Het kostte hem moeite de juiste woorden te vinden. 'Ik heb me wel zorgen gemaakt. Omdat ik jou nu laat stikken.'

'Mij?'

'We zijn toch een team?'

Hud glimlachte en besloot zijn broer de waarheid te vertellen. 'Ik denk eigenlijk dat ik binnenkort toch niet meer zoveel zal kunnen reizen.'

'Hoe bedoel je?'

'Eh... ik weet niet goed hoe ik het moet zeggen. En ik zweer je dat ik het zelf ook pas sinds vanavond weet, maar...'

Jay wist het al. Een halve seconde voordat Hud het zei, wist hij het.

'Ashley is zwanger.'

Jay sloot zijn ogen en lachte. 'Dat meen je niet.'

'Nee, serieus.'

Jay knikte. 'Wauw. Nou, je weet wat ze zeggen. Als je dan toch naar bed gaat met de ex van je broer, dan kun je haar ook maar beter meteen zwanger maken.'

Hud lachte en greep toen meteen naar zijn ribben en hapte naar adem. 'Volgens mij zeggen ze dat helemaal niet.'

'Nee, dat is waar.' Jay keek even naar zijn schoenen en toen weer naar zijn broer.

'Alles oké tussen ons?' vroeg Hud.

Jay knikte weer. 'Luister, ik vind je nog steeds een klootzak en ik zal dat nog wel een tijdje blijven vinden. Maar ja, ook dat gaat voorbij. Het komt wel goed.'

Ze deden er even het zwijgen toe en de wereld leek zijn evenwicht te hervinden.

'Nou, dan zullen we allebei nog wel een poosje in Malibu blijven.'

Hud knikte. 'Ja, hoewel... Ik liep er eigenlijk over te denken om Kit te fotograferen. Eens kijken of ik die foto's aan *Surf* kan slijten.'

'Kit? Echt?'

'Ze is goed, Jay,' zei hij. 'Ze is zelfs ontzettend goed.'

Jay knikte langzaam. Het drong tot hem door dat hij dat eigenlijk al wist. 'Ja, oké,' zei hij. Kit kon inderdaad heel brutaal, gedurfd surfen. Hij zag de foto's al voor zich. Ze zou iets nieuws en opwindends zijn, net als Nina dat was geweest, maar dan gedurfder; op zoek naar hogere golven met scherpere bewegingen, net als hij. Misschien was zij wel de beste van hen allemaal. Misschien, dacht hij even, hebben we het allemaal voor haar gedaan.

'Ze is goed en we zullen haar helpen om de beste te worden,' zei hij hardop. 'Misschien pakt Kit ooit wel de Triple Crown. Misschien moet dat ons nieuwe doel worden.'

Ze schudden elkaar de hand op het nieuwe hoofdstuk van de Riva-dynastie.

Twee uur later, nadat Huds neus was rechtgezet, bracht Jay hem naar Ashleys huis.

Voor de voordeur ging Hud Riva op één knie zitten en vroeg Ashley ten huwelijk. Jay zag vanuit zijn auto dat ze ja zei.

Voordat de rook zichtbaar was, gaf Casey Nina de autosleutels van haar pick-up, omhelsde haar en bedankte haar omdat ze precies de persoon was geweest die Casey op dat moment nodig had gehad.

'Ik ben blij dat ik je heb leren kennen,' zei ze, 'al was het dan maar voor een paar uur.'

Nina glimlachte. 'Het was me een avondje wel, hè? Het was een echte vuurdoop voor je.'

Kit omhelsde Nina, zei dat ze van haar hield en dat ze elkaar snel weer zouden zien. 'Je moet dit echt doen,' zei ze. En Nina begreep, misschien wel voor het eerst, dat toestaan dat mensen van je houden en voor je zorgen deel uitmaakt van jouw liefde en zorg voor hen.

'Case en ik gaan ergens ontbijten,' ging Kit verder. 'En als we terugkomen wil ik niet dat je hier nog bent.'

Nina glimlachte. Er verschenen tranen in haar ogen. Kit moest ook huilen, maar ze veegde haar tranen gauw weg. Samen met Casey liep ze naar de voordeur, maar voordat ze vertrok, rende ze snel even terug naar haar oudere zus.

'Ik zal altijd van je houden,' zei ze. 'Wie je ook bent of wat voor leven je ook kiest.' Op een dag zou ze haar zus alles vertellen over wat ze aan zichzelf begon te snappen. Ze hadden allebei genoeg tijd om te verwerken op hoeveel manieren ze in deze nacht allebei waren veranderd. 'Ik hou gewoon van je zoals je bent.'

'Ach, meisje,' zei Nina. De tranen stroomden over haar wangen. 'Idem dito hier.'

Kit sloeg haar armen om haar zus heen en hield haar zo stevig vast dat het voelde alsof ze één werden. Maar toen liet ze haar weer los en ging weg, zodat Nina in haar eentje afscheid van alles kon nemen.

Voordat de rook zichtbaar was, liep Nina nog een laatste keer door het huis en keek naar de glasscherven, de vernielde schilderijen, de kroonluchter op de vloer en de kapotte lampen. Ze voelde een tomeloze blijdschap bij het idee dat het niet meer haar probleem was. Ze genoot van de gedachte dat zij niet degene was die het allemaal zou moeten opruimen, van de gedachte dat ze niet meer op een klif hoefde te wonen, dat ze Brandon nooit meer hoefde te zien.

Ze pakte een paar spullen en stopte ze in een tas. Met Caseys autosleutels in haar hand liep ze langs de weg naar de rode pick-up.

Hoewel het verdrietig was om weg te gaan, wist ze ook dat de meeste mooie dingen gepaard gaan met een steekje pijn.

Het enige wat ze ooit nodig had gehad was haar familie. Haar broers en haar zus. En misschien kon ze, nu zij haar niet meer nodig hadden, ergens rust en vrede vinden. Wat zonneschijn. Wat privacy.

Per slot van rekening waren ze nu allemaal volwassen. En dat was toch de dag waar je altijd naar uitkeek? De dag waarop de kinderen volwassen waren en je weer aan je eigen leven mocht denken.

De vlammen kropen over het grind en het zand tot ze het gras en de bladeren en het hout hadden gevonden dat ze nodig hadden.

Ze begonnen het huis in te ademen, klommen langs de zijkanten omhoog, ramen negerend omdat ze op zoek waren naar het dak. Ze namen bezit van de schilderijen, de kleren, de glasscherven binnen. Ze maakten zich meester van de witte muren, de ivoorkleurige banken en van de beige tapijten. Van de wijnkelder, de barbecue, het gazon en de tennisbaan.

28150 Cliffside Drive brandde in feloranje en grijs en de geur van vuur dreef weg over de oceaan.

Tegen de tijd dat de brand het hele huis en omliggende terrein in de as had gelegd en zich langs de kust uitbreidde, was het Greg gelukt om Tarine uit de politiecel te krijgen, hadden Kit en Casey Ricky en Vanessa opgespoord en borg voor hen betaald, was Seth door zijn moeder opgehaald, had Caroline Bobby vrij gekregen, hadden Vaughn en Bridger hulp gekregen van hun agenten en beantwoordden ze vragen van journalisten, was Teds zakelijk manager gekomen om hem en Vickie te helpen, was Tuesday samen met Rafael opgehaald door haar pr-agente, en was Wendy afgehaald door haar broer die ook al een advocaat in de arm had genomen.

Tegen de tijd dat de brandweer arriveerde, bevond Brandon zich al in Carrie Soto's hotelkamer. Toen ze 's ochtends de tv aanzetten, zagen ze op het nieuws dat zijn huis in vlammen opging.

Terwijl Point Dume werd geëvacueerd – buren die hun huizen verlieten met hun kinderen en fotoalbums onder hun armen, met hun honden achter in hun luxe stationwagens – laaiden de vlammen op tot in de hemel. Ze staken hun vingers uit naar de boomtoppen en de bovenverdiepingen van andere gebouwen en namen bezit van hele huizen.

De mensen uit Malibu wisten hoe je moest evacueren. Ze hadden het eerder gedaan. Ze zouden het nog vaker doen.

Tegen de tijd dat de brand onder controle was – de villa was veranderd in een verkoold, nat geraamte, de huizen van de buren waren verschroeid en bedekt met as, de hemel was grijs, en de brandweermannen haalden hun hand over hun voorhoofd – was de vrouw des huizes onvindbaar.

Nina Riva zat al in de lucht.

Ze zou later in een Amerikaanse krant over de brand lezen en naar haar borst grijpen, opgelucht dat iedereen ongedeerd was. Ze zou denken aan de schade en de onrust die de brand moest hebben veroorzaakt.

Maar ze zou ook begrijpen dat het slechts één brand was, één brand in een lange rij branden in Malibu sinds het begin der tijden.

Brand die voor vernietiging had gezorgd.

Maar die ook vernieuwing met zich mee zou brengen, die uit de as zou herrijzen.

Het verhaal van het vuur.

Dankwoord

Ik ben nu een andere schrijver dan twee jaar geleden toen ik met dit boek begon. En dat heb ik te danken aan de inzichten en leidende hand van mijn meelevende en fantastische redacteur Jennifer Hershey. Jennifer, je hulp voelt als een cadeau en ik ben je er enorm dankbaar voor.

Ik dank Kara Welsh en Kim Hovey voor het thuisgevoel dat ze me hebben weten te geven op hun voortreffelijke uitgeverij. Susan Corcoran, Leigh Marchant, Jennifer Garza, Allyson Lord, Quinne Rodgers, Taylor Noel, Maya Franson, Erin Kane en alle anderen bij Ballantine, dank voor jullie goede ideeën, jullie aandacht voor detail en voor het feit dat jullie om boeken geven. Carisa Hays, wat een maf begin was het, hè? Ik ben zo blij met jou als mijn steun en toeverlaat. Paolo Pepe, jij maakt het helemaal af met je omslagen. Ik had geen mooiere kunnen bedenken. Dank.

Theresa Park, mijn heldin en ook mijn agent, ik dank je voor je vertrouwen in mij. Je weet dat vertrouwen prachtig om te zetten in een aanstekelijk enthousiasme en hoge verwachtingen die maken dat ik nog meer mijn best doe. Je zorgt ervoor dat ik met beide benen op de grond blijf staan, maar toch de lat steeds hoger leg. Ik had me niet beter kunnen wensen. Ook dank overigens voor de mooiste handgeschreven kerstkaarten van de wereld.

Emily Sweet, Andrea Mai, Abby Koons, Alex Greene, Ema Barnes, Celeste Fine en alle anderen van het Park & Fine-team, het blijft me verbazen hoe jullie iedere dag weer blijven streven naar het allerhoogste. En tegelijkertijd zijn jullie voor mij één grote realityshow die ik vanaf vijfduizend kilometer afstand bekijk, met af en toe een reünie wanneer ik in New York ben. Ik denk dat ik wil zeggen dat ik jullie allemaal gewoon erg leuk vind.

Sylvie Rabineau en Stuart Rosenthal, blij dat er een einde is gekomen aan de Mick Riva-saga? (Maar is dat eigenlijk wel zo? Ik kan niets beloven.) Dank dat jullie zo hard voor mijn verhalen en mijn personages hebben gevochten. Ik voel het steeds weer bij ieder gesprek met jullie en het betekent ontzettend veel voor me.

Brad Mendelsohn! Jouw vingerafdrukken staan overal op dit boek. Dank dat ik je die dag mocht uithoren bij Nate 'n Al's, mijn belangrijkste surfvraagbaak. Het is mijn doel om je ook in de toekomst bezig te houden, maar niet zo erg dat je geen tijd meer hebt om te gaan surfen. De Stille Oceaan is ijskoud, daar hoor ik je te weinig over. Hoe dan ook, dank je, vriend. Voor alles wat je voor dit verhaal hebt gedaan en nog zult doen.

De Peanuts, ik dank jullie omdat jullie in me geloven en me helpen mijn leven vorm te geven. Ik weet niet zeker of ik het allemaal wel had gekund zonder jullie. Jullie behoren tot de weinige mensen die alle versies van mij kennen. En de huidige versie van mij heeft dat hard nodig. Ik hoop dat ik hetzelfde voor jullie kan betekenen.

Rose, Warren en Sally, deze boeken zouden niet bestaan zonder jullie hulp met Lilah zodat ik kan schrijven. Dank dat ik tegen jullie heb mogen aanpraten over dit verhaal, dat jullie er altijd voor me zijn en dat jullie zulke fantastische grootouders (en één overgrootouder!) voor Lilah zijn. Ik dank ook speciaal Rina en Maria die zo goed voor Lilah zorgen dat ze jullie mist als jullie er niet zijn. Dankzij jullie heb ik het voorrecht gehad om thuis te kunnen werken. Ik kan jullie niet genoeg bedanken.

Mijn broer Jake, er is zoveel waar ik je voor moet bedanken dat ik niet eens weet waar te beginnen. Maar één ding kan ik wel zeggen: dank je dat je altijd naast me staat, al vanaf het prilste begin. En dank je dat je samen met mij alle dozen hebt uitgezocht.

Alex, iedere dag dat ik achter de computer ga zitten is het mijn streven om de schrijver te zijn die jij denkt dat ik ben. Dank je voor je steun bij mijn carrière. Je bent er wanneer het moeilijk is, maar je geniet ook mee met mijn succes, zonder het ooit vanzelfsprekend te vinden. Dat heb ik nodig. En dank je dat je zoveel respect hebt voor wat ik doe en wat ik nodig heb om het te kunnen doen. Op dit moment hou je Lilah in de gaten, met wie je picknickt in de voortuin zodat ik dit boek kan afmaken; een moment waar ik twee jaar naartoe heb gewerkt. Ik weet dat je zult gaan juichen als ik zo buiten kom en vertel dat ik klaar ben. En pas dan weet ik zeker dat ik klaar ben.

En als laatste Lilah. Ik geloof dat je inmiddels min of meer begrijpt dat ik schrijver ben. Je kunt mijn naam op de omslagen lezen. En toen iemand onlangs de naam 'Daisy' noemde, vroeg jij: 'Jones and the Six?' Dus ik kan me zo voorstellen dat je het boek op een dag zult lezen en begrijpt wat ik je probeer te vertellen. Maar laat me je, gewoon voor de lol, één ding duidelijk zeggen: soms zal ik er vast een potje van maken. En ik zal niet volmaakt zijn. Maar ik zal je altijd steunen, je kunt altijd mijn hand beetpakken zolang ik er ben. Ik ben van jou.